MINGUO TONGSU XIAOSHUO
DIANCANG WENKU

民国通俗小说典藏文库·张恨水卷

巴山夜雨

张恨水 ◎ 著

（第一部）

中国文史出版社

图书在版编目（CIP）数据

巴山夜雨·第一部 / 张恨水著. — 北京：中国文
史出版社，2018.5
（民国通俗小说典藏文库·张恨水卷）
ISBN 978 - 7 - 5034 - 9947 - 0

Ⅰ.①巴… Ⅱ.①张… Ⅲ.①长篇小说 - 中国 - 现代
Ⅳ.①I246.5

中国版本图书馆 CIP 数据核字（2018）第 008318 号

整　　理：萧　霖
责任编辑：卢祥秋

出版发行：中国文史出版社
网　　址：http://www.chinawenshi.net
社　　址：北京市西城区太平桥大街 23 号　邮编：100811
电　　话：010 - 66173572　66168268　66192736（发行部）
传　　真：010 - 66192703
印　　装：廊坊市海涛印刷有限公司
经　　销：全国新华书店
开　　本：720 × 1020　1/16
印　　张：21.25　　　字数：327 千字
版　　次：2018 年 5 月第 1 版
印　　次：2018 年 5 月第 1 次印刷
定　　价：59.80 元

小说大家张恨水（代序）

张赣生

　　民国通俗小说家中最享盛名者就是张恨水。在抗日战争前后的二十多年间，他的名字真是家喻户晓、妇孺皆知，即使不识字、没读过他的作品的人，也大都知道有位张恨水，就像从来不看戏的人也知道有位梅兰芳一样。

　　张恨水（1895—1967），本名心远，安徽潜山人。他的祖、父两辈均为清代武官。其父光绪年间供职江西，张恨水便是诞生于江西广信。他七岁入塾读书，十一岁时随父由南昌赴新城，在船上发现了一本《残唐演义》，感到很有趣，由此开始读小说，同时又对《千家诗》十分喜爱，读得"莫名其妙的有味"。十三岁时在江西新淦，恰逢塾师赴省城考拔贡，临行给学生们出了十个论文题，张氏后来回忆起这件事时说："我用小铜炉焚好一炉香，就做起斗方小名士来。这个毒是《聊斋》和《红楼梦》给我的。《野叟曝言》也给了我一些影响。那时，我桌上就有一本残本《聊斋》，是套色木版精印的，批注很多。我在这批注上懂了许多典故，又懂了许多形容笔法。例如形容一个很健美的女子，我知道'荷粉露垂，杏花烟润'是绝好的笔法。我那书桌上，除了这部残本《聊斋》外，还有《唐诗别裁》《袁王纲鉴》《东莱博议》。上两部是我自选的，下两部是父亲要我看的。这几部书，看起来很简单，现在我仔细一想，简直就代表了我所取的文学路径。"

　　宣统年间，张恨水转入学堂，接受新式教育，并从上海出版的报纸上获得了一些新知识，开阔了眼界。随后又转入甲种农业学校，除了学习英文、数、理、化之外，他在假期又读了许多林琴南译的小说，懂得

1

了不少描写手法，特别是西方小说的那种心理描写。民国元年，张氏的父亲患急症去世，家庭经济状况随之陷入困境，转年他在亲友资助下考入陈其美主持的蒙藏垦殖学校，到苏州就读。民国二年，讨袁失败，垦殖学校解散，张恨水又返回原籍。当时一般乡间人功利心重，对这样一个无所成就的青年很看不起，甚至当面嘲讽，这对他的自尊心是很大的刺激。因之，张氏在二十岁时又离家外出投奔亲友，先到南昌，不久又到汉口投奔一位搞文明戏的族兄，并开始为一个本家办的小报义务写些小稿，就在此时他取了"恨水"为笔名。过了几个月，经他的族兄介绍加入文明进化团。初始不会演戏，帮着写写说明书之类，后随剧团到各处巡回演出，日久自通，居然也能演小生，还演过《卖油郎独占花魁》的主角。剧团的工作不足以维持生活，脱离剧团后又经几度坎坷，经朋友介绍去芜湖担任《皖江报》总编辑。那年他二十四岁，正是雄心勃勃的年纪，一面自撰长篇《南国相思谱》在《皖江报》连载，一面又为上海的《民国日报》撰中篇章回小说《小说迷魂游地府记》，后为姚民哀收入《小说之霸王》。

1919 年，五四运动吸引了张恨水。他按捺不住"野马尘埃的心"，终于辞去《皖江报》的职务，变卖了行李，又借了十元钱，动身赴京。初到北京，帮一位驻京记者处理新闻稿，赚些钱维持生活，后又到《益世报》当助理编辑。待到 1923 年，局面渐渐打开，除担任"世界通讯社"总编辑外，还为上海的《申报》和《新闻报》写北京通讯。1924 年，张氏应成舍我之邀加入《世界晚报》，并撰写长篇连载小说《春明外史》。这部小说博得了读者的欢迎，张氏也由此成名。1926 年，张氏又发表了他的另一部更重要的作品《金粉世家》，从而进一步扩大了他的影响。但真正把张氏声望推至高峰的是《啼笑因缘》。1929 年，上海的新闻记者团到北京访问，经钱芥尘介绍，张恨水得与严独鹤相识，严即约张撰写长篇小说。后来张氏回忆这件事的过程时说："友人钱芥尘先生，介绍我认识《新闻报》的严独鹤先生，他并在独鹤先生面前极力推许我的小说。那时，《上海画报》（三日刊）曾转载了我的《天上人间》，独鹤先生若对我有认识，也就是这篇小说而已。他倒是没有什么考虑，就约我写一篇，而且愿意带一部分稿子走。……在那几年间，上海洋场章回小说走着两条路子，一条是肉感的，一条是武侠而神怪的。《啼笑因缘》完全和这两种不同。又除了新文艺外，那些长篇运用的对话并不是纯粹白话。而《啼笑因缘》是以国语姿态出现的，这也不同。在这小说发表起初的几天，有人看了很觉眼生，也有人觉得描写过于琐碎，但并没有人主张不向下看。载过两回之后，所有读《新闻报》的人都感到了兴趣。独鹤先生特意写信告诉我，请我加油。不过报社方面根据一贯的作风，怕我这里面没有豪侠人物，会对读者减少吸引力，再三请我写两位侠客。我对于技击这类事本来也有祖传的家话（我祖父和父亲，都有极高的技击能力），但我自己不懂，而且也觉得是当时的一种滥调，我只是勉强地将关寿峰、关秀姑两人写了一些近乎传说的武侠行动……对于该书的批评，有的认为还是章回旧套，还是加以否定。有的认为章回小说到这里有些变了，还可以注意。大致地说，主张文艺革新的人，对此还认为不值一笑。温和一点的人，对该书只是就文论文，褒贬都有。至于爱好章回小说的人，自是予以同情的多。但不管怎么样，这书惹起了文坛上很大的注意，那却是事实。并有人说，如果《啼笑因缘》可以存在，那是被扬弃了的章回小说又要返魂。我真没有料到这书会引起这样大的反应……不过这些批评无论好坏，全给该书做了义务广告。《啼笑因缘》的销数，直到现在，还超过我其他作品的销数。除了国内、南洋各处私人盗印翻版的不算，我所能估计的，该书前后已超过二十版。第一版是一万部，第二版是一万五千部。以后各版有四五千部的，也有两三千部的。因为书销得这样多，所以人家说起张恨水，就联想到《啼笑因缘》。"

不论张氏本人怎样看，《啼笑因缘》是他最有影响的作品，这一点毫无疑问，可以随便举出几件事来证明。《啼笑因缘》发表后，被上海明星公司拍成六集影片，由当时最著名的电影明星胡蝶主演，同时还被改编为戏剧和曲艺，在各地广泛流传；再有《啼笑因缘》被许多人续写，迫使张氏不得不改变初衷，于 1933 年又续写了十回，张氏在《我的写作生涯》中说："在我结束该书的时候，主角虽都没有大团圆，也没有完全告诉戏已终场，但在文字上是看得出来的。我写着每个人都让读者有点儿有余不尽之意，这正是一个处理适当的办法，我绝没有续写下去的意思。可是上海方面，出版商人讲生意经，已经有好几种《啼笑因缘》的尾巴出现，尤其是一种《反啼笑因缘》，自始至终，将我那故事整个地翻案。执笔的又全是南方人，根本没过过黄河。写出的北平社会真是也让人又啼又笑。许多朋友看不下去，而原来出版的书社，见大批后半截买卖被别人抢了去，也分外眼红。无论如何，非让我写一篇续集不可。"这种由别人代庖的续作，出书者至少有四种：惜红馆主《续啼笑因缘》、青萍室主《啼笑因缘三集》、康尊容《新啼笑因缘》和徐哲身《反啼笑因缘》。虽然远不如《红楼梦》续作之多，但在民国通俗小说中已经是首屈一指了。张氏在《我的小说过程》一文中还说："我这次南来，上至党国名流，下至风尘少女，一见着面便问《啼笑因缘》。这不能不使我受宠若惊了。"

《啼笑因缘》使张氏名声大振，约他写稿的报刊和出版家蜂拥而至，有的小报甚至谣传张氏在十几分钟内收到几万元稿费，并用这笔钱在北平买下了一所王府，自备一部汽车。这自然不是事实，但张氏当时收到的稿酬也有六七千元，的确不能算少。这样，他就可以去搜集一些古旧木版小说，想要作一部《中国小说史》。就在此时，日寇侵华的"九一八事变"爆发，张氏的希望随之化为泡影。作为一位爱国的作家，在国难当头的状况下自不会沉默，张恨水在1931至1937的几年间，先后写了《热血之花》《弯弓集》《水浒别传》《东北四连长》《啼笑因缘续集》《风之夜》等涉及抗敌御侮内容的作品。

1934年，张恨水到陕西和甘肃走了一遭，此行使他的思想发生了很大的变化。张氏在《我的写作生涯》中说："陕甘人的苦不是华南人所能想象，也不是华北、东北人所能想象。更切实一点地说，我所经过的那条路，可说大部分的同胞还不够人类起码的生活。……人总是有人性的，这一些事实，引着我的思想起了极大的变迁。文字是生活和思想的反映，所以在西北之行以后，我不讳言我的思想完全变了，文字自然也变了。"此后，他写了《燕归来》，以描写西北人民生活的惨状。

抗日战争全面爆发后，张恨水取道汉口，转赴重庆，于1938年初抵达，即应邀在《新民报》任职。抗战八年间，他除去写了一些战争题材的小说外，还有两种较重要的作品，即《八十一梦》和《魍魉世界》（原名《牛马走》），均先于《新民报》连载，后出单行本。抗战胜利，张氏重返北平，担任《新民报》经理，此后几年他写了《五子登科》等十来部小说，但均未产生重大影响。1948 年底，张氏辞去《新民报》职务。1949 年夏，他患脑溢血，经过几年调治，病情好转，张氏便又到江南和西北去旅行。1959 年，张氏病情转重，至 1967 年初于北京去世，终年七十三岁。

张恨水一生写了九十多部小说，印成单行本的也在五十种左右。说到张氏作品的总特色，一般常感到不易把握，因为他总在不断地变。其实，这"变"就正是张恨水作品最鲜明的总特色。

张恨水是一个不甘心墨守成规的人，他好动不好静，敢于否定自己，这正是作为开创者必须具备的素质。读一读张氏的《我的写作生涯》，就会发现他总是在讲自己的变，那变的频繁、动因的多样，在民国通俗小说作家中实属仅见。……待到《金粉世家》《啼笑因缘》相继问世，张恨水的名声已如日中天，他在思想上的求新仍未稍解，他说："我又不能光写而不加油，因之，登床以后，我又必拥被看一两点钟书。看的书很拉杂，文艺的、哲学的、社会科学的，我都翻翻。还有几本长期订的杂志，也都看看。我所以不被时代抛得太远，就是这点儿加油的工作不错。"

追求入时，可说是张恨水的一贯作风，不仅小说的内容、思想随时而变，在文字风格上也不断应时变化。仅就内容、思想方面的变化而言，在民国通俗小说作家中也很常见，说不上是张氏独具的特色，但在文字风格上也不断变化，就不同于一般了。张氏在《我的写作生涯》中经常提到这方面的事例，譬如他曾提及回目格式的变化，他说："《春明外史》除了材料为人所注意而外，另有一件事为人所喜于讨论的，就是小说回目的构制。因为我自小就是个弄辞章的人，对中国许多旧小说回目的随便安顿向来就不同意。即到了我自己写小说，我一定要把它写得美善工整些。所以每回的回目都很经一番研究。我自己削足适履地定了好几个原则。一、两个回目，要能包括本回小说的最高潮。二、尽量地求其辞藻华丽。三、取的字句和典故一定要是浑成的，如以'夕阳无限好'，对'高处不胜寒'之类。四、每回的回目，字数一样

5

多，求其一律。五、下联必定以平声落韵。这样，每个回目的写出，倒是能博得读者推敲的。可是我自己就太苦了……这完全是'包三寸金莲求好看'的念头，后来很不愿意向下做。不过创格在前，一时又收不回来。……在我放弃回目制以后，很多朋友反对，我解释我吃力不讨好的缘故，朋友也就笑而释之，谓不讨好云者，这种藻丽的回目，成为礼拜六派的口实。其实礼拜六派多是散体文言小说，堆砌的辞藻见于文内而不在回目内。礼拜六派也有作章回小说的，但他们的回目也很随便。"再譬如他在谈及《金粉世家》时说："以我的生活环境不同和我思想的变迁，加上笔路的修检，以后大概不会再写这样一部书。"诸如此类的变化不胜列举。

张氏的多变还体现在题材的多样化。他说："当年我写小说写得高兴的时候，哪一类的题材我都愿意试试。类似伶人反串的行为，我写过几篇侦探小说，在《世界日报》的旬刊上发表，我是一时兴到之作，现在是连题目都忘记了。其次是我写过两篇武侠小说，最先一篇叫《剑胆琴心》，在北平的《新晨报》上发表的，后来《南京晚报》转载，改名《世外群龙传》。最后上海《金刚钻小报》拿去出版，又叫《剑胆琴心》了。"第二篇叫《中原豪侠传》，是张氏自办《南京人报》时所作。此外，张氏还写过仿古的《水浒别传》和《水浒新传》，他说："《水浒别传》这书是我研究《水浒》后一时高兴之作，写的是打渔杀家那段故事。文字也学《水浒》口气。这原是试试的性质，终于这篇《水浒别传》有点儿成就，引着我在抗战期间写了一篇六七十万字的《水浒新传》。""《水浒新传》当时在上海很叫座。……书里写着水浒人物受了招安，跟随张叔夜和金人打仗。汴梁的陷落，他们一百零八人大多数是战死了。尤其是时迁这路小兄弟，我着力地去写。我的意思，是以愧士大夫阶级。汪精卫和日本人对此书都非常地不满，但说的是宋代故事，他们也无可奈何。这书里的官职地名，我都有相当的考据。文字我也极力模仿老《水浒》，以免看过《水浒》的人说是不像。"再有就是张氏还仿照《斩鬼传》写过一篇讽刺小说《新斩鬼传》。张恨水的一生都在不停地尝试，探寻着各色各样的内容及表达方式，他甚至也写过完全以实事为根据、类似报告文学的《虎贲万岁》，也写过全属虚幻的、抽象的或象征性的小说《秘密谷》，他的作风颇有些像那位既不愿重复前人也不愿重复自己的现代大画家毕加索。

张恨水写过一篇《我的小说过程》，的确，我们也只有称他的小说为"过程"才最名副其实。从一般意义上讲，任何人由始至终做的事都是一个过程，但有些始终一个模子印出来的过程是乏味的过程，而张氏的小说过程却是千变万化、丰富多彩的过程。有的评论者说张氏"鄙视自己的创作"，我认为这是误解了张氏的所为。张恨水对这一问题的态度，又和白羽、郑证因等人有所不同。张氏说："一面工作，一面也就是学习。世间什么事都是这样。"他对自己作品的批评，是为了写得越来越完善，而不是为了表示鄙视自己的创作道路。张氏对自己所从事的通俗小说创作是颇引以自豪的，并不认为自己低人一等。他说："众所周知，我一贯主张，写章回小说，向通俗路上走，绝不写人家看不懂的文字。"又说："中国的小说，还很难脱掉消闲的作用。对于此，作小说的人，如能有所领悟，他就利用这个机会，以尽他应尽的天职。"这段话不仅是对通俗小说而言，实际也是对新文艺作家们说的。读者看小说，本来就有一层消遣的意思，用一个更适当的说法，是或者要寻求审美愉悦，看通俗小说和看新文艺小说都一样。张氏的意思不是很明显吗？这便是他的态度！张氏是很清醒、很明智的，他一方面承认自己的作品有消闲作用，并不因此灰心，另一方面又不满足于仅供人消遣，而力求把消遣和更重大的社会使命统一起来，以尽其应尽的天职。他能以面对现实、实事求是的态度对待自己的工作，在局限中努力求施展，在必然中努力争自由，这正是他见识高人一筹之处，也正是最明智的选择。当然，我不是说除张氏之外别人都没有做到这一步，事实上民国最杰出的几位通俗小说名家大都能收到这样的效果，但他们往往不像张氏这样表现出鲜明的理论上的自觉。

张恨水在民国通俗小说史上是一位名副其实的大作家，他不仅留下了许多优秀的作品，他一生的探索也为后人留下了许多可贵的经验。

目　　录

第一章

菜油灯下

　　四川的天气最是变幻莫测，一晴可以二三十天。当中秋节前后，大太阳熏蒸了一个季节，由两三场雷雨，变成了连绵的阴雨一天跟着一天，只管向下沉落。在这种雨丝笼罩的天气下，有一排茅草屋背靠着一带山，半隐沉在烟水雾气里。茅草檐下流下来的水，像给这屋子挂上了排珠帘。这屋子虽然是茅草盖顶，竹片和黄泥夹的墙壁，可是这一带茅草屋里的人士，倒不是生下来就住着茅草屋的。他们认为这种叫作"国难房子"的建筑，相当符合了时代需要的条件。竹片夹壁上开着大窗户，窗户外面一带四五尺宽的走廊，虽然是阴雨沉沉的，在这走廊上还可以散步。

　　我们书上第一个出场的人物李南泉先生，就在这里踱着步，缓缓来去。他是个四十多岁的男子，中等身材，穿了件有十年历史的灰色湖绉旧夹衫，赤着脚，踏上了前面翻掌的青布鞋。两手背在身后，两肩扛起，把那个长圆的脸子衬着向下沉。他是很有些日子不曾理发，头上一把向后的头发，连鬓角上都弯了向后。在这鬓角弯曲的头发上，很有些白丝。胡楂子是毛刺刺的，成圈地围了嘴巴。他在这走廊上，看了廊子外面一道终年干涸的小溪，这时却流着一湾清水，把那乱生在干溪里的杂草洗刷得绿油油的。溪那面，也是一排山。树叶和草也新加了一道碧绿的油漆。

　　在这绿色中间，几条白线，错综着顺着山势下来，那是山上的积雨流下的小瀑布，瀑布上面就被云雾遮掩了，然而还透露着几丛模糊的树

1

影。这是对面的山峰，若向走廊两头看去，远处的山和近处人家全埋藏在雨雾里。这位李先生似乎感到了一点儿画意，四处打量着，由画意就想到了那久已沦陷的江南。他又有点儿诗意了，踱着步子，自吟着李商隐的绝句道："君问归期未有期，巴山夜雨涨秋池。"

有人在走廊北头窗子里发言道："李先生在吟诗？佳兴不浅！"李南泉道："吴先生，来聊聊天吧，真是闷得慌。"吴先生是位老教授，六十岁了。他穷得抽不起纸烟，捧着一支水烟袋走出屋子来。他虽捧了水烟袋，衣服是和这东西不调和的，乃是一套灰布中山服，而且颜色浆洗得惨淡，襟摆飘飘然，并不沾身。他笑道："真是闷得慌，这雨一下就是十来天。可是下雨也有好处，不用跑警报了。"李南泉笑道："老兄忙什么？天一晴，敌机就会来的。"

吴先生手捧着水烟袋正待要吸烟，听了这话，不由得嗒了一声，因道："我们这抗战，哪年才能够结束呢？东西天天涨价，我们还拿的是那永远不动的几个钱薪水。别的罢了，贵了我就不买。可是这米粮涨价，那就不得了。我吴春圃也是个十年寒窗的出身，于今就弄成这样。"说着，他腾出一只捧水烟袋的手，将灰布中山服的衣襟连连牵扯了几下。李南泉把一只脚抬了起来，笑道："你看看，我还没有穿袜子呢。袜子涨了价不是？干脆，我就打赤脚。好在是四川打赤脚，乃是最普通的事。"

吴春圃笑道："许多太太也省了袜子，那可不是入乡随俗，是摩登。"李南泉摇摇头道："不尽然。我太太在南京的时候，她就反对不穿袜子，理由是日子久了，鞋帮子所套着的脚板会分出了一道黑白的界线，那更难看。"李太太正把厨房里的晚餐做好，端了一碗煮豇豆走过来，她笑道："你没事讨论女人的脚？"李南泉道："无非是由生活问题上说来，这是由严肃转到轻松，大概还不至于落到低级。"

吴先生鉴于他夫妻两个近来喜欢抬杠，恐怕因这事又引起了他们的争论，便从中插上一句话道："阴天难受，咱们摸四圈吧？"李太太一听到打牌，就引起了兴致，把碗放在窗户台上，牵了牵身上穿的蓝布大褂，笑道："吴先生能算一角，我就来。"吴先生默然地先吸了两袋水烟，然后喷着烟向李南泉笑道："李先生不反对吗？"

2

李南泉笑道："我负了一个反对太太打牌的名声，其实有下情。一个三个孩子的母亲，真够忙的，我的力量根本已用不起女用人，也因为了她身体弱，孩子闹，不得不忍痛负担。她一打牌去了，孩子们就闹得天翻地覆。统共是两间屋子，我没法躲开他们。而我靠着混饭吃的臭文章就不能写，还有一层……"李太太摇着手道："别说了，我们不过是因话答话，闹着好玩儿，你就提出了许多理由。住在这山旮旯里，什么娱乐也没有，打小牌输赢也不过是十块八块的，权当了打摆子。"说着，端起那碗菜，走进屋去。

李先生看看太太的脸色有点儿向下沉，还真是生气，不便再说什么，含着笑，抬头看对面山上的云雾，隔溪有一丛竹子，竹竿被雨水压着，微弯了腰，雨水一滴滴地向下落，他顺眼看着有点儿出神。吴先生又吸了两袋烟，笑道："李太太到南方这多年了，还说的一口纯粹的北平话。可是和四川人说起话来，又用地道的四川话。这能说各种方言，也是一种天才。你瞧我在外面跑了几十年，依然是山东土腔。"李南泉分明知道他是搭讪，然而究是朋友一番好意，也就笑道："能说各种方言，也不见得就是一种技能吧？"

吴先生捧着水烟袋来回地在廊上走了几步，又笑道："李先生这两天听到什么新闻没有？"李南泉道："前两天到城里买点儿东西，接洽点儿事情，接连遇着两次警报，根本没工夫打听消息。"吴先生道："报上登着，德苏的关系微妙得很，德国会和苏联打起来吗？"李南泉笑道："我们看报的人，最好新闻登到哪里，我们谈到哪里。国际问题，只有各国的首脑人物自己可以知道自己的事。就是对手方面的态度，他也摸不着。中国那些国际问题专家，那种佛庙抽签式的预言，千万信不得。"吴先生道："我们自己的事怎样？敌人每到夏季，一直轰炸到雾季，这件事真有点儿讨厌。"李南泉道："欧洲有问题，飞机没我们的份，而且……"

说到这里，李太太由房门口伸出半截身子来，笑道："你就别'而且'了。饭都凉了。难得阴天，晚上凉快，也可以早点儿睡。吃饭吧。"李先生一看太太，脸上并没有什么怒容，刚才的小冲突算是过去了，便向吴先生点个头道："回头我们再聊聊。"说着走进他的家去。

李先生这屋子是合署办公式的。书房、客室、餐厅，带上避暑山庄的消夏室，全在这间屋子里。因为他在这屋子里，还添置了一架四川人叫作"凉板"的，乃是竹片儿编在短木架子上的小榻。靠墙一张白桌子上点了一盏陶器菜油灯。三根灯草漂在灯碟子里，冒出三分长的火焰，照见桌上放着一碗白煮老豇豆、一碗苋菜。另有个小碟子，放着两大片咸鸭蛋。李太太已是盛满了一碗黄色的平价米蒸饭，放到上首桌沿边，笑道："吃吧。今天这糙米饭是经我亲自挑剔过稗子的，免得你在菜油灯下慢慢地挑。"

李先生还没有坐过来，下首跪在方凳子上吃饭的小女孩，早已伸出筷子，把那块咸鸭蛋夹着放在她饭碗上。李太太过去，拍着女孩儿的肩膀道："玲儿，这是你爸爸吃的。"玲儿回转头来看妈妈一眼，撇着嘴哇哇地哭了。李南泉道："太太，你就让孩子吃了就是了，也不能让我和孩子抢东西吃呀。"李太太将手摇着小女儿道："你这孩子，也是真馋，你不是已经吃过了吗？"李先生坐下来吃饭，见女儿不哭了。两个大的男孩子站在桌沿边扒着筷子，口对着饭碗沿，两只眼睛却不住向妹妹打量，对妹妹那半边咸蛋似乎特别感到兴趣。

她左手托着鸭蛋壳，右手做个兰花式，将两个指头钳着蛋黄蛋白吃。李先生放下筷子，把碟子里其余的半个蛋，再撅成两半，每个孩子分了半截放在碗头。李太太道："他们每个人一个蛋，都吃光了。你也并没有多得，分给他们干什么？这老豇豆老苋菜你全不爱吃，你又何必和孩子们客气？"李先生刚扶起筷子来扒了两口饭，这就放下筷子来，长叹了一口气道："我们能忍心自己吃，让孩子们瞪眼瞧着吗？霜筠，你吃了蛋没有？"他对太太表示亲切，特地叫了太太一声小字。李太太笑道："哎呀，你就别干心疼了。每天少发两次书呆子牢骚，少撅我两次，比什么都好。"

李南泉笑道："我们原是爱情伴侣，变成了柴米夫妻。我记得，在十年前吧？我们一路骑驴去逛白云观。你披着青呢斗篷，鬓边斜插着一枝通草扎的海棠花，脚下踏着海绒小蛮靴。恰好，那驴夫给你的那一支鞭子，用彩线绕着，非常地美丽。我在后面，看到你那斗篷披在驴背上，实在是一幅绝好的美女图。那个时候，我就想着，我实在有福气，

4

娶得这样一个入画的太太。"李太太笑道："不要说了，孩子们这样大了，当着他们的面说这些事情，也怪难为情吧？"

李南泉道："这倒不尽然。你看我们三天一抬杠，给孩子们的印象也不大好。说些过去的事，也让他们知道，爹娘在过去原不是一来就板面孔的。"李太太道："说到这点，我就有些不大理解。从前我年纪轻，又有上人在家里做主，我简直就不理会到你身上什么事，可是你对我很好。现在呢？我成了你家一个大脚老妈，什么事我没给你做到？你只瞧瞧你那袜子，每双都给你补过五六次。你就不对了，总觉得我当家不如你的意。"

她说这话，将筷子拌着那碗里的糙米饭，似乎感到不太好咽下去，只是将筷子拌着，却没有向口里扒送。李南泉道："你吃不下去吧？"她笑道："下午吃了两个冷烧饼，肚里还饱着呢。没关系，这碗饭我总得咽下去。"说着就把旁边竹几上一大瓦壶开水，向饭碗里倾倒下去，然后把筷子一和弄，站在桌子边，连水带饭，一口气扒着吃下去。李南泉道："霜筠，你这样地吃饭，那是不消化的。"说着，他把苋菜碗端起来，也向饭碗里倒着汤。李太太道："你说我，你不也是淘汤吃饭？明天我起个早，天不亮我就到菜市去，给你买点儿肉来吃。"李南泉道："泥浆路滑，别为了嘴苦了腿。我也不那么馋。"

李太太在门柱钉上扯下一条洗脸巾，浸在方木凳子上的洗脸盆里，对孩子们道："来吧，我给你们洗脸。"玲儿已把那咸鸭蛋吃了个精光。她把小手托着那块鸭蛋皮送到嘴边上，伸长了舌头，只管在蛋壳里舔着。爬下椅子走到母亲面前，她把那钳着蛋壳的手举了起来，指着母亲道："妈，明天买肉吃，你不骗我啊。我们有七八天没吃肉了。"

李先生已把那碗淘苋菜汤的饭吃完了，放下筷子碗，摇摇头叹口气道："听了孩子这话，我做爸爸的，真是惭愧死了。"李太太一面和孩子洗脸洗手，一面笑道："你真叫爱惭愧了。她知道什么叫七八天？昨天还找出了一大块腊肉骨头熬豆腐汤呢。"李南泉笑道："你看，你现在过日子过得十分妈妈经了，是几天吃一回肉你都记得。当年我们在北平、上海吃小饭馆子，两个人一点就是四五样菜，吃不完一半全剩下了。"

李太太道:"怎么能谈从前的事,现在不是抗战吗?而且我们吃了这两三年的苦,也就觉悟到过去的浪费是一种罪孽。"李南泉站起来,先打了个哈哈,点头道:"太太,你不许生气,我得驳你一句。既说到怕浪费,为什么你还要打牌?难道那不算浪费时间、浪费精力?而且又浪费金钱。腾出那工夫你在家里写两张字,就算跟着我画两张画也好。再不然,跟着隔壁柳老先生补习几句英文,全比打牌强嘛。你不在家,王嫂把孩子带出去玩儿去了,我想喝口茶还得自己烧开水。我不锁门,又不敢离开一步。你既决心做个贤内助,你就不该这样办。"李太太道:"一个人总有个嗜好,没有嗜好那是木头了。不过,我也想穿了,我也犯不上为了打小牌丧失两口子的和气。从今以后,我不打牌了。"

说时,他们家雇的女佣王嫂,正进来收拾饭菜碗,听了这话,她抿了嘴笑着出去。李南泉笑道:"你瞧见吗?连王嫂都不大信任这话。"李太太已把一个女孩两个男孩的手脸都洗完,倒了水,把桌上菜油灯加了一根灯草,而且换了一根新的小竹片儿放在油碟子里,算是预备剔灯芯的,然后把这盏陶器油灯放在临窗的三屉小桌上,笑向李先生道:"你来做你的夜课吧,开水马上就开,我会给你泡一杯好茶来。"她这么一交代,就有点儿没留神到手上。灯盏略微歪着,流了好些个灯油在手臂上。她赶快在字纸篓里抓了一把烂纸在手上擦着。不擦罢了,擦过之后,把字纸上的墨,反是涂了满手臂。

李南泉笑道:"这是何苦?省那点儿水,反而给你许多麻烦。"李太太笑道:"你不要管我了。你似乎还有点儿事,今天晚上凉快,你应该解决了吧?"李南泉道:"你说的那个剧本?我有点儿不愿写了。"李太太还继续将纸擦着手,不过换了一张干净纸。她昂着头问道:"那为什么?只差半幕戏了。假如你交了卷,他们戏剧委员会把本子通过了,就可以付咱们一笔稿费。拿了来买两斗米,给你添一件蓝布大褂,这不好吗?我相信他们也不会不通过。意识方面,不用说,你是鼓励抗战精神。情节也挺热闹的,有戏子,有地下工作人员,有汉奸,有大腹贾。对话方面……"

李南泉微微向太太鞠了个躬,笑道:"先谢谢你。这完全是你参谋的功劳,纯粹的国语,而且是经过滤缸滤过的文艺国语。就凭这一点,比南方剧作家写得要好得多，准能通过。"李太太笑道：老夫老妻，耍什么滑头？真的，你打半夜夜工，把它写完吧。"

李南泉道："我本来要写完的。这次进城，遇到许先生一谈之后，让我扫兴。人家是小说家，又是剧作家，文艺界第一流红人，可是，他对写剧本不感到兴趣了。他说，剧本交出去，三月四月不准给稿费。出书，不到上演不好卖。而且轰炸季节里，印刷也不行。戏上演了，说是有百分之二或百分之四的上演税，那非要戏挣钱不可。若赔本呢，人家还怪你剧本写得不好，抹一鼻子灰。就算戏挣了钱，剧团里的人，那份艺术家浪漫脾气，有钱就花，管你是谁的。去晚了，钱花光了，拿不到。去早了，人家说是没有结账。上演一回剧本能拿到多少钱，那实在是难说。"

李太太道："真的吗？"南泉道："怎么不真？千真万确，这还是指在重庆而言。若论大后方其他几个城市，成都、昆明、贵阳、桂林，剧团上演你的剧本，那是瞧得起你。你要上演税，那叫梦话。你写信去和他要，他根本不睬，所以写剧本完全是为人作嫁的事。许先生那份流利的国语，再加上几分幽默感，不用说他用小说的笔法去布局，就单凭对话，也会是好戏。然而他没有在剧本上找到米，找到蓝布大褂。"李太太笑道："这么一说，你就不该写剧本了。不过只差半幕戏，不写起来，怪可惜了儿的。"她说着，自去料理家务去了。

李先生在屋子里来回走了几转，有点儿烟瘾上来，便打开三屉桌的中间抽屉，见里面纸张上面放了小纸包印着黄色山水图案画的纸烟盒，上面有两个字：黄河，因道："怎么着？换了个牌子。这烟简直没法儿抽。"那女用人王嫂正进房来，便道："朗个的？你不是说神童牌要不得，叫着狗屁牌吗？太太说，今天买黄河牌，比神童还要相因些。"李先生摇摇头道："这叫人不到黄河心不死。好烟抽不起，抽这烟，抽得口里臭气熏天，我下决心戒纸烟了。王嫂有火柴没有？"王嫂笑道："土洋火咯，庞臭！你还是在灯上点吧。"李南泉把这盒黄河牌拿在手上踌躇了一会儿，终于取了一支来，对着菜油灯头，把烟吸了。

他的手挽在背后，走出房门来，在走廊上来回地踱着步。隔了窗户，见那位吴教授戴上老花眼镜，正伏在一张白木桌子上，看数学练习本。原来他除在大学当副教授之外，又在高中里兼了几点钟代数、几何。

李先生一想，人家年纪比我大，还在做苦功呢，自己就别偷懒了。于是折转身来，走回屋子里去，那盏菜油灯已添满了油，看那淡黄的颜色，半透明的，看到碟子底和三根灯草的全部，笑道："今天的油好，没有掺假，难得的事。为了这油好，我也得写几个字。"于是将一把竹制的太师椅端正了，坐了下来。那一部写着的剧本，就在桌子头边，移了过来，先看看最后写的两页，觉得对话颇是够劲，便顺手打开抽屉，将那盒黄河牌纸烟取出，抽出一支，对着灯火吸着，昂起头来，望着窗子外面，见对面山溪那丛竹子，为这边的灯光所映照，一条伟大的尾巴直伸到走廊茅屋檐下。那正是一竿比较长的竹子，为积雨压着垂下来了。一阵风过噼噼啪啪，几十点响声，雨点落在地上。这很有点儿诗意，立刻拿起面前的毛笔，文不加点地写下去。

右手拿着笔，左手就把灯盏碟子里的小竹片儿剔了好几回灯草。同时，左手也不肯休息，慢慢地伸到桌子抽屉里去，摸索那纸烟。摸到了烟盒，也就跟着取一支放在嘴角，再伸到灯火上去点着，一面吸烟，一面写稿。眼前觉得灯光比较明亮，抬头看时，也不知道太太是什么时候走了来的，正靠了桌子角，拿着竹片儿轻轻地剔着灯草，笑道："这好，我写到什么时候，你剔灯剔到什么时候。你不必管了，在菜油灯下写了四五年稿子，也就无所谓了。反正到了看不见的时候，你一定会自来剔灯。"

李太太笑道："我看你全副精神都在写剧本，所以我没有打搅你，老早给你泡好了一杯茶，你也没有喝。蚊子不咬你吗?"这句话把李先生提醒，哎呀了一声，放下笔，立刻跳了起来，站在椅子外，弯着腰去摸腿。李太太道："你抬起腿来我看吧。"李先生把右脚放在竹椅子上，掀起裤脚来看看，见一路红包由脚背上一直通到大腿缝里。李太太道："可了不得：赶快找点儿老虎油来搽搽。还有那一条腿呢?"李先生放下右脚，又把左脚放在椅子上，照样查看，照样地还是由脚背上起包到大腿缝里。李太太道："这就去用老虎油来搽。两条腿全搽上，你也会感到火烧了大腿。"李先生放下脚来，摇摇头笑道："这半幕戏我要写完了，恐怕流血不少。我的意思是弄点儿血汗供养全家，倒没有想到先喂了一群蚊子。"李太太道："我是害了你了。那么，就不必再写了。"

李南泉情不自禁地，又把那不到黄河心不死的纸烟取了一支在手，就着灯火把烟吸了，背了两手，在屋子里踱着步子来去。李太太笑道："你说这黄河牌的纸烟抽不得，我看你左一支右一支地抽着，把这盒烟都抽完了，你还说这烟难抽呢。"她说着，手上拿了一件旧的青衣服和一卷棉线，坐到旁边竹椅子上去。李南泉道："怎么着，你还要补衣服吗？蚊子对你会客气，它不咬你？"李太太道："把这件衣服补起来，预备跑警报穿，天晴又没有工夫了。"

李南泉叹了一口气，又坐到那张竹椅子上去。李太太道："你还打算写？今天也大意了，忘记了买蚊烟。你真要写的话，我到吴先生家里，去给你借两根蚊烟来。"李南泉道："我看吴先生家也未必有。他在那里看卷子，时时刻刻扇着一把扇子在桌子下轰赶蚊子。"李太太道："这是你们先生们算盘打得不对，舍不得钱买蚊烟。蚊子叮了，将来打摆子，那损失就更大了。"李先生翻翻自己写的剧本，颇感兴趣，太太说什么话，他已没有听到，提起笔来继续地写。后来闻到药味，低头一看，才知太太已在桌子角下燃起了一根蚊烟。这更可以没有顾忌，低了头写下去。

其间剔了几回灯草，最后一次，就是剔起来，也只亮了两分钟。抬头看时，碟子里面没有了油。站起身来，首先发觉全家都静悄悄地睡了。好在太太细心，事情全已预备好，已把残破了瓶口的一只菜油瓶子，放在旁边竹制的茶几上。他往灯盏里加了油，瓶子放到原处，手心里感觉到油腻腻的，正弯着腰到字纸篓里去要拾起残破纸来，这就想到太太拿字纸擦油，曾擦了一手的墨迹，于是拐到里面屋里，找一块干净的手纸缓缓擦着。这时看看太太和三个孩子，全已在床上睡熟。难得一个凉快天，而且不必担心夜袭，自然是痛痛快快地睡去了。这屋里的旧红漆桌子上，也是放了一盏菜油灯。豆大的灯光，映照得屋子里黄黄的，人影子都模糊不清。

听听屋子外面，一切声音全已停止，倒是那檐溜下的雨点，滴滴笃笃，不断向地面落着。听到床上的鼻息声，与外面的雨点相应和，这倒很可以添着人的一番愁思。他觉得心里有一份很大的凄楚滋味，不由得有一声长叹，要由口里喷了出来。可是他想到这一声长叹若把太太惊醒了，又要增加她一番痛苦，因之他立刻忍住了那叹声，悄悄走到外面屋子来。外面屋子这盏灯，因为加油之后还没有剔起灯草，比屋子里面还要昏黑。

四川的蚊烟是像灌香肠一样的做法，乃是把薄纸卷作长筒子，把木屑砒霜粉之类塞了进去，大长条儿地点着。但四川的地又是很容易返潮的，蚊烟燃着放在地上，很容易熄，因之必须把蚊烟的一头架放烟身的中间，每到烧近烟身的时候，就该将火头移上前一截。现在没有移，一个火头把蚊烟烧成了三截。三个火头烧着烟，烧得全屋子里烟雾缭绕，整个屋子成了烟洞，于是立刻把房门打开，把烟放了出去，将空气纳了进来。那半寸高的灯焰，在烟雾中跳动了几下，眼前一黑。李先生在黑暗中站了一会儿，失声笑了起来。外面吴春圃问道："李先生还没有睡吗？摸黑坐着。"

李南泉顺步走出房门，见屋檐外面已是一天星斗，吴先生还是捧了水烟袋站在走廊上，因问道："吴兄也没有睡？"他答道："看了几十份卷子，看得头昏眼花，站在这里休息休息。"两人说着话，越发靠近了廊檐的边端。抬头看那檐外的天色，已经没有了一点儿云渣，满天的星斗像蓝幕上钉遍了银扣，半钩新月正当天中，把雨水洗过了的山谷草木照得青幽幽的。虫子在瓜棚豆架下唧唧哼哼地叫着，两三个萤火虫带着淡绿色的小灯笼，悠然地在屋檐外飞过。

吴春圃吸了一口烟，因道："夜色很好。四川的天气就是这样，说好就好，说变就变。明天当然是个大晴天，早点儿吃饭，预备逃警报。"李南泉道："这制空权不拿在自己手里，真是伤脑筋的事。明天有警报，我打算不走，万一飞机临头，我就在屋后面山洞子里躲一躲了事。"吴春圃道："当然也不要紧，可是你不走，太太又得操心。我一家人倒是全不躲。明天来了警报，我们就在屋角上站着聊聊。"

李南泉道："吴先生明天没有课吗？"他道："暑假中，本来我是可以休息休息的。不过我一家数口不找补一些外快，怎么能对付得过去？

我们没有法子节流，再节流只有勒紧裤带子不吃饭了，所以我无可奈何，只有开源。你看我这个开源的法子怎么样？"李南泉摇摇头道："不妥当。人不是机器，超过了预定的工作，我们这中年人吃不消。"

吴先生一昂头，笑道："什么中年人？我们简直是晚年人了。"吴太太在屋子里叫道："俺说，别拉呱儿了吧？夜深着呢。李先生写了一夜的文章，咱别打搅人家。"这一口道地山东话，把吴先生引着打了一个哈哈，接着道："俺这日子……"说着，他真的回去了。

李南泉站在走廊下出了一会儿神，也就走进屋子去，在后面屋里找到了一盒火柴，将前面油灯点着，也立刻关上了门。他在灯下再坐下来，又把写的剧本看看，觉着收得很好，自己就把最后一幕从头到尾又看了一遍。正觉得有趣，忽听到对面山溪岸上，有人连连地叫了几声"李先生"。

他打开门来，在走廊上站着问道："是哪一位？"说时，隔了那丛竹子，看到山麓人行路上，晃荡着两个灯笼。灯光下有一群男女的影子。有一个女子声音答道："李先生，是我呀，我看到你屋子里还点着灯呢，故而冒叫一声。"李南泉笑道："杨老板说话都带着戏词儿，怎么这样夜深，还在我们这山沟里走？"那杨老板笑道："我们在陈先生家里打小牌过阴天。"李南泉道："下来坐一会儿吗？"她道："夜深了，不打搅了。明儿见。"说毕，那一群人影拥着灯笼走了。

李南泉一回头，看到走廊上一个火星，正是吴春圃先生捧着水烟袋，燃了纸煤儿，站在走廊上。他先笑道："过去的是杨艳华，唱得不错，李先生很赏识她？"李南泉道："到了四川，很难得听到好京戏，有这么一个坤角儿，我就觉得很过瘾了。其实白天跑警报，晚上听戏，也太累人，我一个星期难得去听一次。"

吴春圃道："她也常上你们家来？"李南泉道："那是我太太也认识她。要不然我就应当避一避这个嫌疑，和唱花旦的女孩子来往有点儿那个……"说着打了一个哈哈。吴先生笑道："那一点儿没关系。她们唱戏的女孩子，满不在乎。你避嫌疑，她还会笑你迂腐。你没有听到她走路上过，就老远地叫着你吗？大有拜干爹之意。"说着也是哈哈一笑。这笑声终于把睡觉的李太太惊醒了，她扶着门道："就是一位仙女这样叫了你一声，也不至于高兴到睡不着觉吧？看你这样大说大笑，可把人家邻居惊动了。睡吧。"李南泉知道这事对太太是有点儿那个，因笑道："是该睡了，大概十二点钟了。吴先生明天见。"

他走回房去，见她披着长衣未扣，便握着她的手道："你看手冰凉。何必起来？叫我一声就得了。"李太太对他看了一看，微微一笑，接着又摇了两摇头，也就进后面屋子睡觉去了。只看她后面的剪发，脖子微昂起来，可以想到她不高兴。李先生关上房门，把灯端着送到后面屋子来，因道："霜筠，你又在生气。"李太太在榻上一个翻身道："我才爱生气呢。"李南泉道："你何必多顾虑。我已是中年以上的人，而且又穷。凭她杨艳华这样年轻漂亮，而又有相当的地位，她会注意到我这个穷措大？人家和我客气，笑嘻嘻地叫着李先生，我总不好意思不睬人家。再说，她到我们家来了，你又为什么殷勤招待呢？"李太太道："哎，睡吧，谁爱管这些闲事。"

李先生明知道太太还是不高兴，但究竟夜深了，自不能絮絮叨叨地去辩明。屋子旁边，另外一张小床，是李先生他独自享受的，他也就安然躺下。这小床倒是一张小藤绷子，但其宽不到三尺，床已没有了架子，只把两条凳子支着。床左靠了夹壁，床右就是一张小桌子，桌沿上放着一盏菜油灯，灯下堆叠着几十本书。李先生在临睡之前，照例是将枕头叠得高高，斜躺在床上，就着这豆大的灯光看他一小时书。今天虽然已是深夜，可是还不想睡，就依然垫高了枕头躺着，抽出一本书，对着灯看下去。这本书正是《宋史列传》，叙着南渡后的一班官吏。这和他心里的积郁有些互相辉映。他看了两三篇列传，还觉得余兴未阑，又继续看下去。

夜静极了，没有什么声音，只有那茅屋上不尽的雨点，两三分钟，滴答一声，落在屋檐下的石板上。窗户虽是关闭的，依然有一缕幽静的风由缝里钻了进来。这风吹到人身上，有些凉浸浸的。人都睡静了，耗子却越发放大了胆，三个一行，后面的跟着前面的尾巴，在地面上不断来往逡巡，去寻找地面上的残余食物。另有一个耗子，由桌子腿上爬上了桌子，一直爬到桌子正中心来。它把鼻子尖上的一丛长须，不住地扇动，前面两个爪子抱住了鼻子尖，鼻子嘴乱动。

12

李南泉和它仅只相隔一尺远，放下书一回头，它猛可地一跳，把桌子角上的一杯凉茶倒翻。耗子大吃一惊，人也大吃一惊，那凉茶由桌子上斜流过来，要侵犯桌沿上这一叠书。他只得匆忙起来，将书抢着放开。这又把李太太惊醒了，她在枕上问道："你今晚透着太兴奋一点儿似的吧？还不睡？"李南泉道："我还兴奋呢，我看南宋亡国史，看得感慨万端。"李太太道："你常念的那句赵瓯北诗'家无半亩忧天下'，倒是真的。你倒也自负不凡。"李南泉正拿了一块抹布擦抹桌上的水渍，听了这话，不由得两手一拍道："妙，你不愧是文人的太太。你大有进步了，你会知道赵瓯北这个诗人。好极了，你前途未可限量。"他说着，又在桌上拍了一下。

那盏菜油灯的油，本已油干到底，灯草也无油可吸。他这样一拍，灯草震得向下一滑溜，眼前就漆黑了。李太太在黑暗中问道："你这可是太兴奋了吧？捡着你一句话这么重说一遍，也没有什么稀奇，你就灯都弄熄了。怎么办？"李先生在黑暗中站着出了一会儿神，笑道："摸得到油也摸不到火柴。反正是睡觉了，黑暗就黑暗吧。"这时，火柴盒子摇着响，李太太道："我是向来预备着火柴的，你点上灯吧。这样，你可以牵着一床薄被盖上，免得着了凉，阴天，晚上可凉。"

李先生摸索着上了床，笑道："多谢美意，我已躺下了。外面满天星斗。据我的经验，阴雨之后，天一放晴，空中是非常明朗，可能明天上午就要闹警报，今天我们该好好养一养神。"李太太道："我倒想起一件事。明天上午，徐先生来找你。"李先生听了这话，却又爬起床，向太太摸索着接过火柴，把灯重点起来。李先生这一个动作，是让他太太惊异的，因道："你已经睡觉了，我说句徐先生要来，你怎么又爬起来了？"李南泉道："你等我办完一件事，再来告诉你。"说着，就把点着了的这盏灯，送到外面屋子里去。

李太太更是奇怪，就披衣踏鞋，跟着走到前面屋子来。见她丈夫伏在三屉小桌上，文不加点地在写一张字条。李太太道："你这是做什么？"李先生已把那字条写起，站起来道："我讨厌那些发国难财的囤积商人。我见了他就要生气。你说老徐要来找我，我知道他是为什么事。我明天早上出去，留下一张字条在家里，拒绝他第二次再来找我。"

李太太笑道："就为了这一点？你真是书呆子，你不见他，明天早上起来写字条也不迟。于今满眼都是囤积商人，你看了就生气，还生不了许多的气呢。字条给我瞧瞧，你写了些什么话？"

李南泉道："你明天早上看吧，反正我得经你的手交给他，你若认为不大妥当的话，不交出去就是了。这回可真睡了。"李太太看着他，微笑地摇了两摇头。李南泉道："太太，你别摇头，抗战四个年头了，我们在大后方还能够顶住。就凭我这书呆子一流人物，还能保持着一股天地正气。"李太太笑道："这话我倒是承认的。不过你们这天地正气，千万可别遇到那些唱花旦的女孩子。她们有一股天地秀气，会把你们的正气冲淡下去。"李南泉笑道："这位杨艳华小姐真是多事，走我门口过就走我门口过吧，为什么还要叫我一声？太太，我和你订个君子协定，从明天起我决不去看杨艳华的戏。"李太太道："那么，你是说，从明天起，我不打小牌？"李南泉笑道："并无此要求。"夫妻俩谈着，又言归于好了，两人回到后面屋子里，各自上各自的床安歇。

就在这时，睡在李太太床上的小玲儿，忽然大声叫起来："明天早上买肉，不能骗我的呀！"她说完了这句话，就寂然不再说什么了。李太太道："你瞧，这孩子睡在梦里都要吃肉。"李先生听了孩子这句话，真是万感在心，抗战时期的什么问题都可联想到。他沉沉地想，不再说话。远远的鸡啼，让他睁开眼来一看，灯光变成了一粒小红豆，窗子外倒有几块白的月光洒落在屋里地上。

第二章

红球挂起

　　李先生上半夜的困扰，是为了剧本上半幕戏，下半夜的困扰，是为着一个女伶叫了一声。精神上太劳顿了，需要休息。猪肉已不能再给什么兴奋，就安然地睡去。不知是他什么时候翻了个身，眼睛闪动一下，见着面前一片通亮。李太太道："该起来了。九点多钟了。"他一个翻身坐起来，见太太正把一束野花插在小桌上那只陶器瓶子里，另外还有一个粗纸包放在桌沿。桌面上撒了不少芝麻，可想纸包里是两个小烧饼。因道："你都上街回来了？"李太太道："我已上街两次了。起来吧。听说天一亮，就挂了三角球。我下山到街上的时候，还听到侦察机的响声。外面大太阳，恐怕上午就有警报。"

　　李先生见屋后壁窗户洞开，由窗户看屋后的山，全是强烈的阳光罩住，便道："那么，赶快弄点儿水洗把脸。先喝茶，享受这两个烧饼。"李太太笑道："我还着你做了一件顺心的事，下山的时候遇到了老徐，看那样子，好像是要向咱们家来。他一问你，我就说你熬了一宿还没起床。他站在路上很踌躇的样子，约了下午再来看你。他到底有什么要紧的事找你？"李南泉道："他异想天开。他要到衡阳去做生意，说是路上过关过卡，怕有麻烦，要我找新闻界替他找个名义。就算我肯介绍，哪家报馆也不会这样滥送名义吧？"李太太道："不要谈老徐的事了，三角球放下两小时了，敌人的侦察机已回到了基地，恐怕敌机要来了。"李南泉笑道："我说怎么样？我是有先见之明，我知道今天一大早就要来警报的。好在我已把剧本写完。今天就借敌机放一天假。"说着，他

15

匆匆地洗脸喝茶。

　　在每天早上，李先生有一定的工作，竹书架上堆着的两百本旧书，必须顺手抽出一本来看，不问是中文或英文的，总得看上二三十分钟。他坐在那竹椅子上，正翻开一页书，却听到山溪对过人行路上，有人操着川音道："挂起，挂起！"邻居的甄太太是位五十多岁的人，只和一个十四岁的男孩子家居。身体弱，家境又相当清寒，最是怕警报，听到这挂起两个字，就战战兢兢地由走廊那头跑过来，操着江苏音问道："李先生，阿是挂了红球？阿是挂了红球？"李南泉道："甄太太不要紧，还只挂了一个球，你慢慢地收拾东西吧。"甄太太扶了窗户挡子，向屋里望着道："警报越来越早，阿要尴尬？李太太躲不躲？"李太太托了个纸包出来，苦笑着道："我孩子多，不躲怎么行呢？"说着，把那纸包放在桌上，纸散开了，里面是半个烧饼。因道："你看，这些孩子，真不听说，一转眼，把给你留的三个烧饼，吃了两个半。"小玲儿听了这话，由外面跑了进来道："爸爸，我只吃了一个，我叫哥哥别吃，给爸爸留着，他又分了我半个，你说，是不是'岂有此理'？"说着，她伸了个小指头，向爸爸连连指点几下。李先生哈哈大笑。

　　李太太道："孩子这样淘气，你还笑呢。"李南泉道："我不是笑她别的，笑她天真。尤其是岂有此理四个字，她四岁多的孩子，引用得这样恰当，不愧是咱们拿笔杆朋友的女儿。得受点儿奖励，还有半个烧饼，还是赏了你。"说着就把那半个烧饼赏了小玲儿。就在这时，两个男孩子，由对面溪岸的高坡上，一口气跑了下来，跑过溪上的那小桥时，踏得木桥叮叮咚咚作响。大孩子小白儿，一面跑，一面喊着："妈呀！挂了球了！挂了球了！"他们跑进屋来，兀自喘着气。小的孩子小山儿，看到桌上一大碗茶，两手端起来就喝。李南泉道："你这两个小东西，实在是不成话，一大早就出去玩儿，不是挂球，大概还不回来。走路没有看见你们走过，总是跑，由那边坡上跑下来，一口气就到，假如让东西绊了一下栽下沟去，怕不是重伤？"李太太道："快放警报了，他还不该跑回来？你女儿做什么事都是好的，你儿子无论做什么事都是错的。"

　　李南泉还想辩论什么事，早是呜呜呜一阵警报的悲呼声由空气里猛烈地传了过来。便把墙上一件旧蓝布大褂，往身上一披。书架子下，经常预备着一只旅行袋子，里面是几本书、一只灌好冷开水的玻璃瓶子。这就是逃警报的东西，他已是一手提了起来。李太太道："你就要走吗？你一点儿东西还没有吃呢。"他道："解除警报回来再吃吧，反正不饿。"

李太太道："你暂别忙走，我到山下去买两个馒头来带了去。"李南泉连说着不用，找了顶旧帽子在头上戴着，又拿了一把芭蕉扇子在手上，正待出门，小玲儿扯着他的衣襟道："爸爸，我和你一路去，我不躲防空洞。"说时，索性两手抱了爸爸的腿。李先生对于孩子这个新提的要求，忽然有点儿锐敏的感觉，便道："好，我们今日都到后面山缝里去。太太，你看我这个提议如何？"李太太道："我带三个孩子，怎么能跟你跑上四五里路？这样大太阳，来去就是一身透汗，你就不必向山缝里跑了。虽然洞子里人多，反正不会有多大的时候。"李先生沉吟了一会儿，因道："让我到山上去观察观察天势吧。"说着，就走到屋后小山坡上去。

这时，天空是一片蔚蓝的大幕，虽是也飘荡几片白云，那白云的稀薄程度，像是破烂的白纱，悠悠地在长空飘荡。偶然有两三只鸟在头顶上掠过。大自然一切平静，与往常毫无分别。看看这山沟两旁的大山，青草蒙茸，像蹲着的狮子抖动着全身的长毛。那阳光罩在山上，像有一丛火光向上反射。真的，自己随了山坡的石砌向前面走着，那深草里面，就有一阵阵的热气，向人衣服下面直钻上来。他也不去理会，踢着深草的蚱蜢乱飞，径直奔往山坡的北端。那里是可以看到山下这一个镇市的。

山下市镇中间，有片川地难得的平坦广场。在那里插了一根高高的旗杆，横钉了一块木棍。在稍远的地方，虽是不能看清楚这根长杆，可是那横杆上所悬挂的两个大红纸球，在猛烈的太阳下却异常明显。山脚下一条人行道，是镇市上奔往防空洞去的路径。人是一个跟着一个，牵了一大群，向山麓左角另一个山峰上走去，在镇市的那头，另有一条公路，除了摆了一字长蛇阵，沿着对方的山麓走去而外，那却有一辆辆的卡车，疏散了开去。同时，也有一辆一辆的小座车，载着躲警报的人，由城里开来。

李先生正在出神，李太太在屋角下叫道："南泉，你还站着尽看些什么？"他摇着头走回来道："今天躲空袭的人似乎比往日还要紧张。"李太太道："既然比往日还要紧张，你就预备走吧，还犹豫什么？"李先生道："我不走了，今天就陪你们躲一天洞子吧，一来天气热；二来，我也和你带孩子。"说着走回家来。见小白儿、小山儿各背一个小布包袱在肩上，另外还各拿了一条小竹凳子，小玲儿腋下夹着她布做的小娃娃，手上也提了麦草秆的小手提包。王嫂已把朝外的房门锁起。墙壁下一路摆了四个大小手提旅行袋。李先生道："天天躲警报，天天带上许多东西，多麻烦。"李太太道："那有什么法子呢，万一房子中了个炸弹，连换洗衣服都没有。由南京到重庆，这种事就看得多了。你怕什么麻烦，又不要你拿一项。往常躲警报，你是最舒服，带着开水，带着书，到山沟里竹林子里去睡觉，我们可真受罪，又是东西，又是孩子。"

李先生道："躲警报，还有什么舒服可言吗？我叫你和我一路到山后面去，你又说难跑路。"李太太沉着脸道："躲警报的时候，我不和你吵。解除了，我再和你讲理。"李南泉道："也许一个炸弹下来，先把我炸死，你要讲理，趁早！"那邻居甄太太提着小箱子，夹着小包袱正走门前经过，便道："李太太，勿要吵哉，快放紧急哉！走吧。"李太太提了两个小包袱，一声不响，引了孩子们走。小玲儿走过了山溪，回转身来，将手连招了几下道："爸爸，你马上就来啊，我给你占着位子。你和我带一包铁蚕豆来，洞子里坐着怪闷的。铁蚕豆就是四川人叫的胡豆，你晓得吧？"李先生被太太埋怨着，心里本是藏着一腔无名火。小女儿小手一招，还把蚕豆做了一番解释，乐得心花怒放，哈哈笑道："这孩子，什么全知道。"

李太太已走上了山坡，回头看着丈夫，也是忍不住一笑。甄太太拿了三四样东西，喘着气上山坡，因道："侬家李先生，真个喜欢格位小姐。小姐讲啥个闲话，伊拉总归是笑个。"李太太道："那有什么法子，这孩子给她爸爸带缘来了。"李先生在走廊上叫道："别说闲话了，太太，你看路上这么些个人，回头洞子里找不到座位。入洞证带了没有？"李太太一扭头道："谁和你废话。"她虽是这样说了，带着孩子真的加快了步子走。因为这村子口上，在山石下面，统共是两个防空洞。其中一个最大的，还是机关私有的，百姓不能进去。这个公用洞子虽小，凭证入洞，常是超出额外。

这时，村子里面向防空洞去躲飞机的人，也是摆出了一条长蛇阵。这山路下的一条人行路径，也不过是二尺宽。有的老太太扶着手杖，一步一步地挨，旁边还有小孩子扶着。那抢着要占位的人，可有些不耐，侧了身子，就挨着身子挤了过去。有的中年太太，手上抱着一个吃乳的孩子，衣襟可又被五六岁的小孩子牵着。那行路的速度，也不曾赛过扶杖的老太太。恰好有把人送进防空洞，而又二次回来拿东西的人，让这娘儿仨挡住，只管是左闪右躲，想找个空当儿抢过去。还有那挑着行李的人，尽管防空洞有规则，不许带大件东西进去。然而他一挑东西，就是他全家的资产。他把家产挑了来，虽然不能进洞，放在洞子附近，将青草遮盖了，也是物不离人，人不离物。尤其是摆香烟摊子、摆小百货摊子的人，度命的玩意儿全在一担，他必须挑着。于是在许多走不动的人群之外，还是东碰西撞的担子。李太太带着三个孩子、四个旅行袋，也就不怎么利落。正好前面是走不动的甄太太。再前面是一个小公务员的太太，肩上扛着一只大布包袱，手里提着锁门已坏、绳子捆着的小皮箱。手边还有两个孩子，都不满三尺长。小孩子走不动，她也拿东西不动，又不敢歇，走得身子七歪八倒。

这样的情形，可难坏胆小的人、性急的人。他们在后边喊道："前面的人，快点儿走吧。若是走不动，就让一点儿路，让别人好走哇。"也有人喊道："空袭都放了十多分钟了，马上就要放紧急。飞机到了头上，我看你们跑不跑？"也有人向前挤着跑，腿撞着小孩子，就把人撞倒在一边。小孩哇的一声哭了，那孩子母亲是能扛着三个小包袱的人，恰不示弱，便叫道："你抢什么？炸弹下来，就会炸死你一个。"立刻，这小小行路上，闹成了一片。

李先生虽是碰了太太一个钉子，可是看到这种情形，却不能再袖手旁观，就由家门口跑上路来，抱着小玲儿随在太太后面道："今天怎么这样乱？我送你们到洞子里去吧。"他一来了，李太太的气就要平些。因道："哪一天又不是这样乱呢？一挂了球，你就独自个儿游山玩水去了，这些情形，你哪里看得见？你还没有看到洞子里那种情形呢。坐了一小时，比……"李南泉道："那么，我又说了，为什么你不和我到后面山沟里去呢？"李太太道："别抬杠了。你不忙，别人还要抢洞子呢。"李先生也就不再说什么话，抱着孩子在前面走。这村子口上，就是一个下坡的山口，站在这山口上，镇市广场里那旗杆上的红球被太阳照着热烘烘的颜色，极明显地射入各人的眼帘。不断有人来到山口上，向那红球看，也就不断有人在后面问："两个球吗？落下去了吗？"小玲儿抱着李先生的颈脖子道："爸爸，红球落下去了，就是日本飞机不来了吗？"

李南泉笑道："这回你说得不对。两个球都落下去了，就是紧急情报。"小玲儿笑道："我晓得，绿球挂起来了就是解了除。"南泉笑道："对的，对的。好一个解了除。"李太太道："你看，你爷儿俩又在这里说上了。孩子多，我得坐在洞子里面。快来吧。"说着，她先走。在这山口的小路上，就是一堵青石悬崖。在青崖上打了两个进出洞口，难民们陆续向洞里进去。管洞子的两名防护团丁站在门口，正向进洞子的人检验入洞证。李南泉道："不忙了，今天检察入洞证，闲杂人等不得进去的。"那团丁向他点了头道："今天李先生也来躲洞子？还是洞子好，在山沟里怕机关枪扫射。你们不用看入洞证了，脸上就是入洞证。"

正要说笑，忽然有一个人叫道："球落下去了，球落下去了！"这洞门口的斜坡，原来还有几丈见方的一块坦地。这里或站或坐，还拥着几十位没有入洞的人。在这一声叫中，大家就一阵风似的拥到了洞口。两个团丁四手一伸，把洞门挡住，叫道："忙啥子？日本鬼子杀得来了？"李南泉一家人原站洞口，被这一拥，早就塞进了洞子。外面正是大太阳，由光处向这里面走来，立刻两眼漆黑，寸步难移，但觉得身子以外，全是人在碰撞。

所幸洞的深处，立刻有两支手电筒放出白光来，照见洞子里面的人还不十分拥挤，只是大家全塞在这进口的一截路上。李太太和孩子说两句话，洞底有人听出了李太太的声音，便叫道："老李，这里来坐吧。"这是一位下江太太的口音，那正是李太太的牌友。李太太随了这声音走过去，那位下江太太就伸着手扯了她的衣服，让她在洞壁下的长板凳上坐着。她笑道："老李，你在家里做起贤妻良母来了，两天没有见着你。今天解除了警报，我们来八圈，好不好？"李太太还没有答言，李先生已抱了孩子，摸索着过来了。他道："孩子交给你吧，放了紧急我再来。"那位下江太太笑道："哎呀，李先生在这里。"李太太道："他在这里怎么样？谁也不能拦着我打小牌。"李南泉分明知道这是太太一句要面子的话，在洞里，全是村子里的熟人，这一点儿面子总是要给她的。这也就没说什么，默然地出了洞子。

因为那一声球落下来了，并无下文，而警报器又没有作凄惨的紧急呼声。原来拥塞在洞口上的人，都已走了出去。这平坦的一方地上，有几丛大芭蕉，又有两株槐树。原是给这洞口上，加起一番伪装。现在散开了满地的绿荫，倒是太阳下一个很好的歇脚地方。不曾入洞的人，大家都拥在槐树和芭蕉荫下。李南泉伸头一看山脚下的镇市，那两个表示空袭的红球，还挂在天空。这已有了相当的时间，躲警报的人，都已找得了存身之所。不愿躲警报的人，各各守家未出。

山下几条人行路，恰好和刚才的情形处在相反的地位，空荡荡的没有一个人。俯瞰山下那整群的屋脊，也不曾在烟囱里冒出一缕烟。天上的白云，大小几片，停止在半空，似乎它也和警报声过后的大地一样，把动作给呆定了。李先生觉得眼前情景，是有一种大自然的死气，同时也觉得心中空洞无物。想起昨晚上和吴教授有约，今天来了警报，是预备不躲的，和他在屋檐下聊天。吴先生最爱聊，这倒是消磨警报时间的一种好办法，于是就转身向家里走，刚到路口，就有人老远地叫道："李先生，不躲了吗？向哪里去？"回头看时，在一棵大黄桷树下，转出来一位梳两个辫子的女郎，这就是昨晚过门叫了一声的杨艳华。

她那番好意，昨天晚上就闹了整宿的家务。今天她又来打招呼，真是替自己找麻烦。可是看到杨小姐穿了一件黑拷绸长衫，越是显着皮肤雪白，长头发梳两个小辫，垂在肩上，辫梢上有两个小红丝线结子，顿觉得她身段苗条而娇小。因笑道："杨小姐。你身上穿的衣服虽然全是防空颜色，只是这两只辫子梢红红的，有点儿欠妥。"她笑道："敌人的飞机上，带着显微镜吗？它会看到我这辫子梢？"正说着，有一位白太太含着笑由身边过去。李先生暗下叫一声不好。因为这位白夫人，也是太太的牌友，她们是很有帮助的。她进洞子去了，告诉太太说你们李先生在和女戏子说话，那又是给人的一种麻烦了。

他有了这样一个感觉，不敢耽误了，和杨艳华点了个头，径自走开。一面走着，一面向白太太道："白太太，你到洞子里去吗？请告诉我太太我回家了，万一放了紧急我来不及跑的话，我就躲在屋后面那小洞子里，那里倒也是很安全的。"他说着话，还是加紧了脚步走。走到家里，见那吴先生一家，一位太太、四个孩子，正沿了屋后小山上一条羊肠小径，向山的北端走去。那边有个天然山洞，叫仙龙洞，是个风景区，里面可以藏纳一千人。他们的学校，在大洞子里又凿了小洞，是最安全的区域。他们原说，今天是不躲警报的，不想还是走了。隔了山溪，因叫了一声。吴先生道："李先生，李先生，你还是躲一躲吧。今天有七批敌机来袭，第一批二十八架已经过了万县，马上就要放紧急了。"李南泉道："好的。反正我现在是一个人，又不带东西，躲起来倒没有什么困难。"老远地就听到吴先生长声唉了一字。原来他抱着一个四岁的男孩，手背上又挽着一个包袱。六十岁的人，走着那步步高升的山路，相当吃力。他太太是双解放脚。左手牵着一位七岁的孩子，右手扶了根竹杖，走得是非常的慢。他们面前还有一位十五岁的小姐、十二岁的公子，全拿了包袱和旅行袋。虽是走得快，却是走一截停一截，等后面的人。太阳是高升起来，火一般地向人身上照着，叫人热汗直流。吴太太一路怨恨着说："生这么些个孩子干什么？躲起警报来真要命。不躲警报，也吃不起这贵的米。"

吴先生本人正累得有点儿上气接不了下气，听到太太这么一埋怨，他就叫道："你说这话简直不讲理，俺叫伲今天别跑，伲要跑。"吴太太随身就坐在石头上，扭着头道："咱不跑就不跑了吧。过这种揪心日子，还有个活头哇？炸弹炸死了，俺说是干脆。"李先生已跑过了山溪，走到屋后山上来了，便道："吴先生，走吧。这大太阳，在这山上晒着可受不了，你不说是今天有七批敌机吗？吴太太，你走吧，你孩子多，回头大批敌机投弹，骇着了孩子。"吴太太听到这话，就不愿和先生闹别扭了，扶着竹手杖，又开始爬山。李先生站在走廊的角端，看到这一群人走去，心里正在想着，怎么这些多年夫妻全是闹别扭的？

正在出神，有人遥远地叫道："李先生，你没有走？"看时，是山溪对岸的邻居石正山教授。他家的屋子和这里斜斜相对，大水的季节，倒是一溪流水两家分。他们的草房子，一般有条临溪的走廊。在无聊的时候，隔着山溪对话，却也有趣。他的走廊下，山壁缝子里，生出两株弯曲的松树，还有两丛芭蕉，倒也把这临溪茅舍点缀得有些画意。便道："你怎么没有躲呢？我看到你太太带孩子都到洞子里去了。"石正山道："我刚刚由城里回来，一身的汗，先擦个澡，喝碗茶，我这沟下有个小洞子，敌机来了，就钻一钻吧。"李先生道："你要开水，我这里现成。"他还不曾答言，他家里出来个女郎，端了一只茶碗，送将过去。

　　这个女郎是石先生的丫头。但既为教授，无蓄婢之理，就认为义女。她倒是和孩子受同等待遇一般，叫着爸爸妈妈。她十八岁了，非常地能干，挑花绣朵以至洗衣做饭，无所不能。而且，由义母亲自教导，还很认得几个字。石先生这个家庭组织，她是个强有力的分子。石太太有这样一个义女，减轻了不少主妇负担，家里也就不必再用老妈子。因之她对这位义女是另眼相看，怕的是她有辞职之意。这丫头对于太太的命令，除了全体驳回，有时还狠狠顶撞几句，石太太倒也一笑置之。石先生对此，大不以为然，以为就是自己亲生的孩子，也不能民主到这种程度。所以他对于这义女是拿出一种严父的身份。当着家人，很少和义女透出笑容。石先生对太太的命令，无不乐从，也不敢不从。只有对待丫头的态度，始终和太太唱着反调。石太太对先生的抗命，向来是不容许的，但反对自己宽待丫头这一点，石太太却例外地不予计较。今天太太带孩子躲警报去，留着丫头在家里暂时看门，等候养父回来，同他一路进洞。

　　石先生一回来，在门口先叫了一声："太太，快去躲洞子吧。今天情形紧张。"丫头迎出来道："妈妈早走了。"石先生这就笑道："小青，你胆子大，你就不躲？"小青道："我走了，谁给你开门呢？你不洗脸喝茶吗？"石先生道："小青，你一天也够累的，打洗脸水我自己来，你给我弄一碗茶来喝吧。"石先生进屋去脱衣抹了身上的汗，站在走廊上来纳凉，看到李先生，他就先叫了一声。李南泉对于石教授没有多大的交情，不过是为了同村子住，见着就点头而已。这时，他遥远打着招呼，倒不知道是何用意。站在走廊角上定了一会儿神，见石先生走进屋子去，不到几分钟，却又走了出来，而且是四处张望一番。李先生觉得他有点儿不愿人家看他房子似的，这就不再打量了。

走上山坡去，对山下广场看了一会儿，见那两个红球还是红鲜鲜地悬在高空。由平常的经验说空袭警报一刻钟上下，就应当放紧急警报，今天由空袭，这一段间隔，距离得太远，倒不明白什么缘故，他看了一会儿，自行走回家来。警报之刺激人，也就是那开始的十来分钟。到了二十分钟后，心理上也就慢慢地松懈下来。他背了两手，在走廊上走来走去，听到隔壁邻居还有人说话，就伸头看了一看。却见那主妇奚太太拿了一本书，在走廊下说话。她道："这有什么不知道的，大不列颠联合王国，就是大英王国，不列颠是打不倒，也不会分裂又联合各党的王国，英国现在还有皇帝，所以叫王国。"李南泉一听，心想这位太太给谁在解释大英王国？她倒是先看到了，笑道："李先生没有去躲警报？"李南泉道："放了紧急再走吧。"奚太太向来胆大，她笑道："我不怕。一放警报，我的家庭大学就开课，我给孩子补习功课。老实说，中学堂里，无论哪一门功课，我都可以教得下来。"奚太太说的是普通话，容易懂。但她有强烈的下江音尾，如"怕"读"薄"之类。

李南泉点着头笑道："奚太太多才多艺，没有问题。不过，你也有一样小学功课教不了。"奚太太道："你是说不会教唱歌？我年轻的时候，什么歌都会唱，现在……"李南泉立刻接着笑道："现在你还年轻啦。"奚太太听了这话，两眉一伸，立刻笑了起来。她是张枣子脸，两头尖，牙齿原是乱的，镶了三粒金托子假牙。眼角向下微弯着，带了好几条鱼尾纹。这一笑之中，实在不能引起对方的多少美感。但她依然笑道："我倒是不吹牛，于今摩登太太那套本领，全是化妆品的功夫。我有化妆品，我不照样会摩登起来？"

李南泉听了，哈哈一笑，但立刻觉得不妥，便道："奚太太，你猜我笑什么？我笑你这是很大的一个失策，太太不摩登，那是很难于驾驭先生的。"奚太太将肩膀一扛，鼻子一耸，摇着头道："我们家奚敬平，是被我统治惯了的。漫说轨外行动他不敢，就是喝酒吃香烟，没有我的许可，他也不敢自己做主。你看他由城里回来，抽过纸烟没有？"李南泉昂头想了一想，点头道："果然地，我没有看到奚先生吸过纸烟。奚太太真是家教严明，不愧说是家庭大学。"奚太太道："你那句话没有说完。你说我有一样小学功课教不来，我倒想不出。小学功课，我还有教不来的吗？"李南泉道："我想，国语这一课，你该不行吧？"她将右手的书，在左手一拍，操着下江口音道："那我太行了，我自小就学过注音字母。"

李南泉笑道："也许你讲国语的时候，可以鳖着说出来。可是在平常谈话的时候，你的下江口音是很重的。"奚太太听说急了，抢着道："这句闲窝（话），我不能承仍（认），我小的思（时）候，在学号（校）里演过窝结（话剧）。"李南泉笑道："我的小姐，你看，你这一急，接二连三的下江话，你还演话剧呢。"奚太太也笑了，于是向这边屋角走近了几步，隔着廊檐外一段屋檐，笑道："李先生，我喜欢和你谈天，你说的话是怪有趣的。天天你都去躲警报，今天情形更紧张，你为什么反倒不走？"李南泉道："因为今天紧张，我得陪着太太躲洞子，随时听用。"奚太太抬起一只手来，扶着走廊上的柱子，情不自禁打了个呵欠。但她立刻拿起左手的那本书，将嘴掩着。她笑着把眼角的鱼尾纹又条是条地掀起，因道："李先生，你对太太是忠实的。本来，有这样年轻漂亮的太太，那还有什么话说。"李南泉摇摇头道："比黄脸婆子略胜一筹罢了。站在奚太太一处，那就差之远矣。"奚太太高兴极了，不觉说了一句川语道："你客气啥子，我向来不化妆。"李南泉笑道："你无须化妆呀。"奚太太听说，眉飞色舞，笑得假牙的金托子全露出来。这时她十一岁大的男孩子，拿了一册英文走过来，伸着书问字。

她看也不看，昂着头道："那有什么不知道？I is a man You is a boy."小孩子道："两个人怎么念呢？"奚太太道："多数加 s，有什么不知道，two mans。"说着她头又是一扬。李南泉听到奚太太这样教她孩子的英文，真有点儿骇然。可是他知道的，她是一位最好高的妇人，绝不能当了她孩子的面，直截说她的错误，便沉默了一下，没有作声。奚太太道："李先生，你正在想什么？"他是低了头望着走廊前那道干沟的，这就抬起头来笑道："我所想的，也正是和管家太太们一样的问题。这样不断地闹着警报，市面受影响，东西恐怕要涨价。假如明天不闹警报的话，我想跑二十里去赶回场，买两斗米回来。"奚太太笑道："是不是青山场？我们明天一路去，好不好？"李南泉道："来回是三四十里路，你走得动吗？"奚太太道："我有什么走不动？石正山的太太，一个礼拜，她要到青山场去三次。这位太太，我是佩服之至，现在菜油卖一百多元了吧？她现在还是吃八元一斤的菜油，人家是老早预备下了的。"李南泉道："她家那个丫头小青，也很能干，真是强将手下无弱兵。"奚太太道："的确是可以羡慕。我这里有这么一位小姑娘，那就好了。"李南泉笑道："奚太太，你这个买贱价苦力的算盘，那是打不得的。你要当心奚先生年纪还不大。"

奚太太冷笑了一声，她又不免昂起头来，因道："这个我放心，我有这么一个主张，丈夫讨小老婆，太太就讨小老公，而且必须是说得到做得到。在这种情形下，男子受到威胁，他才不敢为非作歹。"李南泉笑着摇了两摇头，没有敢多说什么。因见大路上，有人背了小包袱向山口里面走，便道："躲警报的人回来了？"那个过路的人答道："他们防护团得来的消息，说是敌机由川北直袭成都，看那样子，也许不会到重庆来。"奚太太笑道："你看，还是我有把握吧？我并不躲，省得跑这次冤枉路，你还不快去接你太太回来？"

李南泉正踌躇着，却见杨艳华又同着两个女戏子，在对面山路上经过。他就故意掉过脸来和奚太太说话，只当没有看到。一会儿工夫，听到后面一阵脚步响，回头看时，正是三个人全来了。只得迎上前笑道："欢迎欢迎。可是门倒锁着，钥匙在太太身上，不能请三位到里面去坐，抱歉之至。"那另两位戏子，一个是唱小生的，一个是唱花旦的，都在三十上下，可说是老江湖。那个唱花旦的，有时还反串小丑。她倒是毫不在乎，头上却也梳了两个小辫，穿件旧黑绸长衫，衣襟上统共只扣了两个纽襻。光着腿赤着脚，穿着麦草编的凉鞋，手里拿着芭蕉扇，两只手搓了扇子柄消遣。

她笑道："无事不登三宝殿，李先生，我向你们借东西来了。"杨艳华笑道："你也慢点儿开口吧，人家认识你吗？"她笑道："唱戏的人天天在台上鬼混，几百只、几千只眼睛全望着他。不熟也熟，李先生一定知道我是胡玉花吧？这个唱小生的小胖子王少亭，你一定也认得。"说时，她将手上的芭蕉扇倒拿着，把扇子对着王少亭点了几点。那姓王的倒是有点儿难为情，把一条手帕放在嘴里，把牙齿咬着，两只手拿了手帕的另一端，微微地笑着。李南泉道："三位小姐，我全认得。要借什么东西呢？挑我有的吧。"她笑道："躲起警报来，真是闷得慌，我们想和你借两本小说看看。"李南泉笑道："有的，不过门锁了，我没法子拿。我太太回来了，让她送到你们家去。"杨艳华道："那可不敢当，还是我们自己来吧。"李先生正想表示着拒绝，可是一回头，就看到奚太太在隔壁屋子走廊下微笑，便表示了不在乎的样子，因道："那也好。我太太最喜欢看小说，书都堆在书架子上，你们自己来挑吧。"杨艳华笑道："解除了警报，我们照样要唱戏的……"她还没有把话说完，却有一种很粗暴的声音，叫道："杨艳华，你好安逸，在这里躲警报呢。"她哟了一声，笑道："刘副官，也走到这儿来了？"说着话，她就带着两个女伶，走上溪对岸山路上去了。

那个刘副官就站在路头上等她。他穿了件蓝绸短袖衬衫，腰上的皮带，束着一条黄色卡叽裤衩，下面光着半截腿子，踏了双紫色皮鞋。头上盖着巴斗式的遮阳帽，手里拿了根乌漆刻字手杖。这是在重庆度夏最摩登的男装，手中不方便的人是办不到的。李南泉老远地看了这家伙一眼，觉得他派头十足，就打算趄过屋角去，避开了他，却听到他大声道："那不行呀，我的客都请好了，你若是不到，你赔我酒席钱。"杨艳华站在他身边，像是做哀告的样子，还听到她用很柔和的声音道："刘副官，你得原谅我。我决不能平白无事地不唱戏。我若是唱完了戏再到公馆里去，那又太晚了。"刘副官道："不唱戏要什么紧，那一晚上的戏份儿，算我包了就完了。"

李南泉听了这话音，分明是杨艳华在受着压迫。虽是没有力量给她解围，说也奇怪，立刻一阵无名火起，两只脚再也走不开去，就睁着眼向对面山麓人行路上望着。见那刘副官拿起粗手杖，像发了疯似的，乱刷着山上的长草，抽得长草呼呼作响。他道："没有错，你来就是。一场牌，那不就给你赢个万儿八千的，你还怕不够你的戏份儿？你们唱一晚戏，能卖多少张票？"杨艳华道："倒不完全是戏票问题。"说到这

27

里，她的声音就小了。李南泉在这遥远的地方，就听不清楚。不过看她站在那里的姿势，仿佛是向刘副官鞠着躬。那刘副官依然是拿了手杖，向山草上扫荡，那气焰是非常嚣张的。

这就听到那唱花旦的插言道："艳华，就是那么说吧。我们明天一路到刘公馆去就是了。刘副官的面子，那有什么话说。"那刘副官拿了手杖把的钩子，将手杖在空中舞着个圈圈，又顺手掀了那帽子，向后脑勺子挂着，挺了胸道："我反正是这样预备下了，就看你杨老板赏脸不赏吧。"说着，他大开着脚步，向山口上走了去。这三个女戏子，站在路头上，对了刘副官的后影有点儿出神。后她们集合在一处，叽叽咕咕地说着。

李南泉站在走廊上，遥遥地对她们望着。杨艳华正回过头来向这里偷看，看到了他，就悄悄地点了两下头，李南泉抬起手来，指了指自己的鼻子，她和两个同伴都点了几点头，那意思是叫他过去。女人的招呼是有决定性的作用的。她们三人这样地招呼了，李南泉就不能不迎了上去。胡玉花不等他走近，便道："李先生，你看这事是不是岂有此理？那老刘硬叫我们放了戏不唱，让我去陪他们打牌。这简直是叫条子的玩意儿……"杨艳华瞪了她一眼，拦着她道："你还怕人家不知道，站在路上就这样大声疾呼，什么话你都说得出来。"胡玉花道："本来是嘛，你以为人家把我抓了去了，还把我们当上宾吗？"李南泉还不曾答言，却有人插言道："谁请胡老板去当上宾？我们请过两三次，都请不到。"回头看时，正是今天早上要躲开的那个游击商人老徐。

虽然这个时候，在重庆穿西装，已是第一等奢侈生活，可是这位徐老板，倒是穿着一套挺阔的派力司米色衣服，胸前飘着白底红花的漂亮领带。只是他瘦得像只猴子似的，满脸的烟容，两只眼睛落下两个大框子，鼻子高耸起来，上下嘴唇都各自缩着，露出里面两排马牙齿。这一看之下，心里就发生了一种厌恶，便向他点了两点头。老徐倒是表示更为亲热，老早地伸出手来为礼。李南泉只好和他握了一握，说了声"好久不见"。老徐笑道："老兄，我今天找你两回了，不是来追刘副官，今天又碰不着。"李南泉不愿他把所要说的话说下去，因道："你要找刘副官，你就赶快追上去吧。他也是刚刚走的。"老徐笑道："我们刚才在一处的，我晓得。我们现时正做一桩买卖。不是警报我们就进城了。不久，我要到衡阳去一趟，若是交通便利的话，我还走远一点儿。老兄要什么东西，我可以给你带一点儿回来。"李南泉笑道："我什么也不要，我倒有些东西要你带出去。"老徐愕然道："是金子吗，还是关金？这些东西带起来都很便利。"李南泉将手拍了身穿的一件旧蓝布大褂道："你看我这么一副穷相，会有金子关金吗？我要你带去的，是几句闲话。你可以告诉前方人士，大后方虽然让敌机炸得很凶，虽然有人发国难财，可是大多数的国民，他们还是坚持着抗战到底。"

老徐听他说的是这种话，既觉得迂腐，又觉得扯淡，便微笑道："我们做商人的，哪里管这些国家大事，你还是和我谈谈生意经吧。"李南泉说了句"隔行"，转身就要走开。那老徐比他更快，一把将他衣袖扯住，笑道："你别忙，我要和你说的话，还没有说呢。我前次托你的一件事，怎么样？这在你是不费什么力的。"李南泉沉着脸子道："老板，你不是自己说了吗？你是商人，你不管国家大事。当新闻记者的人正和你相反，国家大事要管，国家小事也要管。你要一个新闻记者的名义，人家凭什么给你这个国家大小事全不管的人？"老徐笑道："我上了当。原来你先绕一个弯子说话，把我的嘴堵上。可是你要晓得，我要一个新闻记者名义，我并没有要报馆里给我薪水，它无非是一张秀才人情。我若有工夫，也可以把前方的新闻寄了来的。"南泉摇着头淡笑道："这些话都不必去提它。记者这名义不值钱，你何必去要；值钱，人家又岂能白给？"

那老徐被他的话问窘了，正不好再说什么，却听到半空呜呼呼又是一阵警报器发声。杨艳华一手拉了胡玉花，一手拉了王少亭，也是转身就走，口里还道："紧急警报来了，走吧！"老徐放开了李南泉，伸长了两手，在路上一拦，笑道："不要害怕，这是解除警报。"听了这话，大家都静静地偏了头向半空里听了去。那警报声果然呜呜地拖着长响，并没有吱呀吱呀地转弯。杨艳华更是内行，在警报器一响的时候，她就拾起手表来看了一看。看到长针走了两分半钟，而警报器声还在长空呜呜地响着，便踢着足笑道："好了好了，解除解除。"

第三章

斯 文 扫 地

　　这让老徐说准了，笑道："我说不用着急吧？走，我们下山坐茶馆去。"胡玉花将嘴一噘，头又一扭道："你怕我这唱花旦的孩子，还不够招摇撞骗的，还要坐茶馆去卖相呢。"杨艳华皱了眉道："你这嘴实在是没有一点儿顾忌，什么话都说得出来，真是糟糕。"老徐笑道："我们在台上不怕人看，在台下就怕人看吗？"杨艳华道："真的，我要和李先生借几本小说书看。你在哪里喝茶，回头我就来，我也正有事和你商量。"老徐眯了眼，笑着将马牙齿全露了出来，点着头道："我恭候不误。"杨艳华对于他的话，根本没有加以理会，转身就向山坡下面走。这里一条路，直通木板桥上去，这是通到李南泉家里去的。他站在路头上踌躇了一会儿，却没有跟着走。

　　她到了那屋子走廊上，看到李先生不曾下来，就回转身来，向他招着手笑道："你来呀，我等着你呢。"李南泉笑道："请你等一等，解除了，我得去到洞子里去接我太太。真是对不起，请你在走廊上等一下。那里不也是很阴凉的吗？"他这样说着，才转回身去，却看到太太衣服上沾了许多污泥，一手提着布包袱，一手牵着玲儿，脸上现出十分疲倦的样子，已是悄悄地站在身边。她微笑着道："你有先知之明，知道今日敌机不会来，在家里招待上宾。"李南泉要说什么，看那三位坤伶，都站在走廊上望着自己，若不辩白吧，这又实在是一桩冤枉，因笑道："我正要去接你呢，你倒是回来了。"

　　李太太笑道："你还是招待客要紧。天天跑警报，你接过我几回？"

30

李先生觉得夫人这话充分地带着酸味。所幸她说话的声音很低，倒未必为杨艳华所听见，只好不作声。那杨小姐倒毫不介意，在走廊上说了句"李太太回来了"，就迎接过来。她看到李太太牵着小玲儿，又提了包袱，便笑道："李太太，你是太累了。警报真是害人。"说着，人已走近。李太太点着头笑道："失迎得很，难得来的，坐会儿吧，咱们聊聊天。咱们这北京姐究竟说得来。"杨艳华蹲下去，两手搂着小玲儿，笑道："你认不认得我？"小玲儿将手摸了摸她的小辫子，笑道："我怎么不认得你？你是杨艳华，那个是胡玉花，那个是王少亭。"说着，她把小手指着走廊另两个坤伶。李太太笑道："这孩子没大没小，叫姨妈。"杨艳华笑道："这小妹妹真有意思，李先生常带她去听戏。小妹妹，你会不会唱？"小玲儿将两只小手摸了杨小姐的脸，笑道："我会唱苏三。"说着，将右手比了个小兰花形，头一扭，扭得童发一掀，她学着小旦腔唱道："苏三离了红的县，将身来在大姐前。"此处系小孩咬字不准，唱错了。李南泉拍着手哈哈大笑。小玲儿指着她爸爸道："哼，唱对了你就笑。今天晚上该带我去听戏吧？"

李南泉道："好的，你拜杨姨做老师。"杨艳华牵着她的手向家里引，笑道："拜我做老师，别折死我。这孩子挺聪明的，别跟我们这没出息的人学，好好念书，做个女学士。实不相瞒，我还想拜李太太做老师呢。老师，你收不收我这个唱戏的做学生？"说时，回过头来望着李太太。这句话说得李太太非常高兴，她笑道："杨小姐，你说这话，就不怕折死我吗？就是那话，都是天涯沦落人，相逢何必曾相识，咱们交个朋友，这没有什么。"

她在高兴之余，赶快在身上掏出了钥匙，将门开着，把三位女宾引了进去。那王嫂也提着包袱，引着孩子回来了。李太太笑道："快烧开水吧。"杨艳华道："逃警报回来，怪累的，休息休息，别张罗。"李太太道："我们是没什么招待，只好是客来茶当酒。"胡玉花向同伴笑道："李太太是个雅人，你看她，全是出口成章。"李太太笑道："雅人？雅人的家里，会搞得像鸡窝一样？我也是无聊，近日来日子长，常跟着我们这位老师念几句旧诗。"说着向李南泉笑着一努嘴。杨艳华笑道："李先生，你们府上是反串《得意缘》，太太给先生做徒弟的。"他笑道："家庭的事，你们做小姐的人是不知道的。我有时照样拜太太做老师。"他说着话，正在把太太躲警报的东西一样样地向后面屋子里送。那个唱小生的王少亭倒是不大爱说话的人，看了只是抿嘴微笑。杨艳华道："你笑什么？"她低声笑着道："你这才应该学着一点儿吧，你看李太太和李先生的爱情是多么浓厚。"

这轻轻的言语，恰恰女主人听到了，她笑道："这根本谈不上，我们已是老夫老妻，孩子一大群。"她说着话时，将靠墙桌上反盖着的几只粗瓷茶杯一齐顺了过来。杨艳华道："你还是别张罗，我们马上就走。来此并无别事，和你借几本小说书看看。料无推辞的了。"李太太笑道："杨小姐三句话不离本行，满口戏词儿。"她笑道："真是糟糕，说惯了，一溜就出了嘴。有道是……"她立刻将手蒙了嘴，把话没说下去。胡玉花笑道："差不点儿，又是一句戏词。"于是大家全笑了，李先生在里面屋子里，也笑了出来。李太太在一种欢愉心情下，指着竹制书架子笑道："最下那一层堆着的，全是小说，三位小姐自己拿吧。"

杨艳华先道了声谢，然后在书架子上挑好了两套书放在桌上，因道："李太太，我绝对负责，全书原样归还，一页不少。"李太太笑道："少了也不要紧，咱们来个交换条件，你把《宝莲灯》给我教会。"杨艳华道："这还成问题吗？只要你有工夫，随便哪天，你一叫我我就来。"李先生笑道："杨老板，你若给我太太说青衣，你得顺便教给我胡子。太太玩儿票，我有一个条件，就是不和别人配戏。"李太太笑道："你听听，他可自负得了不得，我学戏是专门和他当配角的。"胡玉花摇摇头道："那倒不是，李先生是怕人家占去了便宜。其实那是无所谓的。我们在台上，今天当这个人的小姐，明天当那个人的夫人，我还是我，谁也没沾去我一块肉。怕人家占便宜就别唱戏，唱戏就不怕人家占便宜。"杨艳华站在一边，只管把眼瞪着她。但是她全不理会，还是一口气要把话来说完。杨艳华将书夹在腋下，将脚微微一顿道："走吧，瞧你。"胡玉花向李氏夫妇道着"再见"，先走了。主人夫妇将三位坤伶送走了，还站在走廊上看她们的背影。那邻居吴教授敞开了身上的短袖子衬衫，将一条半旧毛巾塞到衣服里去擦汗，口里不住地哼。

李先生笑道："吴先生可累着了。"他叹了口气道："俺就是这份苦命，没得话说。"说着，他一笑道："俺就爱听个北京小妞儿说话。杨艳华在你屋子里说话，好像是戏台上说戏词儿，俺也忘了累了，出来听听，不巧得很啦，她又走了。俺在济南府，星期天没个事儿，就是上趵突泉听京音大鼓。"吴太太在她自己屋子里插嘴道："俺说，你小声点儿吧，人家还没走远咧，这么大岁数，什么意思？"吴先生擦着汗，还不住地摇着头，咬了牙笑。李太太道："吴先生这一笑大有文章。"他笑道："俺说句笑话儿，她都有点儿酸意。李太太，你是开明分子，唱戏的女孩子到你府上来，你满不在乎。"

李太太还不曾答言，隔壁邻居奚太太走过来了。她头上扎了两只老鼠尾巴的小辫子，身上新换了一件八成旧的蓝花点子洋纱长衫。光着脚，踏着一双丈夫的漆皮拖鞋，嘀嗒嘀嗒，响着过来，像是刚洗过澡的样子。她笑道："李太太是老好先生，我常要打抱不平，她是受压迫的分子。"李先生抱着拳头拱拱手笑道："高邻，这个我受不了。当面挑拨，我很难说话。奚先生面前，我也会报复的。"奚太太将头一昂道："那不是吹，你报复不了。老奚见了我，像耗子见了猫一样。"那位吴先生在走廊那头，还是左手牵着衬衫，右手拿着毛巾擦汗。又是咬着牙，捻着花白胡桩子笑。奚太太立刻也就更正着道："也并不是说他怕我。我在他家做贤妻良母，一点儿嗜好都没有，他不能不敬重我。"

李太太笑着，并不曾答一句话，转身就要向屋子里走。奚太太抢着跑过来几步，一把将她的衣服抓住，笑道："老李，你为什么不听我的话。不要紧，我们妇女们联合起来。"她说时，把左手捏了个拳头举了一举。李太太被她扭住了，可不能再置之不理，因站定了笑道："你说的话，我完全赞同。不过受压迫，倒也不至于。我们两口子，谁不压迫谁。唯其是谁不压迫谁，半斤碰八两，常常抬杠。"奚太太随着她说话，就一路走到她屋子里去。李南泉将两手背在身后，还是在走廊上来回地走着。吴先生向他招了两招手，又点点头。李先生走了过去，吴先生轻轻道："这位太太，锐不可当！"李南泉笑道："那倒没有什么。躲了大半天的警报，早上一点儿东西没吃，而且每天早上应当灌足的那两杯浓茶，也没有过瘾。"

他正说到这里，用人王嫂一手端了一碗菜，走将过来，笑道："就吃晌午了，但是没有啥子好菜。"李先生看时，她左手那碗是黄澄澄的倭瓜块子，右手那碗是煮的老豌豆，不过豌豆上铺了几条青椒丝，颜色倒是调和的。他正待摇摇头，大儿子小白儿拿了一张钞票，由屋子里跑了出来，便叫住道："又跑，躲警报还不够累的。"小白儿望了父亲道："这又怪人，妈妈说，老倭瓜你不吃的，老豌豆又不下饭，叫我去给你买半斤切面来煮得吃，还有两个鸡蛋呢。"

李南泉心里荡漾了一下，立刻想到太太对奚太太这个答复，实在让人太感激了。他怔了一怔，站着没有说出话来。小白儿道："爸爸，你还要什么，要不要带一包狗屁回来？"吴春圃还在走廊上，笑道："这孩子不怕爸爸了，和爸爸开玩笑。"李南泉笑道："他并非开玩笑，他说的狗屁，是神童牌纸烟的代名词。"因向小白儿道："什么也不用买，你回去吃饭。刚刚由防空洞里出来，又去上街。"小白儿踌躇了一会儿，因道："钱都拿在手上，又不去买了。"李南泉道："我明白你的用意，一定是你妈答应剩下的钱给你买零嘴吃，你不用跑，那份钱还是给你。进去吃饭吧。"小白儿将手上的钞票举了一举道："那我拿去了。"说毕，笑着一跳，跳到屋子里去了。

李先生站在走廊上，听到奚太太在屋子里唧哩呱啦地谈话，便来回地徘徊着，不肯进去。奚太太在屋子里隔了玻璃窗，看到他的行动，便抬着手招了两招，笑着叫道："李先生，你怎么不进来吃饭？你讲一点儿男女授受不亲吗？"他没法子，只好进屋子去。太太带了孩子，已是围了桌子吃饭。奚太太伏在小白儿椅子背上，看了大家吃饭，笑道："李先生，你这样子吃苦，是你当年在上海想不到的事情吧？"李南泉道："这也不算苦。当年确曾想到，想到的苦，或者还不止是这样。但那并没有关系，怎么着也比在前线的士兵舒服些。你看对面山上那个人。"说着，他向窗子外一指。

大家向窗外看时，见一位穿蓝布大褂、架着宽边眼镜的人从山路上过去。他左手提着一只旧麻布口袋，右手提着一只篮子，走了一截路，就把东西放在路边上，站在路头只管擦汗。李太太道："那不是杨教授？"李南泉道："是他呀，我真同情他，自己五十多岁了，上面还有一位年将八旬的老母，下面是孩子一大堆。他挣的薪水，只够全家半月的粮食。他没法子，让太太上合作社，给人做女工缝衣服。两个大一点儿的孩子，上山砍柴，回家种菜。他自己是到学校扛平价米回家。为了省那几个脚力钱，把自己累成这个样子。你看，那篮子里，不就是平价米？"奚太太道："这个我倒知道，这位杨教授，实在是阿弥陀佛的人，穷到这样，他没有和亲戚朋友借过一回钱。上半年，他老太太病了，他把身上一件羊皮袍子脱下来，叫他的孩子扛到街上卖。自己出面，怕丢了教授们的脸，不出面，又怕孩子们卖东西会上人家的当，自己穿件薄棉袍子，远远地站在人家屋檐下看着。我实在不过意，我送了一点儿东西给他老太太吃。"李南泉道："奚太太是见义勇为的人，你送了她什么呢？"奚太太踌躇了一会儿，笑道："那也不过是给她一点儿精神上的安慰罢了。"说到这里，正好她最喜欢的小儿子站在门口，插言道："那回是我去的。妈妈装了一酒杯子白糖，还有两个鸡蛋。"奚太太道："胡说，一酒杯子？足足有三四两呢。快吃饭了，回去吧。"说着，她牵着孩子走了。

李先生站在桌子边，不由得深深地皱起眉头子。太太道："叫孩子买面煮给你吃，你又不干；吃饭，嫌菜太坏。我说，你这个人真是别扭。"他半鞠着一个躬笑道："太太你别生气，我们成日成夜地因小误会而抬杠，什么意思？"李太太把双竹筷子插在黄米饭里，两手扶了桌沿，沉着脸道："你是狗咬吕洞宾，不知好歹。奚太太一走，你就板着那难看的面孔。她无论说什么，我也没有听一句，你生什么气？"李先生笑道："言重一点儿吧？太太，不过，这句骂，我是乐于接受的。这是《红楼梦》上姑娘们口里的话。凭这一点，我知道你读书大有进步，所以人家说你出口成章。但是你究竟是误会。刚才，也许是我脸色有点儿不大好看。你要知道，那是我说她夸张得没有道理。送人家一酒杯白糖、两个鸡蛋，这还值得告诉邻居吗？你为人可和她相反，家里穷得没米下锅，只要人家开口，说不定你会把那口锅送人。你是北平人说的话，穷大手儿。"

李太太的脸色有点儿和缓过来了，可是还不曾笑。李先生站在屋子中间，躬身一揖，操着戏白道："卑人这厢有礼了。"李太太软了口气，笑着扶起筷子来吃饭，摇摇头道："对付你这种人，实在没有办法。"

吴教授在外插言笑道:"好嘛,你两口子在家里排戏了。"李先生笑道:"我们日夜尽抬杠,我不能不装个小丑来解围。"说着,走出门来,见吴先生扣着衬衫纽扣,手下夹了条扁担,向走廊外走。那扛米的杨先生在隔溪岸上道:"咦,居然有扁担。"吴先生举着扁担笑道:"现在当大学教授,有个不带扁担的吗?"

李南泉笑道:"吴先生这话,相当幽默。"他笑道:"俺也是套着戏词儿来的,《双摇会》里的高邻,他说啦,劝架有不带骰子的吗?"他说着,那是格外带劲,把扁担扛在肩上。那位扛米的教授,倒还不失了他的斯文一派,放下米袋米篮子,就把卷起的蓝布长衫放下,那副大框子老花眼镜,却还端端正正架在鼻梁上。他向吴先生拱了两拱手笑道:"不敢当! 不敢当!"吴教授道:"赶上这份年月,咱不论什么全要来。"说着,操了句川语道,"啥子不敢当? 来吧!"说着,把扁担向口袋里一伸,然后把那盛米的篮子柄,也穿着向扁担上一套,笑道:"来吧?仁兄,咱俩合作一次,你是子路负米,俺是陶侃运甓。"

那位杨教授弯着腰将扁担放在肩上。吴先生倒是个老内行,蹲着两腿,将肩膀顶了扁担头,手扶着米袋。杨教授撑起腰之后,他才起身。可是这位杨先生的肩膀,没有受多少训练,扁担在蓝布大褂上一滑,篮子晃了两晃,里面的米,就唆的一声,泼了不少在地面。吴教授用山东腔连续地道:"可糟咧糕啦! 可糟咧糕啦! 放下吧,放下吧,俺的老夫子。"杨教授倒是不慌不忙蹲着腿,将担子歇下。回头看时,米大部分泼在路面石板上,两手扶了扶鼻梁上的大框眼镜,拱着拳头道:"没关系,没关系,捧到篮子里去就是了。"吴春圃道:"不行,咱脑汁同血汗换来的平价米,不能够随便扔了。"他看到李南泉还在走廊上,这就抬起手来,向他招了两招笑道:"李兄,你也来,大家凑份儿热闹。我知道你家买的有扫帚,请拿了来。"

李南泉也是十二分同情这位杨教授的,说了声"有的",在家里找着那把扫帚,立刻亲自送到隔溪山路上来。杨先生拱了两手长衫袖子,连说了几声谢,然后才接过扫帚去。吴先生笑道:"李先生,还得你跑一趟。没有簸箕,这米还是弄不起来。"杨先生弯下腰去,将左手先扶了一扶大框眼镜,然后把扫帚轻轻在石板拭着,将撒的零碎米一齐扫到米堆边，一面摇着头道："不用不用，我两只手就是簸箕，把米捧到篮子里去就是。"吴春圃笑道："杨先生，你不行，这样斯斯文文的，米在石头缝里，你扫不出来。"李南泉因他说不用簸箕，并未走开，这就笑道："这就叫斯文扫地了。"这么一提，杨、吴两个恍然大悟，也都哄然一声笑着。

杨先生蹲在地面，他原是牵起长衫下襟摆，夹在前面腿缝里的。他笑得周身颤动之后，衣襟下摆也就落在地上。吴教授笑道："仁兄这已经够斯文扫地的了，你还要把我们这大学教授一块招牌放到地下去磨石头。"杨先生看了这泼撒的米，除了中间一堆，四处的零碎米粒，在人行路的石板上，占了很大的面积。若是要扫得一粒不留，那就不知道要扫起好多灰土来。这就把扫帚放下，两手合着掌，将小米堆上的米粒捧起，向篮子里放去。恰是这路面上有块尖嘴石头，当他两手平放了向米堆上捧着米的时候，那石尖在他手背上重重划了一下，划出一道很深的血痕。

李先生道："出血了，我去找块布来给你包上吧。"杨先生道："没关系，流点儿汗再流点儿血，这平价米吃得才够味。"说着，他在衣袋里掏出一条成了灰色的布手绢，将手背立刻包扎起来，站起后扶着扁担，向吴先生道："不到半升米，牺牲了吧，不过我们的血汗虽不值钱，农人的血汗是值钱的。一粒米由栽秧到剥糠壳，经过多少手续。你家不是养有鸡吗？你可以吩咐你少爷，把家里鸡捉两只来这里吃米。不然这山路上的人来往地踩着，也作孽得很。"吴春圃道："你这话有理之至，就是那么办。"李南泉笑道："那我还要建议一下。既然这粮食是给鸡吃的，就不怕会扫起了沙土，你两位可以抬米走。我来斯文扫地一下，把这米扫起，用簸箕送到吴先生家里去。这点儿爱惜物资的工作我们来共同负担。"吴先生笑道："那么，我家的鸡未免不劳而获了。"李南泉笑道："它有报酬的。将来下了鸡蛋，你送我两个，这斯文扫地的工作，就没有白费了。"于是三位先生哈哈一笑，分途工作。李南泉在家里找了簸箕来，把米扫到那里面去。正是巧得很，就在这个当儿，城里来了四位嘉宾，两男两女。男的是穿了西服，女的是穿了白花绸长衫，赤脚蹬着露花帮子高跟皮鞋，她们自然是烫了发，而且是一脸的胭脂粉。两位男士各撑着一柄花纸伞给女宾挡了阳光。李南泉并没有理会，拖着身上的旧蓝布长衫，继续在扫地。其中一位女宾咦了一声道："那不就是李先生？"

李先生回头看时，手提了扫帚站起来，点着头笑道："原来是金、钱两位经理，这位是金夫人，这位是？"他说着，望了后面一位穿白底红花绸长衫的女人，再点了个头。后面那位穿法兰绒西服的汉子笑道："这位是米小姐，慕名而来。"李先生道："不敢当，金、钱二位，要到茅舍里坐坐吗？"那位金经理是黄黑的面孔，长长的脸，高着鼻子，那长长的颈脖子在衬衫领上露出肉来，也是黑的，和他那白哗叽西服正是相映成趣。在他的西服的小口袋里，露出了一串金表链，黄澄澄的，在他身上添了一份富贵气，也就添了一份俗气。他笑道："老钱，我们不该同来。我们凑在一处，恰好是'金钱'二字，乐得李先生开我们的玩笑。"钱经理笑道："那也好，金钱送到李先生家里去，给李先生添点儿彩头。"李先生将扫帚向隔沟的草屋一指，笑道："那就请吧！"说毕，他依然把地下那些碎米扫到簸箕里去。两手捧着扫帚簸箕，在前引路。那米小姐和金太太对于慕名来访的李先生，竟是一位自己扫米的人，不但失望，还觉有点儿奇怪，彼此对看了一下。李先生倒没有加以理会，先将米送到吴家去，然后引了四位嘉宾进屋。李太太将孩子交给王嫂带走了。自己也是在收拾饭后的屋子，舀了一木盆水，揩抹桌凳。看到两位西装客引两位摩登女人进来，透着有点儿尴尬，便点着头笑道："请坐请坐，我们是难民区，不要见笑。"

女人是最爱估量女人的。这两位女宾对女主人也看了一看。见她苗条的个子，穿件旧浅蓝布长衫，还是没有一点儿皱纹，脸上虽没有抹上脂粉，眉清目秀，还不带乡下黄脸婆的样子。和这位拿扫帚的男主人显然不是一个姿态。将首先不良的印象，就略微改善了一点儿。那位金经理夫人说口上海普通话，倒是善于言辞的，点着头道："我们是慕名而来，来得太冒昧了。"李南泉对于她所说，根本不能相信。他心里猜着两件事：第一，他们想在此地找间房子避暑带躲警报。第二，他们在买卖上，有什么要利用之处。自己又是最怕这类国难富商的，也就只得含糊着接受这客气的言辞。

分别让着来宾在竹椅旧木凳上坐下，先笑道："对不起，我不敢给客人敬纸烟。因为我的纸烟让我惭愧得拿不出来。"金先生笑说声"我有我有"，就在西服怀里，把镶金扁平纸烟盒子取出。他将手一按小弹簧，盒子盖儿自开，托着送到主人面前，笑道："来一支，这是香港货，最近运进来的，还很新鲜。"主人接过烟，钱先生就在身上掏出了打火机，来给点烟。主人答道："当然这也是香港来的了。我很羡慕你们全身都是香港货。"钱先生道："像李先生这样的文人，又不当公务员，最好就住在香港，何必到重庆来吃苦。而且是成天躲警报，太犯不上。"

　　李南泉点着头笑道："你这话是对的，不过这也各有各的看法。大家看着香港是甜，重庆是苦，也许有人认为重庆是甜，香港是苦，就算重庆苦吧，这苦就有人愿意吃。比如苦瓜这样菜，也有人专爱吃的，就是这档子道理。"李太太听他说到这里，恐怕话说下去，更为严重，这是人家专诚拜访的人所受不了的，便插嘴笑道："其实我们也是愿意去香港的，可是大小一家人，怎么走得了？老早是错过了这个机会，现在也就不常谈了。你们府上住在哪里？金太太，有好的防空洞吗？"她故意把话闪开。金太太道："我们住在那岸，家里倒是有个洞子，不过城里受炸的时候，响声还是很大。这些时候，空袭只管加多，我们也有意搬到这里来住个夏天，恐怕房子不好找吧。"李南泉道："的确是不好找。一到轰炸季，这山窝子里的草棚子就吃香了。不过，能多花几个钱总有办法。大不了自盖上一间，当经理的人，有什么要紧？金兄，我一见你，就知道你必为此事而来。"金经理口角里衔着纸烟，摇了两摇头，笑道："你没有猜着。至多你也只猜着了一半。"说着，将下巴颏向钱经理一仰，接着道："他二位喜期到了，有点儿事求求你。"那钱经理是张柿子脸，胖得两只小眼睛要合起缝来。听了这话，两片肉泡脸上，笑着向上一拥，看这表情面里，很是有几分得意。

　　李南泉笑道："原来如此，那我叨扰一杯喜酒了。有什么要兄弟效劳的吗？"金经理道："为了避免警报的麻烦，他们决计把礼堂放在乡下。钱先生、米小姐都是爱文艺的人，打算请你给他们写点儿东西放在礼堂上，而且还要托李先生转求文艺界朋友，或者是画，或者是字，各赐一样，越多越好。除了下喜帖，恭请喝一杯喜酒，一律奉送报酬；报酬多少，请李先生代为酌定。我们的意思，无非是要弄得雅致一点儿。"李南泉笑道："这倒是很别致的。不过……"那钱经理不等他说完这个转语，立刻抱了两只拳头，拱了几下手，笑道："这件事，无论如何，是要李先生帮忙的。"金经理又打开了烟盒子向主人翁反敬了一支纸烟，然后笑道："这是有点儿缘故的，人家都说做商人的，离不了俗气。我们这就弄点儿雅致的事情试试。"李南泉对这两位商人看看，又对这两位摩登妇人看看，觉得在他们身上实在寻不出一根毫毛是雅的，随着也就微笑一笑。钱经理还没有了解到他这番微笑是什么意思，便道："李先生觉得怎么样？我以为文人现在都是很清苦的，提倡风雅的事，当然有些力量不足，我们经商的人有点儿办法，可以和文化界朋友合作。"李南泉点点头道："钱先生的思想高雅得很。不过文人不提倡风雅，不光是为了穷，也有其他的原因。"说到这里，钱先生向金先生使了个眼色，金先生了解了，就回复他，点了一点头。

这时，钱先生就站起来，在他身上摸出了一卷钞票，估量着约莫四五百元，在这个时候，这是个惊人的数目。因为米价一百五十元一老斗（新秤四十二三斤），猪肉卖十几块钱一斤。李先生每月的开支，也就不过是五六百元。平常很少有一次五六百元的收入。一见他掏出这么一笔巨款，已知道他是耍着商人的老套了，且不作声，看他说些什么。钱先生将钞票放在临窗的三屉桌上，因笑道："这点儿款子，我们预备了做润笔的。我们除了李先生，就不认得文艺界朋友，请你给我代约一下。这里面有一半，是送给李先生做车马费的，也请你收下。"李先生摇着头道："钱先生要这样处置，这件事我就不好办。诚然，我和我的朋友全是卖文为活的，可是收下你的钱，再送你的婚礼，这成什么话？"金经理笑道："这个我们也考虑过。你是我们的朋友，请你送副喜联，或者写个贺屏，至多我们自己预备纸就是了，可是其他要李先生代约的人，并不认识钱先生是谁，他没有送礼的义务。于今纸笔墨砚，哪一样不贵？怎好去打了人家的秋风？"钱先生也点了头道："这谈不上报酬，只是聊表敬意。不然，李先生代我们去找一点儿字画，是请人家向我这不相识的人送礼，也是很难启齿的吧？你只当代我收买一批字画，不是凑我的婚礼，这就很好处置了。"李南泉想了一想，因道："但我们那一份，我不能收，请你为我人格着想。"

李先生这种表示，首先让两位女宾感到诧异。他拒绝人家给钱，竟把人格的话也说出来。难道他穷得住这样坏的茅草屋子，竟是连这样大的一笔款子都会嫌少？李南泉正坐在她们对面，已是看到她们面部一种不赞同的表情，继续着道："我虽也是卖文为活，可卖的不是这种文，若是卖文卖到向朋友送礼也要钱，那我也不会住这样的茅草房子了。"他说话的时候，淡笑了一笑。钱先生看他的样子，那是充分地不愉快。拿钱给人，而且是给一位拿扫帚在大路扫米的人，竟会碰了他一个钉子，这却出乎意料。因望着金先生笑道："这事怎么办？"金先生道："李先生为人，我是知道的，既然这样说了，绝不能勉强。不过要李先生转请的人，似乎不能白白地要求。"他说话时，抬起手来，搔搔耳朵沿，又搔搔鬓发，似乎很有点儿踌躇。李南泉笑道："那绝对没有关系，现在虽说是斯文扫地，念书人已是无身份可言了，可书呆子总是书呆子，不大通人情世故。凭我的面子也许可以弄到两三张字画，若是拿钱去买，那不卖字画的，他永久是不卖；卖字画的，那就用不着我去托人情了。"金先生笑道："好的好的，我们就谨遵台命吧。在两个礼拜之内，可以办到吗？因为钱、米两位的喜期已是不远了。"

李南泉笑道："就是明天的喜期，至少我这一份误不了事。"钱经理表示着道谢，和他握了一握手，回头向金先生道："那我们就告辞吧。"金经理懂得他的意思，拿起放在竹几上的帽子，首先就走。其余三人跟着出来。李先生左手抓住钱经理的手，右手把桌子角上的钞票一把抓起，立刻塞在他的口袋里，因笑道："钱兄这个玩儿不得，我们这穷措大家里，担保不起这银钱的责任。"钱经理要把钞票再送进门来，李南泉可站在门口，把路挡住了。他便笑着叫道："老金，李先生一定不肯赏脸，这事怎么办？"姓金的摇摇头笑道："我们是老朋友，李南翁就是这么一点儿书生脾气，你就由着他吧。"姓钱的站在走廊上踌躇了一会儿，向主人笑道："简直不赏脸？"李南泉道："言重言重。反正我一定送钱先生一份秀才情的喜礼就是了。"那姓钱的看看主人翁的脸色，并没有可以通融的表示，料着也不宜多说废话，这就笑道："好吧，恭敬不如从命。我们在此地还要耽搁两天，明日约李先生李太太下山吃

41

回小馆，这大概可以赏脸吧？"李南泉抬头看了看茅檐外的天色，因点着头道："只要不闹警报，我总可以奉陪，也许是由兄弟来做个小东。"金、钱两位总觉得这位主人落落难合，什么也不容易谈拢来，也就只好扫兴告辞而去。

李太太对于这群男女来宾，知道非先生所欢迎，根本也就没有招待。客都走远了，见李先生还是横门拦着，便笑道："你怕钱咬了手吗？你既是这样把钱拒绝了，他还会送回来吗？看你这样子，要把这房门当关口。"李南泉这才回转身来，笑道："对不起，太太。我知道我们家这些时候始终是缺着钱用。可是这两个囤积商人的钱，我没有法子接受。"李太太道："我并不主张你接受这笔钱。不过你的态度上有些过火。你那样说话，简直让来人下不了台。你不会对人家说得婉转一点儿吗？"李南泉站着凝神了一下，笑道："我有什么话说得过火了一点儿吗？这是我个性不好，不晓得外交辞令的缘故。"李太太笑道："我又抓你的错处了。我每次看你和女戏子在一起，你就很擅长外交辞令了。"李南泉笑道："这问题又转到杨艳华身上去了。今天解除警报以后，她们来借书，可是你满盘招待。"

他口里这样说着，可是学个王顾左右而言他，要找一个扯开话来的机会。正好吴先生已把抬米的工作做完，肩上扛着一条扁担，像扛枪似的，把右手托着，左手牵着他的衣襟，不住地抖汗。李南泉这就抢着迎了出去，笑道："今天你可做了一件好事，如其不然，杨先生这一袋和一篮子米要累掉他半条命。"吴先生满脸是笑容，微摆着头道："帮朋友的忙，那倒无所谓，我很以我能抬米而感到欣慰，这至少证明我还不老。"

李南泉笑道："俗话说，骑驴撞见亲家公。今天我就闹了这么一个笑话。当我在大路上扫地的时候，城里来了两对有钱的朋友。"吴春圃笑道："那要什么紧？咱这份穷劲，谁人不知。"李南泉道："自然是这样。不过他们笑我穷没关系。笑我穷，以致猜我见钱眼开，那就受不了。"吴春圃摇着头笑道："没关系。随便人家怎么瞧不起我，我决不问人家借一个铜子儿。笑咱斯文扫地不是？来，咱再来一回。"说着，他很快将扁担放在墙壁下，将阶沿边放的一把旧扫帚，拿起就向门外山溪那边走。吴太太在屋子里叫道："你这是怎么回事？也不怕个累。抬米没到家，又拿着一把扫帚走了。你还是越说越带劲。一个当大教授的人，老是做这些粗事，也不怕你学生来了看到笑话。"吴先生道："要说出来，我就是为了你呢。明天早上笼起火来，你总是嫌着没有引火的东西。刚才我由杨先生那里回来，看到路边草地上有不少的刨木皮。用手一摸，还是挺干。扫回来给你引火，那不好吗？小南子，来，把那个小背篼儿拿上，咱爷儿俩合演一出捡柴。"他的第七个男孩子，今年七岁，就喜欢个爬山越岭。这时父亲一嘉奖他要去合演，高兴得了不得。说着一声"来了"，拉着背篼的绳子，就在地面上拖了起来。四川是山地，不但不宜车子，连挑担子，有些地方都不大合适，所以多用背篼。

背篼这个东西，是下江腰桶形的一个大竹篮子，用竹片编着很大的眼，篮子边沿上，用麻绳子扭两个大环子，将手挽着背在肩上，代了担子用。这里面什么东西全可以放，若是放柴草的话，照例是背篼里面一半，而背篼外面一半。人背着柴草来了，常是高过人头好几尺，像路上来了一只大蜗牛。教授们既是自操薪水之劳，所以每人家里，也就都预备下了背篼。吴少爷的一条短裤衩，裤带子勒不住，直坠到裆下去。上身穿着那件小衬衫，一顺地敞着纽扣，赤了两只脚，跑得地下啪啪作响。吴太太又在屋子里叫道："爹也不像个爹，儿也不像个儿，这个样子，他带了孩子四处跑。"吴先生满不理会太太的埋怨，接过那背篼，笑嘻嘻地走。

他刚一走上那人行路，就遇到隔壁的邻居奚敬平先生由城里回来。他是个有面子的公务员，而且还算独当一面。因之他穿了一套白哔叽的西服，又是一顶盔式拷贝帽。手上拿了根乌漆手杖，摇摇摆摆走来。他和吴先生正是山东同乡。虽然太太是下江人，比较少来往，但是彼此相见，还是很亲热的。他将手杖提起来，指着他的背篼手杖道："你怎么来这一套？"吴春圃将扫帚一举道："我怕对不起'斯文扫地'这四个字，于今这样办起来那就名实相副了。城里有什么消息？"奚敬平道："这两天要警戒一点儿吧。敌人广播，对重庆要大举轰炸，还要让我们十天十夜不解除警报。"

奚敬平一提这消息，早就惹下大片人注意。首先是这路边这户人家，是个小资产阶级，连男带女一下子就来五六个人，站在门口，瞪了大眼睛向这里望着。吴先生道："管他怎么样轰炸，反正我什么也没有了，就剩了这一副老八字。把我炸死了，倒也干脆，免得活受罪，也免得斯文扫地，替念书的人丢脸。"那大门口站着一位雷公脸的人，穿了一套纺绸裤褂，伸出那枯柴似的手臂，摇着一柄白纸扇子，沉着面色，接了嘴道："奚先生你亲自听到这广播的吗？"他道："我也是听到朋友说的，大概不会假。但是敌人尽管炸，也不过住在城里没有疏散的老百姓倒霉。这对我们军事不会发生什么影响。"那位雷公脸展开扇面，在胸面前微微招了两下，因道："倒不可以那样乐观。重庆是中枢，若是让敌机连续轰炸十天十夜……"

吴先生是个山东人，他还保持着北方人那种直率的脾气。听了这话，他不等那人说完，立刻抢着拦住道："袁先生，你这话可不能那样说。敌人就是这样的看法，那才会对重庆下毒手。若是我们自己也这样想，那就糟了。随便敌人怎样炸，我们也必须抗着。"他说完了，身子一扭，举着扫帚道："来吧，小南子。一天得吃，一天就得干。斯文扫地就是斯文扫地吧。反正咱苦到这般田地，也是为了国家。咱穷是穷，这良心还不坏。"他这几句话，倒不只是光发牢骚，听着的人可有点儿不是味儿了。

第四章

空谷佳人

这位邻居袁四维，是位老官吏，肚子里很有点儿法律。但在公务员清苦生活环境之下，他看定了这不是一条出路。除了自己还在机关，保持着这一联络而外，他却是经营生意，做一个就地的游击商人。这所村中最好的一所楼房，也就是用游击术弄来的。对于敌人空袭，在生命一点上，他倒处之坦然；认为放了警报，只要有两只脚存在，就四处可以躲警报。只有这所楼房，却不是在手提箱里可以放着的，只有让它屹立在这山麓，来个目标显然。他就联想到，不闹炸弹则已，若闹炸弹，这房子绝难幸免，现在奚敬平带来的消息，敌人广播要连续炸十天十夜，谁知道敌机要来多少批？所以他听到这消息，却比任何一个人还要着急；不想奚吴两位，都讨厌自己的问话。尤其是吴春圃的话，有些锋芒毕露。

他怔怔地站着出了一会儿神，见两位先生都走了，淡笑了一声骂道："这两个穷骨头，穷得有点儿发神经。邻居们见面，大家随便谈天，什么话不可问？你看这个老山东，指桑骂槐，好好地污辱我们一顿。"他是把话来和他太太说的。他太太三十多岁，比丈夫年纪小着将近一半。以姿色而论，这样大的年纪，也就够个六七十分。只是也有个极大的缺点，和丈夫正相反，是个极肥的胖子。尤其是她那个大肚囊子，连腰带胸一齐圆了起来，人像大布袋。在妇女犹自讲曲线美的日子，这实在大为扫兴。

袁太太对于这个缺憾，其初还不十分介意，反正丈夫老了，又没有什么余钱，倒不会顾虑到他会去另找细腰。自从袁四维盖起房子，做起生意来，手下很有富裕。老这个字，根本也限制不了他什么行动。因之这袁太太四处打听有什么治胖病，尤其减小大肚囊子的病。她晓得中医对此毫无办法，就多多地请教西医。西医也说对治胖病没有什么特效药，只是告诉她少吃富有脂肪的东西而已。此外也劝她多劳动，不必吃得太饱，甚至有人劝她少吃水果，少喝水。她倒是全盘接受。除了不吃任何荤菜之外，她吃的菜里，油都不搁。原来的饭量是每餐三碗，下了个决心，减去三分之二。水果是根本戒绝了，水也尽可能少喝，唯有运动一层，有点儿办不到，只有每日多在路上散散步。同时，自己将预备的一根带子，每日在晚上量腰两三次，试试是不是减瘦了腰肢。在起初每餐吃一碗饭之下，发生了良好的反应，大肚囊几乎缩小了一寸。可是自己的肠胃向来没有受过这份委屈。饿得肚子里像火烧似的，咕噜作响。尤其是每餐吃饭时，吃过一碗之后，勉强放下碗来，实在有些爱不忍释。孩子们同桌共饭，猜不到她这份痛苦，老是看到她的碗空了，立刻接过碗去，就给她盛上一碗，送了过来。饿人看到大碗的饭放在面前，实在忍不住不吃，照例她又吃完了那一碗。

自从这样吃了饭，她于每顿吃一碗饭的戒律，实在有些难守，也就改为每顿吃八成饱了。这样一来，她的体重，随着也就渐渐恢复旧观。好在她量腰的工作，每日总得实行两遍，她在大肚囊子并未超过她所量的限度下，到底对前途是乐观的，自己也落得不必挨饿。这天躲过警报回来之后，早午两顿饭做一次吃，未免又多吃了点儿，放下了筷子、碗方才想到这和肚皮有关，正是后悔不及，就决定了不吃晚饭。同时，并决定了在山麓人行路上散散步。不想刚到大门口，就遇到了这样一个扫兴的报告。

她的丈夫埋怨起吴春圃来，她倒是更有同感，因道："不要睬他们。我对这些当教授的人就不爱理会。他们以为是大学教授，两只眼睛长在头顶心里，就不看见别人。其实他们有什么了不得？你若肯教书，你不照样是法律系的教授？"袁四维道："随他去。好在我们也不会求教他们这班穷鬼。你要不要出去散散步？"袁太太道："等一下吧，等太阳落到山那边去再说。我们进去吧，那个姓李的来了。"原来他们是和李南泉斜对门住着。他们在门口，正看到李南泉撑了把纸伞，由那山溪木桥上走过来。袁四维却迟疑了一会儿，直等人家走过了桥，已到这岸，却不便故意闪开，就点了个头道："这样大的太阳，李先生上街去吗？"他点点头，叹口气道："没法子，到邮政局里取笔款，明日好过警报天。"

袁四维道："李先生，你也听到敌人的广播吗？"他笑道："我有两个星期不曾进城，哪里听到敌人什么广播。"袁四维道："你怎么知道明天是警报天呢？"李南泉闪到袁家门口一棵小槐树下，将纸伞收了起来，将手抬起，对天画了个大圈圈，因道："你看天上这样万里无云，恐怕由重庆晴起，一直要晴到汉口。我们的制空权完全落到人家手里，这样好的天气，他有飞机停在汉口，为什么不来？"袁四维苦笑了一笑，又伸手搔搔他的秃头，因踌躇着道："李先生也变成了个悲观论者。"李南泉道："我并不悲观，悲观对自己又有什么用处。我觉得是良心不可不保持，祸害也不可不预防。"袁四维道："我倒愿请教。中国到了现在这个地步，有没有挽救的希望？"李南泉道："当然有，若没有挽救的希望，还打个什么仗，干脆向日本人投降。"

袁四维正想追问下去，却见李太太将手扣结着那件半旧的洋纱长衫下襟纽扣，赤着脚，穿双布底青鞋子走了过桥，腋下还夹了一把细竹片儿编的土产扇子，便道："李太太陪先生一路上街？"李太太走到面前，笑道："不，我替他去。"因向南泉道："你把那封挂号信交给我吧。这大热天，回头上山来，你又是一身臭汗。"李南泉道："难道你回家就不是一身臭汗？你今天已经上街两次了，这次该我。"李太太道："我还不是早上买菜那一次吗？是我比你年轻得多，有事弟子服其劳吧。"说时，伸着手向李先生要信。

李南泉笑道："这又何必客气？你若愿意上街遛遛的话，我们一路去。"那位胖太太看到他们夫妇这样客气，便笑道："你们真是相敬如宾。"李太太笑道："我们住了这样久的邻居，袁太太大概没有少见我们打吵子。"李南泉道："岂止看见？人家也做过好几回和事佬。"李太太摇摇头笑道："这也就亏你觍着脸说。把信拿来吧，回头邮政局又关门了。"李南泉掏出衣袋里信交给太太，把纸伞撑着也交给太太，笑道：

"那我就落得在家里睡一回午觉。假如……"李太太道："不用假如，我会给你带一张戏票回来。今天晚上是杨艳华全本《玉堂春》。"李南泉摇着手道："非也非也。我是说今晚上若不大热的话，我把那剧本赶了起来，大概还有两三千字。管他有没有钱可赚，反正完了一件心事。"李太太并没有和他仔细辩论，撑着纸伞走了。

袁四维道："李先生，你太太对你就很好，你们不应该抬杠。"李南泉笑道："她是小孩子脾气，我也不计较。不过她对于抬杠，另外有一番人生哲学，她说夫妻之间常常闹闹小别扭才对，感情太好了，夫妻是对到头的。这个说法，我只赞成一半。我以为不抬杠的夫妻，多少有点儿作伪。高兴就要好，不高兴就打吵子，这才是率直的态度。"

这番交代刚是说完，却听到有人叫了声李先生，正是那位家庭大学校长奚太太的声音。回过头去看时，她将一双手撑住了走廊的夹片柱子，笑着点点头。奚敬平脱了西服，踏着拖鞋，在他家走廊上散步，回过头来，也点点头道："李先生老是在家里?"李南泉道："这个轰炸季，能不进城就不进城吧。躲起警报来，防空洞里那一份罪不大好受。"奚敬平道："大概要暑假以后教书你才进城了。"两人说着，就彼此都走到走廊的角上。李先生叹口气道："教什么书，连来带去的旅费，加上在路上吃两顿饭，非赔本不可。若是来去不坐公共汽车，只买几个烧饼充饥，也许可以教一次书，能够盈余一点儿钱，可是那又何苦? 我的精力也不行了，三天工夫，教六堂课，回来还跑八九十华里的旱路，未免太苦了。"奚先生道："现在这社会最现实，找钱第一。我看凭李先生这一支笔，应该有办法。何不到公司里或者银行里去弄个秘书当当。这虽不见得就发了财，眼前的生活问题是可以解决的。"李南泉微笑着没有作声。奚太太道："李先生清高得很，他官也不做，怎会去经商?"李南泉道："奚太太你太夸奖了。请问哪家银行行长会认识我? 这样找事，那是何不食肉糜的说法。"奚太太道："他虽然清高，敬平，你该学人家，人家非常听太太的话。"

李南泉摇着手道："奚太太，这一点我不能承认。你在我太太当面，说她是个被压迫者，在奚先生当面，又说我最听太太的命令，这未免是两极端。"奚太太且不答复他这个反问，顺手在她家对外的窗户台上一摸，摸出一只赛银扁烟盒子，向着李南泉举了一举，笑道："我是和你谦逊两句罢了。我倒不怕敬平不听我的约束。你看看这只烟盒子，我已经没收了。我说了不许他吸香烟，就不许他吸香烟。他背着我在外面吸烟，那还罢了。公然把烟盒子带回家来，这一点是不可饶恕的，我已经把他的违禁品没收下来了。"她说了不算，还将那烟盒子轻轻地在奚敬平肩膀上敲了一下，接着向李南泉道："我会告诉你太太，照我这样办。"奚敬平回头看太太，透着有点儿难堪，便皱了眉道："原是你叫我学人家，结果你叫人家学你。"奚太太道："李先生有一点也可学，就是他自动放弃家庭经济权。挣来的钱，完全交给太太。敬平，我告诉你，这个办法最妥当。你们不看头等阔人，他的经济权完全是交给太太的。这样，他除了做成天字第一号的大官，还让世界上的人叫他一声财神，这就是最好的榜样。"奚先生真觉得太太的话，一点儿不留地步，也只有把话扯开来，因道："听说那位蔡先生的别墅，花了不少的钱，现在完工了吗？我就没有到山那边去看过。"

李南泉道："为了赶着躲警报，哪有不完工之理？据说那防空洞，赛过全重庆。除了洞子穿过山峰之外，这山是青石山，坚硬无比。洞子里电灯、电话、通风器的普通设备，自不须说，而且里面有沙发，有钢丝床，有卫生设备、防毒设备，有点心柜，有小图书馆。"奚敬平笑道："你这又是写文章的手法，未免夸张了一点儿。"李南泉道："夸张，也不见得夸张，有钱的人什么事办不出来？你看过清人的笔记，你看看和珅的家产是多少？和珅不过是官方收入，还并没有做国际贸易呢。其实，一个人钱太多了，反是没有用处的。比如我躲警报，一瓶冷开水、一本书，随哪个山洼子里树荫下一躺，并不花半文钱，也就泰然过去。"奚先生多少有点儿政治立场，不愿把这话太露骨地说下去，没有答词，只微微一笑。

李南泉也有点儿觉悟，说句"晚上乘凉再谈"，自回家去，补足今天未能睡到的那场午觉。他一觉醒来，屋子里外已是阴沉的天气。原来是太阳落到山那边去，这深谷里不见阳光了。由床上坐起来，揉揉眼睛，却有一种阴凉的东西，在手上碰了一碰。看时，太太拧了一个冷手巾把子，站在旁边递了过来，双手将手巾把接着，因道："这是怎么敢当？太太！"她笑道："别客气，平常少撅我两句就得。"

李南泉擦着脸，向外面屋子里走，见那小桌上已泡好一玻璃杯子茶，将盖子盖着。另有个字纸包，将一本旧的英文书盖着。这是李太太对孩子们的暗号，表示那是爸爸吃的东西，别动。南泉端起茶杯来喝着，问道："你和我买了什么了？"李太太道："花生米子。我瞧一颗颗很肥胖，刚出锅，苍蝇没爬过，所以我给你买了二两。"南泉抖开那纸包，就高声喊着小玲儿。太太道："她吃过了，你忘不了她，太阳下山，她逮蜻蜓去了。"南泉笑道："什么样子的妈生什么样子的女儿。我就知道你小时候淘气。歪着两个小辫，晒得满头是汗。到南下洼子苇塘子里去捉蛤蟆、摘菁葵、逮蜻蜓，挺好的小姐，弄成黄毛丫头。"李太太脸一沉道："我还有什么错处没有？二十几年前的事，你还要揭根子。什么样子的妈养什么样子的女儿，一点儿不错，我是黄毛丫头，你趁早找那红粉佳人去。"说着，她扭身走到屋里去了。李南泉落了个大没趣，只有呆呆地站着喝茶吃花生米。一会儿，李太太端了把竹椅子在走廊下乘凉，顺手将桌上"狗屁"牌纸烟拿了一支去。李先生晓得，每当太太生气到了极高潮的时候，必定分一支纸烟去吸。便隔了窗户，轻轻道："筠，你把邮政局的款子取到了？"李先生很少称呼太太一个字，如有这个时候，那就是极亲爱的时候。可是太太用很沉着的声音答道："回头我给你报账，没有胡花一个。反正就是那几个穷钱。"李先生叹了口气道："可不就是那几个穷钱啊，我没有想到会穷得这样，不过我自信还没有做过丧失人格的事，若是……我也不说了。"他说毕了这话，又叹一口气。

因为太太始终是不理，他也感觉到无聊。把那杯茶喝完了，看看对面的山峰，只有蜂尖上，有一抹黄色的斜阳。其余一直到底，全是幽黑的。下面的幽暗色调中，挺立着一些零落的苍绿色柏树，仿佛是墨笔画的画。这和那顶上的阳光对照，非常好看。他因之起了一点儿雅兴，立刻披上蓝布大褂，拿了一根手杖，逍遥自在地走了出去。李太太还静静地坐在走廊上，看到丈夫擦身走过去，并没有理会。李南泉料着是自己刚才言语冒犯，不愿再去讨没趣，也就没有说什么。悄然走过了那道架着溪岸的小木桥，向山麓人行道走去。

约莫走了二三十丈路，小白儿在走廊上大声喊问着："爸爸哪里去？"李南泉回头一望道："我赶晚班车进城，你又想要什么？"说完，依然向前走。又没有走二三十步，后面可有小孩子哭了。李先生不用回头，听那声音，就知道是爱女小玲儿在叫着："爸爸呀，爸爸呀，你到哪里去？我也要去。"说着，她跑来了。她手上提了她两只小皮鞋，身上穿了一件带裙子的小洋衣，既沾草，又带泥，光着一双赤脚，在石板路上的浅草地上跑着。李南泉早是站住了等她，笑道："我不到哪里去。你又打赤脚，石头硌脚不是？手上提了皮鞋。这是什么打扮？"

小玲儿将小胖手揉着眼睛，走上前来，坐在草上，自穿皮鞋，因道："我知道，你又悄悄儿地到重庆去。我不穿皮鞋，你不带我去；穿好了皮鞋，我又赶你不上。"李南泉俯着身子抚摸了她的小童发，笑道："我不到哪里去，不过在大路上遛遛。吃过晚饭，我带你去听戏。"小玲儿把两只落了纽襻的小皮鞋穿起来，跳着牵了爸爸的手，因道："你不骗我吗？"南泉笑道："我最不喜欢骗小孩子。"小玲儿道："对的，狼变的老太婆喜欢骗小孩子。那么，我们一路回家去吃晚饭。"李南泉笑道："那么这句话，学大人学得很好。可是小孩子，别那样老气横秋地说话。"小玲儿道："你告诉我说，我要怎么说呢？"吴春圃教授也拿了一把破芭蕉扇，站在那小木桥上乘凉，哈哈笑道："好嘛，出个难题你爸爸做。小玲儿你问他，小孩子应当怎么说话，让他学给你听听。"

李南泉不知不觉地牵着小女儿的手走回家。吴春圃将扇子扇着腿，笑道："咱穷居在这山旮旯里，没个什么乐子。四川人的话，小幺儿。俺找找俺的小幺儿逗个趣，你也找找你的小姐逗逗趣。"南泉笑道："我这个也是小幺女。"吴春圃摇着头笑道："你幺不住，恐怕不过几个月，第二个小幺儿又出来了。李太太，你说是不是？"说着，他望了站在走廊上的李太太，撅了小胡子笑。她道："米这样贵，左一个，右一个，把什么来养活？逃起难来，才知道儿女累人。"

吴春圃道："警报还会永远躲下去吗？也不能为了怕警报不养活孩子。"李先生叹了一口气道："对这生活，我真有点儿感到厌倦了。不用说再养活儿女，就是现在这情形，也压得我透不出一口气来。我青年时节，曾一度想做和尚。我现在又想做和尚了。"他说着话，牵了小玲儿走向走廊。太太已不生气了，插嘴笑道："好的，当和尚去。把手上牵着的带去当小姑子。"吴春圃笑道："那还不好，干脆，李太太也去当姑子，大家到庙里去凑这么一份热闹。"李先生已走进自己家里，他隔了窗子道："既然当和尚，那就各干各的，来了什么人我也拒绝。"他说着话让小玲儿去玩儿，也就脱了大褂，在那张白木架粗线布支的交椅上躺下。

李太太随着进来，看到玻璃杯子里是空的，又提了开水来，给他加上，但李先生始终不作声。李太太觉得没趣，提着开水壶走了，过了一会儿，她又走进屋子来，先站在那张既当写字台，又当画案，更当客厅陈列品的三屉小桌边，将那打开包的花生米，钳了两粒放到嘴里咀嚼着，抓了一小撮花生米来，放到桌子角上，笑道："今天花生米都不吃了？"李先生装着闭了眼睡觉，并不作声。李太太微笑了一笑，把放在抽屉里的小皮包取出，打开来，拿了一张绿纸印的戏票，向李先生鼻子尖上触了几触，因道："这东西你该不拒绝了吧。"李先生睁开眼来笑道："你也当让我休息休息吧？"

李太太笑道："有孽龙，就有降孽龙的罗汉；有猛狮，就有豢狮的狮奴。不怕你别扭，我有法子让你屈服。"李南泉笑着拍手道："鄙人屈服了，屈服的不是那张戏票，是你引的那两个陪客。除了看小说，我也没有看到你看什么书，你的学问实在有进步，这是咱们牛衣对泣中极可欣慰的一件事。"李太太道："我又得驳你了。咱们住的虽是茅庐三间，我很坦然。女人的眼泪容易，我可没为了这个揪一鼻子。你更是甘心斯文扫地。牛衣对泣这句话，从何说起？"李南泉笑道："对极了，我接受你的批评。得此素心人，乐与共朝夕。"他说得高兴，昂起头来，吟了两句诗。李太太笑道："别再酸了，再酸可以写上《儒林外史》。我给你先炒碗鸡蛋饭，吃了饭，好瞧你那高足的《玉堂春》。"李南泉笑道："是什么时候，我收了杨艳华做学生？"李太太道："你没做过秦淮歌女的老师？"

李南泉笑道："你一辈子记得这件事。可是在南京是什么日子，于今在重庆，又是什么日子？太太，这张戏票你是降服孽龙用的，孽龙已经降服了，用不着它，你带了小玲儿去。散戏的时候，我带着灯笼去接你。"李太太道:"我实在是给你买的戏票。有钱,当买一斤肉打牙祭,有钱,也得买张戏票,轻松几小时。成天让家庭负担压在你肩上,这是你应得的报酬。"李南泉笑道:"这样和我客气起来,倒也却之不恭。你也是个戏迷,为什么不买两张票,我们一路去?"李太太道:"《玉堂春》这出戏太熟了,我不像你那样感兴趣。"李先生一听所说全盘是理,提前吃过晚饭,就带小玲儿去听戏。

这个乡下戏馆子,设立在菜市的楼上。矮矮的楼,小小的戏台,实在是简陋得很。可是避轰炸而下乡的人,还是有办法的人占多数。游山玩水,这不是普遍人感兴趣的,乡下唯一的娱乐就是打牌。有了这么一个戏馆子,足可以调剂枯燥生活。因之小小戏楼,三四百客位,照例是天天满座。另外还有一个奇迹,看客究不外是附近村庄里的人,多年的邻居,十停有七八停是熟人。这批熟人,又是三天两天到,不但台下和台上熟,台上也和台下熟。李南泉带着小玲儿入座,含着笑,四处打招呼。有几位近邻,带了太太来看戏,见李先生是单独来到,还笑着说两句耳语。李南泉明知这里有文章,也就不说什么。

台上的《玉堂春》还是嫖院这一段刚上场,却听到座位后面唏里哗啦一片脚步响。当时听戏的人,全有个锐敏的感觉,一听这声音,就知不妙,大家不约而同地站起身来。回头看时,后排的看客已完全向场子外面走。李南泉也抱着小玲儿站起。她搂住了父亲的颈脖子道:"爸爸,又是有了警报吗?"李南泉道:"不要紧,我抱着你。我们慢慢出去。"这时,台上的锣鼓已经停止,一部分看客走上了台,和穿戏装的人站在一处。那个装沈雁林的小丑,已不说山西话了,手里拿着一把折扇,摆着那绿褶子大衫袖,向台下打招呼:"诸位,维持秩序,维持秩序,不要紧,还只挂了一个红球,慢慢走吧。不放警报我们还唱。"

站在台上的看客,有人插嘴道:"谁都像你沈雁林不知死活,挂了球还嫖院。"这话说完,一阵哄堂大笑。这时,乡镇警察也在人丛中喊着:"不要紧,只挂了一个球。"这么一来,走的人算是渐渐地安定,陆续走出戏院。小玲儿听说还要唱戏,她就不肯走,因向爸爸道:"挂一个球,不要紧,我们还看戏吧。"李南泉笑道:"你倒是个小戏迷,看戏连警报也不怕。只要人家唱,我们就看。"于是抱着孩子,复又坐了下来。可是听戏的人一动脚，就没有谁能留住，不到五分钟，满座客人已经走空。南泉将女儿抱起，笑道："这没有什么想头了。"小玲儿将小眼睛向四周一溜，听戏的人固然是走了，就是戏台上的戏子也都换掉了衣服，走下台了。她噘了嘴道："日本鬼子，真是讨厌。"南泉哈哈大笑，抱着她走出戏楼，然后牵了她慢慢地走。

为了免除小孩子过分地扫兴，又在大菜油灯下的水果担子上，买了半斤沙果，约好了回家用冷开水洗过再吃。这水果摊是摆在横跨一道小河的石桥头上。一连串的七八个摊贩，由桥头接到通镇市的公路上。做小生意的人，总喜欢在这类咽喉要径拦阻了顾客的。这时，忽然有阵皮鞋响，随了是强烈的白光向摊子上扫射着，正是那穿皮鞋的人，在用手电筒搜寻小摊子。这就听了一声大喝道："快收拾过去，哪个叫你们摆在桥头上？混账王八蛋！"说话的是北方口音，正是白天见的那位刘副官。

这其中有个摊贩，还不明白刘副官的来历。他首先搭腔道："天天都在这里摆，今天就朗个摆不得？管理局也没有下公告叫不要摆。"刘副官跑了过去，提起手杖，对那人就是上中下三鞭。接着抬起脚来将放在地面的水果箩子连踢带踩，两箩沙果和杏子滚了满地，口里骂道："瞎了你的狗眼，你也不看人说话。管理局？什么东西！我叫管理局长一路和你们滚。"旁边有一个年老的小贩，向前拱了手拦着道："刘副官，你不要生气，他乡下人，不懂啥子事。我们立马就走开。"他说着，回了头道："你们不认得？这是方院长公馆里的刘副官。你们是铁脑壳，不怕打？展开展开！"他口里吩咐着众人，又不住向刘副官拱揖。那个挨打的小贩这才如梦初醒，原来人家是院长公馆里的副官。他说叫管理局长一路滚，一点儿也不夸张。这还有什么话说？赶快弯下腰去，把滚在地上的水果，连扫带扒抢着扫入箩中。其余的小贩，哪个敢捋虎须？早已全数挑着担子走了。

李南泉站在远远的地方看到，心里老大不平。这些小贩在桥头摆摊子，与姓刘的什么相干？正这样踌躇着，却见街外沿山的公路上，射来了两道大白光，像探照队的探照飞机灯，如两条光芒逼人的银龙，由远处飞来。随着是呜嘟呜嘟一阵汽车喇叭响。正是来了一辆夜行小座车。

这汽车的喇叭声是一种暗号,立刻上面人影子晃动,一阵鸟乱。

原来在这路头上,人家屋檐下,坐着八个人,一律蓝布裤褂,蓝布还是阴丹士林,在大后方已经当缎子穿了。路头上另有几位穿西服的人,各提了玻璃罩子马灯。这种灯,是要煤油才能够点亮的。在抗战第二年,四川已没有了煤油。只凭这几盏马灯,也就很可以知道这些人排场不小。六七盏马灯,对于乡村街市上,光亮已不算小,借灯光,看到四个穿蓝布短衣人,将一乘藤轿抢着在屋檐阶下放平。提马灯的西服男子,在街头上站成了一条线,拦着来往行人的路径。同时,屋檐下又钻出几个男子,一律上身穿灰色西服,下穿米黄卡叽布短裤衩。他们每人手上一支手电棒,放出了白光。这样草草布置的当儿,那辆汽车已经来到,在停车并没有一点儿声音的情形之下,又可想到这是一辆最好的车子。那汽车司机似乎有极好的训练,停的所在,不前不后,正于那放在阶沿上藤轿并排。车门开着,在灯光中,看到走出一位四十多岁的妇人。虽看不清那长衣是什么颜色,但在灯光下,能反映出一片丝光来。这妇人出了车门,她的脚并没有落地,一伸腿,踏在藤轿的脚踏藤绷上。那几个精神抖擞的蓝衣人,原来是轿夫,已各自找了自己的位置,蹲在地面,另外有四个人,前后左右四处靠轿杆站定。那妇人踏上了藤绷,四大五常地在轿椅上坐下。只听到有人轻轻一阵吆喝,像变戏法一样快,那轿子上了四位的肩膀,凭空抬起。

四个扶轿杆的人,手托了轿杆高举,立刻放下,闪到一边去。于是四个提马灯,两个打手电筒,抢行在轿子前面,再又是一声吆喝,轿子随了四盏马灯,飞跑过桥。其余的一群人,众星拱月似的,簇拥着轿子,蜂拥而去。李南泉自言自语道:"原来刘副官轰赶桥头上这群小贩,就为了要过这乘轿子,唉!"小玲儿道:"刚才过去的那个人是新娘子吗?"李南泉道:"你长大了,愿意学她吗?"小玲儿说了句川语道:"好凶哟,要不得!"李南泉摸着她小头道:"好孩子,不要学她,她是妖精。"小玲儿道:"妖精吃不吃人?"李南泉道:"是妖精,都吃人,她吃的人可就多了。那轿子是人骨头做的,汽车是人血变的。"

他一面说着,一面走着过桥。身后有人带了笑音道:"李兄,说话谨慎点儿,隔墙有耳,况且是大路上。"听那声音,正是邻居吴春圃。

55

因道："晚上还在外面？"他道："白天闹警报，任什么事没有办。找到朋友，没谈上几句话，又挂球了，俺那位朋友是个最怕空袭的主儿，立刻要去躲警报。俺知趣一点儿，这就回家了。城里阔人坐汽车下乡躲警报，这真是个味儿。你看那一路灯火照耀，可了不得。"李南泉抬头看时，那簇拥了轿子的一群灯火，已是走上了半山腰，因道："这轿夫是飞毛腿，走得好快。"吴春圃道："走得为什么不快呢？八个轿夫，养肥猪似的养着，一天就是这么一趟，他就卖命，也得跑。不然，人家主子花这么些个钱干什么？要知道，人家就是图晚上回公馆这么一点儿痛快。"

李南泉道："看他那股子劲，大概每日吃的便饭，比我们半个月打回牙祭还要好。读书真不如去抬轿。"吴春圃道："咱们读书人就是这股子傻劲。穷死了，还得保留这份书生面目。"李南泉笑道："你以为我们没有抬轿？老实说，那上山的空谷佳人，就是我们无形中抬出来的。若不是我们老百姓这身血汗，她的丈夫就作为阔人了吗？就说对面山上那所高楼，是抗战后两年建筑起来的。那不是四川人和我们入川分子的这批血汗？老实说，我们就只有埋头干自己的本分，什么事都不去看，都不去听，若遇事都去听或看的话，你觉得在四川还有什么意思呢？"吴春圃忽然插句嘴道："你瞧这股子劲。"说着，他手向对面深山一指。

原来那地方是最高的所在，两排山峰，对面高峙，中间陷下去一道深谷，谷里有道山河，终年流水潺潺，碰在乱石上，浪花飞翻。两边山上，密密丛丛地长着常绿树，在常绿树掩映中直立着一幢阴绿色的洋楼。平常在白天，这样的房子放在这样的山谷里，也让人看不清楚。在这样疏星淡月的夜间，这房子自然是看不出来。不想在这时候，突然灯火齐明，每个楼房的窗户洞里发出光亮，在半空中好像长出了一座玻璃塔，非常地好看。李南泉道："真美，这高山上哪里来的电灯？想必是他们公馆自备有发电机了。这说明刚才坐轿子上山的这位佳人，已经到了公馆里了。有钱的人，能把电灯线带着跑，这真叫让人羡慕之至。"

两人说着话，看看这深谷里的景致，自是感慨万端。小玲儿牵着爸爸的手道："那一座洋楼，仅看有什么意思？我们还是去看戏吧。"这句话提醒了李南泉，笑道："球挂了这样久，说不定马上就要放警报了，我们快回去吧。回去削沙果给你吃。"于是牵了孩子，慢慢向回家的路上走。走到石正山教授家附近，却听到一种悄悄的歌声。这歌声虽小，唱得非常娇媚。正是流行过去多年的《桃花江》。吴先生手上是打着灯笼的，这灯笼在山路的转角处，突然亮出来，那歌也就立刻停止。李南泉倒是注意这歌声是早不重闻于大后方的，应该是一位赶不上时代的中年妇人所唱。因为，现在摩登女郎唱的是英文歌了。

　　他在想着心事，就没有和吴春圃说话，大家悄悄走着，路边上发现两个人影。吴先生的灯光一举，看清楚了人，便道："石先生出来躲警报？没关系，还只挂一个球。而且今晚上月亮不好，敌机也不会来。"那人答道："我也是出来看看情形，是可以不必躲了。"答言的正是石正山。他那后面，有个矮些的女郎影子。不用猜，就知道那是他的养女或丫鬟小青。她向来是梳两个小辫子垂在肩上的。她背过身去，灯笼照着有两个小辫。李南泉道："我想石兄也不会躲警报，你们家人马未曾移动。"石正山笑道："太太不在家，小孩子们都睡了，人马怎么会移动？我那位太太是个性急的人，若是在家，人马早就该移动了。"说着话，彼此擦身而过。那小青身上有一阵香气透出，大概佩戴了不少白兰花、茉莉花。

　　这位小姐在那灯笼一举的时候，似乎有特别锐敏的感觉，立刻由那边斜坡下，悄悄地向大路下面一溜。她不走，吴李两人却也无所谓。她突然一溜，倒引起了他两人的注意，都向她的后影望着。石先生便向前一步，走到吴春圃面前，笑道："仁兄，你也可以少忙一点儿，天气太热，到了这样夜深，你还没有回家。"吴春圃笑道："老兄，我不像你，你有贤内助，可以帮助生产。我家的夫人是十足的老乡，大门不出，二门不迈，说什么都得全靠我这老牛一条。"说毕，叹了一口气，提着灯笼就在前面走。石正山的目的，就是打这么一个岔。吴先生既是走了，他再也不说什么。李南泉自己跟着灯笼的影子向家里走。

　　到家以后，门还是虚掩的，推门看时，王嫂拿了双旧线袜子，坐在菜油灯下补袜底。家里静悄悄的，小孩子们都睡了。李南泉问道："太太老早就睡了？"王嫂站起身来，给他冲茶，微笑着没有作声。小玲儿站在房子中间，伸出了一个小指头，指点着父亲，点了头笑道："爸爸，我有一件事，我不和你说。妈妈打牌去了，你不晓得吧？"王嫂笑道："这个娃儿，要不得，搬妈妈的是非。你说不说，还不是说出来了吗？"李南泉笑道："太太用心良苦，算了，我也不管她了。"王嫂是站在太太一条战线上的，看到先生已同情了太太，她也很高兴，便将桌上放的那杯茶向桌沿上移了一下，表示向主人敬茶，因道："别个本来不要打牌，几个牌鬼太太要太太去，她有啥子办法？消遣嘛，横竖输赢没得好多钱。"

李南泉笑道："管她怎样，你带着玲儿，我要去睡觉。若是放警报了，你就叫我。"说毕，自回房去安睡。蒙眬中听到有大声喊叫的声音，他以为是放了警报，猛可地一个翻身坐了起来。时间大概是不早，全家人都睡了，而且也熄了灯。窗外放进一片灰白色的月光，隔了窗格子可以看到屋后的山挺立着一座伟大的影子。坐定了神，还听到那大声音说话，好像就在山沟对面的人行路上。这可能是防护团叫居民熄灯，益发猜是有了警报。这就打开门来看，有一群人，站在对面路心。说话的声音南腔北调，哪里人都有。

这就听到一个北方口音的人道："你们明天一大早，六点钟就要到。去晚了，打断你们的狗腿。有一担算一担，有一挑算一挑。你们要得了龙王宫里多少宝，一个钱不少你们的。院长有公馆在这里，是你们保甲长的运气。你们每个人都可以发一下小财，你们不必在老百姓头上揩油，又做什么生意。只要每个月多望夫人来几趟，你们什么便宜都有了。"这就听到一个川音人答道："王副官，你明鉴吗？我们朗个敢说空话？乱说，有几个脑壳？但是一层，今晚上挂过球，夜又深了。你叫我们保甲上冒夜找人，别个说是拉壮丁，面也不照，爬起来跳（读"如条"）了，反是误了你的公事。明天早起，我们去找人。八点钟到院长公馆，要不要得？把钱不把钱，不生关系，遇事请王副官多照顾点儿就要得。我虽不是下江人，我到过汉口。你们的事我都知道咯。"北方口音道："我不管，你六点钟得到，你自己说了，半夜里拉过壮丁，半夜找工人有什么难处？"

于是这就接连着三四个说川话的人，央告一阵。最后，听到王副官大声喝道："废话少说，我要回去睡觉了。"说着，一阵手电棒的白光四处照耀，引着他走了。李南泉就叫了一声道："刘保长，啥子事？"有人道："是李先生？你朗个早不说话？也好替我讲情嘛。"说着，一路下来四个人：一位保长、三位甲长，全是村子里人。李南泉道："警报解除了没有？深夜你们还在和王副官办交涉？"刘保长道："没有放警报，挂过绿球了。啥子事？就是为了别个逃警报不方便咯。王副官说，镇市外一段公路坏了，要我保上出二十个人，一天亮，就去修公路。别个有好汽车，跑这坏公路，要不得。"一个甲长道："公路是公路局修的，我们不招闲。"保长道："不招闲？刚才当了王副官，你朗个不说？老杨，没得啥子说，你今晚上去找六个人，连你自己七个，在院长公馆集合。把钱不把钱不生关系。不把钱，我刘保长拿钱来垫起。好大的事吗？二十个工，我姓刘的垫得起。"

李南泉笑道："你垫钱，羊毛出在羊身上吧？刘保长，我先声明，修公路本就有公路局负责。现在修路，让人家坐汽车的太太跑警报，这笔摊款我不出。"刘保长在月亮影子里抱了拳头作揖，笑道："再说，再说！"回头对三位甲长道："走吧，分头去找人。说不得，我回家去煮上一锅吹吹儿稀饭，早上一顿算我的。哪个叫我们这里有福气，住了阔人？"三位甲长究有些怯场，在保长带说带劝之下，无精打采地走了。李南泉长叹了一声气。

这一声长叹，可把吴春圃惊动了。他开了门出来问道："李先生还没有睡吗？"李南泉道："让那王副官把我嚷醒了。"吴春圃将蒲扇拍着大腿，因道："今天可热，明天跑警报可受不了。"李南泉道："唯其如此，所以人家阔夫人要连夜抓壮丁修路。我得改一改旧诗了。近代有佳人，躲机来空谷。一顾破人家，再顾吃人肉。"吴春圃笑道："好厉害，可也真是实情。最好请她们高抬贵手，少光顾一点儿。可是话又说回来了，咱们哪管得了许多？只当没有看见。"李南泉道："我们还不是愿意少见为妙？要不然，为什么要住到这山沟里来？可是住在山沟里，还要看见这些不平的事，却也叫人无可奈何。"吴春圃笑道："怪不得你屋里自写了这样一副对联——入谷我停千里足，隔山人筑半闲堂。这种事情……"

他的话不曾说完，他太太在屋子里又叫起来了道："嘿，没个白天黑天的，又拉呱儿起来咧，叫俺说呀，人家李先生也得休息，追出去找人拉呱儿真是疵毛。"吴春圃最能屈服于这山东土腔的劝说，哧的一声笑着，回家关着门了。李先生一人呆立在走廊上，看看天上大半钩月亮已落到屋子后边去。一阵吵闹过去了，四周特别显着静悄悄的。那斜月的光辉，只能照着对面山峰。下面的山，被屋后的山顶将月光挡住了，下面是暗暗的。整条山沟在幽暗的情形下，隐隐地有些人家和树木的影子。他觉着这境界很好，只管站着呆看下去。

第五章

自 朝 至 暮

在这幽暗的山谷中，环境是像一条宽大的长巷，几阵疏风，一片淡月，在这深夜，有一种令人说不出的低徊滋味。遥望山谷的下端，在一丛房屋的阴影中，闪动着一簇灯火，那正是李太太牌友白太太的家。平常，白太太在小菜里都舍不得多搁素油，于今却是在这样深夜，明亮着许多灯火，这就不吝惜了。他有了这个感想，也就对太太此类主妇有背择友之道。他心里这样一不高兴，人就在这廊上徘徊着。接着那里灯火一阵晃动，随即就是一阵妇女的嬉笑之声。在夜阑闻远语的情形之下，这就听到有一位太太笑道："今天可把你拖下海，对不起得很。"这就听到李太太笑了道："别忙呀，明天咱们再见高低。"又有人道："把我这手电拿了去吧，别摔了跤，那更是不合算。"这么一说，李先生知道夫人又是大败而归，且在走廊上等着。

山路上有太太们说着话，把战将送回了家。李南泉立刻把屋子里一盏菜油灯端了出来，将身子闪在旁边，把灯光照着人行路。路上这就听到一位下江口音的太太笑道："李先生还没有睡啦，老李，你们先生实在是好，给你候门不算，还打着灯亮给你照路呢。"李先生笑道："这是理所当然。杨太太，你回家，没有人给你候门亮灯吗？"杨太太笑道："我回家去，首先一句话，就是报告这件事情，让他跟着李先生学。"李南泉道："好的，晚安，明儿见。"那路上两三位太太笑道："双料的客气话，李先生真多礼。"

李太太觉得在牌友面前，得了很大的一个面子。而且先生这样表示好感，也不知道用意所在，便走向前伸手接过灯，笑道："你还没有睡?"李南泉没有答复，跟着进了屋子，自关上了门。李太太又向他笑道："今天晚上的《玉堂春》，唱得怎么样?"李先生还是不作声，自走进里面屋子去。李太太拿着灯进来，自言自语地道："都睡了?"李先生已在小床上睡下，倒是插言了，因道："还不睡? 今天三十晚上，熬一宿守岁?"李太太却不好意思驳他，搭讪着在前后屋子里张望一番，因道："挂球的时候，你就回来了?"李南泉道："戏不唱了，我不回来? 我摸黑给人家看守戏馆子?"李太太望了他道："你这是怎么啦? 一开口就是一铳。"李南泉闭了眼睛躺着，沉默了两分钟，才睁开眼道："你没话找话，一切是明知故问。"李太太嫣然地笑了，因道："我就知道我理屈，没话找话，也就向你投降了，你好意思铳我。你这个人说来劲就来劲。在走廊上还是有说有笑，一到屋子里，就不同了。你是……"她没说下去，忍着又笑了。李南泉道："你是说我狗脸善变。"李太太笑道："我可不敢说，夜已深了，别吵吵闹闹地惊动了邻居。"李南泉道："对了，你们那样灯火辉煌，一路笑着归家，简直行同明火执仗，还说别人惊动邻居。"李太太道："我说今日不打牌，白太太死乞白赖地拉我去，我晓得回来了，又要受你的气。真是犯不上。好啦，我们都明火执仗了。"

李南泉道："你这话简直不通。白太太死乞白赖拉你去打牌，你就不能不去打牌，假如她死乞白赖拉你去寻死，你也只好去寻死吗?"他说着这话时，觉得理由充足，随着说话的姿势，坐了起来。李太太含着满脸的笑容，点了头道："睡吧，算我错了，还不成吗?"他问道："算你错了?"李太太还是笑，因道："不，我简直错了。睡吧，说不定明天又得闹大半天警报。"李南泉道："我看你今天心软口软，大概输得不少。把这输的钱买只鸡来煨汤，大家进点儿养品，那不好得多吗? 唉!"他叹了一口气，也就躺下去睡了。

他睡得很香，次日起来已看到窗外的山峰，是一片太阳。漱洗完毕，端了一杯茶喝，心里在筹划着，今天有警报，怎样去补救这浪费的时间。就在这时，对面山溪岸上，很快地走下来一位中年妇人。她穿着一件八成新的阴丹士林大褂，露出两条光膀子，左手戴着老式的玉镯子，右手戴着新式的银镯子，手里举起一把蒲扇遮太阳，老远就问道："李先生不在？"李南泉隔了窗子点头道："保长太太，今天刘保长派你一趟差事？"保长太太走进来点着头道："我特为来请李先生帮一忙。昨夜里不是院长公馆到保甲上来找人修路吗？搞得我们一夜没有困觉，天亮都没有睡，喝了一顿吹吹儿稀饭，就去了。这样当差，还有啥子话说？去了，又不要我们修路，派了大家展木器家私上山。听说，展完了家私，还要带人到南岸去展。警报连天，朗个去得？"

李南泉笑道："保长太太的意思，是要我和你去讲情吗？"她笑道："李先生，你是有面子的人嘛，院长公馆里的刘副官、王副官和你都很熟咯，你若是和他们去说一声，不要派保甲上到南岸去展家私，他一定要卖个面子给你。二天叫刘保长和你多帮忙，要不要得？"她究竟是位保长太太，在这地方，不失是个十三四等的官家。虽然是求人，那态度还是相当傲慢，摇晃着手臂上的玉石镯子，只管将蒲扇招着，说完了，她自在椅子上坐下，李南泉看着，心里先有三分不高兴。这也无须和她客气，自在那破藤椅子上坐下。又自取了一支纸烟，擦了火吸着。喷出一口烟来道："我吸的是狗屁牌，要不要来一支？"说着把桌面的纸烟盒子一推。保长太太道："啥子狗屁？是神童牌吗？我们还吃不起咯，包叶子烟吃。我扰你一根根。"说着，她就自取烟吸了。李南泉向窗外看看天色，叹口气道："该预备逃警报了。"保长太太道："李老太爷，去一趟吧？你不看刘保长的面子，你也可怜可怜这山沟沟里的穷人嘛。大家吃的是糊羹羹，穿的是烂筋筋，别个不招闲，你李老太爷是热心人啊。这样大热天，他院长公馆有大卡车不展家私，要人去扛。就不怕警报，一天伙食也垫不起呃。说不定遇到抓壮丁的，一索子套起，我们当保长的对地方上朗个交代？"李南泉道："真的，为什么他们不用卡车搬东西，要人去扛？院长公馆我是不去。我可以和你去问问王副官。"

他这样说了，看了看刘保长太太一眼。她道："李老太爷，这是朗个说法？王副官在院长办公，你不到院长公馆去。朗个看得到他？"李南泉道："我们一路去。我在山脚下等你，你上去把王副官请下来。"她喷出一口烟，摇摇头道："要不得，那王副官架子大得很，没得事求他，他也不大睬人。现在要去求他，请他下山来，那是空话。"李南泉冷笑一声道："保长太太，你这话有点儿欠考虑。他姓王的架子大，我姓李的就该架子小不成？副官也要看什么副官。若是军队里的副官，是你们四川人说的话，打国战的。若是院长公馆里的副官，哼，我姓李的，就不侍候他。再说那个人骨头堆起来的院长公馆，在那山顶上，我是文人，爬不上去。"她见李先生变了脸，这就站起来道："李老太爷，就是嘛，我叫乘滑竿来抬你。"李南泉道："抬我我也不上山去。除非你上山去，把王副官叫下山来。"保长太太看他脸上没一点儿笑容，觉得不容易转移，只好用个步步为营的法子，答应陪他一同走。

两人走着，她说了不少的好话。经过山下镇市，还买了一盒比神童牌加三级的王花牌纸烟奉赠。走到院长公馆山麓下，抬头一看那青石面的宽阶，像是九曲连环，在松树林子下，一层层地绕了弯子上山。山坡尽处，一幢阴绿色的立体三层大楼，高耸在一个小峰上，四周大树围绕。人所站的地方，一道山河翻着白浪，在乱石堆里响了过去。河那岸的山，壁立对峙。半山腰里，一线人行小路在松林里穿过，看行人三五在树影里移动，他不觉叫了一声好。

刘保长太太倒不知道他这声赞美从何而来，便搭讪着道："李先生，你们在下江没得坡爬。到我们这里来，天天爬坡，二天不打国战了，回去走路有力气。"她一面说着，一面向山坡上走。李南泉就在路头一块山石上坐下，笑道："保长太太，我们有约在先，我是不上这山顶上去的。有那上山的力气，我还留着回头跑警报。你上山去请王副官，我在这里等着。"保长太太见他不受笼络，站在坡子上，呆了一呆，因道："倘若王副官不肯下来呢？"李先生笑着操了句川语道："我不招闲。"她倒没有了主意，只是拿扇子在面前扇着，抬头看看山顶那洋楼下面的小坦地，倒有些人影晃动，她道："李先生，你看，他们不都在那里？"她这样一句叫着，惊动了路口上的守卫。因为这个地方很少人来，守卫的卫兵照例是在松树林子里睡觉。这时，两个人背了枪从树下走出来，一个瞪着眼喝道："干什么的？"她道："我是刘保长家里的，有公事见王副官。"卫兵道："王副官上街去了。走吧，不要在这里啰唆。"

刘保长太太在保上很有办法，到了这里来，她就什么智能都消失了。缓缓地走下坡子，来到李南泉面前，轻轻地道："见不到人，朗个办?"李南泉笑道："这还是在山脚下呢，若再走上去，钉子有的碰呢。还是那话，我不招闲。"保长太太道："我到公路上去过，都不在公路上，哪里去找？"正说着，有一乘滑竿从山河的大桥上抬过来。这座桥也是院长公馆建筑的。在两排高山的脚下，一道石桥，夹着铁栏，横跨过峡中的激流，气势非常。

假如不讲人道，坐滑竿游山，那是适意不过的事。尤其是在这深山大谷里，走过这座跨过急流的河道，那是最适意的一个路段。那王副官天天由这里经过，大概对于烂熟的风景，已不怎么感到兴趣，伸了两条腿，踏着绳吊的软踏脚，仰卧在滑竿上。他手里还拿了根手杖，挺在空中指东画西。这种姿态根本就不能引起人的好感，李南泉站到一边，故意背了身子去看风景。保长太太叫了起来道："王副官来了。"王副官在滑竿上喝道："你叫些什么？你以为这是你们那保长办公处？"保长太太满脸是笑地迎着道："不是我一个，李先生也在这里来看你。"王副官道："哪个什么李先生？"

李南泉听了，早是一阵怒气向胸口涌将上来。心想，这小子，怎么这样无礼？回转身来望他时，他的滑竿抬到了近处，已看清楚了人，这就把手杖敲着轿杆子道："停下停下。"滑竿从轿夫的肩上放下了。他一跳两跳向前，望着南泉道："啊，是老兄。我上次送了两张纸去，请你给我画一画，写一张，怎么样？直到现在，你还没交卷呢。"李南泉道："纸还存在舍下，没有敢糟蹋。"王副官抬起手上的手杖，敲着面前的一棵老松树的横枝，满身不在乎的样子，因道："我当然是要你画，过两天，我先把润笔送了过去。"李南泉几乎要笑出来，但立刻想到和许多乡下人说情来了，那就犯不上得罪他，因道："你阁下晓得，我是不卖字画的。我有点儿事情受人之托，来有个请求。你若是答应了，我今天就交卷，作为交换条件。"

王副官笑道："你老兄的脾气，我知道的，一不借钱，二不找事，有什么交换的条件？请说吧。"李南泉对保长太太指了一指道："你看，我是和她一路来的，多少应该与保甲上有关。"王副官将手杖在地面上画着圈圈，因道："你说的是找老百姓修公路的事？这个，我们倒不是白征他们工作，每人都给一份工资。只要保长不吞没下去，他们并不会吃亏的。实不相瞒，钱经过我的手，我有个二八回扣。李先生的面子，你那甲上的扣头，我就不要了。戏台上的话，靠山吃山，靠水吃水，你当然知道这是我们的规矩。"李南泉笑道："先生误矣，我还会打断你的财喜吗？"刘保长太太说："你们征的民工不修路了，要到南岸去搬东西。大家觉得有卡车不用，拿人力去搬，这是一件太不合算的事情。而这几天不断闹警报，在南岸遇到了空袭，他们也找不着洞子。"王副官听说，打了个哈哈，将手杖指着保长太太，笑道："你别信她胡说。到南岸去搬东西，是有这件事。可是去搬东西的人，让他们坐卡车去，也并不是要他们把东西由南岸搬到这里来，只是要他们由船上搬上卡车。"李南泉道："在南岸找码头工人，不简便得多吗？"王副官笑了一笑，望着他道："办公事都走简便的一条路，我们当副官的，喝西北风？"李南泉这就明白了。他是将修路的民工调去搬东西，把这笔搬东西的工资轻轻悄悄地塞进了腰包，而且他还是公开地对人说，可见他毫不在乎。于是他也笑了一笑。

王副官道："李兄，你这一笑，大有意思。请教。"说时，他将手杖撑了地面，身子和脑袋都偏了过去，李南泉怕是把话说僵了，因笑道："我笑你南方人，却有北方人的气概，说话是最爽直不过。你自己的手法，你完全都说出来了。很可佩服。"王副官笑道："原来你是笑这个。我成天和北方人在一处混，性格真改变了不少。你不见我说的话，也完全是北方口音了。"南泉笑道："那么，我就干脆说出来了。可不可以别让我那保的人到南岸去搬东西？"王副官把手杖插在地上，抬起手来搔搔头发，踌躇着，立刻不能予以答复。

那位保长太太深知王副官踌躇点所在，便上前一步，点着头道："王副官，我说句话，要不要得？"王副官瞪了眼望着她道："你说吧。"她道："我们保甲的人，情愿修两天路，不要钱。"王副官道："你能做主？"她道："哪个龟儿子敢骗你。说话算话。不算话，请你先把我拿绳子套起走。"李南泉笑道："我对她有相当的认识。刘保长是怕太太的，老百姓又是怕保长的。保长太太说不要工资，我想也没有哪个敢要工资。"王副官听了这话，脸上算有点儿笑意。他还不曾说话，半山腰上有个人大叫道："是老王吗？快上来吧，有了消息了。七十二架，分三批来。"王副官道:"他妈的,这空袭越来越早,才八点多钟。"回头望了刘保长太太道:"快有空袭了,反正南岸去不成。解除了再说吧。夫人今天没走,我得去布置防空洞。"说着,望了扶着轿杆的滑竿夫,说:"走!"李南泉道:"保长太太,对不起,我不能管你们的事了。你听见没有?敌机来了七十多架,我得回家去看看,帮着家里人躲警报。"他也不再管她,立刻转身就向家里走。

果然,经过小镇市时,那广场上的大木柱子已经挂了通红的大灯笼。镇市上人似乎也料着今天的空袭厉害,已纷纷地在关着铺门。李南泉想顺便到烧饼店里买点儿馒头、烧饼带着,又不料刚到店铺门口,半空里呜呜地一阵怪叫,已放了空袭警报。回头看那大柱上,两个红球在那大太阳底下照着,那颜色红得有点儿怕人。这点刺激,大概谁都是一样地感觉到。烧饼店里老板已是全家背了包裹行囊出来,将大门倒锁着,正要去躲空袭。这就不必开口向人家买东西了。待得自己找第二家时,也是一样在倒锁大门。躲警报的人们又已成了群。大家拉着长阵线,向防空洞所在走去。熟人就喊着道:"李先生,你还不回去吗?今天有敌机七批。"他笑答道:"我们还怕敌人给我们的刺激不够,老是自己吓自己做什么?已经挨了四五年的轰炸,也不过这么回事,今天会有什么特别吗?"他说着,还是从容地走回家去。

隔了山溪,就看到自己那幢草屋里的人都在忙乱着。那位最厌恶警报的甄太太,手里提了两个包裹,又扶根手杖,慢慢走上山溪的坡子。她老远扬了头问道:"李先生,消息那浪?阿是有敌机六七批?警报放过哉!"李南泉笑道:"不用忙,进洞子总来得及的。"甄太太操着苏白,连说孽煞。李南泉笑道:"不要紧,有我们这里这样好的山洞子,什么炸弹也不怕。"说到这里,李太太带着一群儿女,由屋子里走出来了,笑道:"你今天也称赞洞子,那我们一路去躲吧。"李南泉回到走廊上,笑道:"对不起,今天我还得和你告一天假。什么意思呢?那本英文小说,我还差半本没有看完呢。带着英文字典……"李太太也不等他说完,将一把铜锁交到他手上,因道:"我走了,你锁门吧,空袭已经放了十分钟。你要游山玩水的话,也应当快快地走。"说毕,连同王嫂在内,一家人全走了。今天是透着紧张。吴春圃先生一家,也老早就全走了。

他走进屋子，在书架上乱翻一阵，偏是找不到那本英文小说。转个念头，抽了本线装书在手，不想刚刚要找别的东西，半空里呜呀，已放出了悲惨的紧急警报声。家里到目的地，还有二三十分钟的路，倒是不耽误的好。捏着那本书，匆匆出来锁了房门。就在这时，远远的一阵嗡嗡之声，在空气中震撼。那正是敌人的轰炸机群冲动空气的动作。再也不能犹豫，顺着山麓上的小道向山沟里面就走。今天特别匆忙，没有带伞，没有带手杖，也没有带一点儿躲警报的食粮和饮料。走起来倒还相当便利。加紧了步伐，只五分钟工夫，就走出向山里的村口。但走得快，恐怖也来得快，早是轧轧轧一阵战斗机的马达声，由远来到头上。他心里想着，好久没有自己的飞机迎击了，今天有场热闹。

他这样想着抬头一看，两架战斗机由斜刺里飞来，直扑到头顶上。先听到那响声的刺耳，有点儿奇怪，不是平常自己战斗机的声音。走到这里，正是山谷的暴露处，并没有一棵树可以掩蔽，只好将身子一闪，闪在山麓一处比较陡削的崖壁下。飞机飞来比人动作还快。它又不大高，抬头一看，看得清楚，翅膀上乃是红膏药两块图记。他立刻把身子一蹲，完全闪躲起来。偏是这两架敌机，转了方向，顺着这条山谷，由南向北直飞重庆。看那意思，简直要在这山谷里面寻找目标。只有把身子更向下蹲，更贴着山壁。在这山谷路上同走的人，正有七八位，他们同样地错误以为这战斗机是自己的，原来是坦率地走路，及至看到了飞机上的日本国徽，大家猛可地分奔着掩蔽地点。有人找不着地点，索性顺了山谷狂跑。蹲在地上的人就喝道："蹲下蹲下，不要跑。"有的索性喊着："你当汉奸吗？"就在这时，前面两架敌机过去了，后面呼呼呼、战斗机的狂奔声随之而来，又是两架战斗机，顺了山谷寻找。咯，咯，咯，就在头顶上，放了阵机关枪。李南泉想着，果然是这几个跑的人惹下了祸事。心里随着一阵乱跳。好在这四架敌机，在上空都没有两三分钟。抬头看到它们像小燕子似的，钻到北方山头后面去了，耳朵里也没有其他的机声，赶快起身就走，看看手上捏的那本线装书，书面和底页全印着五个手指头的汗印。

那蹲在地面上的几个行人，也都陆续站了起来。其中有个川人道：

"越来越不对头，紧急刚才放过去，敌机就来到了脑壳上。重庆都叫鬼子搞得稀巴烂，还打啥子国战啰？"这人约莫五十上下年纪，身穿阴丹大褂，赤脚穿草鞋，手里倒是提了一双黑色皮鞋，肩上扛了把湖南花纸伞。在他的举止上可以看出，他是一位绅粮。他后面跟着两个青年，都穿了学生制服，似乎是他的子侄之辈。这就有个答道："朗个不能打？老师对我们讲多了。他说，空军对农业国家没得啥子用，一个炸弹，炸水田里一个坑坑，我们没得损失。重庆不是工业区，打国战也不靠重庆啥子工业品。重庆炸成了平地，前线也不受影响。"那绅粮道："那是空话。重庆现在是战时首都嘛，随便朗个说，也要搞几架驱逐机来防空。只靠拉壮丁，打不退鬼子咯。壮丁他会上天？老实说，不是为了拉壮丁，我也不叫你两个人都进学校。你晓得现在进学校，一个学期要花好多钱？"李南泉听了这篇话，跟在后面，情不自禁地叹了口气。那大的青年，回过头来，问道："李先生哪里去？"他道："躲警报。你老兄怎么认得我的？"青年道："李先生到我们学校里去演讲过，我朗个不认得？刚才你叹口气，觉得我们的话太悲观了吧？"李南泉道："我们的领空，的确是控制不住。但这日子不会很久，有办法改正过来的。"

那青年道："报上常常提到现在世界上是两个壁垒，一个是中美英苏，一个是德意日。李先生，你看哪边会得到最后胜利？"他答道："当然是我们这一边。人力、物力全比轴心国强大得多。"绅粮插嘴道："啥子叫轴心国？"青年答道："就是德意日嘛。"绅粮忽然反问道："轴心国拉壮丁不拉，派款不派款？"李南泉道："老先生问这话什么意思？"他道："又拉壮丁又派款，根本失了民心，哪个同你打国战？"李南泉笑道："不要人，不要钱，怎么打仗？不过戏法人人会变，各有巧妙不同。不见得人家要人要钱，也像我们这样的要法。"老绅粮昂头叹了口气道："人为啥子活得不耐烦，要打仗？就说不打仗，躲在山旮旯里，也是脱不倒手，今天乡公所要钱，明天县政府要人，后天又是啥子啥子要粮。这样都不管他。一拉空袭搞得路都走不好。刚才这龟儿子敌机，在脑壳上放机关枪。要是一粒子弹落到身上，怕不做个路倒。"李南泉不愿和他继续说下去，便道："老先生，你们顺了大路快走吧。这一串人在大路上走着，目标显然。我要走小路疏散了。"说着话时，正是又来了一阵轰炸机声音。山谷到了这里，右边展开了一方平谷，有一条小路穿过平谷进入山口。人就向小路走过去。当这平谷还没有走完，机群声已响到了头上。

回头看那绅粮和两个青年也吓得慌了，顺着人行大路，拼命地向前跑。抬头看天上敌机是作个梯形队伍，三架，六架，九架，十八架，共是三十六架，飞着约莫五六千公尺，从从容容地由东南向西北飞，正经过头顶这群山峰。在这群飞机后面，还有九架战斗机，两翼包抄，兜了大圈子，一架跟着一架，赶到了轰炸机群的前面。四十五架飞机的马达声震破了天空，突然有两三个树上的小鸟，惊惶地飞出了树梢。李南泉看这形势凶猛，不知道敌人伸出毒手要炸毁掉重庆哪一片土。而梯形机头，又正对了自己而来，急忙中并没有个掩蔽所在，跑又是万万来不及了。所行之处，是山坡的坡处，人行路下，有三四尺的小陡崖，便将身子一跳跳在崖脚。在崖脚下有个小土坑，一丛草围着一圈湿地。虽跳在草上，脚下还是微微地滑着，向旁边倒着，幸是靠了土崖，不曾摔倒。正待将身子蹲下去，草里哧溜一声，钻出一条三四尺长的乌蛇，箭似的向庄稼地里射去。这玩意儿比飞机还怕人，他怕草里还藏有第二条，再也不敢蹲下，复又抓着崖上的短草，爬上坡去，而已是两三分钟的耽误，飞机飞得斜斜的，临到头上，于是蹲着身子一跳，定睛看时，落在一条深可见丈的大干沟里。沟里也有草，这地方掩蔽得很好，就不管他有蛇没蛇了。

他是刚刚站定，那三十六架轰炸机已在头上过去了一半。机群尾上的大部分，还正临头上。他下意识地贴紧了土岩，向下蹲着。可是这双眼睛，还不能不翻着向上看。眼瞅机群全过去了，自己便慢慢伸起腰来。见那机群是刚刚经过这里的山峰，就开始爬高。爬过几里外些排山峰，约莫已到了重庆上空。它们就一字排开，三十六架飞机，排了条横线，拦过天空。刚是高山把飞机的影子挡住，就听到轰咚轰咚几阵高射炮声。随后是连串的轰咚响声，比以先的还厉害，那是敌机在投弹了。他料着自己所站的这一带，眼前是太平过去，才定睛向四周看着。原来自己摔进的这条干沟，是对面山上洪水暴发冲刷出来的。沟的两岸不成规则，有高有低，但大致都有两尺以上高。沟里是碎石子带着一些野

70

草。而且沟并不是一条直线，随着地势，弯弯曲曲下来。记得战事初起，在南京所见到的防空壕，比这就差远了。在平原上找到这样一条干沟，以后在半路上遇到了敌机，可以在这里休息一下子了。这地方就是自己单独地躲避敌机，爱怎样行动就怎样行动，一点儿不受干涉。听听敌机声已远去，正待爬起来，却听到有两个人的细语声在沟的上半段，有人道："敌机走远了，爬上来吧，没有关系了。"

李南泉自言自语地笑道："到底还是有同伴。"他这话音说得不低，早是惊动了那个人，伸出头来望着。看时，却是熟人，对门邻居石正山先生。他也穿了保护色的灰布长衫，抓着沟上的短草，爬了出来，笑道："当飞机临头的时候，我听到轰咚一声，有东西摔下了沟。当时吓我一跳，原来是阁下。"李南泉道："躲警报我向来不入洞，就在这一带山地徘徊。今天敌机来得真快，我还没出村子口，四架驱逐机就到了头上。刚才和一位绅粮谈话，耽误了路程，先躲到那边坎下，遇到一条大蛇……"

他这段未曾交代完毕，沟里早有人哎呀一声，立刻再钻上一个人来。石正山笑着，将她牵起，正是他的义女小青。小青穿着蓝布衫子，已沾了不少泥土。两个小辫子，有一个已经散了。她手摸那散的小辫子，噘了嘴道："又吓我一跳，沟里有蛇。"石正山笑道："胡说。是李先生先前遇到了蛇，这时来告诉我们。"李南泉倒不去追究这个是非，因道："第一批敌机，已去了个相当时期，该是第二批敌机来的时候了。我们该找个妥当地方了。"石正山道："我原来是带着她到这个小村子上来，想买点儿新鲜李子。走出了村子口，就遇到了警报。既然有警报，我们就不回去了。"李南泉笑道："我带的书丢了，再见。"他说着，离开他们，在庄稼地里找失物。将失物找到，抬头也就看不到此二人了。

他站着出神地望了一望。大太阳下，真个是空谷无人。金光照着庄稼地的玉蜀黍小林子，长叶纷披，好像都有些不耐蒸晒。庄稼地中间的人行路，晒得黄中发白。而庄稼地两边，阵阵的热气，由地面倒卷上来，由衣襟下面直袭到胸脯上来。这谷的四方，都是山。向南处的小山麓上，有一丛树林，堆拥着隐隐藏藏的几集屋角。这是个村子，名叫团山子。这村子里的人常常运些菜蔬、鲜果、柴草，卖给疏散区的下江人，所以彼此倒还相当熟识。这大太阳，不能不去找个阴凉地方歇脚。便顺着山坡向村子里走去。

刚走到树林下，汪的一声，跳出来四五条恶狗，昂起头，倒卷着尾巴，向人狂叫。李南泉将手杖指着一条精瘦的黄狗笑道："别条狗咬我，那还罢了。你是几乎每天到我家门口去巡视一番的。东西没有少给你吃，多少该有点儿感情。现在到你们村庄上来了，你就是用这种态度来对待我？"他口里说着，将手杖挥着狗。这才把村子里的人惊动出来。大人喝着狗，小孩带轰着。一个老卖菜蔬的老刘，手里提着扁担和箩筐出来，问道："李先生哪里去？"他道："还不是躲警报。我是一天要来一次。今天来得匆忙一点儿，没有走这村子外的大路。"老刘道："不生关系，这里不怕敌机，歇一下脚吧？"这路边就是老刘的家，三方黄土墙，一方高粱秫秸夹的壁子，围了个四方的小屋。屋顶上堆着尺多厚的山草。墙壁上全不开窗户，屋子里漆黑。

老刘的老婆敞着胸襟上的一路纽扣，夹个方木凳子，放在草屋檐下，因道："李先生，稍歇下，我这里没得啥子关系，屋后边到处是山沟沟，飞机来了，你到沟沟里趴一下就是。这沟沟不是黄泥巴，四边都是石头壳壳。"她说着，还拍了几下木板凳。李南泉看她一副黄面孔，散着半头乱发，而且还瞎了一只眼睛，觉得很够凄惨，便站着点了两点头道："不必客气了。我们躲警报的人，找个地方避避就是。"刘老板已歇下担子了，站在路上笑道："不生关系，这是我太婆儿，倒碗茶来吃嘛。"刘太婆道："老荫儿茶咯，他们脚底下人不吃。"李南泉客气道："脚底下人，现在比你们还要苦呢，什么都不在乎。"说着也就坐了下来。这位刘太婆信以为真，立刻将一只粗饭碗，捧了大半碗马尿似的东西，送到客人手上。李南泉正待要喝一口，一阵奇烈的臭气向鼻子里冲了过来，几乎让人要把肺腑都翻了出来，立刻捧了粗饭碗走将开去，向屋子里张望。这里面是个没烟囱的平头灶。灶头一方破壁，下面是个石砌的大坑，原来是个大猪圈，猪圈紧连着就是粪窖。这是两只大小猪屙着尿，尿流入粪窖里，翻出来了的臭味。他立刻联想到这烧茶的锅和水，实在不敢将嘴亲近这碗沿，便把那只碗放在木方凳上，因道：

"我还是再走一截路吧。"刘老板笑道:"吃口茶嘛,躲到山沟沟里去,没有人家咯。"李南泉对于他们这番招待,还是受之有愧,连连点头道:"再见吧。"他口里说着,人可已向村里走。

这村子里七上八下夹峙着一条人行路,各家的人也是照样做事。唯一和平常不同的,就是大家放低了声音说话。又经过两次狗的围剿,也就走出了村子。这个村子藏在大谷中的一个小谷里。谷口的小山,把人行路捏在一个葫芦把里,纵然敌机在这里投弹,只要不落在小葫芦把里,四周都被小山挡住,并无关系。这样子心里好像坦然些,走起来也就是慢慢的。出了这谷口,平平地下着坡子,豁然开朗,是个更大的平谷,周围约莫是五里路。这平原里,只有靠东面的山脚有一幢瓦屋,此外全是庄稼地。这里恰是瘦瘠之区,并无水田,只稀落地种了些高粱和玉蜀黍。田园中间,也只有几棵人样高的小橘子树,眼前一片大太阳,照在庄稼地上,只觉得热气熏人。他手提了手杖,站着出了会儿神。今天走的是条新路,一时还不知道向哪里去躲警报好。向东看去,人家后面山麓上有一丛很密的竹林。那竹林接连过去,就是山头的密杂小树。在这地方,还是可以算个理想中的掩蔽地带,便决定到那竹林子下去休息。顺着庄稼地里的窄埂走着,约莫有大半里路,却哄哄地又听见了轰炸机破空的响声。

这时,在这平原上,看不到一个人,除了草木,面前空荡荡的。躲空袭就是心理作用。眼前无人,第一是感到清静,清静就可以减少恐怖。因之他虽听到了飞机群的声音,还是自由自在地走。约莫又走了十来步路,机声似已临到了头上,各处张望并不看到飞机。仿佛机声是由后来,掉转头一看,不得不感觉着老大的惊慌。又是个一字长蛇阵的机群,约莫二三十架,由北向南,已飞到头上。这里是一片平原,向哪里也找不出掩蔽的所在。要跑,已万万来不及。只好把身子向下跳着一蹲,蹲到高不及二尺的田坎下去。那飞机来得更快,整个长蛇阵,已横排在平原上的天空。它们恰不是径直飞着,就在这当顶,来个九十度转弯,机头由南向变着向东。他心里哎呀一声,想着,难道他们还要转这一带地区的念头吗?人蹲在田坎下,眼光可是由高粱秫秸的头上,向天空里看了去。

直到敌机群飞远了，慢慢地站起，自言自语道："今天是有点儿奇怪，全是大批着来的，也许真有七批。现在还是刚过去两批哩。"他神经指挥着他独白，又指挥着他独白表演，连连地摇了几摇头。他再也不肯犹豫，更不择路，就直穿了庄稼地，向东面的山麓上走去。躲空袭者的心理，一切是变态，什么响声也不愿有。他为着避免狗的喊叫，不经过那瓦屋的前门，却绕着屋子外一条山沟，向山麓上走。为了怕再遇到蛇，将手里的手杖一路敲着沟里两旁的蓬松深草。沟里有些地方是湿的，乱草盖着，成批的蚊子藏在里面。手杖敲着乱草，蚊子就乱哄哄向四处乱飞。有些地方，由沟沿上垂下来些野藤，不住在脸上、衣服上挂着。他不由得叹了口气道："人生，什么样子没有走过的路，我都走过了。"

　　这句独白竟是惹起了反应，有人在沟上面用川语问道："哪一个？"便答道："无非是躲警报的人。"那人道："这里安逸得很，不用逃了。"又有个妇人道："是李先生喀，不生关系。"李南泉心想，这两句话连在一处，作何解释？找着一个沟的缺口，于是爬了上来。原来在这沟里摸索着，已摸到那瓦屋的后面，有深深的一丛凤尾竹林子。在说话的男女一对，男的是村口上刘局长公馆里的刘厨子，女的是村子里王家的女用人陈嫂。陈嫂是个小胖个儿，满脸的疙瘩麻子。她就在自己家里帮工过几天，太太因她长相之过于不入眼，不曾雇她。她这是靠了一块石头，坐在竹荫下草地上。手里倒拿了一柄白纸折扇，爱招不招的。身边放着两个旅行袋，刘厨子抄着腰，站在沟沿上。他已不是平常做工的样子，下穿蓝布短裤衩，上穿夏威夷的白夏布衬衫。竹子梢上挂了件蓝布褂子，那是躲空袭的衣服，这和那陈嫂有点儿赛美的意味，她也穿着蓝底子红花点的夏布长衫呢。陈嫂看到人来了，将白纸扇张了，放在胸前，将厚嘴唇咬了扇子的边沿，脸上倒有三分笑意、七分红晕。

　　李南泉老早就挑选了这样一个好地方躲警报。没想到这幽僻的地方，还有比自己先到的，自己知趣一点儿，还是闪开为妙。于是手扶了竹子，站着出了一会儿神。那刘厨子笑道："李先生，要不要吃点儿饼干？"说着，解开了旅行袋拿出三个纸包来，有饼干、糖果、鸡蛋糕之类，同时，在袋里面滚出了好几枚水果。他想，他们好伐，不是躲警报，是到竹林子里进野餐来了，便向刘厨子摇摇头道："不必客气，躲警报的生活，越简单越好。"交代完了这句话，走出竹林子，向四周看看，打算寻觅第二个避难所。就在这时，轰炸机群的响声遥遥地又是远处发出，刘厨子骂道："龟儿子，又来了。今天这个样子，上半天硬是幺不倒台。"陈嫂道："吃不到晌午喀。"刘厨子是蹲在地上解旅行袋的，离着陈嫂坐着的草地，约莫有四五尺远，他拿起个大桃子，向她怀里一扔，正打在她的心口上，口里笑道："来一个。"陈嫂红起大麻脸，哎哟了一声，骂道："龟儿子，你整得老子好痛。"李南泉一看，这太不像话，头也不回，自己就扬长而去。

竹林外面，是一片山坡，山坡上辟了庄稼地，稀稀落落地长着些玉蜀黍和高粱，他为了隐蔽着身体走，就在高粱秆子下钻着。那长叶子上有很多的粉屑，沾染满身。有两片叶子，接连地在手臂上划着，留下两条痕。但他也顾不得许多了，继续向前钻。他把这片庄稼地也钻完了，面前是一列矮山。山上树木不多，山脚下长有不少大小石头，像摆八阵图似的，随处围绕着，成了些石坑。他由家里跑出来以后，始终是跑动的，没有喘一口气。且走向这石头窝里找一安身地点。寻觅的时候，用手摸摸石头，全是烫手的。于是顺了这小小的八阵图向前走。在石阵前面，有株桐子树，长得团圆无缺，像把绿伞。这绿伞高不到一丈，绿荫下，正好覆盖着两方大石头，夹成一个石槽。这实在是个理想的野游、避空袭所在。听听天空上的机群声，始终在几十里路外哄哄不断。也应当找个好掩蔽地方，免得飞机群到了头上，自己又是手慌脚乱。于是不加考虑，就绕过前面这块大石，想由缺口处踏进去。

还不曾走近，就看到有对男女，面对面地各靠了一方大石，坐在地上。这两个人都认得，男子是公园里的花儿匠，女的也是疏散区里人家的老妈子。他们看到人来，虽是抬着眼皮将人注视了一下，可是他们全毫不在乎地将脸掉了过去。那花儿匠道："现在不知道有几点钟了。一拉空袭，啥子事都不好做。"那女仆道："怕只有十来点钟。"李南泉听他们，是突引起的话锋，分明不是继续前言。这一石坑，虽然足以容纳三四个人，但自己决不能和他们为伍，只好缩着脚转了开去。去之不远，听到石坑里面有隐隐的笑声发出。他心里想着，难道我还有可笑之

75

处吗？但站脚听了，那笑声好像又不是讥讽别人，或者与自己无关，这就继续走去。

在这大谷的西头，是一排森林茂密的山岗子。山岗子下，石板平铺的人行路，倒是通行市集的交通线。因空袭的情况下，行人向来是稀少的，这时，却看到前后有五个人，顺了这条路走。只看到那些人带着旅行袋和小木凳子，就知道他们是去躲警报的。其间有个女孩子，是犯着双跛腿的病，她左右两腋，夹着两根木棍，弯了腰，也在路上走。这可怜的孩子，不会有力气出来玩儿，当然也是躲空袭的了。看这样子，大路前途似乎有最好的躲警报所在，倒不可不去领略一番。好在那远处的轰炸机声现在又停止了，似乎这批敌机和下批敌机还有个相当的间隔。于是不管好歹，径直插上那段大道。顺着这路走，不到半里路就是个峡口，两山拥挤着，留着三四丈的平地，让人行道穿过去。出了这峡，地方更为开朗，又是一片平谷。见前面走的人，连那个跛腿的孩子在内，全丢下大路，向三间草屋旁的庄稼地走去。这里有什么可避空袭的？倒奇怪了，自也跟着他们走去。

到了终点，看见一座小土堆，上面长了些野藤和几株小树。土堆下面，却是三四尺厚的青石壳子，在那石壳子上有着条条儿的横缝，可以知道太古时代水成岩的迹象。四川的地质都是这样，下面是整块的石头山，上面却有几尺厚的土，土上长着草木。他想着，在这地方，还能建筑什么防空洞吗？正自诧异着，看见那些先来的人，拂开了野藤，各各地向里面钻了进去。他随着他们之后，踏上土堆，扯着野藤向里一看，这就甚叹重庆地形之奇了。

原来土堆像牛圈似的，围着一个直径两丈多的大石坑，由上到下，也将到两丈多深，就在自己面前，有个土坡下去，这个坑的底子，完全是石头，在坑底和牛圈相接之处，东西南三面，凹进去一道四五尺深的石缝。缝的上面，就是那牛圈，牛圈的青石板，就有四五尺厚，再加上石板上的土，有丈多厚的掩蔽部了。这石壳是整个的，又是青石的，那绝不下于钢筋水泥，而况土长得有植物，也天然生就了伪装。这石缝口子不过两尺高，人须弯腰爬了进去。而石缝里面反是有三尺上下，人可直了腰坐着，站在牛圈，看见有几个人坐在缝口，也有些男子，在缝外坑里散步。

正打量着，有几个人同声笑喊道："欢迎欢迎。"看时，一位陆教授，两位第一号委员赵先生、王先生。陆教授是同乡。他看到了，首先抬起手来招着道："快下来，还有位子，又有一点儿响声了。"李南泉道："我倒没有想到，这里有这样好的防空洞，各位是什么时候发现的？"赵委员笑道："我们发现久矣。虽无丝竹管弦之盛，而一觞一咏，亦足以畅叙幽情。"这位委员穿了件旧的灰绸长衫，手里拿把白纸折扇，慢慢地摇摆着，倒也态度自然之至。李南泉笑道："咏或有之，觞则未必。"陆教授笑道："何相见之广也？你不妨先到洞子里去参观一番。"他倒也以先睹为快，立刻牵起长衣襟，由裂缝较宽的所在钻了进去。伸直腰来，四周一看，情不自禁地说了声："很好。"原来这石头缝在地下是半环形，除了裂口的所在，整个的是石头壳子包着的。这石头壳，只是留着万万年的水成岩水冲浪纹，再没有一丝漏隙。以在旷野地点而论，这实在是个无可比拟的好防空壕了。

这个防空壕里，并不寂寞，约莫有二十多人。有两男两女，团坐口子露光处打扑克。有几个小孩靠了石壁斜躺着，低着声音唱歌。也有人把席子铺在洞底，捧了小说看。最妙的是村子里的伍先生，把家里帆布支架睡椅搬了来，放在石洞的末端，躺在椅子上，闭眼养神。因为洞子里相当阴凉，他还带了一条线毯子来，搭在肚子上。打扑克集团里，有位张太太，点个头笑道："李先生，欢迎，加入吧？"说着将手上拿的扑克牌举了一举，又笑问道："太太没来？"他随便在洞底坐着，因道："我太太怕走路，躲到山子口上的洞子去了。孩子多，实在也难得走。"张先生正用长麻线拴着一只大蚂蚱，逗引着一位两岁的公子在玩儿。他就接嘴笑道："你家里的大脚老妈，太不负责任。"李南泉道："我家里的那个女工，倒还不坏，虽然是多要几个工钱，和我们太太倒是很能合作的。"张太太将手上的一把扑克，丢在地上，拍了她先生一下肩膀，笑道："孩子给我，你来休息。"李南泉这才算明白了，因笑道："果然的，我这个大脚老妈，将张先生比起来，实在没有尽职。不过我在担负家庭这份责任上，却是全部担当，可不像你们太太和你共同……"

这句话不曾说完，在洞外散步的这些人，纷纷钻进洞子，而且态度

77

是非常的仓皇。在洞子里的人，立刻坐着向里移，打扑克的不打了，唱歌的不唱了，看书的不看了，全部人寂寞而又紧张。陆教授是胆大的人，他最后进来，悄悄道："来了，来了。响声沉着得很，数目又是不少。"他这样说着，并未坐进来，随身就坐在洞口边。而且还弯了腰，偏着头由裂缝口向外张望着，这就有好几个人轻声喊着："进来，进来，别向外瞧。"也就在这时，那轰炸机群的声响，轰隆轰隆，好像就在头顶上。看大家的脸色时，惊呆了。这天然洞里最活泼的一个，是打扑克的金太太。她约莫二十多岁，穿件发亮的黑拷绸长衫，露着手臂更白。脸子又长得很漂亮，和熟人有说有笑，这时也不是那一朵欢喜花了。她微盘了腿坐在一只小草垫上，垂了眼皮，低着头剥指甲。相反的，为大家所厌恶的一位南京来的妇人，是女工出身，而会做小生意，头上的长头发用黑骨梳子倒撇住，成了个朝天刷子，一脸横肉。她穿件大袖子短蓝布褂，抬起手来乱扇芭蕉叶。腋下那种极浓浊的狐臊味，一阵阵向人鼻子里倒灌着。大家也只有忍受，并没有谁说句话。但李南泉和她却坐得最近，生平又最怕的是狐臊臭，只有偏过脸去，将头向着里。不料里面是一位母亲带着三个孩子，更给了难题。

　　这三个孩子，都小得很，顶大的四五岁，其次的两三岁，最小的不到一岁。小孩子知道什么空袭不空袭，照样闹。尤其是那最大的，大家紧张着不许动，他觉得奇怪，只管在地上爬来爬去。大的有行动，其次的也就跟着动。两人闹着，不知谁碰了谁，立刻哭了起来。在飞机临头的当儿，谁要多咳嗽了两声，在座的人也不愿意，怎样能容得小孩哭？一致怒目相视，接二连三地吆喝着。这个做母亲的，一面将孩子分开，一面用好言劝说，这两个孩子哭声未停，抱在怀里的最小一个，又吓哭了。这倒好办，做母亲的人，衣襟根本没扣纽扣，立刻拖出乳来，将孩子搂紧，把乳头向他嘴里一塞。可是她只有两只手，不能再照顾两个大的小孩。在洞里躲警报的人，正喝着："把他丢出去。"

　　李南泉看她母子四人，成了众矢之的，实在不忍，就代搂住其次的孩子，轻轻地道："别哭，等一会儿，我带你出去买桃子吃。"同时向那个大孩子道："你不怕飞机吗？飞机听到小孩子哭会飞下来咬人的。"这样，算是把这两个小孩哄住了。可是在怀里吃乳的那个小孩子，忽然撒起尿来。他正是分开着两条腿，小鸡子像自来水管子放开了龙头，尿是一条线似的放射出来。全射在自己的大衣襟上。他母亲啊哟了一声，将孩子偏开。尿撒在地上，趁了石壳子的洞底流，涓滴归公，把李南泉的裤脚沾湿了大半截。等他觉得皮肤发黏，低下头看时，小孩子已经不撒了。

那位做母亲的太太看到之后，十二分地不过意，连说着对不起。李南泉看着人家满脸都是难为情的样子，真不好再说什么，反是答复了她两句话。在这一阵纷乱中，当顶的飞机声音已经慢慢消失，首先是那位陆教授，他不耐烦在苦闷中摸索，已由洞口钻了出去。李南泉忍不住问道："怎么样？飞机已经走远了吗？"他答道："出来吧，一点儿响声都没有了。"

李南泉再也不加考虑，立刻钻了出去。抬头一看，四面天空全是蔚蓝色的天幕，偶然飘着几片浮云。此外是什么都不看见。再看地面上，高粱叶子被太阳晒得发亮。山上草木静亭亭地站着。尤其是脚下的草间，几只小虫儿吱吱叫着，大自然一切如平时，看不出什么战时的景象。他自言自语地道："大好的宇宙，让它去自然地生长吧，何必为了少数人的利益，用多数人的血去涂染它？"陆教授笑道："老兄这个意识，大不正确，有点儿非战啦。"他道："这话当分两层来说，站在中国人的立场，谈不到非战。因为是人家打我，我们自卫，不能说是好战。若站在人类的立场上，不但战争是残酷的，就是战争这个念头都是残酷的，好战的英雄们，此念一起，就不知道有多少人要受害。你只看刚才洞里那位带着三个孩子的太太，就够受大家的气。"陆教授向他身上的尿渍看了一遍，笑道："那么，你受了点儿委屈，毫不在乎了。这三个孩子就委托你带两个吧。我们实在被他闹得可以。"李南泉抬头看了一看天色，笑道："我也就适可而止，不再找这个美差了。再干下去，小孩子还得拉我一身屎。现在没有事了，我要走了。"说着就要走上那石坑的土圈子。

在他说话的时间，在洞子里躲着的男子，已完全走了上来，王、赵两位委员也站在一处。王委员身躯魁伟，穿着一身灰色的川绸褂裤，虽然是跑警报的保护色衣服，还不失却富贵的身份。手上拿了根椅子腿那般粗的手杖，昂着头将手杖在石坑的地面重重地顿了一下，因道："天天闹警报，真是讨厌。照说，中国战事，是不至于如此没有进步的，最大原因，就是由于不能合作。"李南泉便道："就是后方的政治，也配合不上军事，两三个人包唱一台戏，连跑龙套也怕找了外人……"王委员听到这里，掉过头去，看人家屋后的两棵树。赵委员向洞子里的人道："飞机去远了，你们可以出来休息休息，透透空气了。"李南泉一想，自己有点儿不知趣，怎么在这种人面前谈政治。话说错了，这地方更不好驻足了。

他想过了，再也不加考虑，提起脚步就再上平原处。这石坑不远，是三间草房，构造特殊一点儿。猪圈茅坑在屋子后面，第一是不臭。这屋子坐北朝南，门口一片三合土面的打麦场，倒是光滑滑的。打麦场外，稀落地有几株杂树，其中有株黄桷树，粗笨的树身有小桌面那样大，歪歪曲曲，四面伸张着横枝，小掌心大的叶子，盖了大半边阴地。黄桷树是川东的特产，树枝像人犯了癫麻疯的手臂，颇不雅观。但它极肯长，而且是大半横长，树叶子卵形，厚而且大，一年有十个月碧绿。尤其是夏天，遮着阴凉很大。川东三岔路口、十字路口照例有这么一两株大黄桷树，做个天然凉亭。这草屋前面有这些树，不问它是否歇足之地，反正有这种招人的象征存在。看到黄桷树的老根在地面拱起一大段，像是一条横搁在地下的凳子，这倒还可以坐坐。于是放下手杖，把手上捏着的这两本书也放在树根上。今天出来得仓皇，并不曾将那共同抗战的破表带出来，也不知道是什么时候。抬头看看天上的日影，太阳已到树顶正中不远，应该是十点多钟了。根据过去的经验，警报不过是闹两三小时，这应该是解除的时候了。脱下身上这件长衫，抖了两抖灰，复又坐下，看看这三间草屋，是半敞着门的，空洞洞的，里面并没有人。口里已经感到焦渴，伸头向屋子里看看，那里并没有人。他摇了摇头自言自语地道："今天躲警报，躲得真不顺适。"

这句话惊动了那屋子里的人，有人出来对他望了一望。这人穿着粗蓝布中山服，赤脚草鞋，头上剪着平头。虽然周身没有一点儿富贵气，可也没有点儿仓俗气。照这身制服，应该是个侠役之流，然而他的皮肤还是白皙的，更不会是个乡下人，乡下人不穿中山服。李南泉只管打量他，他点着头笑道："李先生，你怎么一个人单独在这里坐着？哦，还带得有书，你真不肯浪费光阴。"李南泉一听，这就想着，单独、浪费，这些个名词，并不是一个普通老百姓会说的。站起来点头操川语道："你老哥倒认得我，贵姓？"他笑道："不客气，我不是四川人，我叫公孙白，也是下江人。"李南泉道："复姓公孙，贵姓还是很不容易遇到。"他含着笑走过来，对放在树根上的书看着，因道："李先生不就是住在山沟西边那带洋式的草屋子里吗？"他道："就是那幢国难房子。"公孙白道："现阶段知识分子，谈不到提高生活水准。只有发国难财和榨取劳动的人有办法。"

李南泉等他走近了，已看到他身上有几分书卷气。年纪不到三十岁，目光闪闪，长长的脸，紧绷皮肤，神气上是十分的自信与自负，便道："你先生也住在这地方吗？倒少见。"公孙白道："我偶然到这里来看看两个朋友，两三个月来一回。今天遇到了警报，别了朋友顺这条路游览游览。"李南泉道："刚才飞机来了，没有到防空洞里去躲躲？"他淡笑道："我先去过一次。和李先生一样，终于是离开了他们。这批飞机来了，我没有躲。"

李南泉道："其实是心理作用，这地方值不得敌机一炸，不躲也没有多大关系。"公孙白摇了两摇头，又淡淡地笑道："那倒不见得。敌人是世界上最凶暴而又最狡诈的人。他会想到，我们会找安全区，他就在安全区里投弹。不过丢弹的机会少些而已。进一步说，无形的轰炸比有形的轰炸更厉害，敌人把我们海陆空的交通完全控制着，窒息得我们透不过气来。我们封锁在大后方，正像大家上次躲在大隧道底下一样，很有全数闷死的可能。我们若不向外打出几个透气眼，那是很危险的。我在前、后方跑了好几回，我认为看得很清楚。今年，也许就是我们最危险的日子吧？可叹这些大人先生藏躲在四川的防空洞里，一点儿也不明白，贪污、荒淫、颟顸，一切照常，真是燕雀处堂的身份。那防空洞里，不就有几位大人先生，你听听他们说些什么？"说着，他向那天然洞子一指，还来了个呵呵大笑。在他这一篇谈话之后，那就更可知道他是哪一种人了。

李南泉道："事到如今，真会让有心人短气。不过悲观愤慨，也都于事无补，我们是尽其在我吧。"公孙白笑道："坐着谈谈吧，躲警报的时间，反正是白消耗的。"他说时，向那大树根上坐下来。但他立刻感觉到不妥，顺手将放在树根上的那册书拿起，翻了两翻，笑道："《资治通鉴》。李先生在这种日子看历史，我想是别有用心的。我不打搅你，你看书吧。改日我到府上去拜访。"说着，他站起身就往草屋子里走去，头也不回。

李南泉虽觉得这人的行为可怪，但究竟都是善意的，也就不去追问他。坐在树根上，拿起书来看了几页。那边天然洞子里走出人来，他道："好久没有飞机声音，也许已经解除了。这地方没有防护团来报告，要到前面去打听消息。李先生回去吗?"李南泉拿着书站起来道："不但是又渴又饿，而且昨晚睡得迟，今日起得早，精神也支持不了。"说着，也就随着那人身后向村子里走。还没有走到半里路，飞机哄哄的声音又在正北面响起。那地方就是重庆。先前那位同村子的人，站着出了一会儿神，立刻掉转身来向回跑。他摇着头道："已经到重庆市区了。一定是由这里头顶上回航。"他口里说着，脚下并没有停止，脸色红着，气吁吁地擦身而过。

李南泉因为所站的地方是个窄小的谷口，两边的山脚很有些高低石缝，可以掩蔽，也就没有走开。果然，不到五分钟，轰咚，轰咚，响着几下，也猜不出是高射炮放射，或者是炸弹爆炸，这只好又候着一个稍长的时候了。不过这石板人行路上，并没有树荫，太阳当了头，晒得头上冒火。石板被阳光烤着，隔着袜子、鞋子，还烫着脚心。回头看左边山脚下，有两块孤立的石块突起，虽然一高一低，恰好夹峙着凹地，约莫两尺宽。石头上铺着许多藤蔓，其后有两株子母桐树，像两把伞撑着，这倒是个歇脚的地方。赶快向那里走时，不料这是行路旁边的天然厕所，还不曾靠近，就奇臭扑人。

他立刻退回到人行路上，还吐了几口唾沫。正打算着另找个地方，却看到右边山腰上松树底下，钻出几个人来。有人向这里连连招了几下手。不言而喻，那也是个防空洞所在地。于是慢慢地向山上走。这山三分之二是光石头壳子，只是在石壳裂缝的地方，生长出来大小的树木。有人招手的地方，是块大石头，裂开了尺多宽的口子。高有四五尺，简直就是个洞子，有三四个男人，站在洞口斜石板上。

其中一个河南小贩子老马，手挥着芭蕉扇，坐在石板上，靠了一棵大树兜子，微闭了眼睛，态度很是自在。看到他来，便笑道："李先生，不要跑了，就在这里休息休息吧。刚才我们的飞机去，打下几个敌机。听说，我们由外国新来了三百架飞机，比日本鬼子的要好，是吗?"李南泉也不能答复什么，只是微笑。老马道："当年初开仗的时候，我亲眼看到一架中国飞机，打落了三架日本飞机。这些飞机现时都在前方吗? 调一部分到重庆来就好了。刚才有一阵飞机响，好像就是我当年在河南听到的那种声响。前方的飞机回来了，日本鬼子就不敢来了。"有位四川工人站在洞口，对天上看看，插嘴道："怕不是，听说，我们在外国买了啥子电网，在空中扯起，日本鬼子的飞机来了，一碰就幺台。"老马道："电网在半天云里怎么挂得起来呢?"这话引起躲警报人的兴趣，有个人在洞子里用川语答道："无线电嘛，要挂个啥子? 听说英国京城丰都挂的就是无线电网。"老马道："不对，丰都我到过，是川东一个县。"那人又道："阴京朗个不是丰都?"李南泉实在忍不住笑，因笑着叹口气道："凭我们现在这份知识，想打倒日本人，真还不是一件容易事。就算日本人天数难逃，自趋灭亡，也不难再有第二种钻出来和我们捣乱。"

大家听了他的话，都有些莫名其妙，正打算问个缘故，不料那空中飞机的响声又逼近来了。那老马首先由地面站了起来骂道："真是可恶呀，今天简直是捣乱不放手啊。"他口里说着，人就钻进了洞，李南泉抬头四望，还没有看到飞机，且和一位四川工人，依然站在洞口，他道："列位老哥吃晌午了咯。"说着他在工人服小口袋里掏出挂表来看看。那挂表扁而平，大概是一枚瑞士货，这在久战的大后方是不易得的，因道："你哥子，几点钟了，这表不错。"他听说，脸上泛出了一番得意的颜色，因道："十二点多钟了。这表是在桂林买的，重庆找不到。"李南泉道："什么时候到桂林去的?"他道："跟车子上两个月前去的，路跑多了，到过衡阳，还到过广州湾，上两个礼拜才转来，城里住了几天，天天有空袭，硬是讨厌，下乡来耍几天，个老子，还是跳远些。"李南泉道："于今跑长途汽车，是一桩好买卖。"他摇摇头道：

"也说不一定咯，在路上走，个老子，车子排排班，都要花钱。贩一万块钱，开一万块钱包袱，也不够。个老子，打啥子国战，硬是人抢钱。"李南泉道："跑一趟能挣多少钱？"他道："也说不定咯，货卖得对头，跑一趟就能挣几百万，我们跟车子，好处不多。个老子，再跑一年，我也买百十石谷子收租，下乡当绅粮。"

李南泉听了他这篇话，再对周身看看，对他之为人，可说完全了解，便道："你哥子有工夫到这个地方来耍？"他笑道："一来是耍，二来也有点儿事情。院长公馆的王副官，我们是朋友。这个人的才学，硬是要得，他要是肯出洋的话，怕不是个博士？"李南泉笑道："博士？也许。"正说到这里，一大群飞机影子，由北面山顶的天空上透露出来了，看那趋势，还正是向这里飞。那人连连道："来了，来了。"他赶快就向洞子里走去。李南泉虽是不大关心，但看到飞机径直向这里飞，也不能不闪开一下，也就顺着洞子向里退了去。

这个洞子恰似两个人身那么宽窄，由亮处到洞子里来，只觉得眼前一黑。还看不到洞里面大体情形。靠着石壁略微站了一站，又将眼睛闭着养了五分钟的神，再睁开眼来看时，看到洞子里深进去两丈多，还有个洞尾子，向地底下凹了下去，虽是藏着几个人，倒还是疏疏落落地坐在地上，这位赶车子的工人，先在衣袋里掏出一支五寸长的手电筒，放开了亮。放在地面上，光虽然朝里放着，还照得洞子里雪亮。然后他掏一盒纸烟，对所有在洞子里的人各敬上一支。这还不算，接着又在身上掏出一大把糖果，然后各人面前敬上一枚。其中有一位下江人笑道："王老师，这年月把纸烟敬客，也不是件容易的事呀。"李南泉听着，却有点儿稀奇，怎么会再称呼他是老师呢？那王老师笑着喷出一口烟来道："这算不了什么。我们跑长途的，随便多带两包货，就够我胡花的了。"

大家是约莫静止了五分钟，那姓王的道："飞机走远了，还是到洞子外头去吧。"说着，他取了手电，先自走了出去。那老马道："人学了一门手艺，真比做官都强。你看这位王老师是多么的威风。"李南泉道："怎么大家叫他作王老师，他教过书吗？"老马轻轻地道："本来称呼他司机，是很客气的。可是在公路上跑来跑去，一挣几十万，称呼他司机，太普通了。现在大家都称呼他们老司，是司机的司，不是师傅的师。不过写起字来，也有人写老师的。"有个人插言道："怎么当不得老师？我们这里的小学教员挣三年的钱不够他跑一趟长途的。读他妈十年、二十年的书，大学毕业怎么样？两顿饭也吃不饱。学三个月开汽车，身上的钞票，大把地抓。我就愿意拜他为师去开汽车。"

这个说话的人，也是村子里住的下江人。在机关里当个小公务员，被裁下来，正赋闲住在亲戚家里。李南泉在村子里来往常见面，倒没有请教姓名。听他的口音，好像是北方人，令人有天涯沦落之感，便叹了口气道："北平人说话，年头儿赶上的，牢骚何用？"说着话走出洞来，那个北方人也跟着。看他时，穿套灰布中山服，七成是洗白了，胸前还落了两枚纽扣。看去年岁不大，不到三十，脸上又黄又瘦。他向李南泉点个头道："这个洞子，李先生没有躲过吧，今天怎么上这里来了？"李南泉道："我躲警报是随遇而安。"那北方人对天上看看，摇着头道："一点多钟了，饿得难受，回去找点儿东西吃。贱命一条，炸死拉倒。"说着，他真走下山坡去。

李南泉看着这情景，也应该是解除警报的时候了，就也随着下山，约莫走了半里路，只见那个北方人又匆匆忙忙地跑回来，左手拿了四五条生黄瓜，右手向人乱摇着道："李先生不要回去吧，还有两批飞机在后面呢。"说着，他将生黄瓜送到嘴里去咬。李南泉实在感到疲倦了，不愿走来走去，就在大路边上坐着。恰好这田沟边上，有百十来竿野竹子，倒挡着太阳，闪出一块阴地。他在竹荫下一块石头上坐着，耐心拿出书来看了七八页，自言自语地道："没事，回去吧。"起身走有四五十步，飞机又在轰隆轰隆地响。因为这响声很远，昂头看看天空，并没有飞机的影子，就坦然在路边站着，只管对飞机响声所在的空中看去。眼前五六里，有一排大山，挡着北望重庆的天空，在那里虽有声音，却看不到飞机，也就安心站着。

不想突然一阵飞机响动，回转头向上一看，却是八架敌机，由左边山顶的天空横飞过来。要跑，已是来不及，站着又怕目标显然，只好向路边深沟里一跳。就在这时，半空里嘘唧唧一阵怪叫，他知道这是炸弹向下的声，心想完了完了，赶快把头低着，把身子伏着，贴紧了沟壁，把身体掩蔽住。紧接着就轰咚一声，他只觉咚咚乱跳，也不知道沟外面危险到了什么程度。约莫五分钟，听听天空的飞机声已是去远了，微抬着头向沟外看去，天空已是云片飘荡。蔚蓝的天幕下，并没有别的痕迹。慢慢伸直腰来，看到右边小山外，冒出阵阵的白烟。看这情形，一定是刚才嘘唧唧那一声，把炸弹扔在山谷。那边虽有三五户荒凉人家，也是个深谷，实在值不得一炸。那个地方，倒是常有村里人藏着躲警报，莫非这也让敌人发现了吗？这么一来，他又不敢回家了，待了半晌，只好还是在竹子荫下坐着，看看太阳影子，已经偏到西方去了，整天不吃不喝，实在支持不住。而且今天为了那保长太太的啰唆，又起身特别早。自己坐了二十来分钟，还是忍不住站起来，向回家的路上走。

还算好，接连遇到两个行人，说是还有一批敌机未到，防护团只放行人向村子外走，不让人进去，他站着看看天色，再看四周，今天整天闹空袭，路上行人断绝，连山缝子里的乡下人都没有出来，大地死过去了。口里干得发躁，肚里一阵阵饥火乱搅着，实在想弄点儿东西装到胃里去。想到上午来时，在团山子老刘家里，有一碗马尿似的茶，未曾喝下。现在既不能回家，再到团山子去，寻一碗黄水喝吧。这样想着，不再考虑，就起身走。那两本《资治通鉴》，这时揑着，实在感到吃力。走了三五十步，遇到两个躲警报的同志，向东边小山上大声叫着："可以卖吗？随便你要多少钱。"看时，有个乡下人，挑着一副箩担，由李树林子里走出来。他大声答道："还不是在街上卖的价钱，多要朗个？我也发不到你的财。"说话的正是刘老板，原来挑的是新摘下来的李子。这两位同志听说，立刻迎了上去。

李南泉站着看了一会儿，见那两位躲警报的同志，很快由那边山坡上，各把衣服兜着百十个李子回来。他在饥火如焚之下，看到那鸡蛋大的李子，黄澄澄的颜色中，又抹了些朱红，非常引人注目，便情不自禁，向那山坡走去。刘老板正挑着那箩担，向大路上走来，两人遇个正着。那竹箩恰是没有盖子，满箩红黄果子上，带几枝新鲜的绿叶子，颜色是非常调和、好看。而且，有一阵阵的果子清香，向人鼻子里冲了来。便道："刘老板，我饿得厉害，你卖斤李子我吃吧。"他道："称就是嘛，随便你给钱。"李南泉笑道："我今天要做个一百零一回的事。

出来得太急，身上分文未带。我要赊账。"刘老板对他周身看了一遍，不觉笑了："李先生也不缺少我们的钱，称嘛。"说着，他倒是大方，立刻用铜盘称，给李南泉称了二三十个大李子。他道："两斤，够不够？"李南泉是不大喜欢吃水果的人，尤其是桃子、李子，不怎么感兴趣，便笑道："我三年不吃一个李子，这么些个李子，那简直是够吃半辈子的。不过今天是例外。"说着，将长衫大襟牵起来，让他把李子倒在衣兜里。一方面伸手到衣袋里去摸索。但手不曾摸到衣袋，立刻感觉到自己是多此一举。好在这位刘老板却也相识，挑起担子就叮嘱了道："二天上街，由你门前，我吼一声，你就送钱给我，要不要得？"李南泉答应着，已是取了个李子在手，在衣襟上摩擦了几下，立刻送到嘴里去。

李子这东西，不苦就酸，完全甜的不容易得着。这时把李子送到嘴里，既甜又脆。尤其是嚼出那种果汁，觉得世界上没有任何饮料可以和它相比。很快地，不容自己神经支配，这李子就到了肚里。站在路上，不曾移脚，就把衣兜里的李子吃完了一半。肚里有了这些水果，不是那样扯风箱似的向外冒着胃火了。这就牵了衣兜，依然回到竹子荫下去坐着。直到把最后一枚李子都送到嘴里去了，才抬头看看太阳，已是落到西边山顶上去了。

饥渴都算解决了，扶着手杖，在山谷的人行道上徘徊。依然看不到有躲警报的人向村子里走。由早上八点钟起，直到这个时候，还没有解除警报，这却是第一次。不知道敌人换了什么花样，也就不敢冒险回家。徘徊了又是一小时，太阳早就落到山后面去。山阴遮遍了山谷，东面山峰上的斜阳返照，一片金光，反是由东射到草上和树叶子上。一座山谷，就是自己一个人，只有风吹着面前庄稼地里的叶子，嘎嘎作响。石板路边的长草，透出星星的小紫光。蚱蜢儿不时地由里面跳出来。小虫儿在草根下弹着翅子。他想，大自然是随时随地都好的，人不如这些小虫，坦然地过着自然的生活，并没有战争和死亡的恐怖。于是呆望了四周，微微地叹着气。在山谷外，忽然有了叫唤声道："回来吧，解除了。""解除了"三个字，除是特别洪亮而外，还又重复了一句。

这"解除了"三个字，等于在人心理上解下一副千斤担子，首先是让人透过一口气来。于是迎着声音走去。果然是村里人来迎接逃警报的，老远打着招呼。随着，也就听到了村子里解除警报的锣声。喤的一声，又喤的一声，缓缓响了起来，散在四周山沟里。天然洞子里的人，四面八方地钻到大路上。大家都说，今天闹了一天，是出乎意料。李南泉吃了二三十个李子，已经不饿了。一条宽不到三尺的石板路上，扶老携幼的难民抢着回家吃喝、休息。且让在路边，随停随走。

　　将到村子口上，却看到自己的太太带了三分焦急的样子，很快向这边走着，便老远地叫道："怎么向这里走？有什么问题吗？"她道："家里没有问题。你看，从太阳出山起，直到现在，你不吃不喝，解除警报多久，你又没回来，我急得了不得。"李南泉笑道："没关系，什么大难临头，我都足以应付，躲一天警报，算不了什么。刚回家，孩子们吃点儿喝点儿，你不该丢了他们出来。"李太太沉着脸道："那么，是我来接你接坏了。"她也不再作声，转身就走，而且比来时走得还快。李南泉看着她的后影，不觉笑了，心想，回家去给她道个歉吧。正走了几步，迎面又来了一串人，第一个人抬起手来招了几招，就是那个干游击商的老徐。后面三个女子，是坤伶杨艳华、胡玉花、王少亭，最后是刘副官。他立刻明白了，前一个后一个，把这三个女孩子要押解到刘副官家里去喝酒打牌。这不是刚刚解除警报吗？这种人真是想得开。于是又站在路边让着路。

第六章

魂兮归来

　　这一行人最前面的老徐，虽是一副鸦片烟鬼的架子，可是他有了刘副官在一路，精神抖擞，晃着两只肩膀走路，两手一伸，把路拦住，笑道："李先生哪里去？我们一路去玩玩儿。刘副官家里有家伙，大家去吊吊嗓子好不好？"李南泉道："在外面躲了一天警报，没吃没喝，该回去了。"杨艳华这时装束得很朴素，只穿了一件蓝布长褂子，脸上并没有抹脂粉，蓬着头发，在鬓发上斜插了一朵紫色的野花。她站着默然不作声，却向李南泉丢了个眼色，又将嘴向前面的老徐努了努。胡玉花在她后面，却是忍耐不住，向李南泉道："李先生你回家一趟，也到刘公馆来凑个热闹吗？你随便唱什么，我都可以给你配戏。"李南泉笑道："我会唱《捉放曹》里的家人，你配什么？"她笑道："我就配那口猪得了。"杨艳华又向他丢了个眼色，接着道："李先生若是有工夫的话，也可以去瞧瞧。这不卖票。"

　　李南泉连看她丢了两回眼色，料着其中必有缘故，便道："好的，我有工夫就来。"他口里是这样说着，眼神可就不住地向后面看刘副官，见他始终是笑嘻嘻的，便向他点个头道："我可以到府上去打搅吗？"他笑道："客气什么？客气什么？有吃有喝有乐，大家一块鬼混吧。日本鬼子天天来轰炸，知道哪一天会让炸弹炸死。乐一天是一天。"说着，把手向上一抬，招了几下，说了两个字："要来。"于是就带着三个坤伶走了。李南泉站在路头出了一会儿神，望着那群男女的去影，有的走着带劲，有的走着拖着脚步，似乎这里面就很有问题了。

他感慨系之地这样站着，从后面来了两位太太，一位是白太太，一位是石太太。全是这村子里的交际家，而白太太又是他太太的牌友。她们老远就带了笑容走过来。走到面前，他不免点个头打个招呼。白太太笑道："杨艳华过去了，看见吗？"李南泉心想，这话问得蹊跷，杨艳华过去了，关我姓李的什么事？便笑道："看见的。她是我们这疏散区一枝野花，行动全有人注意。"石太太笑道："野花不要紧，李先生熏陶一下，就是家花了。听说，她拜了李先生做老师。"李南泉道："我又不会唱戏，她拜我做老师干什么？倒是你们石先生是喜欢音乐的，她可以拜石先生的门。"石太太昂着头，笑着哼了一声，而且两道眉毛扬着。白太太笑道："石先生可是极听内阁命令的。"她说这话时，虽是带了几分笑意，但那态度还是相当严肃。因为她站在路上，身子不动，对石太太有肃然起敬的意思。石太太就回头向她笑道："你们白先生也不能有轨外行动呀。"李南泉心里想着，这不像话，难道说我姓李的还有什么轨外行动吗？也就只好微笑着站在路边，让这二位太太过去。他又想，这两位太太似乎有点儿向我挑衅。除非拦阻自己太太打牌，大有点儿不凑趣，此外并没有得罪她们之处，想着，偶然一回头，却看到石太太的那位义女小青，在路上走着，突然把脚缩住，好像是吃了一惊。李南泉觉得她岁数虽是不大，究竟还是很客气，站着半鞠躬，又叫了句"李先生"。

这样，李南泉就不能再不理会了，因道："石小姐，躲警报你是刚才回来吗？今天这时间真不久啊。"他说这话，是敷衍她那半鞠躬。不料她听了，竟是把脸羞了个通红。李南泉想着，这么一句话，也有羞成通红之必要吗？她到底不是那读书的女孩子，不会交际，也就不必再多话了。可是，她脸上虽然红着，而眼睛还只是望过来，慢慢地走到身边，笑问道："刚才石太太过去，向李先生提到了我吗？"李南泉这就有点儿省悟，便连连摇着头道："没有没有，刚才不是杨艳华过去吗？她们把杨老板笑说了一阵。"小青笑道："石太太是不大喜欢看戏的。"李南泉道："平常你称呼她妈妈，大姑娘，是吗？"她笑道："是的，她让我那样叫。其实，她还生我不出。"说着，脸上又有一点儿红晕，再做个鞠躬礼，然后走了。

李南泉心想，这难怪呀，我们还是初次说话，听她的言谈之间，好像她不大安于这个义女身份似的。这种话，可以对我说吗？而且举止是那么客气。这件事得回家告诉太太。他心里憋着这才含笑向家里走。去家不远，就看到白太太、石太太站在行人路上，和自己太太笑着说话。自己来了，她们才含笑而去。李南泉道："你还没有回家哪？该回家休息休息了，今天累了一天。"李太太走着道："别假情假义吧。我是个老实人。"李南泉笑道："这话从何说起？刚才是我言语冒犯了，你也别见怪。我倒有个问题要问你，那石小青不是称石太太作妈妈吗？"李太太道："你这叫多管闲事。"李南泉听着太太的口吻，分明是余怒未息，还是悄悄地跟着走回家去。

小孩子们躲了一天警报，乃是真的饿了，正站着围了桌吃饭。平常李太太是必把那当沙发的竹椅子搬过来，让李先生安坐的。这时却没有加以理睬，自盛着饭在旁边吃。李南泉刚刚吃下去两斤李子，避开太太的怒气，且到走廊上去站站。只见邻居吴春圃先生，拿了一把旧手巾伸到破汗衫底下，不住在胸前、背后擦着汗。他看到邻人咬着牙笑了一笑，复又摇摇头。李南泉道："今天空袭的时间太久，吴先生躲了没有？"他笑道："早上有朋友通知我，有好几批敌机来袭，躲躲为妙。我以为和往常一样，没吃没喝，带了全家去躲公共洞子，谁知是这么一整天。冒着绝大的危险，在敌机走了的时候，回家来找到十几块大小锅巴和四枚西红柿，再送进洞给小孩子吃了，我老两口子直饿到回家，抢着烙了两张饼吃，肚子还饿着呢。"李南泉道："那公共洞子里，也有做警报生意的？"吴春圃道："唉，我起初还不想省两文。一个小面，只有一二两，要卖五毛钱，我只好忍住了。不想也就是十几个小贩子，几百人一阵抢购，立刻卖光。等到我想买时，只剩些炒蚕豆，买两包给孩子们嚼嚼，也就算。天下没有什么是平等，躲警报亦是如此。你没有饿着？"李南泉笑道："我几乎饿出肚子里的黄水来了。出门没带钱，比老兄更窘。"吴春圃道："你府上正在吃饭，你为什么在外面站着？"他笑了一笑，并没有答复，自己还是闲闲地站在走廊上。

这时，天色黑了。山谷里由上向下黑下来，人家以外全是昏沉沉的。山峰在两边伸着，山谷像张着大嘴向天上哈气。看山峰上的天幕，陆续地冒着星点，这虽是几点星光，但头顶正中的云彩，有些乳白色。而这乳白色也就向深暗的山谷里洒下着微微的光辉。这种光辉，洒在那阴谷的郁黑的松林，相映得非常好看。李南泉不觉昂着头赞叹着一声道："美哉，此景！"

他正有点儿诗兴大发时，自己的腿上，好像有一阵阵的凉风拂来。回头看时，小白儿拿着扇子在身后不住地扇着，便道："你去吃饭吧，我不热。"吴春圃笑着操川语道："要得要得，孝心可嘉。"小白儿道："我妈妈说，蚊子多。给爸爸轰赶蚊子。"李南泉接过芭蕉扇，笑道："少淘气就得了，去吃饭吧。"小白儿道："饿得不得了，我们见了饭就吃。一刻工夫就吃了三碗。妈妈叫王嫂给你炒鸡蛋饭了。"李南泉笑道："我忘记告诉你们了。我在团山子吃了两斤李子，不饿了。"他说着走进屋去，见太太还是脸上不带笑容，捧了一碗糙米饭，就着煮老豌豆吃，便抱着拳头拱拱手道："多谢多谢，既是炒鸡蛋饭，何不多炒一点儿？"李太太道："我们是贱命，饿了就什么都吃得下。"李南泉道："从今日起，我们不要因为这小事发生误会，好不好？"李太太把糙米饭吃完了，将瓦壶里的冷开水倾倒在饭碗里，将饭碗微微摇撼着，把饭粒摇落到水里去，然后端起碗来，将饭粒和冷开水一起吞下。这就放下碗来，向李南泉一笑，摇了两摇头。

他道："你这里面，仿佛还有文章。"李太太道："有什么文章？你这是一支伏笔。我写文章虽然写不赢你，可是也就闻弦歌而知雅意。你是刘副官那里晚上还有个约会。你怕我拦着，先把话来封了门。其实，我晓得你是不爱和这种人来往的，虽然有杨艳华在那里，你去了也乐不敌苦。生在这环境里，这种人也不可得罪。你去一趟，我很谅解。"说着，她从容地放下碗。把李南泉手上的扇子接了去，将椅子扇了几下，笑道："饭来了，坐下来吃吧。今天够你饿的了。"

这时，王嫂端着一大碗鸡蛋炒饭和一碟炒泡菜，放到桌上。他看那蛋炒饭面上，油光淋淋的，想是放下了猪油不少，便坐下扶着筷子，向太太笑道："你再来半碗？"她将扇子拂了两拂，笑道："我不需要这些殷勤。"李南泉道："我吃了两斤李子，已是很饱，绝吃不下去这碗饭。"小山儿、小玲儿站在桌子边便同时答应着"我吃我吃"。李南泉分给孩子们吃，李太太却只管拦着。他且不吃饭，扶了筷子摇头道："疾风知劲草。文以穷而后工，情以穷而后笃。"她唉了一声笑道："你真够酸。我看你这个毛病，和另一种毛病一样，永远治不好。"

吴春圃先生正在窗外，便打趣插嘴笑问道："李先生还有什么毛病呢？"李南泉笑道："你可别火上加油呀。"吴春圃笑着走进屋来，因道："我知道李太太是个贤惠人。"说着，把声音低了一低道，"若是隔壁的奚太太，或者斜对门的石太太，我绝不敢在她们面，给她们先生开玩笑。"李南泉笑道："石太太，她不成。吴兄，你记着我这话，将来有一台好戏瞧。"李太太张罗着请吴先生坐下，因笑道："我对于南泉的行动，是从不干涉的。其实先生们有了轨外的行动，干涉也是无用。不过在这抗战期间，吃的是平价米，穿的是破旧衣，纵然不念国家民族的前途，过这一份揪心的日子，应该也是高兴不起来。我有时也和南泉别扭着。我倒不是打破醋坛子，我就奇怪着，做先生们的，为什么演讲起来，或者写起文章来，都是忠义愤发，一腔热血。何以到了吃喝玩乐起来，国家民族就丢到脑后去了？我不服他们这个假面具。我就得说这样的人几句。"

李南泉笑道："你自然是一种正义感。不过……"他拖着话音没有说下去。李太太笑道："我知道，你又该问我为什么也打牌了。可是我并没有做过爱国主义的演讲，也没有写过爱国的文章。根本我们就是一个不知道爱国的妇女，打打小牌，也不过是自甘暴弃的账本上再加上一笔。"吴先生笑道："言重言重。李太太说出这话来，正是表示你对国家民族的热心。把这个轰炸机挨过去了，我们有几个爱好旧戏者，打算来一回劳军公演，那时，一定请你参加，谅无推辞的了。"说到戏，吴先生就带劲，最后来了一句韵白。

李南泉笑道："吴兄，我看你也有一个毛病，是喜欢玩儿票。"吴春圃笑道："咱这算毛病吗？叫作穷起哄。这穷日子过得什么嗜好都谈不上。可是嗓子是咱自己的。咱扯开嗓子，自己唱戏自己听，这不用花钱。咱要来个什么游艺会，一切的开销，也是人家的咱才来。要说是玩儿个票，由借行头到场面上的，全得花钱。咱就买他两斤黄牛肉，自己在地里摘下几个西红柿，炖上一大砂锅，吃他个热和劲，比在台上过瘾可强多咧。"说着，哈哈一阵大笑。李太太笑道："吴先生真想得开。"他笑道："咱是有名儿的乐天派。抗战这年月，真是数着钟点过。若是尽发愁，不用日本人来打，咱愁也愁死了。中国人有弹性，大概俺就是这么一个代表。"说着，再打了一个哈哈。李太太笑道："要玩儿票，又想不花钱，这种便宜事，不见得常有。不过今天倒有这么一个机会。"吴春圃笑道："别笑话。成天地闹警报，听说今天街上的戏园子都回了戏，谁还有那个兴致开什么游艺会。"李太太道："天底下的人不一样呀。有怕警报的，也有警报越多越乐的。你问他，今晚上有没有玩儿票的地方。他马上就要去参加。"说时，笑着指了李先生。他知道太太说来说去，必定要提到这上面来的。自己最好是装麻糊含混过去。现在太太指到脸上来说，却麻糊不掉。因笑道："也不是什么聚会。那刘副官把几个女伶人接到家里去了，大概要闹半晚上清唱。"吴春圃笑道："我看到他们走上去的，有你的高足在内。"李南泉笑道："你说的是杨艳华?"李太太笑道："你漏了，李先生。怎么人家一说高足，你就说是杨艳华呢?"李南泉摇着头道："我也就只好说是市言讹虎吧。"吴春圃也就嘻嘻一笑。大家谈了几句别的话，屋子里已是点上了灯。吴先生别去。

李南泉擦了个澡，上身穿了件破旧汗衫，搬了张帆布支架椅子，就放到走廊上来乘凉。李太太送了张方凳子过来，靠椅子放着，然后燃了一支蚊烟，放在椅子下，又端了杯温热的茶水，放在方凳子上，接着把纸烟、火柴、扇子都放在方凳子上。李先生觉得太太的招待实在有异于平常，因道："躲了一天的警报，你也该休息休息了。"李太太道："我还好，我怕你累出毛病来，你好好休息吧。"说着，她也端了个椅子在旁边相陪。李南泉躺在睡椅上，将扇子轻轻拂着。眼望着屋檐外天上的半钩月亮，有点儿思乡。连连想着《四郎探母》这出戏，口里也就哼起戏词来。太太笑道："戏瘾上来了吗?"他忽然有所省悟，笑道："身体疲乏得抬不动了，什么瘾也没有。"太太也只轻轻一笑。约莫五六分钟，忽然一阵丝竹金鼓之声，在空洞的深谷中，随了风吹来。李太太道："刘副官家真唱起来了。"李南泉道："这是一群没有灵魂的人。说他不知死活，还觉得轻了一点儿。"李太太道："他们也是乐天派，想得开吧？"

李南泉也只好笑了一笑，但没有五分钟，走廊那头吴先生说着话了。他笑道："李先生，你听听，锣鼓丝弦这份热闹劲。"李南泉道："咱们不花钱在这里听一会儿清唱吧。这变化真也是太快了。两小时前，我们还在躲炸弹，这会儿我们躺着乘凉听戏了。"吴先生说着话走过来，李太太立刻搬了凳子来让座。吴先生将扇子拍着大腿，因道："站站吧，不坐了。"李南泉道："精神疲乏还没有复原，坐着摆摆龙门阵。"吴春圃道："不是说参加刘副官家的清唱吗？咱们带着乘凉，便走去瞧瞧，好不好？"李南泉笑道："老兄还是兴致不小。"他道："反正晚上没事。李太太，你也瞧瞧去。"她道："刘家我不认识。"他道："那么，李先生，咱们去。唔，你听，拉上了反二黄，不知道杨艳华在唱什么，好像是《六月雪》，走吧！"李南泉笑着没有作声。李太太道："你就陪着吴先生瞧瞧去吧。"李南泉站起来踌躇着道："我穿件短袖子汗衫，不大好，我去换件褂子。"他走进屋里去，叫道："筼，你来给我找件衣服。"李太太走进屋子，李先生隔了菜油灯，向太太笑道："这可是你叫我去的。"她笑道："别假惺惺了，同吴先生去有什么关系？可是回来也别太晚了。"他伸了一个食指道："至多一小时。也许不要，三四十分钟就够了。"她微笑着没说什么。李先生换了件旧川绸短褂子，拿了柄蒲扇，就和吴先生同路向刘副官家里去。

他们家是一幢西式瓦房，傍山麓建筑，门口还有块坦地。坦地上面是很宽的廊子，桌椅杂乱地摆着。桌上点了两盏带玻璃罩子的电石灯，照得通亮。茶烟水果在灯下铺满了桌面。走廊的一角，四五个人拥着一副锣鼓，再进前一点儿，两个人坐着拉京胡与二胡。一排坐了三个女戏子，脸都微侧了向里。此外是六七个轻浮少年，远围了桌子坐着。有个尖削脸的汉子满脸酒泡，下穿哔叽短裤衩，上套夏威夷绸衬衫，头发一把乌亮，灯光下，兀自看着滴得下油来。他拿了把黑纸折扇站在屋檐下，扯开了嗓子正唱麒派拿手好戏《萧何月下追韩信》。

刘副官满脸神气，口里斜衔了一支烟卷，两手叉着腰，也站在屋檐下。村子里听到锣鼓响都来赶这份热闹，坦地上站着坐着有二三十人。刘副官等那酒泡脸唱完一段，鼓着掌叫了一声好。那烟卷落到地下去了，他也不拾起来。一回头看到吴、李二位，连忙赶过来，笑道："欢迎，欢迎。老丁这出戏唱完了，我们来出全本的《探母回令》，就差一个杨宗保。李先生这一来，锦上添花，请来一段姜妙香的《扯四门》。"李南泉笑道："我根本不会。我看你们改《法门寺》吧。吴教授的刘瑾，是这疏建区有名的。"吴春圃道："不成，咱这口济南腔，那损透了刘瑾，咱是刘公道咧。"刘副官鼓了掌道："好，就是《法门寺》带《大审》。刘瑾这一角，我对付。"说着，挺起胸脯子摇头晃脑地笑。随后向走廊上他家的男佣工招了两招手，又伸着两个指头，那意思是说招待两位客人。

他们的佣工看到主人这样欢迎，立刻搬着椅子茶几，以及茶烟之类前来款待。那个唱《追韩信》的老丁，把一段三生有幸的大段唱完，回转身来，迎着李南泉笑道："无论如何，今天要李先生消遣一段。《黄鹤楼》好不好？我给你配刘备。"说着在他的短裤衩口袋里，掏出一只赛银扁烟盒子，一按弹簧，向吴、李二客敬着烟，随着又在另一口袋里摸出了打火机，按着火给客人点烟。李南泉笑道："丁先生虽然在大后方，周身还是摩登装备。"他笑道："这是有人从香港回来带给我的玩意儿。我们交换条件，李先生消遣一段，我明天送你一只打火机。"

这时锣鼓已经停了，两三个熟人，都前来周旋。老徐尤其是带劲，端着大盘瓜子，向吴、李面前递送。他笑道："今天到场的人，都要消遣一段。我唱的开锣戏，已经唱过去了。"吴春圃道："三位小姐呢？"说着向三个女角儿看去。她们到刘家来，却是相当的矜持。看到吴、李二人，只起着身，含笑点点头，并没有走过来。吴先生虽然爱唱两句，而家道比李南泉还要清寒，平常简直不买票看戏。这几位女角，只是在街上看见过，却不相识，更没有打过招呼。这时三个人同时点头为礼，一个向来没有接触过坤伶的人，觉得这是一回极大的安慰，也就连连向人家点了头回礼。刘副官笑道："怎么样，二位不赏光凑一份热闹吗？晚上反正没事，我家里预备了一点儿酒菜。把戏唱完，回头咱们喝三杯，闹个不醉无归。"李南泉心想，什么事这样高兴？看他时，昂着头，斜衔了烟卷，得意之至。

那刘副官倒没有感觉到自己有什么异样，向走廊上坐着的女伶招了两招手道："艳华你过来。"她笑着走过来了，因道："李先生你刚来？这里热闹了很大一阵子了。"李南泉道："躲警报回家，身体是疲倦得不得了，我原不打算来。这位吴先生是位老票友，听到你们这里家伙响起来了，就拉着我来看这番热'闹'。"吴春圃啊哟了一声道："杨老板，你别信他的话，说我是个戏迷，还则罢了，老票友这三个字绝不敢当。"杨艳华道："上次那银行楼上的票友房里，吴先生不是还唱过一出《探阴山》吗？"吴春圃道："杨老板怎么知道？"她道："我在楼下听过，唱得非常够味。有人告诉我，那就是李先生邻居吴先生唱的，我是久仰的了。"吴先生被内行这样称赞了几句，颇为高兴，拱着手道："见笑见笑。"刘副官伸着手，拍了两拍她的肩膀道："这二位都不肯赏光，你劝驾一番吧。"说着，他又摸摸她的头发。

在这样多的人群当中，李南泉觉得他动手动脚显着轻薄。不过杨艳华自身，并不大介意，自也不必去替她不平。她倒是笑道："李先生你就消遣一段。你唱什么，我凑合着和你配一出。"说着，微偏了头，向他丢了个眼风。他把拒绝和刘副官交朋友的意思加一层地冲淡了，笑道："我实在不会唱。你真要我唱，我唱四句摇板。至于和我配戏那可不敢当。"老徐正把那个瓜子碟送回到那桌子去，听了这话就直奔了过来，拍着手道："好极了，杨老板若和李先生合唱一出，那简直是珠联璧合，什么戏？什么戏？"杨艳华瞟了他一眼，淡淡笑道："徐先生别忙，仔细摔跤呀！"

他在面前站定了，看到刘副官脸上，也有点儿不愉快的样子，便忽然有所省悟，因笑道："索性请我们名角刘副官也加入，来一个锦上添花。"刘副官扛着肩膀笑了一笑，取出嘴角上的烟卷，弹了两弹烟灰，望了他笑道："名角？谁比得上你十足的谭味呀。"老徐向他半鞠着躬，因道："老兄，你不要骂人。"刘副官笑道："你真有谭味。至少，你耍的那支老枪，是小叫天的传授，你不是外号'老枪'吗？"他笑道："哪里有这样一个诨号？"说着，向四周看看，又向刘副官摇摇手。刘副官偏是不睬他，笑道："今天晚上，好像是过足了瘾才来的，所以精神抖擞。"老徐向他连作了几个揖，央告着道："副座，饶了我，行不行？"刘副官这才打个哈哈，把话接过去。

老丁扯着主人道："不要扯淡了，唱什么戏，让他们打起来，还是照原定的戏码进行吗？"刘副官道："艳华，你说唱什么？"她望着吴春圃笑道："烦吴教授一出《黑风帕》，让王少亭、胡玉花两个人给你配，差一个老旦，我反串。"老徐道："吴先生，这不能推诿了，人家真捧场呀。"吴春圃两个指头夹着烟卷，送到嘴边，待吸不吸，只是微笑。李南泉道："就来一出吧。反正这都是村子里的熟人，唱砸了没关系。"吴春圃道："你别尽叫别人唱，你也自己出个题目呀。要来大家来。你不唱我也不唱。"李南泉笑道："准唱四句摇板。"杨艳华将牙齿咬着下嘴唇，垂着眼皮想了一想，向他微笑道："多唱两三句，行不行？"李南泉没有考虑，笑道："那倒无所谓了。"

杨艳华笑道："好吧，那我们来一出《红鸾禧》吧。"李南泉道："这就不对了。说好了唱几句摇板，怎么来一出戏？"她笑道："李先生你想想吧，《红鸾禧》的小生除了四句摇板，此外还有什么？统共是再加三句摇板、两句二黄原板、四句南梆子。"李南泉偏着头想了一想，因道："果然不错，你好熟的戏。"刘副官笑道："那还用说呢？人家是干什么的。"杨艳华就在桌子上拿了烟卷和火柴来，亲自向李南泉敬着烟。这时那几个起哄的人都走开了。她趁着擦火柴向他点烟的时候，低声道："你救救我们可怜的孩子吧。"他听了有些愕然，这里面另外还有什么文章。看她时，她皱了两皱眉头，似乎很有苦衷。

刘副官站在走廊上，将手一扬道："艳华，这样劝驾还是不行的话，你可砸了。"她笑道："没有问题了。吴先生的《黑风帕》，李先生的《红鸾禧》。"刘副官还不放心，大声问道："李兄，没有问题吗？"李南泉听了这个"兄"字虽是十分扎耳，可是杨艳华叫"救救可怜的孩子"，倒怕拒绝了，会给她什么痛苦，因笑道："大家起哄吧，可是还缺个金老丈呢。"刘副官道："我行，我来。"说着，他回头向王少亭道："我若忘了词，你给我提一声。"老丁、老徐听说，立刻喊着打起家伙来《黑风帕》。老丁表示他还会锣鼓，立刻走过去，在打家伙人手上，抢过一面锣。锣鼓响了，这位吴教授的嗓子也就痒了，笑着走到走廊边，向打小鼓的点了个头道："我是烂票角票，不值钱，多照应点儿。"回过身来，又向拉胡琴的道："我的调门是低得很，请把弦子定低一点儿。"刘副官走过来，伸手拍了李南泉肩膀道："吴兄真有一手，不用听他唱，就看他这份张罗，就不外行。老哥，你是更好的了。"李南泉看他这番下流派的亲热，心里老大不高兴。但是既和这种人在一处起哄，根本也就失去了书生的本色，让他这样拍肩膀叫老哥，也是咎由自取，笑道："我实在没多大兴致。"刘副官道："我知道你的脾气，这还不是看我刘副官的三分金面吗？"说着，伸了个食指，向鼻子尖上指着。

这时，《黑风帕》的锣鼓已经打上，刘副官并没有感到李南泉之烦腻，挽了他一只手，走上走廊，佣工们端椅子送茶烟，又是一番招待。李南泉隔了桌面，看那边坐的三位女伶，依然是正襟危坐，偶然互相就着耳朵说几句话，并没有什么笑容。那边的胡玉花平常是最活泼，而且也是向不避什么嫌疑的，而今晚上在她脸上也就找不出什么笑容。李南泉想着，平常这镇市上，白天有警报，照例晚上唱夜戏。今天戏园子回戏，也许不为的是警报的原因。只看这三位叫座的女角，都来到这里，戏园子里还有什么戏可唱？这一晚的营业损失，姓刘的绝不会负担，她们大概是为了这事发愁。但就个人而言，损失也没有什么了不起，为什么杨艳华叫救救可怜的孩子？

他心里这样想着，眼睛就不住地对三人望着。那胡玉花和吴先生配着戏，是掉过脸向屋子里唱的，偶然偏过头来，却微笑着向李南泉点点头。但那笑容并不自然，似乎她也是在可怜的孩子之列。这就心里转了个念头，不能唱完了就回家了，应该在这地方多停留些时间，看看姓刘的有什么新花样。他正出着神，刘副官挨了他身子坐下，扶着他肩膀道："我们要对对词儿吗？"他笑道："这又不上台，无所谓。忘了词，随便让人提提就是了。"他这个动作，在桌子那边的杨艳华，似乎是明白了，立刻走了过来，问道："是不是对对？"刘副官道："老李说不用对了。反正不上台。"杨艳华向他道："我们还是对对吧。在坝子上站一会儿。"说着她先走，刘副官也跟了去。李南泉看他们站在那边坝地上说话，也没有理会。

过了一会儿，刘副官走过来，笑道："艳华说，她不放心，还是请你去对对吧。"李南泉明白，这是那位小姐调虎离山之计，立刻离开座位，走到她面前去。艳华叫了声"李先生"，却没有向下说，只是对他一笑。李南泉道："咱们对对词吗？"她笑道："对对词？我有几句话告诉你。"说着又低声微微一笑。李南泉道："什么话，快说。"说着，他把眼睛向四周看了看，又向她催了一句："快说。"杨艳华道："不用快说，我只告诉你一句，我今晚上恐怕脱不倒手。你得想法子救我。"李南泉道："脱不倒手？为什么？这里是监牢吗？"杨艳华道："不是监牢，哼！"

只说到这里，刘副官已走了过来，杨艳华是非常的聪明，立刻改了口唱戏道："但愿得做夫妻永不离分。"李南泉道："好了，好了，差不多了。大概我们可以把这台戏唱完。"刘副官笑道："你们倒是把词对完呀。"李南泉道："不用了，不用了，《黑风帕》快完了。"他说着，回到了走廊的座位上坐着，忽然想过来了，刚才她突然改口唱戏，为什么唱这句"做夫妻永不离分"。固然，《红鸾禧》这戏里面，有这么一句原板；什么戏词不能唱，什么道白不能说，为什么单单唱上这么两句？他想到这里，不免低了头仔细想了想。就在这时，一阵鼓掌，原来是《黑风帕》已经唱完了。刘副官走到他身边，轻轻拍着他的肩膀，因道："该轮着你了。"杨艳华坐在桌子这面，对刘副官又瞟了一眼。李南泉笑着点点头。这算是势成骑虎，绝不容不唱了。锣鼓打上之后，他只静站着背转身去，开始唱起来，第一句南梆子唱完，连屋子里偷听的女眷在内，一齐鼓掌。

在这鼓掌声中，大家还同时叫着好。李南泉心里明白，《红鸾禧》出场的这两句南梆子，无从好起。什么名小生唱这几句戏，也不见有人叫好。当然这一阵好，完全属于人情方面。在这叫好声中，还有女子的声音。谁家的眷属，肯这样捧场？他有点儿疑惑了。但同时也警戒着自己，玩儿票的人，十个有九个犯着怕叫好的毛病，别是人家一叫好，把词忘了，于是丢下这些还是安心去唱戏。到了道白的时候，锣鼓家伙停着。他也知道千斤道白四两唱，当大家静静听着的时候，他格外留心，把尖团字扣准了说着。同时，他也想到，这是白费劲。在这四川山窝子里听京戏的人，根本是起哄，几个人知道尖团字？可是他这念头并未过去，在一段道白说完之后，却听到身旁有人低低地叫了声好。这是个奇迹，却不能不理会，回头看去，杨艳华微笑着，向他点了两点下巴。那意思是说"不错"。他也就会心地回个微笑。

等到金玉奴上场，杨艳华也十分卖力地唱白。她本是江苏人，平常说京腔，兀自带着一些南方尾音。现在她道起京白了，除了把字咬得极准，而且在语尾上，故意带着一些娇音，听来甚是入耳。李南泉听她的戏多了，在台上没有看到她这样卖力过。这很可能知道她表示那份友好态度。后来刘副官加入唱金松一角，他根本就是开玩笑的态度，笑向杨艳华道："他是个要饭的秀才，请到咱们家来喝豆汁。这要是吃平价米的大教授，你不衡着他叫老师，那才怪呢。"这么一抓哏，连杨艳华也忍不住笑。吴春圃也高兴了，大声笑着叫好。

这出《红鸾禧》，三人唱得功力悉敌。唱完，场面上人放下家伙，一致鼓掌叫好。那打小鼓的是戏班子里的，站起身来，向李南泉拱拱手道："李先生，太好太好，这是经过名师传授的。"那杨艳华站在桌子边斟着一杯茶喝，在杯子沿上将眼光射过来向他看着。李南泉也忍不住微笑。他的微笑，不仅是她这个眼风。他觉得今天这出戏，和她做了一回假夫妻，却是生平第一次的玩意儿。取了一支烟吸着，回味着。他的沉思，被好事的老徐大声喊醒，他笑道："过瘾过瘾，再来一个，再来一个!"李南泉道："别起哄吧，早点儿回家去休息，打起精神来明天好跑警报。杨老板，你们什么时候下山？我和吴先生可以奉送你们一程。"杨艳华道："好极了，等着我。我们怕走这山路。"她说着话，绕过那桌子，走到李南泉面前来相就。

刘副官举起一只手，高过了头顶，笑道："别忙别忙。我家里办了许多酒菜，你们不吃，难道让我自己过节不成？"说着他又一伸手，将李南泉衣襟拉着，因道："老李，你不许走，走了不够朋友。"李南泉心想，左一声老李，右一声老李，谁和你这里亲热。可是心里尽管如此，面子上又不好怎样表示不接受。因笑道："这样夜深了，吃了东西，更是睡不着觉。"刘副官笑道："那更好，我们唱到天亮。喂，预备好了没有？先把菜摆下，我们就吃，吃了我们还要再唱呢。"他说着话，突然转了话锋向着家里的男女佣工传下命令去。大家答应着，早就预备好了，有些菜凉了，还要重新再热一道呢。刘副官高抬着两手，向大家挥着，连连说请。

到了这时，想不赴他的宴会，却是不可能。李南泉向吴春圃看看，笑道："我们就叨扰一顿吧。"大家走进刘副官的屋子，是一间很大的客厅，虽是土墙，石灰糊着寸来厚，像钢骨水泥的墙壁一样。四周的玻璃窗向外洞开，屋子里放着四盏电石灯，白粉墙反映，照得雪亮。屋子正中，摆设下两个圆桌面，上铺了洁白的桌布，杯筷齐全。第一碗菜，已放在桌子中心了。李南泉看了，有些愕然。今晚是什么盛典，姓刘的这样大事铺张？吴春圃正也有此想，悄悄问道："刘先生家里有什么事吧？"正好老徐还站在屋子外面，两人不约而同地退了出来。李南泉问道："老徐，你实说，今天这里有什么喜事？我们糊里糊涂地来了，至少也该道贺道贺吧？"老徐先笑了一笑，然后道："我实告诉你吧，老刘做了一票生意挣了两个三倍，大家和他一起哄，他答应拿出一笔钱来快活一晚上。除了老朋友，他是不让人家知道这件事的，你若给他道贺，他反而是受窘的。他糊里糊涂地请，我们就糊里糊涂地吃吧。"说着分开左右手，就把两人拉进了屋子。他们耽误了五分钟，这两张桌子就坐满了人了。就只有东向这张桌子，空着上首两个座位。刘副官拉着他们就向首席上面塞了过去。李南泉道："我怎么可以坐那里？"那姓刘的力气又大，连推带拉，硬把他送到椅子上坐着，而且还把桌上斟好的一杯白酒，送到他手上笑道："谁要客气，骂我王八蛋。"

李南泉这时不能不接受了，只得接着酒杯站起来一喝而尽。刘副官看他喝完了酒，将大拇指伸了一伸，笑道："够交情，够交情。"于是回转脸来向吴春圃笑道，"我们虽是初次拉交情，可是路上常见面，很熟了。客气就大家煞风景。请坐请坐。"吴春圃看两席的人，也只好坐了。刘副官找着桌上一个大杯子，斟满了一杯酒，高高举平额头，眼望了客人道："我大杯拼你小杯，干不干？"吴春圃笑道："俺喝，俺喝了。回敬一杯，行不行？"刘副官道："没有问题，我先干了。"说着，举起大杯子，向口里咕嘟着。然后翻过杯子，向吴春固照了照杯。吴春圃陪着喝了那杯，又斟了一杯回敬。刘副官更是奋勇，自取过酒壶来，向杯子里斟着。把酒杯对着口，连杯子带头脖一齐向后仰着，那杯酒也就干了。吴春圃是敬酒的人，酒还没有喝完呢，主人既干，自不容有什么犹豫。

喝完了酒，他方才坐下，刘副官就转到对面桌子旁，两手一抱拳，笑道："各位，要喝，我的酒预备得多。若不把我预备的酒喝完，我是不放大家走的。大家闹他个通宵，明日接上跑警报。"他好像是句开玩笑的话，可是李南泉听到，就在心上留下了个暗影。那旁桌上的老徐道："好的，我照那桌的例喝一杯敬一杯。"刘副官道："为什么回敬？"老徐笑道："你心里明白就得了嘛。"回敬绝不能是无缘无故的。刘副官拿着那杯酒在手上，呆站着望着他，总有三四分钟之久，没有说话。老徐立刻端起杯来喝着，连道："罚我罚我！"

刘副官道："哼，你自己认罚，不然我灌你三大杯。"他说着话时，沉着面孔，没一点儿笑容，那老徐非常听他的话，端起酒杯来喝干，接上又喝下去两杯。刘副官道："各位看见没有，酒令大似军令，请要捣乱就照着老徐的这个例子。我现在拿手上这杯酒打通关，打不过，我一百杯也喝。"说着，把手上那酒杯子举了一举。接着，又指着下方坐的一个汉子道："由你这里起。"李南泉认得他，他是个下江人，全街人叫他小陈，在街上开爿小杂货店，终日里和那些副官之辈来往，可能他的本钱就是这副官群的资本。小陈虽是小生意买卖人，外表很好，穿着西服。因为这样，也有人误会着他是院长公馆的职员。他在下属社会上，也就很混得过去。只是见了这些副官之流，却是驯羊一般的柔和，叫他在地下爬，不敢在地上跪着。

这时刘副官在屋子中间，首先指着了他，吓得立刻举着杯子站起来，半鞠着躬笑道："刘副官要我喝多少？"刘副官道："你简直是个笨蛋。不是说打通关吗？我们划拳。你输了，喝酒，我再找下面的人。也许，你会赢的，那我们就再划。傻小子懂不懂？"小陈笑道："懂，但是我不会划拳，我罚杯酒行不行呢？"刘副官摇着头道："不行，第一个轮着你，就放着闷炮，太煞风景了。要罚就罚十杯。"小陈笑道："那我就划吧。我若错了，请刘副官原谅一点儿。"刘副官道："哪来那么些个废话，先罚一杯再划拳。"小陈道："是是是，先罚我这杯。"说着把端的酒喝下。吴春圃坐在隔席上，看到姓刘的这样气焰逼人，倒是很替那小陈难受，将手拐子轻轻碰了李南泉一下。二人对看一眼，也没有说什么。

那姓刘的向来就是这样玩儿惯了的，他并没有注意到有人不满。站在屋子中间七巧八马，伸着拳头乱喊。这小陈不会划拳，而且不敢赢刘副官的拳，口里随便着叫，他出两个指头，会把大拇指、小拇指同伸着，像平常比着的六。老徐立刻站起来将手拦着，笑道："小陈，你输了，哪有这样伸手的法子？"那小陈笑着点头道："我是望风而逃，本就该输，罚几杯？"老徐正想说什么，忽然感到不妥，望了刘副官道："应该怎么办，向令官请示。"刘副官道："喝一杯算了。谁和这无用的计较。"小陈被人骂着"无用"，不敢驳回半个字，端起面前的酒杯喝光。于是刘副官接着向下打通关，把全桌人战败了，他才喝三杯酒。

他端了杯子，走过这席来，依然不肯坐下，将杯子放在桌子下方，向桌上一抱拳，笑道："不恭了，由哪里划起？"三个女伶都是坐在这桌子上的，杨艳华道："刘先生，你可是知道的。我们三个人，全不会喝酒，也不会划拳。"刘副官道："那边桌上的女宾有先例。拳是人家代表，酒可是要自己喝。如其不然，就不能叫作什么通关。喝醉了不要紧，我家里有的是床铺，三人一张铺可以，一人一张铺也可以。"杨艳华听了这话，不由得脸上红起来，垂着眼皮不敢正视人，刘副官已把眼光射到吴、李二人身上，点着头，又抱了抱拳，笑道："从哪位起？那旁桌上，让我战败得落花流水，你们可别再泄气呀。"他面前正有一张空的方凳子，他便一脚踏在上面，拿起筷子，夹了一大夹菜，送到口里去咀嚼着。吴春圃还是初次和这路人物接触，觉得他这份狂妄无礼，实在让人接受不了。只是望了他微笑着，并没有说什么。

李南泉知道吴先生为人，兀自有着山东人的"老赶"脾气，万一他借了三分酒意，把言语冲犯了姓刘的，那会来个不欢而散。于是站起来向主人拱拱手道："老兄，你要打通关，先由我这里起吧。杨小姐的拳我代表，酒呢？"说着，向杨艳华望了笑道，"一杯酒的事，你应该是无所谓了。"杨艳华笑道："半杯行不行？"吴春圃道："半杯，我代劳了吧。"刘副官摇着头道："你不用代她，她的酒量好得很。"吴春圃笑道："吃完了，你不还是要她唱吗？"刘副官对了她道："小杨，听见没有，吃了饭，还要唱呀。"杨艳华也没作声，只是微笑着。刘副官交

104

代已毕，立刻和李南泉划起拳来。

这席的通关，没有让他那样便宜，喝了六杯酒，他脸红红的，就在这席陪客。他的上首，就是唱花旦的胡玉花。他不断地找着她说话，最后偏过头去，直要靠到她肩膀上了，斜溜着醉眼，因道："小胡，你今年二十几？应该找个主了，老唱下去有什么意思？我们这院长公馆里的朋友，你爱哪一个？你说，我全可以给你拉皮条。"胡玉花将手轻轻推了他一下，因道："你醉了，说得那样难听。"刘副官笑道："我该罚，我该罚，应该说介绍一位。不，我应该说是做媒。你说，你愿意说哪一个？"胡玉花把他面前的杯子端起，放在他手上，因道："我要罚你酒。"他倒并不推辞，端起杯子来喝了，放下酒杯道："酒是要罚，话也得说，你说，到底愿意我们院长公馆里哪一位？"胡玉花道："说就说嘛，唱戏的人，都是脸厚的，有什么说不出来。哪个女人不要嫁人吗？说出来也没有什么要紧。"刘副官拍着手道："痛快痛快，这就让我很疼你了。你说，愿意嫁哪个？"胡玉花道："你们院长公馆出来的人，个个是好的，还用得着挑吗？"刘副官将头一晃道："那你是说随便给你介绍哪一位，你都愿意的了？"胡玉花笑道："可不是？"

李南泉听了，很是惊异，心想，这位小姐，并没有喝什么酒，怎么说出这样的话来？这姓刘的说得出，做得出，他真要给她介绍起来，那她怎么办？连杨艳华、王少亭都给她着急，都把眼睛望了她。可是她很随便，因笑道："可是我有点儿困难。"刘副官道："有什么困难？我们不含糊，都可以和你解决。"胡玉花摇着头笑道："这困难解决不了的。实对你说，我嫁人两年了，他还是个小公务员呢。"刘副官道："胡扯，我没有听到说过你有丈夫。"胡玉花脸色沉了一沉，把笑容收拾了，因道："一点儿不胡扯。你想呀，他自己是个公务员，养不起太太，让太太上台唱花旦，这还有好大的面子不成？他瞒人还来不及呢，我平白提他干什么？不是刘副官的好意，要给我说媒，我也就不提了。"刘副官道："真的？他在哪一个机关？"说着，偏了头望着胡玉花的脸色，她也并不感到什么受窘，谈笑道："反正是穷机关罢了。我若说出来，对不住我丈夫，也对不住我丈夫服务的那个机关。你不知道，我还有个伤心的事。我有个近两岁的孩子，我交给孩子的祖母，让她喂米糊、面糊呢。"

刘副官将手一拍桌子道："完了。我的朋友老黄，已经很迷你的，今晚上本也要来，为着好让我和你说话，他没有来。老黄这个人，你也相当熟。人是很好的，手边也很有几个钱，配你这个人，绝对配得过去。你既是有了孩子的太太，那没有话说，我明天给他回信，他是兜头让浇了一盆冷水了。"胡玉花笑道："你们在院长手下做事，有的是钱，有的是办法，怕讨不到大家闺秀做老婆，要我们女戏子？"刘副官道："大家闺秀也要，女戏子也要，吓，小胡，你和我说的这个人交个朋友吧。他原配太太，在原籍没有来，一切责任有我担负，反正他不会亏你。"

李南泉听了这话，实在忍不住一阵怒火由心腔子里直涌，涌到两只眼睛里来。这小子简直把女伶当娼妓看待。恨不得拿起面前的酒杯子，向他砸了去。可是看胡玉花本人，依然是坦然自得，笑道："谢谢你的好意。说起黄副官，人是不错，我们根本也就是朋友，交朋友就交朋友，管他太太在什么地方。这也用不着刘先生有什么担待。"刘副官将手拍着她的肩膀道："你这丫头真有手段，可是老黄已经着了你的迷，他也不会轻易放过你的。"胡玉花撇着嘴角，微笑了一笑。对于他这话，似乎不大介意。吴春圃笑着点点头道："胡小姐真会说话，我敬你一杯酒。你随便喝，我干了。"说着，他真的把手上那杯酒一仰脖子干了。胡玉花只端着杯子，道了声谢谢。刘副官又拍了她的肩膀笑道："小胡，你也聪明过顶了，喝口酒要什么紧。这里大家都在喝，有毒药，也不会毒死你一个人。我倒是打算把你灌醉了，把你送到老黄那里去。可也不一定是今天的事。"说着，仰起脖子，哈哈大笑一阵。

李南泉看他这样子，已慢慢地露了原形。趁着问题还没有达到杨艳华身上，应该给她找个开脱之道。因之在席上且不说话，默想着怎样找机会，他想着，姓刘的已借了几分酒意，无话不说，在问题的本身，绝不能不把三个女人救出今日的火坑。这样转着念头，有十分钟之久，居然有了主意。他问道："刘副官，我说句正经话。我打听打听，院长什么时候到这里来？"姓刘的这小子，虽是很有了几分酒意，可是一提到院长，他的酒意自然就消灭了，立刻正了颜色问道："李先生有什么事吗?"李南泉道:"当然有点儿事。我一个朋友,在贵院长手下当秘书,是专办应酬文件的。"刘副官道:"是孟秘书?"李南泉道:"对了,他写信给我,要同院长一路到这里来住些时候,并说贵院长约我谈谈。我一个从来不过问政治的人,约我谈些什么呢?我已回信婉谢了。可是,孟秘书前天又专人送了一封信来,说是院长一定要约我谈谈,请我在最近几天不要离开本地。他还附带一句,所谈也无非风土人情而已。这样,我当然不拒绝。"刘副官站起来道:"那怎么能拒绝呢?孟秘书来了,我会亲自来给李先生报告。李先生,你务必要到。"李南泉道:"我所以要和你打听院长行踪者,就在于此。过两天,我也想进城去一次。若是我进城去了,院长又来了,两下里就走岔了。"刘副官道:"进城有什么事,交给我,我托人代办就是了。无论如何,你得在乡下等着。而且这几天,不断闹警报,你跑到城里去赶警报,那也太犯不上。"

李南泉心中大喜,这一着棋居然下得极为准确,因笑道:"那也好,见到孟秘书,你就说我在家里等着了。你就是对院长直接提到也可以,只要你不嫌越级言事。"刘副官道:"这事是孟秘书接洽的,当然还是由他去办。"说着笑了一笑道,"恐怕是院长要借重李先生。其实,这穷教授真可以不干了。院长待人是最为优厚的。我们欢迎李先生出山来做事。"

这席话,接连有几声院长,早把那边的老徐惊动了,正是停杯不语,侧耳细听。等到刘副官劝李南泉做官,他就实在忍不住了,端着一杯酒,走过来,笑道:"李先生,好消息,我得敬贺你一杯。"李南泉道:"你这酒贺得有点儿莫名其妙吧?你以为我要见院长,这是可贺的事,这并没有什么稀奇,假如你有事要见院长的话,你也可以去见他。"老徐缩着脖子,伸了伸舌头,然后摇摇头道:"凭我这副角色,可以去见院长?来来来,干了这杯酒。"李南泉笑道:"你坐回去吧,你若愿意见院长,你打听着他哪日下乡,在公路头上等着。等到下汽车上轿子,你向他行个三鞠躬,我保证这些副官,没有哪个会轰你。"刘副官道:"那没有准,他这副三分不像人、七分倒像鬼的样子,站在路边等院长的汽车,知道他是干什么的。李先生不要睬他,我们喝。"说着端起杯子来。

李南泉虽嫌老徐这家伙无耻过顶，可是不接受他这杯酒，他可下不了台，借了刘副官端杯子的机会，也就把酒喝了。喝完，向两个人照杯。老徐早已陪完了他那杯酒，于是半鞠着躬道："谢谢。"姓刘的笑道："滚吧。一张纸画个鼻子，好大的面子，人家会受你的酒？"老徐笑道："滚可不行，地方太小，我只有溜了回去。"于是装着鬼脸，笑着回席去了。李南泉想道，这鸦片鬼无非是靠了院长手下几位副官的帮忙做些投机生意罢了，本钱还是他自己的。为什么要受姓刘的这份吃喝？这姓刘的一群人，简直是地方上一霸，这三个女孩子若在这里过夜，真不知会弄出什么丑事来的。

这样想着，更进一步地想要把杨艳华等救出去。于是放下杯子，问道："孟秘书和刘副官很熟吗？"他道："有时候我到孟秘书家里去拿信件，倒是认得的。"李南泉道："那么，你也未必知道他有什么事约我了。据我想着，有一种四六文章，孟秘书弄得不十分顺手，他是作唐宋八大家一派文字的。必定有什么四六文字，保荐我一笔买卖。我倒不一定卖文给院长，我愿送他几篇文章做个交换条件。第一件事，就是许我随便请见。见不见由他，可别经过挂号那些手续，我想可以办到的。他有文章叫我写，不当面交代怎么可以？第二件事，我对这疏建区的大家福利，做一点儿要求。反正也用不着院长捐廉，只要他下个条子就行。你看，他肯答应吗？"刘副官道："第一件事，当然没有问题。不过，关于地方上的，我倒是劝李先生少和他谈。他下个条子不要紧，可把这地方上芝麻大的小官，连保甲长在内，要累个七死八活。"李南泉道："我和他说的，一定都不是大家麻烦的事。我不是这疏建区的人，我愿地方上麻烦，我愿得罪地方上人？"刘副官点头道："这话对极了，与人方便，自己方便。来，敬李先生一杯酒。"说着，端起酒杯子来。李南泉陪着他喝酒，却只管谈谈孟秘书和院长。由他的言辞里，刘副官知道他对院长手下的二三路人物，着实认识几个。

吃过饭，刘副官又吩咐家人熬着云南的好普洱茶敬客。李南泉道："大概一两点钟了，我们不能真玩儿个通宵，我要告辞了。月亮没有了，杨小姐，你带有手电筒吗？"她心里一机灵，便笑着迎上前道："李老师，有事弟子服其劳，我送你回府吧。我有手电筒呀。"胡玉花道："那我们要一路走了，我没有灯亮。"李南泉故意装着不解，问道："什么？你们来这些个人，只带一盏灯亮吗？好吧，我们共着一支手电筒走。我和吴先生还可以送你们一截路程，送到街口上。王小姐，手电在不在你手上？"那个唱小生又带唱老生的王少亭，人老实得很，年岁也大一点儿，她始终是不作声。李南泉虽知道她身上的危险性比较少些，可是也绝不能丢下，因之故意向她这样问了一声。她道："手电筒小杨带着呢。"杨艳华手里拿了手电筒一举，笑道："有男人送我，我就胆大了，我在前面引路。"说着，先走出了屋子门，走到走廊屋檐下站着。

刘副官道："这么多人，一支手电不够，让老徐送送吧。手电灯笼我全有。"胡玉花挽了王少亭一只手，便向门外走，笑道："刘副官，不必客气了，打搅了你一夜。只要有男人做伴，没有灯火，我也是一样敢走的。"李南泉看那姓刘的，还有拦着她们的样子，便向前握着他的手摇撼了几下，笑道："又吃又喝，今天是着实打搅了阁下。以往我们少深谈，还摸不着阁下的性格，今天做了这久的盘桓，我才明白，刘先生是个极洒脱的人，也是个极慷慨的人，有便见着院长，我一定要说项一番。"刘副官没想到心里所要说的话，人家竟是先自说出来，这就满脸是笑地鞠着躬道："李先生肯吹嘘一二，那就感激不尽。"李南泉笑道："朋友，彼此帮忙吧，多谢多谢。"他说着，先退出屋来。吴春圃又向前周旋一番。等主人翁出来送客时，李南泉带着三个女伶，已经走到院坝外面人行路上了。刘副官只得道一声"招待不周"，这男女一行五人，已是亮着手电筒，向村子外走去。回头看那副官公馆，兀自灯火通明。

杨艳华默然亮着手电筒，只管朝前走，胡玉花道："小杨，你还跑什么？离刘家远了，你以为还有老虎咬你？"她这才站住了脚，看看后面，并没有人跟上来，因道："今天幸是李先生帮了个大忙。"吴春圃走在最后，这就向前两步，问道："我看着三位小姐的样子，有些不自然。早有点儿纳闷。这样一说，我更有点儿疑心了。"李南泉道："我也不十分明白，但我知道要我解围。再走过去一截路，请教杨小姐吧。"于是五个人默然地走着，到了李南泉家门外，便道："杨小姐，我送你到街上吧。"她站住了脚，又把电筒向两头照了两下，因道："不用了，至多，李先生站在这路头上五分钟，估量着我们到街上，后面并没有人追来，就请你回府。我们也就没事了。"

这时，五个人梅花形地站在路头上，说话方便得多。吴春圃道："到底晚上有什么事要发生？"杨艳华道："今晚上这一关虽已过去，以后有什么变化，也难说呢。唱戏的女孩子，什么话说不出来？我就实说了吧。今天我们在老刘家闹了半夜，不是没有看到他太太吗？他太太住医院去了。而且这个也不是他的太太，是个伪组织。他太太住了半个多月医院，他就不安分了，常常找我的麻烦，我是给他个满不在乎，敞开来交朋友，朋友就是朋友，像交同性朋友一样。若像平常人交女朋友，就想玩弄女朋友的事，我远远地躲开，前几天他天天追着我，简直地说明了，要讨我做个二房。再明白点儿一说，在伪组织外再做第二个伪组织。"李南泉笑道："这名词很新鲜。那么，那个病的是汪精卫，让你去做王克敏。"杨艳华笑道："李先生，你那还是高比呢。"

吴春圃道："不管王克敏、汪精卫了，你还是归入本题吧，今天晚上好像是鸿门宴了，这又是怎么一个局面？我们糊里糊涂地加入，又糊里糊涂地把三位带出来了。"杨艳华道："今天晚上，他是对付我和玉花两个，大概预备唱半夜戏，然后用酒把我们三人灌醉，让我们走不了。那个姓黄的，倒是真托刘副官做媒。"吴春圃道："那姓黄的也是个大浑蛋，托人说媒，也不打听人家是小姐还是太太。"杨艳华低声道："玉花是胡说的。她还没有出嫁呢。"李南泉哈哈一笑道："原来如此，胡小姐真有办法，轻轻悄悄地，就把姓刘的给挡回去了。我倒问一声，姓刘的若和杨小姐开谈判的时候，你打算用什么手段对付？"她道："那也看事行事罢了。他若真逼得我厉害，我就和他决裂。酒是灌不醉我的，凭你用什么手段我也不喝。反正你不敢拿手枪打死我。他的厉害，就是因为他身上带有手枪可以吓人，重庆带手枪的人多了，若是拿着手枪的人就可以为所欲为，那还成什么战时首都？"

她说到这里，吴春圃还要继续问她两句。可是刚才李先生那阵笑声，早是把两家候门的主妇惊动了，隔着山溪，门呀的一声响，早是两道灯光由草屋廊檐下射了过来。李南泉首先有个感觉，这简直是在太太面前丧失信用。原来说是去看看就回来的，怎么在人家那里大半夜？便道："筠，你还没有睡？可等久了。"李太太道："我也在这里听戏呀。夜深了，村子那头说话的声音都听到，别说你们又吹又唱了。"杨艳华插言道："李太太，你今晚上没去听义务戏呀。夜深了，我不来看你了。明天见吧。"李太太道："是啊，忙了这一天，你也应该回去休息了。"杨艳华道："明天若是不跑警报的话，我一定来看师母。"隔着山溪的李太太并没有答复她的称呼，李南泉只好低声说着"不敢当，不敢当"。杨艳华笑道："李老师，你做人情做到底，请你还在这里站五分钟吧。"李南泉对于她这份要求，当然不能拒绝，连吴春圃在内，同声答应着就是。

她们三人走了，李、吴二人还站在路头上闲话。李太太在门口站着，正等了门呢，见他们老是不下来，只得点着灯笼迎过溪来，笑道："路漆黑黑的，我来接吧。"她总想着，这里有三个以上的人，可是到了面前，将灯笼一举，仅仅就是李、吴二人，因问道："二位还要等谁？"李南泉想把原因说出来，这却是一大篇文章，笑道："不等谁，我和吴先生是龙门阵专家，一搭腔，就拉长了。"吴春圃笑道："够五分钟了，我们可以回去了。"李太太道："什么意思？杨小姐下命令，让你们罚站五分钟吗？"吴春圃笑道："她可不能罚我，只能罚她老师。"

李南泉接过太太手上的灯笼，哈哈一笑，就在前面引路。到了家里，悬了灯笼掩上门，见小三屉桌上，兀自用四五根灯草燃着大灯焰，灯上摆着一本书，笑道："太太，真对不起，让你看书等着我。"李太太笑道："这不算什么。我打夜牌的时候，你没有等过我吗？"李南泉觉得她这话，极合情理。可是低头看那书时，不觉惊讶着道："你太进步了，你居然能把这书看懂呀。"李太太笑道："你以为读《楚辞》只是你们研究中国文学的人的事？书上面有注解，一半儿猜，一半看也没什么不懂。反正谁也不是生下娘胎就会读《楚辞》的。"李南泉道："你可别误会，我是说你大有进步。《渔父》《卜居》两篇，是比较容易懂的，我看你是……"他说着弯腰仔细看那书，并不是那两篇，而是《招魂》。而且在书上还圈了几行圈，便笑道："可想你坐久无聊了，还

111

把句子标点了。"李太太道："可别怨我弄脏了你的书。这书根本是残的，而且是一折八扣的书，你也不大爱惜。"李南泉笑道："怎么回事？你以为我老有意思和你别扭？"

他说着，看第一路圈就圈得有点儿意思，是以下几句："魂兮归来，去君之恒干，何为四方些？舍君之乐处，而离彼不详些。"于是点头微笑了一笑。其后断断续续，常有几项圈在文旁。最后有几行圈接连着，乃是这一段："美人既醉，朱颜酡些，嬉光眇视，目曾波些。被文服纤，丽而不奇些。长发曼鬋，艳陆离些。二八齐容，起郑舞些，衽若交竿，抚案下些，竽瑟狂会，搷鸣鼓些，宫廷震惊，发激楚些。吴歈蔡讴，奏大吕些。士女杂坐，乱而不分些。"于是放下书哈哈大笑。李太太望了他，也微笑道："对吗？"李南泉拱拱手道："老弟台，对是对的。可是我究竟还可以做你的老师。你引的这段文，有两点小错误。宋玉为屈原招魂，他是说外面不好，家里好。所以前面几段，四面八方，全是吃人的地方，留不得。像这几段，是说家里有吃有乐，不是说外面，你引个正相反。第二，'士女杂坐，乱而不分'，是转韵第一句，不是结句，所以下面紧接着'放陈组缨，班其相纷些'。吕音以上几句，是押韵的。（下）字念户音。"

李太太笑道："多谢你的指教。可是我就算明白了这一点，又有什么用？于今天天闹空袭，吃用东西，跟着空袭涨价。我能够到粮食店里讲一段《楚辞》，请他们少要一点儿价钱吗？天下往往是读书最多的人，干着最愚蠢的事。"李南泉笑道："你是说我吗？我的书念得并不多。可也不会干最愚蠢的事。这次去到刘家听戏，本来陪着吴先生绕个弯就回来的。不想到了那里临时出了一点儿问题，不能不晚点儿回家来。什么时候，前方的情形，我们是不大知道。以后方的情形来说，空袭频繁，国际的情形，民主国家也是一团糟。我们正是感到国亡之无日，哪有心吃喝吹唱。"李太太道："对的，我记得你还没有到刘家去的时候，你说那是一群没有灵魂的人，不知道你到那里去了以后，灵魂是不是还在身上？我在走廊上，坐了好半天了。先听到你们拉着嗓子高唱入云，后来又听到你们划拳，简直忘了太阳落山的时候还在跑警报呢。在这种情形下，你能够说人家是失了灵魂的人吗？这件事让朋友知道了，似乎是你读书人盛德之累吗？不用说我了，假如是你一个兄弟，或者是个要好的朋友，在今晚上这样狂欢之下，你也不会谅解的。你们当局者迷，自己是不知道的，夜静了，我听到刘副官家这一人热闹，实在让人不解。不过年，不过节，又不是什么喜庆的日子，这样通宵大闹，什么意思？庆祝轰炸得厉害吗？那应当是敌人的事呀。"她说着是把脸色沉了下来的，随后却改了，微微一笑，因道："你可别生气，我是说那姓刘的。"

李南泉回想到刚才刘家的狂欢，本来是不成话，尤其是对太太曾批评着那些人是没有灵魂的，便笑道："筠，你让我解释一下。"李先生特地称呼太太小字霜筠的时候，是表示着亲切，称一个"筠"字的时候，是表示着特别的亲切。太太已经很习惯了，在这个"筠"字呼唤下，知道他以下是什么意思，便笑道："不用解释，我全明白。不就是那姓刘的，强迫着你唱戏，强迫着你划拳喝酒，又强迫着杨艳华拜你做老师吗？我没出门，还白饶了人家叫句师母。不用说了，快天亮了，再不睡觉，明天跑警报可没有精神。"她说完，先自回卧室去了。

李南泉坐在那张竹子围椅上，在菜油灯昏黄色的灯光下一看，四周的双夹壁墙，白石灰，多已裂了缝。尤其是左手这堵墙，夹壁里直立着的竹片，不胜负荷，拱起了个大肚子。自己画着像童话似的山水，还有一副自己写的五言对联，这都是不曾裱褙的，用糨糊粘在那堵墙壁上。夹壁起了大肚子，将这聊以释嘲的书画，都顶着离开了壁子。向这旁看，一只竹制的书架，堆着乱七八糟的破旧书籍，颜色全是灰黄色，再低头看看脚下的土地，有不少的大小凹坑。一切是破旧。不用说是抗战期间，就算是平常日子，混了半辈子，混到这种境况，哪里还高兴得起来？太太圈点的那本《楚辞》还摆在面前，送着书归书架子，也就自叹了一口气道："魂兮归来哀吾庐。"而在他这低头之间，又发现了伏着写字的这三屉小桌，裂着指头宽的一条横缝。这一切，本来不自今日今时始。可是由人家那里狂欢归来，对于这些，格外是一种刺激。他心里有点儿不自然，回想到半夜的狂欢，实在有些荒唐。于是悄悄打开了屋门，独自走到走廊上来。

这时，的确是夜深了，皎月已经是落下去很久，天空里只有满天的星点，排列得非常繁密，证明了上空没有一点儿云雾。想到明日，又是个足够敌人轰炸的一个晴天。走出廊檐下，向山峪两端看看，阴沉沉的没有一星灯火，便是南端刘副官家里也沉埋在夜色中，没有了响动。回想到上半夜那一阵狂欢，只是一场梦，踪影都没有了。附近人家，房屋的轮廓，在星光下，还有个黑黑的影子。想到任何一家的主人，都已睡眠了好几个小时了。虽然是夏季，到了这样深夜，暑气都已消失。站在露天下，穿着短袖汗衫，颇觉得两只手臂凉浸浸的。隔了这干涸的山溪，是一丛竹子，夜风吹进竹子丛里，竹叶子飕飕有声。他抬头看着天，银河的星云是格外明显，横跨了山谷上的两排巍峨的黑影。竹子响过了一阵，大的声音都没有了，草里的虫子，拉成了片地叫着，或远或近，或起或落。虫的声音，像远处有人扣着五金乐器，也像人家深夜在纺织，也像阳关古道，远远地推着木轮车子。在巍峨的山影下，这渺小的虫声，是格外有趣。四川的萤火虫，春末就有，到了夏季，反是收拾了。山缝里没有虫子食物，萤火虫更是稀落。但这时，偶然有两三点绿火，在头上飞掠过去，立刻不见，颇添着一种幽渺趣味。他情不自禁地叫了句"魂兮归来"。

身后却有个人笑道："你这是怎么了？"他听到是太太的声音，便道："你还没有睡啦？我觉得今天上半夜的事，实在有些胡闹。我在这清静的环境下，把头脑先清醒一下。唉，魂兮归来。"李太太走下廊檐来，将他的一只手臂拉着，笑道："和你说句笑话，你为什么搁在心里？哎呀，手这样冰凉。回去吧，回去吧。"李南泉笑道："你不叫魂兮归来？"李太太道："这件事你老提着，太贫了。夫妻之间，就不能说句笑话吗？难道要我给你道歉？"李先生说了句"言重言重"，也就是回家安歇。这实在是夜深了，疲倦地睡去，次早起来，山谷里是整片的太阳。

李先生起床，连脸都没有洗，就到廊檐下，抬头看天色。邻居甄太太正端了一簸箕土面馒头向屋子里送，因道："都要吃午饭了，今天起来得太迟了。"甄太太道："勿，今朝还不算晏。大家才怕警报要来，老早烧饭。耐看看，傍人家烟囱勿来浪出烟？"李太太穿了件黑旧绸衫，踏了双拖鞋，手里也捧着一瓦钵黑面馒头，由厨房走来，拖鞋踏着地面啪啪作响，可想到她忙。李南泉道："馒头都蒸得了，你起来得太早了。"李太太道："我是打算挂了球再叫你，让你睡足了。"他笑道："你猜着今天一定有警报？"她道："那有什么问题？天气这样好，敌人会放过我们？警报一闹就是八九个小时，大人罢了，孩子怎么受得了，昨天受了那番教训，今天不能不把干粮、开水老早地预备。换洗衣服、零用钱我也包好了，进洞子带着，万一这草屋子炸了，我们还得活下去呀。"李南泉笑道："这样严重？到了晚上，大家又该荒唐了，魂兮归来哀江南。"

第七章

疲劳轰炸

在李先生一方面，他醒过去，觉得是自己过于荒唐，多一次忏悔，就多叫一句"魂兮归来"。可是在李太太一方面，她就疑心是自己昨晚上的刺激太深了，所以老让丈夫心里介意，便笑道："老提过去的事做什么？洗脸喝茶啰。一切都给你预备好了。"李先生进屋来洗过了脸，李太太斟着一杯热茶双手送到他面前，笑道："我给你道歉。"说着，还勾了勾头。李南泉接着茶杯，啊哟了一声道："筠，这不是有意见外吗？你要知道，人一穷，就喜欢装名士派，为的是不衫不履，可以掩盖许多穷相。昨晚上是装名士派的顶点，以后我改了。"李太太笑道："我倒喜欢你的名士派。在这上面，往往可以看到你天真之处。"李先生道："有时候你闹点儿小孩子脾气，我也很原谅，因为也是天真之处。"

两人正说到这里，忽听到外面有人道："多少钱一张票？"这话有点儿突然，他夫妻向外看时，是那位家庭大学校长奚太太来了。她永远是那样，穿了件半新的白花长褂，脚下拖着一双皮拖鞋，脸上从来不施脂粉，薄薄的长头发，梳着两个老鼠尾巴的小辫子。手里拿了一本英文杂志。那杂志封面上清清楚楚地印了一个英文字：Time。李南泉笑道："卖什么票？不懂。"她笑道："你夫妻两个在演话剧，我们看看，要不要买票？"李太太笑道："因为我们又有点儿小误会，互相解释着，语意里面，也许有点儿客气存在。奚太太真是多才多艺，又看起英文来了。"奚太太将书一举道："这是家庭杂志，有不少东西，可以给我们

116

参考。"李南泉眼望了那书封面，笑道："你买到多少种英文杂志？"她道："奚先生带回来了几本，都是家庭杂志。躲警报的时候借给你看。"李南泉笑道："那你送非其人。我的英文还是初中程度，怎么能看英文杂志？"

随着这话，又有太太在后面插言道："何事啰？怕我们讨教，这个样子客气。"这太太带着很浓重的长沙音。一听就知道是石正山太太了。她又是疏建区另一型的妇人，是介乎职业妇女与家庭太太两者之间的人物。她圆圆的脸，为了常有些妇女运动的议论，脸上向来不抹脂粉，将头发结个辫子横在后脑勺上，身上永远是件蓝布大褂。不过她年轻时曾负有美人之号，现在是中年人，更不忍牺牲这个可纪念的美号。因之，头发梳得溜光，脸上也在用香皂洗过之后，薄薄敷上一层雪花膏。那意思是说，只要人家看不出她用化妆品，她还是尽可能地利用化妆品。她随着奚太太后面走了来，手上拿了个拍纸簿，似乎是有所为而来的。

李南泉就把两位太太让进屋里，石太太道："无事不登三宝殿，我有点儿事情请求李先生，不知道可能赏个面子？"她说的话多用舌尖音，透着清脆。李先生青春时代在长沙勾留过一个时期。那个时候，青年男女说一种俏皮的长沙话，曾是这个作风，让他立刻憧憬着过去的黄金时代，便笑道："只要我能做到的，无不从命。"奚太太表示着她是和李家更熟识一点儿，便笑道："哪好意思不答应的？石太太要组织一个妇女工读合作社，请你当名发起人。"李南泉点头道："我虽然不是妇女，我也乐观其成。不过有个但书，若是出股子的话，我的力量可小到了极点。"石太太笑道："那是第二步的事啰，冇得钱，也一样当发起人。请你就在这只簿子上签个名吧。"

李南泉笑道："没有问题，将来我们还可以买些便宜东西呢。"说时，接过那簿子来看，上面写了段缘起。这合作社的社址，却在十里路远的一个小镇上，因摇摇头道："这便宜想不到了，谁为了一点儿小便宜去跑这样远的路。"石太太道："那没有关系，我三两天就去一次，你们要什么东西，我大担子挑了回来，大家分用。"李太太道："你常不在家，我以为你不怕空袭，进城去了呢，原来是下乡。你这位管家太太，倒放得下心，把家丢到一边。"奚太太拍了石太太的肩膀，笑道：

117

"她太有办法了。一手训练出来的小青，当家过日子，粗细一把抓，样样在行。而且她还和太太做一件秘密工作。"

李南泉听到这话，心里吓了一大跳，心想，这位太太口没遮拦，可别胡乱说出来，可是她并不感到什么为难，继续地道："小青她是太太的情报科长，先生一举一动，她都秘密报告太太。太太走了，太太的眼睛、耳朵留在家里。要什么紧？"石太太笑道："你说得我是这样子厉害。你管得先生不洽香烟，我就有问过他洽不洽香烟。李太太，你是怎样子管理你先生的？"李太太摇摇头道："我是块懦肉，他不管我就是了，我还想管他呢？"奚太太一着急，把家乡话也急出来了，笑着叫道："啥个闲话？中骨（国）要恢复赞（专）制？陆雅（老爷）可以公刻（开）呀薄（压迫）特特（太太）。"说着，她把手里的英文杂志在桌上拍了一下。她们两位太太一起哄，主人就感到脑筋发涨。他立刻在那簿子上签了名，拿着簿子，向石太太作了个揖笑道："名已签了，还有什么事要我做的吗？"石太太笑道："现在没有什么事相烦，将来总免不了有许多事求教。走吧，奚太太，我还要跑几家呢。"

主人对于这样的客人，当然也不挽留，亲自送到走廊上分手。他回到屋子里向太太笑道："这两位太太，都够做官的资格，法螺吹得很响。最有味的是隔壁这位邻居，她喜欢卖弄英文。英文好又怎么样呢？她那种 You is 的教法，还不是在家里当家庭大学校长。"李太太道："你管她怎么样，反正人家奚先生佩服她就够了。已快到放警报的时候，你想吃点儿什么，好早早给你预备。"李南泉道："还预备什么呢？有什么吃什么吧。我去看看挂球了没有。"他说着，就向屋后走。

老远地就看见山坡上朝外的人行路上站着两个人。一位吴先生，一位就是甄太太的少爷。吴春圃向他招招手，笑道："来吧。咱三家恰好各来一个，在这里当监视哨。"李南泉看他那情形，料着是并没有挂球，便笑道："不放警报，心里倒老是嘀咕着，放了警报，倒也死了心预备逃跑了。"说着迎向前来，看山下镇市，那个挂球的旗杆，正是秃立在一片绿树梢上。吴春圃笑道："我连饭都忙到肚子里去了，包袱凳子，一切都预备妥当。红球一挂起，立刻就走。"李南泉摇摇头道："这不是办法。以前没有预行警报，大家是听了警报器有响声才走。自从有了挂球的办法，比放警报的戒备进一步，躲警报的人开步走也就早了一步。这么一来，一天有大半天牺牲在警报声中，精神上的损失，太不能计了。从今以后，我要改变办法了，非放空袭警报不走。"

甄家的少爷叫小弟，虽是中学生，父母的老儿子，是这样疼爱地叫着的。唯其是父母疼爱，父母要他躲警报比自己躲警报还要关切。在昨天饱受了长时间空袭经验之下，甄太太已经让小弟来看过红球三次了。小弟正借了本武侠小说看得有趣，很为了这事感到烦恼。这时，他索性把那本小说插在短裤袋里，预备坐在这山坡上看书。可是这山坡上的大树，都让有力量的人砍走了。没有个遮阴的地方，还是没有办法。李、吴说完了话，他也就插嘴道："敌人的飞机，真是讨厌，难道我们就没法子对付他？"李南泉笑道："等你和你的同学都会驾飞机了，就有办法了。"小弟道："我本来愿意学空军的。我父亲说，到了我可以考空军的年龄，他也赞成我去投考。可是有一个条件，一定要像刘副官、黄副官这种人都不再做副官，才可以让我去。"李南泉笑道："令尊那意思我懂得。可是他们不做副官那中国事更不可问，他们做了更大的官了，我们别做那梦想，他们穷不了，也闲不了。"

吴春圃向山溪对面人行路上一努嘴，低声笑道："他正来着。"果然，他站在那边，远远地一招手，叫道："李先生预备吧。三十六架，在武汉起飞了。"李南泉道："什么时候得到的消息？"他道："刚刚得到的城里电话。最好你们带几块沾着胰子水的湿手巾。"吴春圃吃惊地道："什么？敌人会投毒气弹？"刘副官道："那没有准呀！"说着，他匆匆地向街上走。在他后面就是一大群男女拿着包袱，提了小箱子，成串地向前走，已开始去抢防空洞里的好地位。小弟听了这消息，脸色变得苍白，扭转身就要走。李南泉一把将他抓住，因道："你别信他的话，他是危言耸听。他也没有得到敌人的报告。他怎么会知道今天丢毒气弹？"

这话一说破，吴春圃也想过来了，因道："这是实话，他怎么会知道敌机会放毒气？"小弟看了看镇市上那红球并没有挂起，也就没走。可是甄太太走来了，战兢兢站在屋檐下，老远地问道："阿是有消息哉？"小弟道："没有挂球。"李太太已换上了旧的蓝布长衫，这是防空衣服，也走来了，问道："没有挂球吗？你看大路上那些人在走。"李南泉道："挂球本就是未雨绸缪。他们不等挂球，再做个未雨绸缪的绸缪。有何不可？"两位太太站在屋檐下，四周看看天色，似乎还相信不过李先生的解说。

就在这时，山底下，又有成群的人，走进谷口来，向山里面走，其中有位江苏太太招着手道："老李，你不打算走吗？今天来的形势，恐怕比昨天还要凶，我不愿躲公共洞子，要到山里面去了，你去不去？"李太太笑道："我胆子小，敞着头顶，看到飞机我可害怕，我还是躲洞子。现在又没有挂球，忙什么？"江苏太太道："反正是要走的，何必挂了球走呢？昨天空袭警报一放，战斗机就来了，我那时还没有进洞子，吓出了一身汗。"她站在人行道边，正是这样说着。后面有两个男子，放开了脚步，连跑带走，抢着擦身过去。江苏太太身边有个男孩子，他说了句"有警报了"，拉了孩子就走。在大路上的行人，全为了这两个开快步的男子所引动，一齐开始跑动，甄太太连忙问道："阿是有了警报？不挂球警报就来哉，阿要尴尬。"

那两个跑路的人，遇到了乡村的防护团丁，问道："跑啥子？"其中有个答道："没得啥子，好耍喀。"防护团丁立刻向路上走着的人连摇着手，喊着"没得事，没得事"。李太太问道："不是警报？可吓了我一跳。"正说着，隔溪斜对过，当郎当郎的一阵响。甄太太道："啊，敲锣哉？阿是警报来哉？"小弟站在山坡上，正是四面观望，摇手笑道："不是，不是，对面王家把一只破的洋铁洗脸盆，丢到山沟里去。"他虽然这样交代着，对门邻居袁家，小孩子们哄然地由屋子里跑了出来，叫道："空袭警报，空袭警报，敲锣了！"李南泉摇摇头道："这真弄成了风声鹤唳、草木皆兵。这空袭对于人民心理上发生的作用，实在太大了。"李太太苦笑了一下。甄太太牵着她的手，抖了两抖，笑道："骇得来。"吴春圃笑道："回去吧，管他挂球不挂球。想安全的朋友，马上可以带了东西，到防空洞里去等着。反正每日总有这么一趟。"他说着，缓缓地走下了坡子。李南泉和小弟也都走下来，李太太道："这大太阳，在山坡上守着红球，那不是办法。过一二十分钟，我们可以轮流来看一次。"李南泉笑道："我以为你真放弃了看守红球的计划，原来你还是要十几分钟来一次。"甄太太咬着牙摇摇头道："俚是大意勿得格。"大家在不断的虚惊之下，倒反是笑着各走回家去。

李南泉在这时候，读书写字，他都感到不能安帖，便索性和太太闲话，把昨天晚上的事详细地报告了一遍。她在靠门的椅子上坐着，笑道："原来有这些缘故。若是你回来就告诉我，免了许多误会。"李南泉道："若是我到现在还不告诉你，岂不是还在误会着吗？"她笑道："你又凭什么不告诉我呢？"说着她顺手一带门，却有阵呜呜的声音。她突然站起来道："这回可真放了警报了。"李南泉笑道："你忘了一个笑话。我们在南京乡下住着的时候，听到磨坊里的驴叫，以为是紧急警报。现在空袭的警报，也不是……"李太太也听出来了，忽然笑起来道："真是草木皆兵。这是门角落里的蚊子群，让我惊动了。"李南泉笑道："我们可以少安毋躁了。现在有太阳，可能是敌机下午来，连着晚上的空袭，干脆，我们早点儿吃午饭。饭后，睡一场午觉，到了晚上，我们打起精神来进防空洞。"李太太笑道："真闹得不成话。我们现在一天到晚，都是在挂心警报。我也想破了，不理他，照样做我的事。"

说是这样说了，她却跑到后面的屋子里，在枕头下摸出一只手表来看了看。这手表还是战前三年的储藏品，轮摆全疲劳了，一年至少得修理两次。新近是刚刚修得，所以还在走着。她看了看表，笑道："才到十点钟。"李南泉在外面屋子哈哈笑道："你说不挂心警报，可是说完你又去看表了。看表又有什么用，只有求天下场暴风雨，把起飞的敌机，全数刮到长江里去。"李太太笑道："我不否认我是个饭桶。可是，不承认做饭桶的人，也很少法子，对付敌人的空袭，单说献机运动，我出过多少次钱，我那钱究竟在哪架飞机身上我猜不出来，也许，那钱变成了外汇之后，冻结在美国。"李南泉笑道："你说这话是太乐观了。不过，我也不悲观，报上登着，德国出动飞机，一来就是两三千架。他也没有把小小的英伦三岛炸服。日本一来百把架飞机，这样大的中国，那是摇撼不动的。"

窗子外吴春圃笑道："我以为谈警报的人，不一定是胆小。谁不怕死？只有那些心里怕警报口里说不怕的人，那才是虚伪呢。"李南泉坐在屋子里，已开始工作，伏在桌子上写字。他听了邻居的话，倒有些感想，觉得大家全是把警报这问题放在心上，实在不妥，也就不向窗子外答话了。在大家心境的不安中，拖过了正午，村子里的人家也就开始煮饭。吃午饭的时候，看到那些未雨绸缪地去躲空袭的人，又成串地回来。有人在山路上笑道："还是你们胆子大的人好，免得来回地跑。千万可别我们到了家，球又挂起了。"李南泉坐在饭桌上摇摇头道："真是弄得人食不甘味。"李太太也只是笑笑。

吃过了午饭，已经是两点钟。照着往回空袭的时间而论，已将近解除，因此大家心里就宁帖些，一直到傍晚，都没有任何空袭的象征，大家更是心情轻松了。不过这已是阴历十一，太阳一沉过了山头，那像把大银梳子似的新月，已横挂在天空，夏季来乘凉的人，抬头看到月亮，就会谈到空袭。因此，为着这月亮特别地明亮，没有一片云彩配合，大家的心情又紧张了两小时。终于是平安无事地月亮西斜，算混过了一天。

因为有这一天的轻松，次日早上，大家有些恢复原状，没有做什么急迫的准备。李南泉照普通的生活，喝一杯热茶，吃两个冷烧饼。刚刚从事早餐，甄家的小弟在隔溪人行大路上，就高声大喊道："挂了球了。"这回是真的挂了球了。李太太正清理着几件衣服，预备拿去洗，这就站在屋子里呆了一呆。李南泉笑道："发什么呆？兵来将挡，我们预备走吧。"她道："我倒不是害怕。你看，今天的警报，来得这样早，免不了又是一整天。"李南泉道："你说吧，今天是躲村口上这个洞子，还是躲山那边的公共洞子？"李太太道："村口洞子自由一点儿，公共洞子空气好一点儿，消息也灵通一点儿。"李南泉低头想了一想，因道："我看还是躲公共洞子吧。第一，是我不愿意在那漆黑的洞子里闷坐；第二，我也愿意看看公共洞子里的紧张场面。"李太太道："怎么着，你还要看看紧张的场面吗？"李南泉笑道："但愿没有紧张场面就好。不过我总得向这条路上去防备。你赶快去收拾东西吧。"

这样交代了，大家也就来不及多说话，立刻分手去办理逃难事务。好在吃午饭的时候还早，大家也不必顾虑到吃的东西。在十分钟之内，大家都把事情预备好了。李太太带着孩子，提了包袱，王嫂抱了小妹妹殿后，一同出门。李南泉笑道："今天我决计陪你们躲一回公共洞子，我等放了紧急警报才走。现在家里坐镇，你们有什么要我办的没有？"李太太道："公共洞子里嘈杂得厉害，你还是去游山玩水吧。"她还想交代什么话时，半空里已是传着呜呜的空袭警报声，李南泉道："你们走吧，随后我就来。"说着，接过太太手上的包袱，一直提着在先走，送到屋角上山坡的路头。这条路是不大有人走的，这时也是三三五五，拉长了一条线，沿着山坡向前移动。再回头看山溪对岸的那条人行路，也拖了半里路的长蛇阵，李太太道："你看，今天又很紧张，你快走吧。"李南泉点点头道："大概今天不躲的人是很少。你们放心去吧。赶得及时的话，我一定到公共洞子里来。赶不及，我向山后走，走一截躲一截。"李太太接过他手上的包袱，又握着他的手道："你可要躲，不是闹着玩儿的。"小玲儿也指着她爸爸道："不是闹着玩儿的。"李南泉看了她那肉包似的小手，指头像个王瓜儿，他就乐了，摸着她的小手亲了个吻。李太太皱了眉头道："你倒是全不在乎，这时候还有工夫疼孩子。走走走。"她落在后面，催了孩子们走。

李南泉回转身来，到屋子里周围看了一番，把躲警报的旅行袋提着。先锁起了屋子门，然后到厨房去看看。见土灶里还有些火星，在水缸里接连舀了两勺水将火泼熄，又伸头对左右邻居的厨房看看。见吴家灶外，还有两橛焦木柴，放在地上兀自冒着青烟。好在他的厨房门没锁，就进去，也用水将柴头泼熄。走出厨房来，遇到吴春圃。他问道："还有火吗？"李南泉道："我已经给你泼熄了。"吴春圃道："劳驾劳驾。我是走到半路上，想起来了，不得不回来看看。过去重庆有好几次发生这事情，大家全去躲警报，屋子里留下火种，起了火是关着门烧。我们住的又是草房子，危险性更大。李兄，走吧，今天那个洞子里都客满。往后山去的人，也是随处都有。你要找个清静而又安全的地方，非跑出去五六里路不可。再过十分钟，恐怕就要放紧急了，迟了你来不及跑。"李南泉道："我今天躲公共洞子了，帮太太照应照应孩子。"说着，由走廊经过自己家门口，不知是何缘故，有点儿放心不下，将锁打开，重新进家去看看。

他到了屋子里，周围看看，一切安静如常。外面屋子里看了一看，又到里面重新检点了一次，实在没有什么令人不放心的地方。四周看过了，再又对地下看看，这算是发现了，地下有两橛纸烟头，将纸烟头捡起来看，那不但是烟头上没有火气，而且烟质还是潮的呢。他扔在地面将脚乱踏了一阵，方才在谨慎检查的情形之下，反锁了屋子门出去。就是这样几分钟，环境是整个地变了，耳朵里一丝声音没有，左右邻居全不见一个人出来活动，就是人家屋顶上也没有烟冒出来。溪对面大路上，除了偶然有个防护团丁走过，也是没有人迹。早晨算已过去的太阳，现在变了强烈的白光，照得大地惨白。对面竹子林，叶子微微颤动着，正望着那竹子有点儿出神，却见两三只小鸟，闪动着尾巴，在竹枝上站着。这也就越显得这宇宙整个儿沉寂着过去了。他忽然省悟着，要走就走，这还等什么。于是拿了旅行袋子，踏上了屋角后的山坡，向公共洞子走去。

这公共洞子是重庆郊外的一个名胜区。山峰脚下，山头凹进去一个房屋似的大洞。裂口的山崖，像很宽大的屋檐，在上面盖着。洞前是幢庙，庙也有两进。洞里是越深越窄小。四周玲珑的石乳，在壁上高高低低突出。随着大洞外的小洞，雕上了很多的佛龛。自经了两三年的空袭，这里更布置得周密，在洞口上将沙包堆得像山似的，挡住了空隙，沙包和石壁相连的地方，也辟了个洞门，躲警报的人就由那里走进去。

李南泉翻过那个山头，就是公共洞子外的庙宇。这庙宇的两重佛殿，都已自行拆除，佛龛兀立在露天下。来躲警报的男子们纷纷站在无顶殿中闲话。也有几个贩卖零食的人，挽了个篮子，坐在阶沿上，等候买卖。这些避难的人，不是镇市上的就是村子里的，大半都认识，彼此看见，都点点头。有人还笑问道："李先生今天也加入我们这个团体？"他笑道："天天躲清静警报，今天也来回热闹的。"有个老人立刻变了颜色道："这是什么话？糊涂！"看这老人，胡子都有半白了，李南泉可不能和人家计较，只是付之一笑。走进了沙包旁边的小侧门，那大山洞里，倒是洋洋大观，不问洞子高下，矮凳上、地面上，全坐满了。人不分阶级，什么人都有。这些人各自找着伙伴谈话。大家的谈话，造成了一种很大的嗡嗡之声。仿佛戏院里没有开戏，满座的人都在纷乱中。

他站着四周望了一遍，并没有看到自己家里人。这洞子是个葫芦形，就再踏上几步台阶，走进了小洞子。这里约莫是三丈宽，五六丈深，随着洞子，放了四条矮脚板凳，每条凳子上都像坐电车上似的，人挨人地挤着。在右边的洞壁上，有机关在洞中凿开的横洞，门是向外敞着的，每个洞口两个穿制服的人把守着。他想太太为了安全起见，也许走到这洞子里去了，可是自己并无入洞证，是犯不着前去碰钉子。再向里走，直到洞子底上，有个小佛龛，前面摆着香案。便是那香案，也都有人坐着，依然不见家里人。

他正有点儿犹豫，以为他们全挤到洞子外面去了。小玲儿却由佛龛后面转了出来，向他连连招着手道："我们全在这里呢。"看那佛龛后面，正还有个空当，便笑道："你们真是计出万全，一直躲到洞底上来了。"李太太也由佛龛角上伸出半截身子，向他招招手。他牵着小玲儿走到佛龛后面看时，依然不是洞底。还有茶几面那样大一个眼，黑洞洞的，向里伸着。这里的洞身，高可五六尺，大可直起腰来。宽有四五尺，全家人坐在小板凳子和包袱上，并不拥挤，李南泉向太太笑道："你的意思，以为藏在这里，还可以借点儿佛力保佑。"她笑道："我什么时候信过菩萨？这不过是免得和人家挤。别人嫌这个地方黑，又没有周旋的余地，都不肯来，人弃我取，我就觉得这里不错。坐着吧。"说着，把一个旅行袋拿了出来，拍了两下。李南泉站着，周围看看，并没有坐下，在身上取出纸烟盒子和火柴来，敬了太太一支烟。她笑道："我看你在这里有些坐不惯，还是到山后去吧。"

李南泉还没有答复，却听到洞外呜嘟嘟一阵军号声，李太太道："紧急紧急。"早是哄然一声，在庙外的人，乱蜂子似的，向洞子里面拥挤着进来。原来洞子上下已是坐满了人。现在再加入大批的人，连站的地方都没有。原来这佛龛转角的所在还有些空地，现在也来了一群人，塞得满满的。同时，在洞子里嘘嘘地吹着哨子，继续着有人叫道："不要闹，不要闹。"果然，这哨子发生很大的效力，洞子里差不多有一千人上下，全是鸦雀无声地站着或坐着。也不知是哪个咳嗽了一声，这就发生了急性的传染病，彼起此落，人群里面，就发生着咳嗽。突然有操川语的人道："大家镇定，十八架飞机，已经到了重庆市上空。"

这个报告把大家的咳嗽都吓回去了。可是也只有两三分钟，喁喁的细语声又已发生。尤其是去这佛龛前不远的所在，矮板凳的人堆中间，坐着一个中年妇人。她身旁坐了个孩子，怀里又抱了个孩子。那最小的孩子偏在人声停止、心里紧张的时期，哇哇地哭了起来。"不许让小孩哭！"那个妇女知道这是干犯众怒的事，她一点儿回驳没有。把那敞开的现成的衣襟，向两边拉开，露出半只乳，不问小孩是不是要吃，把乳头向孩子嘴里塞了进去，抱着孩子的手，紧紧地向怀里搂着。可是那个孩子偏不吃乳，吐出乳头子来，继续地哭。这就有人骂道："哄不了小孩子，就不该来躲公共洞子，敌机临头，这是闹着玩儿的事吗？你一个小孩子，可别带累这许多人。"那妇人不敢作声，把乳头再向孩子嘴里塞了去。不想她动作重一点儿，碰了大孩子，大孩子的头碰了洞壁，他又哭了。这可引起了好几个人的怒气，有人喝道："把这个不懂事的女人轰了出去，真是浑蛋！"这位太太正抱着小孩子吃乳，又哄着大孩子说好话呢。听了这样的辱骂，她实在不能忍受，因道："轰出去？哪个敢轰？飞机在头上，让我出去送死吗？"紧靠了她，有位老先生，便道："大嫂，你既知道飞机在头上，就哄着孩子别让他哭了。敌人飞机上有无线电，你地面上什么声音他听不到？孩子在这里哭，他就发现了这里是防空洞了。"李南泉听了这话，却忍不住对了太太笑。李太太深怕他多事，不住向他摇着手，而且还摇了几摇头。

在若干杂乱的声中，防护团走向前，轻轻喝道："啥子事，大家不怕死吗？小娃儿哭就怕飞机听到，你们乱吼就不怕飞机听到吗？"他说着，在制服袋里，掏出个大桃子，塞到那大孩子手上，弯了腰道："悄悄地歇一下，我再拿一个来你吃。"那大孩子有了这个桃子，立刻就不哭了。吃乳的孩子，竟是在这混乱中睡着了，一场危险竟然过去。那团丁横着身子在人丛中挤了进来，自然还是横了身子挤了出去。当他在人丛里，慢慢向外拖动身子的时候，自不免和他人挨肩叠背。在这里，他发现了面前站着一个下江人，戴了眼镜，便瞪了眼道："把眼镜拿下来。"那人道："戴眼镜也违犯规则吗？新鲜！"团丁听这话，就在人丛里站着，望了那人道："看你像个知识分子，避难规则你都不懂得，镜子有反光，你晓不晓得？"这个说法，提醒了其他的避难人，好几个人接着道："把眼镜拿下来，把眼镜拿下来！"那人道："眼镜反光，我知道，那是指在野外说，现时在洞子里，眼镜向哪里反光，难道还能够穿透几十丈的石头，反光到半空里去吗？那我这副眼镜倒是宝贝。真缺乏知识。"于是好些人嘻嘻一笑。

五个字批评和一阵笑，团丁如何肯受，越发地恼了，喝道："你不守秩序，你还倒说别人缺乏常识，你取不取下眼镜来？不取下，我们去见洞长。"那团丁的话音，也越来越大，又引着其他两个团丁来了，难友们有认识这人的，便道："丁先生，这是小事，你何必固执？"丁先生道："并非我固执，我的近视很深，我若没有眼镜，成了瞎子，在这人堆里，把头都要撞破。"大家听了这话，又看到那副近视眼镜，紧贴地架在鼻子上，实在觉得他取下了眼镜，那是受罪的事，又笑了起来。那位丁先生心生一计，在袋里掏出一方手绢，向眼镜上罩着。嘴在手绢里面说着话道："这样子行不行？我隔了手绢还看得见，而各位也不必怕我的眼镜反光。"这就连那三个团丁也带着笑挤走了。

然而眼镜的问题方告一段落，左佛龛前，又有两起口角发生。一起是两位女客为了手提箱压在身上而争吵。一起是坐的板凳位子被人占了，一个老头子和一个中年男汉子争吵。人丛中虽也有人调解，那口角并不停止。这个洞子，里外两大层，口角声、调解声、谈话声，又已哄然而起。李南泉默然地坐在神龛后，向太太道："这里的秩序怎么这样坏？"她道："敌机不临头，总是这样的。人太多了，有什么法子呢。"李先生还想问话，只听嘀哩哩一阵哨子响，这又是警报的信号。果然，耳根子立刻清静，任何的嘈杂声都没有了。约莫静了三四分钟，有人操着川语报告道："敌机二十四架。在瓷器口外投弹。我正用高射炮射击，现在还没有离开市空。"这时，仿佛有那飞机群的轰轰轧轧之声在头顶上盘旋，所有在洞里的人，算是真正静止下来。成堆站着的人，都呆定了，坐着的人，把头垂下去。每个母亲紧搂着她的小孩子。所有的小孩子也乖了，多半是业已睡着，不睡着的，也是连话都不说。李南泉把小玲儿搂在怀里，不住地用鼻子尖去嗅她的小童发。

在成千人的呼吸停顿中，什么声音都没有。约莫是五六分钟，却听到有人报告道："敌机已向东逸去，第二批飞机，在巴东发现。现在大家可以休息一下。"在这个报告完毕以后，洞里的避难者就复行纷纷议论起来。有些人也就缓缓地挤出洞子去，在佛龛面前也就留出了个大空当。这是重庆防空洞的新办法。原来自发生了大隧道惨案以后，当局感觉得长时期的洞中生活，那是太危险的事。因之，在敌机已经离开市空的时候，宣布休息。所有警报台挂警报信号球的地方，却挂上两个红球，等于空袭警报。凡是洞子里的人全可以到洞外站站。李太太向李先生道："这个洞子生活，你是不习惯的。趁着这个机会，你由这庙后的小路到山后去吧。"李南泉道："我既到这里来了，就陪着你在洞里吧。我看今天的秩序大乱，我在这里帮着你也好些。"李太太笑道："今天秩序大乱？哪天也是这样。你就不到山后去，在洞子口上站站，和熟人聊聊天也好。"李南泉摇摇头笑道："我觉得很少有几个人可以和我谈得拢。"说着，站起来牵牵衣服，走到佛龛前站了一会儿。又在身上掏出纸烟盒子来，靠了佛龛桌子，缓缓地吸着烟。

忽然之间，洞子外的人向里面一拥，好像股潮浪，李南泉也只好向后退着，退到神龛后面来。但听到那些人互相告诉着道："球落下去了。"因为这些人来势的猛烈，把那佛龛的桌子角，都挤着歪动了。李太太赶快搂着孩子，把身子偏侧过去。李南泉也赶快抢过来，挡住了路口，以免人拥过来。李太太道："不要紧的，不要紧的，落了球，照例有这么一阵起哄的，没有关系。"但是她虽这样说了，李先生还是不肯放松那把关的责任。约莫是五六分钟，那哨子又嘘哩哩地吹了一阵。这才把那惊动蚊子堆的声音平定下去。大家静悄悄地坐着，什么响声也没有。

李南泉挤回神龛后面，搂着小玲儿坐在旅行袋上。她虽是站着，头靠在爸爸怀里，已经是睡着了。他抚摸着小女儿的手，一阵悲哀，由心里涌起。他想着，这五岁的孩子，她对人类有什么罪恶？战火，将这样天真无知的小孩子一齐卷入里面。这责任当然不必由中国人来负。只要日本人不侵略中国，中国人不会打仗。可是中国人要是早十年、二十年伸得直腰来，也许日本人不敢向中国侵略。由此他又想到那些侵略国家了。无论军力怎样优势，侵略别人的国家，总要支出一笔血肉债的。用血肉去占领人家的土地，出了血肉的人，算是白白牺牲，让那没有支付血肉代价的人，去做胜利者，去搜刮享受，这在侵略国本身，也是件极不平的事。

他慢慢地想着也就忘了是在防空洞里了。忽然有人大声报告着道："敌机十八架，在化龙桥附近投弹，现在已向东北逸去。第三批敌机，已经过了万县，大家要休息，可以出洞去透下空气，希望早一点儿回到座位上，免得回头又乱挤一阵。"报告过，洞子里又是哄哄一阵响起，有些人也就陆续地挤出洞子去。李南泉听说第三批敌机已过万县，根本也就不打算走，依然坐着。

果然，不到十分钟，又是哨子叫，又是人一阵拥进。紧张了二十来分钟，经过洞中防护团员的报告，敌机群已东去，敌人的行动倒不是刻板不动的，这次是四、五两批，同时扑到重庆市上空，而且敌机数目也减少了，各批都是九架。防护团员报告过，最后带了一点儿轻松的语调叫道："大家注意，今天敌机硬是滥整，第三、四批后面，还有几批。不过第五批是刚刚过巴东，要是有人想吃晌午的话，回家去吃点儿饮食，还来得及。"避难的洞中人，自然也就陆续地出去了。可是李家这家人，藏躲在洞子的最里，像听戏的坐前三排似的，散戏之时，非等着后面的人走了过半数是走不出去的，而坐防空洞的人，除非解除警报，却不能像散戏那样都走。有些人怕变生不测，有些人家又住得远，有些人扶老携幼，虽是知道敌机还远，大家也坐着不走。这只有人丛当中，让开了一条缝，让大胆的出去。李先生便道："这个样子，今天又是一场整日工作，现在已经两点钟了，孩子们可不能久饿，我去找点儿吃的来。"王嫂道："家里有冷馒头，菜没得，我抢着去买两个咸蛋来，要不要得？"李太太笑道："少舒服一点儿吧，而且街上的铺子也关了门，冷馒头就好。"李南泉也不考虑，起身就走。

他以五百米跳栏竞赛的姿势，由庙门口转入山后，一口气奔回家里。直待走到草屋廊檐下，才停住了脚。向山下镇市上看去，见树木丛中，乃一支挺立出来的旗杆上，兀自挂着红滴滴的两个大球，右手撑了屋角，左手掏起保护色的蓝布大襟，擦着额角上的汗。口里喘着气，向山溪对岸大路上望去。见吴春圃先生也是开了快步子向家里走，便问道："吴先生也是回来办粮的？"他抬起一只手，在空中摇摆着道："不忙，不忙，那批敌机还没有过万县。我们镇定一点儿，还是留着这条老命，和敌人干个十年八年呢。"

李南泉站了两三分钟，喘过那口气，开着屋门，将冷馒头找到，又到厨房里去寻找了一阵，实在没有什么小菜，仅仅有半碗老倭瓜，已经有了馊味。另外有个碟子，盛了几十粒煮的老豌豆。他想到孩子究不能淡食，这盛豌豆的碟子底上，盐汁很浓，于是找了张干净纸，将豌豆包了。回到屋子里，找了个小旅行袋，将冷馒头装着，没有敢多耽误，立刻回转身来就向防空洞走去。可是吴先生在后面拦着了，笑道："李兄，不要过分紧张，我们还是谈笑麾敌吧。"李南泉回头看时，他并没有带什么熟食品，手里提着一串地瓜。这个东西，产生于川湘一带，湖南人叫作凉薯。它的形状和番薯差不多。它是地下的块根，和番薯也是同科，不过它的质料很特别，外面包着一层薄皮，在茎蒂所在，掐个缝将皮撕着，可以把整个地瓜的外皮撕去。薄皮里的肉，光滑雪白，有些像嫩藕，若把它切了又像梨。吃到嘴里脆而且甜，水津津的。可是它有极大的缺点，有带土腥气的生花生味。

李南泉看到，便问道："吴先生，这就是你们躲警报的干粮吗？"他将提的地瓜举了一举，笑道："日本人会对付我们，我们也就会对付日本。他轰炸得我们做不成饭，要多花钱。我就不做饭，而且也就不多花钱，我也会把肚子弄饱。李先生对这玩意儿怎么样，来两个？"李南泉摇摇头道："到四川来，人家初次请我吃地瓜，我当是梨，那土腥味吃到嘴里，似乎两小时都没有去掉。不过你这份抗战精神，我是赞同的。"吴先生提了地瓜，随了他后面走着，走一截路，就看看那旗杆上的红球。直走到了公共防空洞口，吴先生忽然笑了起来道："我这人喜欢谈话大概世无其匹。我只顾和你谈着，忘记我是干什么的了。我躲的是第二洞，我跑到这里来了。"说着扭身转去。

李南泉看了这位先生的行为，也不免站着微笑。后面却有人问道："李先生也去办了粮草来了？"看时却是杨艳华提了一只篮子，开始向洞子里走。看她篮子里，有饭有菜，而且还有筷子碗，因笑道："你们躲警报躲得舒服，照常吃饭。"杨艳华道："我们是天天晚上预备着现成的东西，警报来了，拿起就走，我躲在第二洞，王少亭和胡玉花在这里，我送来她们吃的。李先生袋子里是什么？"他笑道："惭愧，我一家人全啃冷馒头。不过这已可满意了。那位吴先生刚过去，你没有看见吗？提的是十来二十个地瓜。"杨艳华伸手到篮子里，拿了两个咸鸭蛋，交给他道："拿去给弟弟妹妹吃。"李南泉依然放到她篮子里去，因道："这就太不恕道，有了我的，没有两位小姐的了。"杨艳华道："她们还有榨菜炒豆腐干呢，大家患难相共，客气什么？"

他们这么一客气，身后有人插话了。她道："到洞子里去谈吧。"杨艳华立刻叫了声师母。正是李太太赶出洞子来了。李南泉道："杨小姐一定要送我们孩子两个咸蛋，那是送胡小姐、王小姐吃的，我们怎好半路劫下来呢？"李太太接过先生手上的旅行袋，向杨艳华道："杨小姐，我们躲在洞子最后面，来找我们呀。"说着，在前面走了。李南泉看太太的脸色并不正常，就不再和杨艳华谈话，跟着挤到洞里面来。

李太太坐下，分着冷馒头给孩子吃，并不说话，李南泉笑道："你又怪上我了。"她冷笑一声道："你这人叫我说什么好？挂着两个球儿呢，回家去了这久，我真急得不得了。若是球落下去了，你正在路上走着……你看，为了要东西，让你冒着这大危险，我心里真过不去。谁知道你倒没事，站在外面和杨艳华闲聊。若不是我出去，不知道要情话绵绵到什么时候。"说到"情话绵绵"，李太太也扑哧一声笑了。李南泉道："我就是一百二十分不知死活，我也不会在这个时候和她说情话吧？真是巧，她和我一客气，你就到了。女人的心里总是这样，不能让她先生……"李太太塞了个冷馒头在他手上，低声道："吃吧，你也饿了，这是什么地方？你说这个。"李南泉见她用剿抚兼施的手段，直摸不着她是怒是喜。她对于杨艳华的接近，一直是误会着，自己是大可避开这女子。说也奇怪，一见了她，就不忍不睬人家。太太也是这样见了她也就软化了，总是客客气气地和她说话，这个女戏子，真有一份克服人的魔力。想到这里，他也自笑了。

李太太道："你想着什么好笑？"他道："回家慢慢地告诉你吧。我想，将来抗战结束了，这防空洞里许多的事情，真值得描写。"李太太摇摇头，她的话还没有表示出来，人丛中又是一阵哨子响。又是一阵人浪汹涌，接着声音也寂然了。这次敌机的声势来得很凶，只听到嗡嗡的马达声就在洞顶上盘旋。这洞是很厚而很深的。飞机声听得这样明显，那必然是在洞顶上，有人嘘嘘地低声道："就在头顶上，就在头顶上。"有人立刻轻喝道："不要作声。"李南泉向神位外看去，见站着的人，人靠着人，全呆定了，坐的人，低了头，闭上了眼睛。遥遥又是轰通轰通两声，不知道是扔炸弹，还是开了高射炮。靠着这神案前，有个中年汉子，两手死命地撑住了桌子，周身发抖，抖得那神案也吱吱作响。大家沉寂极了，有一千人在这里，好像没有人一样，一点儿声音没有。

看看自己太太，搂着女儿在怀里，把头垂下去，紧闭了眼睛。越是大家这样沉寂，那天空里的飞机声，越是听得清楚。那嗡嗡之声，去而复还，只管在头上盘旋。李南泉看到太太相当惶恐，就伸手过去握着她一只手。这很好，似乎壮了她的胆。她将丈夫的手紧紧地握着。李南泉觉着她手是潮湿的，又感到她手是冰凉的。但不能开口去安慰她，怕的是受难胞的责备，也怕惊动了孩子，只有彼此紧紧地握着手。好像彼此心里在互相勉励着：要死，我们就死在一处。也不知道是经过了多少时候，那飞机的声，终于是听不见了。铃叮叮的，有阵电话铃响。大家料着是报告来了，更沉静了等消息。

这个紧张的局面，到了这时，算略微松一点儿。那接电话的地方，本在大洞子所套的小洞子里，平常原是听不到说话的，现在听到接电话的人说："挂休息球，还不解除，还有一批，要得，今天这龟儿子硬是作怪。"大家听了这话，虽知道暂时又过了一关，可是还有一关。只有互相看着，做一番苦笑。接着那个情报员出来大声报告，刚才是炸了市区上清寺，正在起火。敌机业已东去，大家可以休息一下。李南泉放了太太的手，因道："霜筠，我看你神经太紧张了，我们出洞子到山后去躲躲吧。"李太太把搂抱着孩子的手松开，理着鬓边的乱发，摇摇头苦笑着道："不行。你知道敌机到了什么地方？万一我们刚出洞子，球就落下来了，到哪里找地方去躲？好在已到五点钟了。天色一黑，总可以解除。还有两个多钟头，熬着吧。"李南泉道："我摸你的手冷汗都浸得冰凉了。你可别闹病。"李太太道："病就病吧，谁让中国的妇女都是身体不好呢。"

他夫妻二人说话，神龛外面一位四川年老太太，可插上嘴了。她道："女人家无论做啥子事，总是吃亏的，躲警报也没得男人安逸。那

132

洞口口上有个你们下江太太在生娃儿，硬是作孽。"李太太呀了一声道："那不要是刘太太吧？她先生不在家，她还带着两个孩子呢，我看看去。"李南泉知道这也是太太牌友之一。这刘太太省吃俭用，而且轻重家事一切自理，就是有个毛病，喜欢打小牌，一个苦干的妇女还有这点儿嗜好，容易给人留下一个印象。而这疏建区有牌癖的太太们也就这样，认为她是个忠实的艰苦同志，非常予以同情。因此李先生并不拦着太太前去探视。

李太太由人丛中挤了出来，这倒不用问，大家争着说，有一位太太在生孩子。随了人家传说的方向，出了洞子葫芦柄的所在，看到前面洞身宽敞之处，许多难民的眼睛，都向右边洞壁下张望着。顺了人家眼光看去，石壁有个地方凹进去一点儿，在前面放了两张椅子，椅子背上搭了个旧被单。被单外面，居然有个尺来宽的空当，没有人挤。就是有人坐着，空当外也是些太太和老太婆，围坐了半个圈。李太太知道那必是刘太太的"产科医院"了。走到被单外面，问道："是刘太太吗？你两个孩子呢？"刘太太在里面哼着道："孩子让朋友带走了。我托人雇滑竿去了。可是这警报时间，哪里去找滑竿？"

李太太证明了这是刘太太，这就由被单下面钻了进去，见刘太太面色苍白，半坐半睡地在地上。地上仅仅一件旧蓝布大褂垫着，是她身上脱下来的。这时，她身上只穿了件男子的对襟褂子，想必还是临时借来的。她头发蓬松着，还有两缕乱发纷披在脸上，她将左手扶了椅子，右手撑着地面，抿了嘴，咬了牙，似乎肚子疼得厉害。李太太低声道："这个地方，怎样能生产？隔层布是整千的人，而且连个转身的地方都没有。你有什么要我帮忙的吗？"刘太太咬着牙连哼了几声，微微地摇着头。李太太道："这个样子，就是把滑竿找了来，你也不能坐上去。"正说着，一位老太太奔过来，扶了椅子背，由被单上面看下来，因道："满街店铺全关门的。找着洞口子上几个乡下人，说是多出钱，请找副滑竿来。他们听说是抬产妇，全不肯抬。"刘太太道："这样吧。王老太太，还有位李太太，搀着我到洞外山上去生吧。"

李太太道："那不行，敌机来了怎么办呢？若是你在那机关小洞子里想不到办法的话……"她的话，还不曾说完，刘太太忽然咬着牙站起

133

来，摇摇头道："不行，我要生了。"李太太道："那么，我让这老太太帮着你，我再去找两位太太来吧。"她扭身走着，在人丛中找到两位女友，可是当她走回来的时候那被单里面，已经有着哇哇的哭声了。那被单外面围坐着的人，皱着眉头，各各闪开。恰好在这个时候，情报员吹着哨子，告诉人敌机又已临头。去洞子外休息的人，可不问这些，一股潮浪，面里面涌了进来。闪开的人，和涌进来的人也两下一挤，李太太和邀来的两位女同志，全已冲散。李太太没有力量可以抵抗这股人浪，好在是站在人浪的峰头，就让他们一冲直冲到洞底神龛面前来。

李南泉一听到哨子响，就知道情势严重，将几个孩子交给了王嫂，前来迎接，看到李太太撞跌着过来，赶快伸着两手，将她撑住，然后挤了身子向前将她挤转到身后。李太太到了神案边上，将身子缩下，由神案下钻到佛龛后面，才算是脱了险境。李南泉在人丛中支持了两三分钟，把脚站定。伸手扶了神案，要转到后面去。却看到右手五个指头沾遍鲜血，仔细看着却是两个指甲被挤翻断了。大概是扯出太太来的时候受的伤，这也没工夫来管他，也是由神龛案下钻进了后面，才算定神。他将左手把右手两指紧紧捏着，不让它继续出血，此外却也并无别法。所幸这次空袭，敌机并未临头，洞子里的空气，比较安定一点儿。

这一场紧张场面，时间也不怎样久，大概是三十分钟。由情报员的报告，敌机分批东去。但巴东方面，还发现有三架敌机西来，依然没有解除警报的希望。这时天色已经昏黑了。部分难民听说只有三架敌机，而且快要天黑了，就陆续回家。李南泉向太太道："由早上八九点钟起，直到现在，快是十二小时了，仅仅是吃两个冷馒头。"说着，他哎哟了一声，笑道："我在家里曾用纸包了几十颗煮豌豆，我忘了拿出来了。"说着，在衣袋里摸索那个小纸包。二个孩子就不约而同地伸出了手来，李南泉笑道："你们算是不错，赶上了这个大时代。我来配给一下。"于是透开那纸包，将煮的几十粒豌豆分作三份，用三个指头撮着，各放到小孩子手掌心里。李太太皱了眉道："别孩子气了。我实在支持不住了，回去吧。我想在乡下，夜袭不大要紧，真是敌机临头，屋后那个洞子，总也可以钻钻。"说着，手扶了洞壁，缓缓地站了起来。王嫂首先将小玲儿抱着，因道："今天若是不躲，也没得事。日本鬼子，他把炸弹炸茅草棚棚，啥子意思，炸弹不要本钱喀？"李南泉笑道："大家都有经验了，你都能发挥这套议论，好，回去。"于是他牵着两个男孩，做螃蟹式的横行，由人丛中走出去。在庙门口坡上，正俯瞰着街市上的那警报旗杆。暮色苍茫中，旗杆上的两枚红球里面亮起了蜡烛，越是显得惨红。看到这东西，就让人心里立刻泛出了一种极不愉快的观念。绕着庙边的山路走，看到山谷里没有了反照的阳光，已是阴沉沉的，而抬头看去，大半轮月亮，却因天色变深灰，便成了半边亮镜。

　　大家看到了月亮，都有同一的感觉，就是她不是平常给人那种欣赏的好风景，而是带来一种凄惨恐怖的杀气。大家走一阵就抬头望望。李太太道："唉，月亮老早地就驾临了。敌人的空袭，还不是继续到深夜，甚至到天亮。天亮，明日的空袭又来了。老天爷这两天来个连阴天吧。蹩日整夜，真……"她这句话不曾说完。在深草的小路上，踏着块斜石头，人向草边一倒。李南泉笑道："你刚说了句没出息的话，希望老天爷下雨，老天爷就惩罚你了，你看还是大家艰苦奋斗靠自己吧。"李太太道："怎么靠自己呢？我们也不会造飞机，也不会造高射炮。"王嫂在后面道："我们找一个有道行的和尚，念起咒语把龟儿子日本飞机咒得跌下来。"李南泉哈哈笑道："还是你这个办法万无一失。"

　　他们说笑着，走近了家。在屋檐下的吴先生问道："解除了吗？"王嫂道："又有三架飞机来了。哪里会解除？"吴先生道："我听到你们有说有笑，所以就这样猜想了。这有典故的，有道是空袭警报，吓人一跳，紧急警报，百事不要，解除警报，有说有笑。"李家一家走到了屋檐下，见吴先生又是拿了干手巾，伸到衬衫里面擦汗，同时，并咬着牙摇头。李南泉道："吴兄，准备吧。敌人在广播里说了，要空袭重庆十日十夜，不让我们解除警报，我看这趋势，大有可能。我们不能不做个永久坚持的办法。"

　　大家说着话，不曾得个结论，却听到警报器的呜呜之声，在空中发出。吴先生道："也该解除了。"大家经过这一日夜的疲劳，都也觉着松了这口气。王嫂放下孩子，开着门，首先抢到屋子里去亮着灯火。然而，那警报器的声音，早已改变着呜呀呜呀急促的惨叫。大家都喊着紧急紧急。有几户人家本是亮着灯火的，立刻都已吹灭。吴春圃在廊檐下

135

叫起来道："这就奇怪了。拉过紧急之后，照例不拉第二次的，既未解除警报为什么又拉紧急呢？"他这个问题，乡村的防护团丁在山溪那岸人行路上答复了。他走着路叫道："休息球挂的时间太久了，怕大家忘记，现在敌机来了，又拉紧急。诸位注意！"

李太太本也带着孩子进了屋子跑了出来，抓着李南泉的手道："这怎么办？"李南泉道："山路晚上不好走，孩子们也受不了。就是走到公共洞子里去，也是秩序太乱。"一言未了，便有飞机的嗡嗡之声。三个孩子全跑了过来，围着爸爸站住。王嫂在廊檐外叫道："那是啥子家私？那山顶上好大个星啰。不是，不是，变大了，这个时候，还有人放孔明灯？"李南泉道："山那边是重庆，这是敌机到了市空丢下的照明弹。什么孔明灯？你们看，又是两个。"说着，向北方一排山头指去。

大家向他手指的所在看去，天空里有大小三个水晶球，大的有面盆大，小的也有碗口圆，而那东西不是固定的形态，慢慢地膨胀变大，它大了之后，晶光四溢，对面那个山头，相隔约莫五里路，照得树影清清楚楚，同时这亮球由三个加到七个，那半边天像挂了七个圆月亮。天空如同白昼。李太太道："扔下这么些个照明弹，地下什么看不出来？敌机快要投弹了，快躲吧。"她说着，向屋后山坡上跑，跑了十几步，却又跑回来。李南泉道："不要慌，镇定一点儿。照明弹是在重庆上空，并不是乡下。"说着，他一手抱着小玲儿，一手推着山儿白儿，说着："你们都跟我来。"他也顾不得高低踏着山坡上的丛草乱响，奔向屋后山坡。

这里有个村里人自盘的防空洞，因为经费不足，半途而废。这洞子径深不过一丈多，借着崖石的坡度斜伸开了两个洞门，洞门是斜着向下，洞里蓄着潜水，出不去，洞底已是一个小井泉，洞口进去，就是烂泥。虽然山是很高的，因为这在斜坡上，洞顶的石头，就不过两三丈厚。村子里人既感到不保险，而且洞底又不能下脚，所以无人过问。洞门上的藤蔓，经过半个夏季纷纷地下垂，不到之处，有蜘蛛帮着封锁，洞门内外的蚊子嗡嗡地叫，人来了，更是哄然一声。李南泉已听到头顶的马达声，在呼呼狂叫，顾不得许多，冲开了草藤和蛛网，连抱带拖，把三个孩子，拥进了洞子。太太是牵着他的后衣襟，借了他的拉力向前跑。洞子里本来就黑，夜里更是什么都看不见。

　　在这里几位邻居也同有此感，觉得这回夜袭相当厉害，一个跟着一个，都向这洞子里摸了进来。幸亏有甄家小弟，带得有手电筒，而且他还是非常内行，把手电筒直伸到洞口里面，方才给电光亮着。大家趁了这亮光，才看出了洞底下全是浮泥，大家都站在浮泥里面，那洞子的石壁，正是湿黏黏地向外冒水。吴先生一家人，差不多也挤进来了。但吴先生本人，却因押队的关系，还站在洞外。他叫道："没有关系，没有关系，这不过是照明弹吓人。李先生出来看吧。重庆市上空在空战。"

　　李南泉既把家里人都送进了洞子，胆子就大了，扶着洞子门伸出头来，见那大半轮月亮，正当了头顶，眼前一片清光。吴先生站在洞子外平坡上，向北昂头望着那五六里外的山顶。这时，排在那边山外的照明弹，已只剩了两颗。在那两颗照明弹的外边，却有两串红球，向天空飞机射上来。那就是我们高射炮阵地里射出来的高射炮弹。敌机本是在照明弹上边，地面上并不能因为有照明弹的光，将它发现。但当照明弹已经熄灭了五个时，我们城四周的照测部队，立即向天空上放出了探照灯。天空上横七竖八，许多条直线的银虹，已做了三四个十字架，在十字当中的交叉点所在，就照出了一只白色的毒鸟。正好，那最后的两颗照明弹，突然变成了一阵青烟，光芒全熄。照明的灯光格外明亮。高射炮的红球，又对了那白光的十字架里，连续地射出去几十颗红球。

　　李南泉看到这样精彩的表演，也就情不自禁地由洞子里慢慢走出来，和吴先生并肩站着。吴春圃见那射上去的红球，到了探照灯光线十字叉所在，就消失了，不住顿着脚，连叫"唉"字。因为那敌机一被探照灯找着，它立刻爬高，逃脱照射，我们高射炮的力量，射不到那样高，只好让敌机逃去。李南泉道："到底是让它跑了。虽然让它跑了，究竟比毫无抵抗要好得多。像白天敌机那样毫无顾虑……"吴春圃不等他把话说完，拉着他的手就向洞口跑来。他也是有着锐敏的感觉，觉得那敌机的声音，已临到头上。同时，那探照灯两条万尺长的白光，直向这村子顶上射来。

　　两人抢进了洞里，见地面上已插了一枚土蜡烛。照见洞里的人，全是半低了头站在烂泥里的。李太太低声道："你真是胆大妄为，外面空战那样厉害，你跑到洞外去看。多少人是看热闹出了毛病的。这点儿经验你都没有，快进来吧，里面有地方，站进来吧。"甄小弟把手上的电筒交给他道："里面是水坑，请李先生照着走。"他接过电筒，在人丛中挤到洞底，电光照着，果然是桌面大一坑水。这洞口另一个出口，却在水坑那面，并没有人过去站着。他想到这安全路线，应当探照探照。将手电筒向水坑对面逐节地照射着。白光射去，有条红白相间的花带子，在洞口石壁缝下蠕动，再仔细地照着，正是一条酒杯粗的花蛇，被白光照着，向外面屈曲着钻了去。他不觉哎呀了一声，连叫着："蛇！蛇！"

　　他这一声叫喊，早把全洞子里的人都惊动了。吴春圃连喊着："在哪里？在哪里？"他手上正拿了一根手杖，赶快就跑到洞子底上来。李南泉将手电筒向那边洞口紧紧地照着，却见那条花蛇缓缓地向外面蠕动，还有一条尾巴拖在洞里面。吴春圃拿了那手杖，跳不过水去，只将手杖头子，打着水哗啦哗啦地响。在洞里躲着的人，以为是蛇游水过来了，吓得跌跌撞撞，又向洞子外面跑。到了洞外，灯光和飞机声都已消失，也就站着不动，及至吴、李二人也出来了，说明原委。大家知道蛇出来了，又是一阵跑。那吴太太扶着大的一个孩子，走一步身子歪倒一下，吴先生抢向前搀着她道："怎么回事？"她道："不行不行，我的腿软了，站不起来了。"大家听了都忍不住哈哈地笑。吴春圃道："还没有解除警报。大家就有说有笑了，这未免有点儿不合理论。"听着，大家又笑起来了。

　　李太太已走回到屋檐下，因叹口气道："这实在太难了，站在外面怕飞机炸弹，躲到洞子里去又怕蛇。再有了警报，我们怎么办？"李南泉也带了孩子们走回来，笑道："不要紧的。我们那些人在洞子里，条把蛇有什么关系。"吴太太还是搀着她的大孩子，慢慢地摇摆着到了屋檐下，摇着头道："怎么着我也不进那个洞子了。"甄太太扶着一根竹棍子当手杖，站在屋檐角上，总有十分钟不曾说话，这才接着道："再要逃警报，我就吃不消。"说着慢慢蹲下去，坐在台阶沿的石头上。吴春圃道："有什么法子呢？吃不消也要吃得消呀。敌人在广播里说这叫疲劳轰炸，要轰炸我们十天八天的，这还是第一天呢。"

甄太太道："别格罢哉。我们小弟早浪到格些晨光，还勿曾好好交吃一眼末事，阿要吃勿销？真格唔陶成。"她一急，急得一句普通话都没有了，吴太太和甄太太做邻居久了，相当懂得苏白。她以纯粹的山东腔接着道："俺说，甄太太，这个年头哇，死着比活着强咧。小孩儿他爹中上就是捎了几个地瓜给小孩儿啃咧。他们吃多了，拉上稀咧，可糟咧糕咧。"李太太站在两位当中，听了这南腔北调的呼应，很是有趣，不由得笑起来。李先生道："你不怕了。"李太太道："我也想破了，愁死了白愁死了，做饭吃去。"

她说着，刚是走了两步，那对溪人行道上，团丁操着川话叫道："是哪一家人在烧火？烟囱里烟冒起好高。朗个的？不怕死。不晓得敌机没有走远，熄火不熄火？不熄火给老子上警察局！"李太太站着道："不行，防护团丁，在村子里监视着呢。屋子里又不能点灯，坐的地方也没有。"吴春圃笑道："好月亮，坐在屋檐下赏月乘凉吧。我们不要不知足，在重庆城里的人，这时候，大概藏在洞子里还没出来吧？"说完，有好几个人叹着气，也就搬了凳子在露天里坐着。隔壁那位奚太太，隔了空地，向这边叫着道："喂，你们坐在那里挨饿吗？开水也当喝一杯。我有个新发明，你们听着，把木炭在小炉子里生火，可以做饭。既没有烟，敌机来了，一盆水就泼熄了。我总有办法，什么都难不倒我。"李南泉道："此法甚好，不愧足下有家庭大学校长之称。"奚太太笑道："那不是吹的，让我当防空司令，我也有办法。一个人总要脑筋灵活，才能适应这个大时代呀。"大家听了她高声自吹，虽没有作声，但她这个办法，倒是全都引用了。

在半小时内，由于大发明家、家庭大学校长奚太太的启示，大家都用了木炭生着小炉子火，开始做饭。在这半小时内，邻居们轮流去看球，倒始终悬着，并没有落下。又是半小时，各家的饭都熟了，有什么菜就做什么菜，至多是两碗，又是不能点灯的，各家将饭碗放在凳子上，人就站在月亮下面吃饭，却也别有风味。小孩都饥不择食，没有哪个为了饭菜简单而吃不下去的。李家饭后，大家还在月亮下坐着。吴春圃将新烙得的饼卷了个卷子捏在手上，站在屋檐下吃。李南泉道："不错，吴先生还有烙饼可吃。"他道："只有这东西，做起来来得快。和着面就下锅去烙。"李太太笑道："吴先生吃得很香，卷着什么吃的?"吴春圃把手上的烙饼卷子一举，笑道："你猜不到，这是炒的芝麻盐。这个办法很简单，就是弄一碟生芝麻加上一撮盐，在锅里一炒，包在烙饼里，又咸又香，虽然没有什么馅儿，可是吃起来还是很爽口的。"他说着，又送到嘴里咀嚼着。

就在这时，听到对面山溪路上，又有人叫道："球落了，大家当心。"李南泉道："怎么办，现在还要躲洞子吗?"李太太道："我不行了。"她说到这里，未免犹豫了一阵子，接着道："我们还是躲一躲吧。我想，对门王家后面那个私人洞子，虽是只有一个门，可是石头很高，倒是很可保险。敌机不来，我们在洞口坐着；敌机来了，我们再进洞子，好不好?"李南泉还不曾答复这个问题，那位甄太太扶着竹棍子手杖，已经起身向过溪的那木板桥步着了，几个人同声叹着，真是疲劳轰炸。

第八章

八　日　七　夜

在这种情形之下，大家虽感到十分疲劳，可是一听到说红球落下了，神经紧张起来，还是继续地跑警报。这时跑公共洞子来不及，跑屋后洞子，又怕有蛇。经李太太提议之后，就不约而同地奔向对溪的王家屋后洞子。这洞子已经有了三岁，在凿山的时候，人工还不算贵，所以工程大些。这里沿着山的斜坡，先开了一条人行路，便于爬走。洞是山坡的整块斜石上开辟着进去的，先就有个朝天的缺口，像是防空壕，到了洞口，上面已是笔陡的山峰了。因之虽是一扇门的私洞，村里人谈点儿交情，不少人向这里挤着。

李南泉护着家人到了这里，见难民却比较镇定，男子和小孩子们全在缺口的石头上坐着。月亮半已西斜，清光反照在这山上，山抹着一层淡粉，树留下丛丛黑影，见三三五五的人影，都在深草外的乱石上坐着。有人在月亮下听到李南泉说话，便笑道："李先生也躲我们这个独眼洞，欢迎欢迎。"他叹口气道："还是欢送吧，真受不了。"同时，洞门口有李太太的女牌友迎了出来，叫道："老李，来吧。我们给你预备下了一个位子，小孩子可以睡，大人也可以躺躺。洞子里不好走，敌机来了跑不及的。"李南泉接受了人家的盛意，将妇孺先送进洞子去。这洞子在整个石块里面，有丈来宽，四五丈深，前后倒点了三盏带铁柄子的菜油灯。那灯柄像火筷子，插进凿好了的石壁缝里去，灯盏是个陶瓷壶，嘴子上燃着棉絮灯芯，油焰抽出来，尺来多长，连光带火，一齐闪闪不定。

油灯下，这洞底都展开了地铺，有的是铺在席子上，有的放一张竹片板，再把铺盖放在上面。老年人和小孩儿全都睡了，人挨着人，比轮船四等舱里还要拥挤。李家人全家来了，根本就没有安插脚的地方。加之这洞里又燃了几根猪肠子似的纸卷蚊烟，那硫黄砒霜的药味带着缭绕的烟雾，颇令人感到空气闭塞。李太太道："哎呀，这怎么行呢？我们还是出去吧。"这洞子里，李太太的牌友最多，王太太、白太太，还以绰号著名的下江太太，尤其是好友。看在牌谊分上，她们倒不忍牌友站在这里而没有办法。白太太将她睡在地铺上的四个孩子，向两边推了两推，推出尺来宽的空当，就拍着地铺道："来来来，你娘儿几个，就在这里挤挤吧。"李太太还没有答话，两个最顽皮的男孩子，感到身体不支持，已蹲在地上爬了过去。王太太对于牌友，也就当仁不让，向邻近躺着的人说了几句好话，也空出了个布包袱的座位。李太太知道不必客气，就坐了下去。那王嫂有她们的女工帮，在这晚上，她们不愿躲洞，找着她们的女伴，成群地在山沟里藏着，可以谈谈各家主人的家务，交换知识。尤其是这些女工，由二十岁到三十岁为止，全在青春，每人都有极丰富的罗曼史，趁了这个东家绝对管不着的机会，可以痛快谈一下，所以王嫂也不挤洞子。只剩了李南泉一个人在人丛烟丛的洞子中间站着。李太太看了，便道："你不找个地方挤挤坐下去，站着不是办法。"他道："敌机还没有来，我还是出去吧。"

　　在洞子里的男宾，差不多都是李先生的朋友，见他在洞子中闷站着，怪不舒服的，大家都争着让座。他笑道："今天坐了一天的地牢，敌机既然没来，落得透透空气，我还是到洞外去做个监视哨吧。一有情报，我就进洞来报告。"说着，他依然走出洞外，大概年富力强的人，都没有进洞子，大家全三五相聚地闲话。所以说的不是轰炸情形，就是天下大事。听他们的言语，八九不着事实的边际，参加也乏味得很。离开人行路，有块平坦的圆石，倒像个桌面。石外有两三棵弯曲的小松树，比乱草高不出二三尺，松枝上盘绕了一些藤蔓。月亮斜照着，草上有儿团模糊的轻影，倒还有点儿情趣。于是单独地架脚坐在石上，歇过洞里那口闷气。抬头看看天，深蓝色的夜幕，飘荡了几片薄如轻纱的云翳。月亮是大半个冰盘，斜挂在对面山顶上。月色并不十分清亮，因之有些星点，散布在夜幕上，和新月争辉。虽然是夏季，这不是最热的时候，临晚这样又暑气退了。凉气微微在空中荡漾，脸和肌肤上感到一阵清凉。身上穿的这件空袭防护衣蓝布大褂，终日都感觉到累赘。白天有几次汗从旧汗衫里透出，将大褂背心浸湿。这时，这件大褂已是虚若无物，凉气反是压在肩背上。他想着，躲空袭完全是心理作用，一个炸弹，究竟能炸多大地方？而全后方的人，只要在市集或镇市上，都是忙乱和恐怖交织着。乡下人照样工作，又何尝不是有被炸的可能的。他们先觉得空阔地方没事，没有警报器响，没有红球刺激，心里安定，就不知道害怕，也就不躲。

这淡月疏星之夜，在平常的夏夜，正好是纳凉闲话的时候，为了心中的恐怖，一天的吃喝全不能上轨道，晚上也得不着觉睡，就是这样在乱山深草中坐着。他想到这里，看看月亮，联想到沦陷区的同胞，当然也是同度着这样的夜景，不知他们是在月下有些什么感想，过些什么生活。同时也就想到数千里外的家乡。那是紧临战区的所在，不知已成人的大儿子和那七十岁的老母，是否像自己这样提心吊胆地过着日子，也会知道大后方是昼夜闹着空袭吗？

想到这里，只见一道白光，拦空晃了两晃，探照灯又起来了。但是并没有听到飞机马达声音，却不肯躲开，依然在石头上静静地坐着。那探照灯一晃之下立刻熄灭了，也没有感到有什么威胁。不过五分钟后，天上的白光，又由一道加到三道，在天脚的东北角，做了个十字架，架起之后，又来了两道白光。这就看到一只白燕子似的东西，在灯光里向东逃走，天空里仅仅有点儿马达响声，并不怎样猛烈。那防空洞的嘈杂人语声，曾因白光的架空，突然停止下去。这时飞机走了，人声又嘈杂起来。接着，就听到石正山教授大声叹了口气道："唉，真是气死人。这批敌机，就只有一架。假如我们有夜间战斗机的话，立刻可以飞上去，把它打落下来。仅仅是一架敌机，也照样地戒备，照样地灯火管制。"吴春圃在洞口问道："石先生在山下得到的消息吗？后面还有敌机没有？"他答道："据说，还有一批，只是两架而已，这有什么威力？完全是捣乱。"

李南泉听了这消息，也就走过去，在一处谈话。见石先生披了一件保护色的长衫，站在路头上，撩起衣襟，当着扇子摇。看那情形，是上山坡跑得热了，因问道："石兄，是在防护团那里得来的消息了？绝不会错。我看我们大家回家睡觉去吧。敌机一架两架地飞来，我们就得全体动员地藏躲着，是大上其当的事情。"石正山道："当然如此，不过太太和小孩子们最好还是不要回去。万一敌机临头，他们可跑不动。我们忝为户主，守土有责，可以回去看看房子。我来和内人打个招呼，我这就回家了。"说着，他就进防空洞去了。果然，过了一会儿，他又出洞来了，就匆匆地顺山坡走了去。

李南泉觉得石先生的办法也是，自早晨到现在，这村子里每一幢房子都没有人看守。村子里房子全是夹山溪建筑的，家家后壁是山，很可能引起小偷的注意，于是也就进洞子向太太打个招呼，踏着月亮下的人行石板路，缓缓向家里走去。这山村里，到了晚上本来就够清静，这时受着灯火管制，全村没有一星灯火。淡淡的月亮，笼罩着两排山脚下那些断断续续的人家影子，幽静中间，带些恐怖肃杀的意味，让人说不出心里是一种什么情绪。他背了两手，缓缓走着，看看天空四周，又看看两旁的山影，这人家的空当里，有些斜坡，各家栽着自己爱种植的植物。有的种些瓜豆藤蔓，有的种些菜蔬，有的也种些高粱和玉蜀黍。因为那些东西丛生着，倒有些像竹林。窗外或门外，有这一片绿色，倒也增加了不少的情趣。尤其是月夜，月亮照在高粱的长绿叶子上，会发生出一片清光。

他缓缓地走来，看了看这轻松的夜景，也就忘了空袭的紧张空气。眼前正有一丛高粱叶子，被月光射着，被轻风摇撼着，在眼前发生了一片绿光。心里想着，这样眼前的景致，却没有被田园诗人描写过，现在就凑两句诗描写一下，倒是发前人所未发。

他正是静静地站着，有点儿出神，却听到高粱地那边，有一阵低微的嬉笑之声。空袭时间，向野外躲着的人，这事倒也时常发生，并未理会，且避开这里。缓缓走过了几步，又听到石正山家的那位丫鬟小姐小青笑道："蚊子咬死了，我还是回家去。"接着石正山道："你是越来越胆子大了，简直不听我的命令。"小青道："不听命令怎么样，你把我轰出石家大门吧。"这言语可相当冒犯。然而接着的，却是主人家一阵笑。李南泉听了，越是感到不便。只有放轻了脚步，赶快回家。

隔了山溪，就听到奚太太和这边吴先生谈话，大概吴先生早回来了。她道："刚才防护团接到电话，储奇门前后，中了十几颗炸弹。我们奚先生办公的地点就在那里，真让我挂心。他本来可以疏散乡下去办公的。他说他那里的防空洞好，不肯走。"吴先生笑道："莫非是留恋女朋友？"奚太太道："那他不敢。这村子里我和石太太是最会对付先生的。石正山是除了不敢接近女人，不敢赌钱，纸烟还是吸的。我家里老奚，纸烟都不吸。我以为男女当平等，我不吸纸烟他也就不能吸纸烟。他对我这种说法，完全接受。"李南泉也走近了，接嘴笑道："这样说，石太太只能做家庭大学副校长。"

奚太太虽然好高，可是也替她的好友要面子。李先生说石正山夫人只能做家庭大学副校长，她不同意这个看法，因道："你们对石太太还没有深切的认识。石先生在外面是大学教授，回到家里，可是个小学生。无论什么事，都要太太指示了才能办，他也乐得这样做。每月赚回来的薪水双手奉献给太太以后，家里的事，他就不负任何责任。"吴先生道："我知道，石太太常出门，一出门就是好几天，家里的事，谁来做主呢？"奚太太道："他们家小青哪。小青是石太太的心腹，可以和她主持家政，也可以替她监视义父的行动。石太太这一着棋，下得是非常之好，这个家，随时可以拿得起，随时也可以放得下。我要有这样一个助手就好了。不管算丫鬟也好，算义女也好，这帮助是很大的。"

李先生慢慢地踱过了溪桥，见吴先生站在屋檐下，隔了两家中间的空地，和奚太太谈话。便以大不经意的样子，在其中插了一句话道："天下事，理想和事实总相距一段路程的。"奚太太在她家走廊上问道："李先生这话，是指着哪一点？"李南泉倒省悟了，这件事怎好随意加以批评？因笑道："我是说训练一个心腹人出来那是太不容易的事。"奚太太道："这话我同意。尤其是丫鬟这个身份，现在人人平等的日子，谁愿意居这个地位还和你主人出力？这也许是佛家说的那个'缘'字，石太太和小青是有缘分的，所以小青对她这样鞠躬尽瘁。其实她待小青，也不见得优厚到哪里去。除了大家同锅吃饭这点外，我还没有见到小青穿过一件新衣服呢。周身上下，全是石太太的旧衣服改的。"

李南泉向来不太喜欢和这位家庭大学校长说话，谈到这里，也就不愿再听她的夸张了，向屋檐外看去，那对面山上的夜色，已分了上下层。上层是月亮照着的，依然雪白，下层却是这边的山阴，一直到深溪里都是幽黑的。便向吴先生道："月亮也就快下去了。照着中原时间和陇蜀时间来说，汉口的时间比这里早一点钟，湖北境内，月亮大概已落了，敌人黑夜飞行的技术，根本就不够了，四川半夜总有雾的，大概今晚上不会再来了。"吴春圃笑道："老兄也靠天说话。"李南泉叹了口气道："弱国之民，不可为也。我们各端把椅子来谈谈吧。我谈北平、南京，你谈济南、青岛。我们来个虽不能至，心向往之，聊以快意，比谈国际战争好得多。"

说着，开了屋门，搬出两个方凳来。暗中摸索得了茶壶、茶杯，斟了两杯，放在窗户台上。吴先生端起一杯茶来，笑道："这是我的了。"说着，将那够装五六两水的玻璃杯子，就着嘴唇，咕噜咕噜一饮而尽，放下杯子，哎了一声，赞叹着道："好茶！"李南泉笑道："完全是普通喝的茶，并没有什么好处。"他道："这就是渴者易为饮了。等一会儿，我们一路去接太太吧。到四川来，没有家眷是太感到寂寞。可是有了家眷，又太感到累赘。假使我们没有家眷，躲什么空袭？我是一切照常。"说着，他坐下来，两手拍着腿太息不已。李南泉道："你对于这一日一夜的长期轰炸，支持得住吗？"他不由得打了个呵欠，笑道："渴和饿都还罢了，在洞子里无所谓，到了家里，怎么老想睡觉？"

李南泉笑道："这怪我们自己，昨天和那三个坤伶解围耽误了自己的睡眠。"吴春圃笑道："也许我可以说这话，你却不应当。杨艳华不是你的及门弟子吗？"李南泉道："吴兄，这我是个冤狱。太太也许很不谅解。至于坤伶方面，这却是伤心史。她们以声色做号召，当然容易招惹是非；惹了是非，就得多请人帮忙。所以她们之拜老师、拜干爹绝非出自本心，乃是应付环境的一种手腕。你把她这手腕当了她是有意攀交情，那才是傻瓜呢。尤其是拜老师这种事，近乎滑稽。坤伶除了学戏，她还要向外行学习什么？可是那些有钱或有闲阶级，一让坤伶叫两声干爹或老师，就昏了脑袋瓜了。"

他正说得畅快，李太太却在山溪那边人行路上笑起来了。李南泉迎上前道："你怎么回来了？"她道："洞子里孩子多，吵吵闹闹，真是受不了，蚊烟熏着，空气又十分龌龊，我只好回来了。不想赶上了你这段快人快语。"李南泉没有加以申辩，接过太太的手提包，向家里引。吴春圃在走廊上迎着笑道："李太太，你可别中李先生的计。他早知道你回来了，故意来个取瑟而歌，使之闻之。要不，哪有这样巧？"李太太笑道："也许有一点儿。不过，这就很好，多少他总有点儿明白。成天躲空袭，大家的精神，都疲倦得不得了。谈点儿风花雪月，陶醉一下，我倒也并不反对。"吴春圃笑道："李太太贤明之至。不过这样来，家庭大学里面，你得不到教授的位置。"李太太低声笑道："我们说笑话不要紧，可别牵涉太远了。各人看法不同，不要说吧。"吴春圃笑道："不说笑话了，俺也当去迎接我的内阁回宫了。不解除也不管他，没有月亮，料着敌机也不能再来。"

他这个说法，本也就像李南泉说的，一般无奈。可是这种心理却是极普遍的，也就听到山溪对过，有人叫道："不管解除没有，月亮下去了，接太太回来吧。"李南泉夫妻二人，都因整日的疲劳，各坐在一张凳子上，默默无言，抬头看那对面山上的白色，只剩了山峰尖上的一小截。大孩子小白儿，靠了墙壁站定，埋怨着道："真是讨厌，这月亮老不下去。"李南泉不由得笑起来了，因道："不要说这样无用的话吧。弟弟、妹妹都睡觉去了，你也可以去睡。"小白儿道："若是敌机来了呢？"李南泉笑道："难道我们去躲洞子，会把你们扔在床上？"小白儿道："爸爸妈妈都不睡吗？"李南泉道："为了给你们等候消息，我不睡。"小白儿道："那太不平等了。"李南泉道："不错，你还有点儿赤子之心。你要知道，父子之间，是没有平等的。封建社会，没有父子平等；民主社会，也没有父子平等。父子平等，人类就会灭绝，尤其是做母亲的，她永远不能和孩子谈平等。在封建时代，尽管百行孝为先，母亲对于孩子的义务，是没有法子补偿的。"李太太道："你和孩子谈这些理论，不是白费劲？"小白儿笑道："我真不大懂。"李太太道："你看到山羊乳着小羊没有？你们去逗小羊的时候，老羊总把两只犄角抵着你，来保护小羊的。可是小羊大了，并不管老羊，只有它做了母亲的时候，它才爱它的小羊。人也是这样，永远是父母保护孩子，孩子大了，并不怎样保护父母。可是他自己有孩子，他又得保护了。睡去吧，我们做老羊。"

小白儿听到如此的教训，睡觉去了。李太太笑道："你今天高兴，肯和孩子说这套议论。"他道："我在人世味中有个新领会，就是经过了患难，对于骨肉之亲，更觉得增加一分亲爱，你不也有这一点吗？"李太太道："对的。可是对于我们两人，不适用这个例子。我们就常常会因躲空袭闹些无味的别扭。"

正说到这里，却听到山溪对面人行路上有了说话声了。吴太太道："俺不回去了，俺就在这路上待一宿。"吴先生道："不回去就不回去，伲还会诳到人吗？俺……俺……"李南泉哈哈大笑道："不用说，吴先生两口子，已经代我答复了。为躲警报而闹别扭，那正不是我们两口子，谁都是这样。因为夫妻之间，最可以率真，最可以不用客气，所以我可以和孩子客气，而不和你客气。和你客气，那就是作伪了。"李太太笑道："好的，我就利用你这一套议论去劝说吴太太。他两口子又别扭上了。"说着，就过了桥向溪对面人行路上走去。

果然，吴太太坐在路边石头上，面前摆了几个包袱，孩子们和吴先生全在人行路上站着。李太太笑道："怎么回事？吴先生这趟差事没有办好，把太太接到半路上，就算完了？"吴先生道："她不走有什么法子？警报也许跑得不够吧？"吴太太道："俺是跑得不够。俺……"李太太拦着道："你们不要吵，我和二位说一个新议论。"因把李南泉刚才说的话重述了一遍。吴春圃先忍不住笑了。李太太道："他的说法是对的吗？"吴春圃道："俺就是不会花言巧语，也不会虚情假意。"吴太太道："你说句话，撅死人，倔老头子！"李先生笑道："这就是吴先生天真之处啦。回去吧。今晚下半夜，我们养精蓄锐一番，预备明天再躲空袭呢。"于是吴先生牵着他们孩子，李太太牵着吴太太，一同回家。

走到对门邻居袁家屋后，却听见袁先生叫起来。他道："你们躲防空洞，我在这里和你们看家，有什么不对，怎么回来就发脾气？"李南泉笑道："吴兄，听见没有？这是两口子闹别扭的事情了。"吴春圃道："不但回家吵，有好些人，两口子在洞子里就会吵起来，那是什么缘故？"李南泉道："这个我就能解答。在空袭的时候，个个都发生心理变态。除了恐怖，就是牢骚，这牢骚向谁发泄呢？向敌人发泄，不能够。向政府发泄，无此理。向社会发泄，谁又不在躲警报？向自己家里任何一人发泄，也不可能。只有夫妻两口子，你也牢骚，我也牢骚，脸色先有三分不正常。反正谁得罪了谁也没关系。而且躲警报的时候，大家的安全见解不一样，太太有时要纠正先生的行为，这个要说，那个是绝对地不听，因为根本在心里头烦闷的时候，不愿受人家干涉呀。于是就别扭起来了，就冲突起来了。"吴太太听说，也笑了，因道："好像是有那么一点儿。可是俺不招人，俺也不看人家的脸子。谁不在逃命咧。"吴先生道："得啦得啦，又来了。"李南泉笑道："吴先生这态度就很好。"李太太道："你既然知道很好，你为什么不学吴先生？"吴太太道："学他？那可糟咧糕咧。"吴先生唉了一声道："我整个失败。"于是大家都笑了。

在大家这样笑话之时，前面山上的月痕，已完全消失，大家也不知道到了什么时候。因为这里三户人家，都没有可走的钟表。甄先生家里有两只表：一只，先生戴进了城；家里一只，坏了。李先生家里有两只手表，李先生戴的，业已逾龄，退休在桌子抽屉里。李太太有一只表，三年没有戴，最近拿去修理，戴了两天又停了，也放在箱子里。吴先生家里没有表，据说是在逃难时候失落了。谁也买不起新表。家里有个小马蹄钟，倒是能走，可是有个条件，要横着搁在桌上。看十二点，要像看九点那样看。今天三公子收拾桌子，忘记它是螃蟹性的，把它直立过来了，螃蟹怎能直走呢？所以三户人家，全找不到时刻。但李先生还不知道，问道："吴兄，现在几点钟了？"吴先生唉了一声道："别提啦，俺那儿，直道而行，把钟站起来了。早就不走咧。"吴太太道："那个破钟，还摆在桌上，人来了，也不怕人家笑掉牙。没有钟，不拿出来不要紧，横着搁一个小酒杯儿的钟，真出尽了大学教授的穷相。"吴先生道："不论怎么着，横也好，直也好，总是一口钟。你别瞧它倒下来，走得还是真准，一天二十四小时，它只慢四点钟。日夜变成十点钟，不多不少，以十进。三句话不离本行，俺上课，用十除以一百二十，一点儿没错，准时到校。"说得大家都笑了。吴太太也没法子生气了，笑着直叹气。李太太笑道："那就睡吧。大概……"

正在这时，警报器呜呜地在夜空中呼号，大家说话的声音完全停止，要听它这一个最紧要的报告。那警报器，这回算是不负人望，径直地拉着长声，在最后的声音里，并没有发出颤动可怕的声浪，到底是真解除了。三户邻居不约而同地喊出了"睡觉"的声音。李家夫妻也正在关门，预备安眠的时候，那在山路上巡逻的防护团，却走下来叫道："各位户主，晚上睡得惊醒一点儿，警报随时可以来的。还有一层，望大家预备一条湿手巾，上面打上肥皂水，敌人放毒气，就把手巾套住鼻子口。"他一家一家地这样报告着，把刚刚放下的害怕的心重新又提了起来。李太太开了门问道："你们得了情报，敌人会放毒气，还是已经放过毒气了呢？"团丁道："这个我们也不晓得，上面是这样吩咐下来的，当然我们也就照样报告给老百姓。"说着，他自己去了。

李太太抓住李先生的手道："敌人的空袭越来越凶，那怎么办？"李南泉道："若以躲炸弹而论，当然是这坚厚的山洞最好。若说躲毒气，洞子就不妙了，洞子里空气最是闭塞，平常吸香烟的味儿，也不容易流通出去，何况是毒气。我们明天改变一个方向，把干粮开水带得足足的，起早向深山里走，敌人放毒气，定是选人烟稠密的地方掷弹，没有人的地方，他不会掷弹，就是掷弹，风一吹，就把毒气吹散了。我们只管向上风头走，料然无事。"李太太道："你还有心背戏词，我急都急死了。"李南泉道："千万别这样傻。我们着急，就中了日本人的诡计了。现在第一件事，是休息，预备明天起早奋斗。"

正说着，小玲儿在后面屋子里哭起来，连说"我怕我怕"。追到屋子里，在床上抱起她，她还在哭。李太太已燃起了菜油灯送进屋子里，见小玲儿将头藏进爸爸的怀里哭泣着，因道："这是白天在公共洞子里让挤的人吓着了，现在做梦呢。"李南泉道："可不就是。大人还受不了这长期的心理袭击，何况是小孩呢。"夫妻二人安慰着小孩，也就困倦地睡去。蒙眬中听到开门声，李南泉惊醒，见前后屋的菜油灯都已亮着，问道："谁起来了？又有警报？"王嫂在外间屋子答道："大家都起来煮饭了。"李南泉道："你也和我们一样地疲劳，那太偏劳你了。"王嫂得了主人这个奖词，她就高兴了，因道："我比你们睡得早，够了，你们再睡一下吧。有警报我来叫你们。"李南泉虽觉得她的盛情可感，但是自醒了以后，在床上就睡不着。养了十来分钟的神，只好起来，帮同料理一切。

天色刚有点儿混混的亮，团丁在大路上喊着："挂球了，挂球了！"李南泉叹了口气，正要进屋去告诉太太，太太也披着一件黑绸长衫，一面扣襻，一面走出来。李南泉道："不忙，我们今天绝对做个长期抗战的准备。水瓶子灌好了三瓶多，有一大瓦壶茶，饭和咸菜用个大篮子装着，诸事妥帖。热水现成，你把孩子们叫起来吧。"李太太答应着，先伸头向外面，见廊檐外的天还是鱼肚色，便道："真是要了谁的命，不问白天黑天，就是那样闹警报。"甄太太在走廊上答道："是格哇？蚀（日）本鬼子真格可恶。今朝那浪躲法？"李太太道："你瞧，又传说放毒气了，洞子里不敢躲，我们只有疏散下乡。"

她们这样说着，饱经训练的小孩子，也都一一地爬了起来，争着问："有警报吗？"李氏夫妇一面和孩子洗脸换衣服，一面收拾东西。这些琐事还不曾办完，警报器又在呜呜地响了。李家今天是预备疏散的，就不做到公共洞子里抢位子的准备。益发把家里东西收拾妥当，门窗也关好顶好。李南泉照例到厨房里巡视一番，调查是否还有火种。在他们这些动作中，整个屋子里的邻居，都已走空了。李太太和王嫂已带着孩子们，过了山溪去等候。李先生道："你们慢慢地在前面走吧，我还在这里镇守几分钟，等候紧急警报。"李太太道："你让我们今天走远些，你又不来引路，让我们向哪里走？你还要等紧急，那个时候，你能走多远？"她说着说着脸色就沉下来了。李先生立刻跑过，笑着摇手道："大清早的，我们不闹别扭，我这就陪你走。要不然，昨天我说的那套理论，算是白说了。"李太太也想起这理论来了，倒为之一笑。

于是全家人顺着山麓上的石板人行路，就向后面山窝子里走去。这时，天色虽已大亮，太阳还没有升起，整个山谷都是阴沉的。早上略微有点儿风，风拂到人身上，带了一种出土草木的清芬之气，让人很感到凉爽。可是同时也就送人一种困倦的意味。李太太走着路，首先打了两个呵欠，李南泉道："为了生活，我不能不住在战都重庆，可把你拖累苦了。我若稍有办法，住得离重庆远一点儿，就不必这样天天跑警报，我真有点儿歉然。"李太太道："你别假惺惺，这话赶快收回。那些被困在沦陷区的人，不都说是为了家眷吗？这个理论非常恶劣。"李南泉笑道："难得，你有这种见解，将来……"李太太道："什么时候，说这闲话，我们快走两步，就多走一截路，别在路上遇到了敌机，那才是进退两难。"她这样提议了，于是大家不再说什么，低了头，顺着石板路走。

走出了村口，石板路还是一样，路旁的乱草，簇拥着向路中心长着，把这地面的石板，藏掩去了三分之二。人在路上走，两脚全在草头上拨动。那草头上的隔夜露水依然是湿滴滴的，走起来，不但鞋袜全已打湿，就是穿的长衫也湿了大半截。李太太提起衣襟来，抖了几下水，因道："这怎么办？"李南泉笑道："大热天，五分钟就干了。你还没有看到那些进水的洞子，脏水一两尺深，避难的人，连着鞋子袜子站在里面。不是这样，不到前线的人，怎么知道战争是残酷的。"

他们说着话，叹了气，却看到乡下人背箩提篮，各装了新鲜瓜菜，迎面走来。其中还有个白发苍苍的老太婆，曲着背，矮得像个小孩子，提了一篮鸡蛋，也慢慢地走来。李南泉这就忍不住不说话了，因道："老太婆不必走过去了。街上已经放了警报，你这样大年纪，跑不动。"那些乡下人，看到街边上成串地向内走，已经是疑惑得睁了眼望着。听了这个报告，都站住脚问道："啥子？这样早就有空袭？"李南泉道："你不看我们都走进山窝里来了吗？"那老妇战战兢兢地道："那朗个做？我家里没得粮食两天了。我攒下这些鸡蛋，想去换一点儿米来吃。"李南泉看到他们没有回身的意思，自带着家人继续向前。

他们走得很慢，也没有理会警报是什么情形，只见后面几个壮健的汉子，抢步跑了过来。口里还报告着道："紧急放了很多时候了。快！"他也就只能说了这一个"快"字，就侧着身子抢跑了过去。李太太道："我们的目的地在什么地方？再不到目的地，敌机可就来了。"李南泉道："不要紧，到了这地方，随便在路旁树下石头坐坐就行了。"李太太听了他的话，果然牵着孩子向路边树下走去。去的地方，是山脚下，两棵桐子树交叉地长着，有三个馒头式的乌石堆子，品字形地立着。石头约莫有半人高，中间又凹了下去，勉强算是个防空壕吧。她踏着杂乱的露水草，衣服简直湿平了胸襟。小白儿、小山儿跟着，乱草的头子将近肩膀，可以说周身都打湿了。

李南泉道："怎么说躲就躲？"李太太来不及说话，将手乱指了东边天脚。他听时，果然有飞机马达之声。他们把空袭经验得惯了，在声音里面，可以判断出飞机大概有多少，而且也可以判断出是轰炸机、战斗机，或者是侦察机。这时他随了这指的方向，侧耳听去，那嗡嗡之声，急而猛烈，可以想出来了，是一大批轰炸机，这要临时去找安全的掩蔽地方，已不可能。怔怔地站了一会儿，却已听到嗡嗡之声，由东向北逼上重庆，他觉着这无须顾虑，还是站在路头上发呆。在这个时候，也陆续有几批难民跑着步子过去，口里连连说着："来了来了。"脸上表现着惊慌的样子，步子跑得七颠八倒。

李太太已是蹲到石头下面去了，这就扶着石头，伸出了小半截身子，向李先生连连招手道："你还不快躲下来。"李先生道："不要紧，敌机在市空，根本看不到影子。"李太太索性伸直腰，偏着头听听，果然马达声音还远，随后不知是发高射炮还是扔炸弹，遥远的轰咚两声。由此以后，马达的嗡嗡之声更是遥远，凭着以往的经验，那可知敌机已是走远了。李太太这已有暇发生别的感觉，那就是光着的腿子有些痛痒，已是被草里的蚊子吃了一个饱了。她不愿再在石头窝里躲着，又踏着乱草走了出来。李南泉道："趁着第二批敌机没来，我们还是走吧。"李太太也同意这个办法，将站在面前的三个孩子，每个轻轻推了一下，她自己先在前面引路。约莫是走了一二十步路，突然发现了整群的飞机声，抬头四周去看，天上并没有飞机的影子，只好还是走。路的前面，两旁山峰闪开，中间出现了平谷，约莫有二三十亩地大。石板路就穿过这个平谷，走到平谷中间，这就发现敌机了。敌机是由后面山背飞过来的，刚才正避在那山脚下，所以看不见。这时举头看清，敌机总在三十架以上。雁排字似的，排成个人字形，尖头正对了这平谷飞来。就以肉眼估量着，相距也不到两里路。这里恰是平谷的中间，要跑向那个山脚旁的掩蔽，都不会比飞机来得更快，李太太首先吓呆了。

李南泉到了这时也是感到手脚无所措，便牵着太太的手道："我们蹲下吧，别跑别跑。"他说的"别跑"，是指着女佣工王嫂，她镇定不住，首先一个人向后跑。她忘记了脚下有条干沟，两脚踏虚滚了下去。

三个孩子，倒还机灵，三五十步外，有一丛高粱，一齐跑着钻到里面去。李氏夫妇倒是觉得忙中有错，还不如小孩子会找掩蔽所在，他只好扯着太太立刻蹲下。所幸这石板路下，是个两尺深的干田沟，半藏在田埂下面，两个人忙乱着，溜下了田沟。李太太两手撑了田土闭着眼睛，将身子掩藏在田埂下。李南泉觉得在这个地方除了掩藏目标，是不会发生别的效用，躲也无用。因此溜下田沟，还抬起头来看着。见那群敌机不歪不斜正好在头顶上。人在这毫无遮拦的所在，实在不能没有戒心，他也不由得心房怦怦乱跳。两分钟的工夫，那人字机群的双尾已掠过了头顶。凭常识判断，飞机掷弹是斜角度的，这算是过了危险阶段。但还不敢站起身来，依然手扶了田埂，半伸了身子望着，直等机群飞去了两里路，弯下腰看看太太，见她面色发紫，两眼兀自紧闭着，便拍着她的肩膀道："没事没事，敌机过去了。"

她站起来，首先向敌机马达发声的所在张望了一下，这才沉着脸道："躲公共洞子多好，就是你要疏散出来，受着这样的虚惊。"三个小孩子也都由高粱秆子下面钻出来了。小玲儿跑过来道："我们找个地方躲躲吧，飞机来了，怪害怕的。"李太太道："这都是你爸爸做的聪明事。"李南泉笑道："别生气，别生气，忘记昨天晚上我谈的空袭时间夫妻变态心理吗？"李太太道："这倒好，我一说什么，你就把这话来做挡箭牌。"李南泉道："请你想，假如我不说这话，势必两人又重新别扭起来，你说是不是？我既然是肯用挡箭牌，你就别再进攻了。"李太太看着李先生始终退让，满身都是为难的样子，笑道："看你这份委屈，我也不忍说什么了。"李南泉道："那么，我们就继续前进吧。"

这时，东边的太阳已经出来了，照着平谷里的庄稼倒是青气扑人。究竟是夏季的太阳，尤其是四川的太阳，一出来，就照着身上热不可当。大家赶快穿过这平谷，踏上一个小山坡。这里有两三丛密集的竹林，掩藏着七八户人家的一个小村庄。大家一口气奔进竹林里，方才歇脚。李太太将包裹放在石头上，首先就在竹荫下坐了，因道："先歇歇吧，刚才真把我吓着了，直到现在，我还是心口跳。"李南泉看这竹林子外，是向下倾的斜坡，整片的青石，由土地里冲出来，在地面上长起了许多小堡垒。尤其是三四块石头夹峙的地方，除去上面没有顶，倒是绝好的防御工事。他有了刚才这番教训，绝不愿太太再来受惊，就亲自到林子里去巡视一番，他走了几个石头堆，在一个石头窝子中间，见地面的石头向旁边石壁凹进去，约莫是三四尺长，一个人侧身躺在里面，足足可以掩藏起来，正高兴着要报告太太，下面平谷里却有人叫起来。

在这空袭情形之下，任何一种突发的声音，都是惊吓人的。李南泉忽然听到这种吆喝声音，先吃了一惊，向前看时，那平谷里却来了一串男女，最前一个，便是李太太的好友白太太。她手上提了一个包裹，身后跟着女仆，肩上扛了一只小皮箱。她大声叫着"老李，老李"。她们这些女友，为了表示亲热起见，就是这样在人家丈夫姓上，加一个老字。李南泉在她这种亲热的呼声中去揣测，料着并没有什么惊恐的事情发生，便答道："我们都在这里。"那白太太老远地点点头，向这里走来。到了竹林子下面，李太太迎着道："刚才这批敌机经过的时候，你在什么地方？"白太太道："还好，我们身旁有一丈来深的大沟，不问好歹，我们全跳到里面去了。吓倒没有吓倒，可是几乎出了个乱子。"说着，把手上提的白布小包裹举了一举，因道："几乎把我这里面的东西丢了两张。"李太太笑道："真有你的，你还把麻将牌带着呢。"白太太笑道："若不是为了这个，我还不疏散到这地方来呢。牌来了，角儿也邀齐了，我们找个适当的地方，就动起手来吧。要不然，由这个时候起，到晚半天七点半钟的时间，我们怎么消磨？"李太太向她身后的人行路上看时，那里有王太太，有下江太太，尤其是那下江太太带劲。手上捏了个小白绢包，裹得像个锤子，她一路走着一路摇晃了那个白手绢包，笑嘻嘻地望了人，将手拍着那个手绢包。她虽不说话，那是表示她带了钱来了。

李太太笑道："不用说，你们人马齐备，没有我在内。"白太太笑道："怎么会没有你？没有你，这一台戏还有什么起色？你们李先生知道，假如这镇市上的胜利大舞台演出《四郎探母》，这里面并没有杨艳华，你想，那戏还有什么意思？李先生，你说是不是？"李南泉站在一边，笑着没有作声。李太太笑道："你提到杨艳华，可别当我的面说。当我的面说她，他是有点儿头痛的。不，根本我的女朋友，也不当谈杨艳华，谈了，他就认为这有点儿讥讽的作用。其实我没有什么，那孩子

155

也怪可疼的。"

李先生笑道："太太们，许不许我插一句话？"下江太太已走上前，笑道："可以的。可是不许你说'这时候还打牌，不知死活'。"李南泉道："我也不能那样冒昧。我说的是正事，现在第一批敌机已飞去十来分钟了，假使敌机是连续而来的话，可能第二批敌机就到，为了安全起见，可不可以趁这个时候，找到你们摆开战场的地点，万一敌机临头，放下牌，你们就可以躲进洞去。"白太太道："这里有防空洞子吗？"李南泉道："人家村子里人，没有想到各位躲空袭要消遣，并没有事先预备下防空洞。倒是他们这屋后山脚，有许多天然的洞子，每个洞子，藏四五个人没有问题。而且这里最后靠山的那户人家，墙后就有两个洞子。"白太太笑道："不管李先生是不是挖苦我，有这样一个地方，我得先去看看。我是有名的打虎将，先锋当属于我。"说着，她先行前走。早是把村子里的狗惊动了，一窝蜂似的跑出来四五条，拦住路头，昂起头来，张着大口，露出尖的白牙，向人乱吠。

白太太一见，丢下手巾，扯腿就向后跑。那几条黄狗，看到人跑，它们追得更凶。一只黄毛狮子狗，对了白太太脚后跟的所在，伸着老长的颈脖子向前一栽，呼哧一声，其实它并没有咬着白太太的脚，不过是将鼻子尖插在路面她的脚印上。她哎呀了一声，人向路边草地上直趴过去。李南泉挥着手上的手杖，将狗一阵追逐。村子里人听到喧哗，也跑出来，代着把狗轰走。李南泉在地面上，将那个大手巾包提起，里面哗啦有声，正是麻将牌的木盒子跌碎，牌全散在包里了，太太们早就是笑着一团，带问着白太太："摔着了没有？"她由草地上站起来，拍去身上的草屑，红着脸道："这真是恶狗村，他们村子里有这些条。"李太太笑道："谁让你自负是打虎将呢！"白太太接过李先生手上的手巾包，身子一扭，板着脸道："我另外找个地方去了，我不进这个村子。"

村子里出来轰狗的人，早已看到这是一票生意。一位常到疏建区卖柴的老太太，就迎着道："不要紧，请到我家去玩儿一下，打牌凉快，我们屋后有洞子，飞机来了，一放牌就进了洞子。"正说着，天上又有了嗡嗡之声，白太太已来不及另走地方了。听说这里有洞子，也只好随了大众，一齐走进村子。这里倒是个树木森森的所在，树底上的一幢草屋，三明两暗五大间，后面是山，前面是片甘蔗地。正中堂屋里，只有一桌四凳，旁边一个石磨架子，三合土的地，扫得干干净净。屋左右全有大树，把屋子掩蔽了，大家全说这地方合理想，白太太也定了神，摸着头发上的草屑，笑起来了。恰好敌机凑趣，嗡嗡之声，却已远去。

下江太太那个手巾包还捏在手里，高高举起，笑道："把桌布蒙上，来来来，喂，我说小胡子，你给我们听着一点儿飞机。"原来小胡子是下江太太的丈夫，他是河南人，姓胡，太太本来叫他小胡，自从他在嘴唇上养着一撮小胡子的时候，太太就多加了一个字，叫他小胡子。胡先生只三十来岁，胖胖的身材，白白的皮肤。因为过去不久曾是一个不小的处长，他为了表示处长的尊严，就添了这一撮小胡子。现在不当处长了，这胡子也未便立刻剃去。太太是长得苹果一样的圆脸，有双水汪汪的眼睛。乌黑的头发在脑后用两个细辫子绕个双扁环，在鬓发下老是压着一朵小鲜花，越是显出那少妇美。一个黄河流域的壮汉，娶着一位年轻漂亮的下江太太，真是唯命是从，驯如绵羊。因之下江太太，不但是天之骄子，引动了其他的青春少妇，一律看齐都训练着丈夫。不过下江太太的作风，和家庭大学校长奚太太不同，她是以柔进，向来不和丈夫红脸。先生如不听话，不是流泪就是生病睡觉，生病永远是两种，不是头疼，就是心口疼，照例不吃饭。只要两餐饭不吃，胡先生就无条件投降。她出来躲警报，照例空着两手，胡先生提着一个旅行袋，里面是干粮、冷开水瓶和点心、水果之类。老妈却提了个箱子。她还怕打人的眼，把好提箱留下，用只旧的而且打有补丁的箱子。今天这番疏散，胡先生也是有长夜准备的，吃喝用的，全带齐了，乃是两个手提旅行袋。他正站在树荫乘凉。听到一声小胡子，立刻跑向前来，笑道："先让我来四圈吗？"下江太太嘴一撇道："男宾不许加入，你给我听飞机。"

胡先生碰了一鼻子灰后，走出屋子来，兀自摇着头。李南泉坐在大树荫下石头上，笑道："老兄对于夫人，可谓鞠躬尽瘁。"他道："没法子。你想，我们过着什么日子？战局这样紧张，生活程度是天天向上高升，每日二十四小时，都在计划着生活，若是家庭又有纠纷，那怎么办？干脆，我一切听太太的，要怎么办，就怎么办。除非要在我身上割四两肉下去，我得考虑考虑，此外是什么事都好办，今天的空袭，可能又是一整天，得用精神维持这一天，我还能和她别扭吗？打牌也好，她打牌去了，我就减少了许多的差事了。"李先生听了他这话，虽然大半是假的，可是怕太太这一层，他倒不讳言，也就含笑不再批评。

这里还有几位村子里的人，都是因为昨天洞子躲苦了，今天疏散到野外来的，大家分找着树荫下的石头、草地坐着，谈谈笑笑，倒也自在。可是好景不长，不到一小时，天空东边，又发出了马达的沉浊声音。胡先生首先一个，跑到屋后山坡上去张望。李南泉也觉这声音来得特别沉重，就也跟着胡先生向那山坡上走去。这时，胡先生昂着头望了东北角天脚。李南泉也顺了那天脚看时，白云堆里，已钻出一大批敌机。那机群在天空里摆着塔形，九架一堆，共堆了十堆，四、三、二、一向上堆着，不问总数，可知是几十架。不觉失声地说了句"哎呀"，胡先生到底是个军人出身，沉得住气，回转身来，向他摇了两摇手。那敌机在天空里，原只是些小黑点，逐渐西移，也就逐渐放大。先看像群蜻蜓，继续看到像群小鸟。到了像由小鸟变鹞子似的，就逼近重庆市空了。

李南泉看到这种情形，扭身就要跑开。胡先生一把将他拉住，另一只手对天上的飞机指着，同时，还摇了两摇头，他明白了胡先生的意思，那是说"不要紧"。他想着这批飞机是向重庆市空飞去，料着也不会到头顶上来，还是呆呆地站着。那几十架敌机，这时已变成了一字长蛇阵，像拉网似的，向重庆市空盖去。当这批飞机还没有到市空上的时候，正北又来了一批，虽然数目看不清，可是那布在天空的长蛇阵，和东边来的机群，也相差不多。两批敌机会合在一处的当儿，以目力揣测，那正是重庆市上面。这样一二百架飞机，排在一处，当然也乌黑了一片。这样的目标，显然是很庞大的，下面的高射炮，轰隆轰隆响着，无数的白云点在飞机下面开着花。虽然不看到这白云点打中飞机，可是这些敌机，已受到了威胁，一部分向上爬高，一部分就分开来，四处分飞。

这其间就有四五队飞机，绕半个圈子向南飞来，胡先生说声"不好"，立刻向山坡下跑，口里喊着："敌机要来了，快出来躲着吧。"他这样喊叫着，本来已是嫌迟了，所幸屋子里打牌的人，也早已听到这震天震地的马达声，大家已放下了牌，纷纷跑了出来。胡先生举着手，叫道："山坡上有天然洞子，大家赶快躲。"出来的人一面跑，一面抬头向天上望着，那飞机怎么样兜着圈子，也比人跑得快，早有八架飞机，由对面山上从九十度的转弯而绕飞到了头上。太太们哪里来得及找洞子，有的钻入草丛里，有的蹲在树下，有的就跳进山坡下干沟里。

大家虽是这样跑，可是两个做监视哨的胡、李二先生，兀自站在山坡上。原因是用肉眼去看，那队飞机却是偏斜地在这个村庄南角，纵然掷弹，也还很远，所以两人就各避在一棵小松树下，并没有跑。不想那飞机队里面，有一架脱了队，猛然一个大转弯，同时带着俯冲。空气让飞机猛烈刺激着，哇呜呜的一声怪叫。不必看飞机向哪里来，只这个猛烈的姿势，已不能不让人大吃一惊。胡、李二人，同时向下一蹲。在松树叶子网里看那飞机头，正是对着这座村庄，李南泉心里连连喊着："糟了，糟了！完了，完了！"那架敌机，果然不是无故俯冲，咯咯咯，开了一阵机关枪。事到这种情形，有什么法子呢？只有把身子格外向下俯贴着，约莫三五分钟的时间，那机关枪不响了，敌机却也爬高着向东而去。胡、李二人依然不敢站起来，只是转着身子，由松树缝里向天上望着。

还是那位跳在干沟里的白太太，首先伸出半截身子来，四周看了看，手拍胸道："我的天，这一下，真把我吓着了。这样露天下躲飞机不是办法，无论敌人炸不炸，看到也怪怕人的。"那下江太太也由一丛深草里钻出来了，第一句话就是很沉重地叫了声"小胡子"。胡先生由小松树下跑出来，向前赔笑道："太太，你吓着了。"下江太太道："小胡子，你是怎么回事。让你看守飞机的，飞机到头上了你还没有哼气，真是岂有此理。"她站在一株小树下，趁了这话势将树枝扯着，扯下了一小枝。

胡先生自知理短，笑嘻嘻地站着，却没有说什么。李南泉道："胡太太，这个不能怪他。这两批飞机，全是径直地向重庆市空飞去的。我们对了重庆市上面注意，料着敌机一炸之后，就要向东方回转去的。没有想到……"李太太也由一堵斜坡下走出来了，便拦着道："别解释了。你又不是敌人空军总指挥，有什么料到料不到。"这么一来，所有

159

的打牌太太，都怪下来了。在这里共同躲警报的，还有其他的几位先生，也都负着监视敌机的责任的，听到太太们的责备，各人都悄悄地离开了。

下江太太站在山坡下面，举了手向四周指着，口里念念有词，然后回转头来向太太们道："没事了，没事了，我们继续上战场。"李太太脸上的神色还没有定，摇摇头道："不行不行。我的胆小，像刚才这样敌机临头的事情，我再经受不了。"李南泉道："不要紧，这回我一定在山坡上，好好地看守敌机。只要一有响声，我就报告。"胡先生一拍手道："对了，就是……"下江太太将头一偏，板着脸瞪了他一眼道："少说话吧，处长，谁要指望着你，那算倒霉。"每当下江太太喊着处长的时候，那就是最严重的阶段。若在家里，可能下一幕就是她要犯心口疼的老毛病。胡先生听着，身子向后一缩，将舌头伸着，下江太太也不再理他，左手扯李太太，右手扯了白太太，就向屋子里拉了去。李太太说是胆小，却不是推诿的，深深皱着两条眉毛，笑道："哪里这么大的牌瘾。"一面说着，一面向屋子里走了去。看到高桌子矮板凳，配合着桌上的百多张牌，摆得齐齐的，先有三分软了。

下江太太笑道："来吧，不要太胆小。这次我敢担保，他们监视敌机的行动一定是很尽职的。"说着，她已走到桌子边，两手去和动麻将牌。于是白太太坐下了，王太太也坐下了，李太太也就不能不跟着坐下来。这些先生们，比在洞子里躲警报还要小心几倍，轮流在山坡上放哨。可是敌机的行动，也就有意和打牌的太太为难，由清晨到下午，在这村子头上，一共经过七次。一有了马达声，大家就放下了牌，纷纷向山坡上藏躲。若遇敌机经过，大家更是心脏跳到口里，各人捏着一把冷汗。好容易熬到天色黄昏，算是松了一口劲。而那大半轮月亮，已像一面赛银镜子悬挂在天空，又是一个夜袭的好天气。天上这时并没有什么云片，只是像乱丝似的红霞，稀稀地铺展着。东边天脚也是红红的光线反映，却不知是哪里发出来的光。

李太太走出屋子来，先抬着头向四周看看，皱了眉道："疏散下乡，这绝不是个办法。没有防护团，也没有警报器，是不是解除了，一点儿不知道。打打牌，钻钻山沟，又是这样过了一天。看到飞机在头上经过，谁不是一阵冷汗？明天说什么我也不来了。"李南泉不敢说什么，只是牵着一个孩子，抱着一个孩子，站在路边。李太太看过了天空，并不对李先生看，就径直地顺着路走去。李南泉跟着后面问道："我们回去吗？"李太太并不作声，还是走。同时，他看到所有来躲空袭的人，已零零落落地在人行路上牵了一条长线，不知是斜阳的反照，也不知道是月亮的清辉，地面上仿佛有着一片银灰的影子，人全在朦胧的暮色里走。

李南泉知道，太太又犯上了别扭。本来也是自己的错误，她好好地躲着洞子，却要她疏散下乡。在洞子里不看到飞机临头，无论受着什么惊吓，比敞着头没有遮盖要好得多。他不敢说话，静静地跟着。将进村口，月光已照得地面上一片白，虽然夜袭的机会更多，但是当时乡居的人，和城居的人心理两样，总以为在乡下目标散开，不必怎样怕夜袭。因之到了这时，大家下决心向家里走。

忽然这人行路上散落的回家队伍停止不进，并有个男子匆匆忙忙向回跑，轻轻地喊着："又来了，又来了！"大家停住了脚，偏了头听着。果然，在正北方又是轰轰的马达响。在空气并不猛烈震撼的情形下，知道飞机相距还远，大家也没有找躲避的所在，就在这路上站着。仿佛听到是马达声更为逼近，就只见对面山峰上一串红球，涌入天空，高射炮弹，正是向着敌机群发射了去。在这串红球发射的时候，才有三四道探照灯的白光交叉在天空上。白光罩着两架敌机，连那翅膀都照得雪白，像两只海鸟，在灯光里绕着弯子向上爬高。这虽没将高射炮打着飞机，可是灯光和炮弹的控制，也够让敌机惊恐的。立刻逃出了灯光，向南飞来。这两架敌机，似乎怕脱离伴侣，一前一后，在飞机两旁，放射着信号弹。那信号弹发射在空中，像几十根红绿黄蓝的带子，在月光里飘展飞舞。马达声轰轰然，随了这群奇怪的光带子径直就飞到这群人的头上来。这正是两山夹缝中一条人行路，没有更好的掩蔽地带。

那些常躲洞子的太太们，还没有见过这有声有色的夜袭状况。无地可躲，分向两边山脚下蹲着。等这批敌机走了，大家复回到人行路上，这就发生了纷纷的议论。胆小的都说："敌机一批跟着一批来，我们怎么可以回家去呢？"那下江太太倒是个大胆的，便道："我不管，我要回去。天亮就跑出来，这个时候还不回去，成了野人了。"她说着，首先在前面走，胡先生给她提着旅行袋，紧紧地跟在后面。其余的太太们，都也各领着家里人走了，只有李太太独自坐在人行路的石板上。

王嫂是早已离开队伍了，李南泉带着孩子们，站在路上相陪。不知道用什么话去问太太，知道一开口就会是个钉子。小玲儿站在石板路上，跳着两只光腿子，哼着道："蚊子咬死了。"李太太突然站起来道："你们这些小冤家，走吧。不是为了你们这些小冤家，我到前方医院里去当女看护，免得受这口闷气。"说着，她也走了。李南泉带了孩子跟在后面，笑道："前方医院可不能带着麻将牌躲警报。"她也不回驳，还是走。

到了家里，全村子在月光下面，各各立着屋子，没有哪家亮着灯头。在月光下听到家家的说话声，也就料着躲空袭的都回来了。黑暗中，各家用炭火煮着饭、烧着水，又闹着两次敌机临头。晚上还是固定的功课，在对溪王家后面，独门洞子里躲着。等到防护团敲着一响的锣声，已是晚上两点钟了。李南泉接连熬了两夜，也有点儿精神撑持不住，回得家来，燃支蚊香，放在竹椅子下，自己就坐着伏在小书桌上睡。

李太太把孩子都打发睡了，掩上门，也正去睡，看到李先生伏案而睡，便向前摇撼着他道："这样子怎么能睡呢？"他抬起头来，看看太太并无怒容，因笑道："你要知道，并没有解除警报，可能随时有敌机临头。那时，大家因疲倦得久了，睡得不知人事。谁来把人叫醒？"李太太道："我们都是一样，跑了两天两夜的警报，就让你一个人守候警报，那太不恕道。"李先生笑着站起来，向太太一抱拳，因道："我的太太，你还和我讲恕道呀。你没有看到下江太太命令胡先生那个作风吗？可是人家胡先生除了唯命是从而外，连个名正言顺的称呼也得不着。太太是始终叫他小胡子。太太在屋子里打牌，先生在山上当监视哨，胡先生没有能耐，不能发出死光，把敌机烧掉，飞机临了头，下江太太挺好的一牌清一条龙没有和成……"

李太太笑道："别挨骂了，你绕着弯子说我。我们再来个君子协定。明天我不疏散了，我也不去躲公共洞子，村口上那家银行洞子，我得了四张防空证，连大带小，全可以进去。那里人少，洞子也坚固。干脆我明天带了席子和毯，带孩子在里面睡一天觉。你一个人还是去游山玩水。干粮和开水瓶，给你都预备好了。"李南泉道："那个银行洞子躲警报，太理想了。整个青石山里挖进去的洞子，里面有坐的椅子、睡的椅子，没有一个杂乱的人能进去。大概连灯火开水什么都齐全，到家又是三分钟的平路，我也愿意去。"李太太笑道："你不必去，免得闹别扭。"李南泉道："弄得四张入洞证，那太不容易呀。谁送给你的？"她回答了三个字："你徒弟。"李南泉听到这三个字，便感到什么都不好说，笑嘻嘻地站着。李太太道："她也领教过公共洞子的滋味，改躲银行洞子了。银行经理大概也是她老师。可比你这老师强得多呀。你是到山后去呢，还是……"李南泉笑道："你知道，我是绝不躲洞子的。"李太太想着，或者又有一场别扭，所以预先就把杨艳华提出来。她还没有提出真名实姓，只说了个"你徒弟"这一代名词，李先生就吃瘪了。

　　李南泉这也用不着什么考虑了，端了一张凉床，拦门而睡。其实这时天已大亮，还是安静的时间。四川的雾，冬日是整季的防空，在别的时候，半夜以后，依然有很大的防空作用。次日真睡到天亮以后，太阳出山，才开始有警报。这反正是大家预备好了的，一得消息，各自提了防空的东西，各自向预定的方向跑。李南泉因家中人今天是躲村口银行私洞，比往日更觉放心，锁了门，巡查家中一遍。带着旅行袋，提了手杖，径直就向山后大路上走。他知道去这里五六里路，有个极好的天然洞子，是经村子里住的一位宋工程师重新布置的。那宋工程师曾预约了好几回，到他们那洞子去躲避，这就顺了那方向径直走去。

　　那地方在四围小山中，凹下去一个小谷。小谷中间，外围是高粱地，中间绿森森地长了几百根竹子，竹子连梢到底，全是密密的竹叶子拥着，远看去，像堆了一座翠山。这小谷是由上到下逐渐凹下去的，那丛竹子的尖梢，还比人行的路要低矮些。李南泉曾听宋工程师说过，那个天然洞子就在这里，这就离开路向高粱地里走去。可是这里的高粱秆儿长得密密的，三寸的空间都没有，更不容易找到人行路。他绕着高粱地转了大半个圈子，遇到插出林子来的竹子，在那竹子上看到有顶半新的草帽。这就不找出路了，分开了高粱秸儿，就向前面钻了过去。到了那竹子下面，倒现出一条水冲刷的干沟，颇像一道人行路的坡子。坡子弯曲着，有两尺宽，两面的竹林梢，簇拥在沟两旁，遮盖得一点儿天日都没有。顺了沟向下走，倒反是在竹林的黄土地里拥出高低大小几十块大石头。翻过那石头，四围是竹林，中间凹下去很大一个深坑。很像是个无水的大池塘。这也就看出人工建筑来了。用石块砌着三四十层坡子，直伸到坑里去。接着石板坡，又是两道弯曲的木板扶梯，直到坑底。

他站在扶梯口上，情不自禁地咦了一声。这个惊讶的呼声，居然有了反应，洞底带着嗡嗡之音。伏在栏杆上仔细听时，好像放留声机，"未开言不由人泪流满面"，一句《四郎探母》的倒板，听得非常清楚。而且那"流"字微微一顿，活像是谭叫天唱片。心想，这就更奇了。躲警报有人带着麻将牌，更有人带话匣子。索性听下去，听出来了，那配唱的乐器，只有胡琴，不是唱片上那样有二胡、月琴、板鼓，分明是有人在这里唱戏。那嗡嗡之声，是洞子里的回音，闷着传了出来的。虽然不是唱片，这奇怪并不下带话匣，一唱一拉，是不亚于打牌难民的那番兴致的。

李南泉看到这种情形，倒也有些奇怪，这还有人在洞子里唱戏。向下看着，这个洞子绝像个极大的干井，四壁石墙湿淋淋的，玲珑的石块上流着水。洞底不但是湿的，而且还在细碎的石子上，流出一条沟。他走着板梯到洞底下，轻轻问了一声："有人吗？"也没有答应。石壁里面，《四郎探母》还唱得来劲，一段快板一口气唱完，没有停止。转过梯子，这才看到石壁脚下很大一道裂缝，又裂进去一个横洞，洞里亮着灯火，里面人影摇摇。

他咳嗽了两声，里面才有人出来。那个人在这三伏天，穿着毛线短褂子，手里夹着大衣。他认得这是名票友老唐，《四郎探母》就是他唱的了。老唐先道："欢迎欢迎，加入我们这个洞底俱乐部。李先生，你赶快穿上你那件大褂，这洞子里过的是初冬天气呢。"李南泉果然觉得寒气袭人，穿上大褂，和老唐走进洞子，里面有两条横板凳，男女带小孩坐了八九个人。除挂了一盏菜油灯，连吃喝用具，全都放在两个大篮子里。一个中年汉子坐着，手里拿了胡琴，见人进来，抱着胡琴拱手，这是个琴票，外号老马，和杨艳华也合作过的。

李南泉笑道："这里真是世外桃源，不想你们对警报躲得这样轻松凉快。这个井有六七丈深，横洞子在这个井壁里，已是相当保险。加上这里是荒山小谷，竹木森森，掩蔽得十分好。可惜我今天才发现，不然我早来了。"那个发现这个洞子的宋工程师，自然也在座中，便又道："好是很好，可是任什么不干，天亮来躲，晚上回去，经济上怎样支持得了？"宋工程师笑道："我们这是一个长期抗战的准备。知道敌人实施疲劳轰炸，我们也就坚壁清野，肯定地在这洞子里躲着。反正炸弹炸到这里，机枪射到这里，那不是百分比比得出来的。"老唐笑道："来消遣一段怎么样？我们合唱《珠帘寨》。"

李南泉心里想，这批人物，找得了这井中隧道，倒也十分安心。不过中国人全像这个样子，那就不大好谈抗战了。他如此想着，便笑道："不行，这洞子里太凉。我明天把棉衣服带来，才可以奉陪。"老唐道："你不在这里躲着，打算到哪里去？"他笑道："我权当你们一个监视哨，就在井上竹荫下坐着。听到有飞机声音，我下来报告。"说着，也不再和他们商量，自扶着梯子出洞来。

他一径地穿过竹林，走到高粱地里，向天空四周观望一下，立刻在皮肤上有种异样的感觉。便是地面上有一阵热气倒卷上来，由脚底直钻入衣襟里面。记得在南方，在有冷气设备的电影院里看电影，出场之后就是这个滋味。于是脱了大褂，就在竹林子里石头上坐着。所带的旅行袋里，吃的喝的，还有看的书，太太都已预备好了。拿出书来，坐在石头上看，倒是和躲警报的情绪相距在极反面。有时几架飞机也在空中经过，可是钻出竹林子来看，总是有些偏斜的。到了下午，索性把长衫当席子铺在草地上，足足睡上一觉。直到红日落山，地下俱乐部的那批人也都出来了，他趁着月色缓步回家。这日晚上的月色更好，敌机自也连续第三晚上的空袭。大家有了三日的经验，一切也是照常进行，到了次日，李南泉带上棉衣，带上更多的书，加入地下俱乐部。

这个地方躲警报，那完全是轻松的。除了听到飞机响声逼近，心里不免紧张一下，倒没有格外的痛苦。只是有家有室的，全成了野人，半夜归来，天亮就走。吃是冷饭，喝是冷水。家里的用具和细软，只是付之天命。炸弹中了，算是情理中事，炸弹不中，就算侥幸逃过。

这样到了第五天晚上，李南泉踏着月亮，由洞子回来，见整幢草屋静悄悄地蹲在山阴下，没有一点儿灯火，也没有人声。所有各家门户，全是倒锁着的，正是邻居们还在防空洞里未归。他所躲的地方，并没有情报，看这样子，想必还是在空袭情况中。所幸自己另带有一把钥匙，开了门。借着月光反映，在壶里找点儿冷开水喝后，端了一张凉板，放在廊檐上睡觉。一切是寂寞的，月光正当顶，照在对面山上，深深的山草像涂了一片银色，带些惨淡的意味。小树一棵棵由草里伸出来，显出丛丛的黑影，像许多魔鬼站在山上等机会抓人。夏天的虫子，细小的声音在草根下面叫。不但不能打破寂寞，在心境上，反是增加了寂寞。这屋下山涧里，还有一洼水未干，夜深了，青蛙出来找虫子吃，三五分钟，咕嘟两声。在这个村子里，夹溪而居的，本来将近二百户人家。平常的夏夜，人全在外面乘凉，说话声、小孩子唱歌声，总是闹成一片的。现时在月光地里，只有不点灯火的房屋影子断断续续蹲在山溪两岸，什么都是静止的，死过去了。

李南泉在凉板上睡着，由寂寞里发生出一种悲哀意味，正感到有点儿不能独自守下去，却听到溪岸那边发出了惊讶声。好像是个凶讯，他也惊着坐起来了。

166

第九章

人间惨境

溪岸那边的惊讶声，随着也就听清楚了，是这里邻居甄子明说话。他道："到这个时候，躲警报的人还没有回来，这也和城里的紧张情形差不多了。"李南泉道："甄先生回来了，辛苦辛苦，受惊了。"他答道："啊，李先生看守老营，不要提啦。几乎你我不能相见。"说着话，他走过了溪上桥，后面跟着一乘空的滑竿。他把滑竿上的东西取着放在廊子里，掏出钞票，将手电筒打亮，照清数目，打发两个滑竿夫走去。站在走廊上，四周看了看，点着头道："总算不错，一切无恙。内人和小孩子没什么吗？"李南泉道："都很好，请你放心。倒是你太太每天念你千百遍。信没有，电话也不通，不知道甄先生在哪里躲警报。"甄子明道："我们躲的洞子，倒还相当坚固。若是差劲一点儿，老朋友，我们另一辈子相见。"说着，打了个哈哈。

李南泉道："甄太太带你令郎现在村口上洞子里。他们为了安全起见，不解除警报是不回来的。你家的门倒锁着的，你可进不去了，我去和甄太太送个信吧。"甄子明道："那倒毋须，还是让他们多躲一下子吧。我是惊弓之鸟，还是计出万全为妙。"李南泉道："那也好，甄先生休息。我家里冷热开水全有，先喝一点儿。"说着，摸黑到屋子里，先倒了一大杯温茶给甄先生，又搬出个凳子来给他坐。甄先生喝完那杯茶，将茶杯送回。坐下去长长唉了一声，嘘出那口闷气，因道："大概上帝把这条命交还给我了。"李南泉道："远在连续轰炸以前，敌机已经空袭重庆两天了。现在是七天八夜，甄先生都安全地躲过？"他道：

"苦吃尽了，惊受够了，我说点儿故事你听听吧。我现在感到很轻松了。"于是将他九死一生的事说出来。

原来这位甄子明先生，在重庆市里一个机关内当着秘书。为了职务的关系，他不能离开城里疏散到乡下去，依然在机关里守着。当疲劳轰炸的第一天，甄子明因为他头一天晚上有了应酬，睡得晚一点儿，睡觉之后，恰是帐子里钻进了几个蚊子，闹得两三小时不能睡稳，起来重新找把扇子，在帐子里轰赶一阵。趁着夜半清凉，好好地睡上一觉。所以到早上七点钟，还没有起来。这时，勤务冲进房来，连连喊道："甄秘书，快起来吧，挂了球了。"在重庆城里的抗战居民，最担心的就是"挂了球了"这一句话。他一个翻身坐起，问道："挂了几个球?"勤务还不曾答复这句话，那电发警报器和手摇警报器同时发出了呜呜的响声。

空袭这个战略上的作用，还莫过心理上的扰乱。当年大后方一部分人，有这样一个毛病，每一听到警报器响，就要大便。尤其是女性，很有些人是响斯应。这在生理上是什么原因，还没有听到医生说过。反正离不了是神经紧张，牵涉到了排泄机关。甄先生在生理上也有这个毛病，立刻找着了手纸，前去登坑。好在他们这机关，有自设的防空洞，却也不愁躲避不及。他匆匆地由厕所里转回卧室来，要找洗脸水，恰是勤务们在收拾珍贵东西和重要文件，纷纷装箱和打包袱，并没有工夫来料理杂务。甄先生自拿了洗脸盆向厨房里去舀水，恰好厨子倒锁门要走，他首先报告道："火全熄了。快放紧急了，甄秘书你下洞吧。"

甄先生看到工役们全是这样忙乱，自己也没了主意，只好立刻到办公室里，把紧要文件和图章收在手皮包里，锁着门，赶快就向防空洞子里走。他们这防空洞，就在机关所在地的楼下。这里原是一座小山，楼房半凿了山壁建筑着，楼下便是半山麓。洞子门由山壁上凿进去，逐步向下二十来级，再把洞身凿平了，微弯着做个弧形，那端是另一个洞门，通到山外边。虽然这山是风化石的底子，洞顶上约莫有十来丈高，大家认为保险。洞里有电灯，这时电灯亮着，照见拦着洞壁的木板、撑着洞顶的木柱和柳条，一律是黄黄的颜色。这种颜色，好像是带有几分病态，在情绪不好的人看来，是可以让人增加不快的。

甄先生手上带了个手电筒，照着走进洞子，看到除了机关的人已在像坐电车似的，在两旁矮板凳坐着之外，还有不少职员的眷属，扶老携幼夹在长凳上坐着。洞子是条长巷，两旁对坐着人，中间膝盖弯着对了膝盖，也就只许一个人经过。而这些眷属们都是超过洞中名额加入的，各将自己带的小凳或包裹就在膝盖对峙中心坐着。甄先生在人缝里伸着腿，口里不住说着谦逊的话。只走了小半截洞子，电灯突然灭了。重庆防空的规矩，紧急警报五分钟后就灭电灯，这是表示紧急警报已过五分钟了。甄先生说了声"糟糕"，只好在人丛里先呆站着。但他是这机关里最高级的职员，他在洞子里有个固定的位置。无论如何管理洞子的负责人是不许别人占领的，这人是刘科员，准在洞中。

　　甄先生立刻叫了两声刘科员。他答道："甄秘书，快来吧，我给你把位子看守好了的。"他说着话，已由洞子那端打着电筒照了过来。甄先生借了个光，手扶着人家肩膀，腿试探着擦入人家腿缝，挤着向前。刘科员立刻拉着他的手，拖进了人丛。甄子明感觉到身边有个空隙，就挨着左右坐下的人，把身子塞下去坐着。洞子里漆黑，但听到刘科员在附近发言道："今天的警报，来得太早，洞子里菜油灯、开水全没有预备。大家原谅一点儿吧。"洞子里那头也有人答话。立刻有人轻喝道："别作声，来了。"同时，坐在洞子里的人，也就一个挨着一个，向里猛挤一挤。

　　他们这机关，在重庆新市区的东角，有些地方，还是空旷着没有人家的。两个洞口都向着空旷的地方，外面的声浪，还容易传进。大家早就听到轰咚轰咚几阵巨响。在巨响前后，那飞机马达声更是轧轧哄哄，响得天地相连，把人的耳朵和心脏一齐带进恐怖的环境中。甄先生是个晚年的人了，生平斯文一脉的，向不加入竞争恐怖的场合。现时在这窄小的防空洞里，听到这压迫人的声浪，他也不说什么，两手扶了弯起来的大腿，俯着身子呆呆坐着，不说话，也不移动，静默地像睡着了一样。他自进洞以后，足有三四小时就是这样的。直到有人在洞口喊着"挂休息球了"。有人缓缓向外走着。甄子明觉得周身骨节酸痛，尤其是腰部，简直伸不起来。他看到洞子里的人差不多都走出去了，自己扶着洞子壁，也就缓缓地向洞子外面走了出来。到了洞口首先感到舒适

169

的，就是鼻子呼吸不痛苦，周身的皮肤都触觉一阵清爽。

　　同事们有先出洞子的，这时楼上、楼下跑个不歇，补足所需要的东西。甄子明对别的需要还则罢了，早上起来，既未漱口，又没洗脸，这非常不习惯，眼睛和脸皮都觉绷着很难受。自己先回卧室里拿着洗脸盆，向厨下舀水。厨房门是开着了，却见刘科员站在厨房门口，大声叫道："各位，不能打洗脸水了，现在厨房里只剩大半缸冷水，全机关四五十人，煮饭烧水全靠这个。自来水管子被炸断了，没有水来。非到晚上找不着人去挑江水，这半缸水是不能再动了。"他是负着防空责任的人，他这样不断地喊着，大家倒不好意思去抢水，各各拿着空脸盆子回来。

　　甄子明是高级职员，要做全体职员的表率，他更不便向厨房里去，在半路上就折回来了。到了卧室里，找着手巾，向脸上勉强揩抹几下。无奈这是夏天，洗脸手巾挂在脸盆架子上过了夜，早是干透了心。擦在脸上，非常不舒服，只得罢了，提了桌上的茶壶，颠了两下，里面倒还有半壶茶，这就斟上一杯，也不用牙膏了，将牙刷子蘸着冷茶，胡乱地在牙齿上淘刷了一阵。再含着茶咕嘟几下，把茶吐了，就算漱了口。这就听到有人叫道："我们用电话问过了，第二批敌机快到了，大家先到洞门口等着吧，等球落下了再走也许来不及。"甄子明本来就是心慌，听了叫喊声，赶快锁了房门就走。锁了房门，将顺手带出来的东西拿起，这就不由得自己失笑起来。原来要带的是皮包，这却带的是玻璃杯子和牙刷。于是重新开了房门，将皮包取出，顺便将那半壶茶也带着。

　　这时听到人声哄然一声，甄子明料着是球落下去了，拿了东西，赶快就走。洞里不是先前那样漆黑，一条龙似的挂了小瓦壶的菜油灯。他走进洞子时，差不多全体难胞都落了座。他挨着人家面前走，有人问道："甄先生，还打算在洞子里洗脸漱口吗?"他道："彼此彼此，我们没有洗成脸，含了口冷茶就算漱了口了。"那人道："你已经漱了口，为什么还把漱口盂带到防空洞子里?"甄先生低头一看，也不觉笑了。原来是打算一手拿着皮包，一手提了那半壶茶。不想第二次的错误承袭了第一次的错误，还是放下了茶壶将漱口盂拿着来了。匆忙中，也来不及向人家解释这个错误，自挤向那固定的位置去坐着。

他身边坐着一位老同事陈先生，问道："现在几点钟了？早起一下床，就钻进防空洞。由防空洞里出来，脸都没洗到，第二次又钻进洞子来。"甄子明道："管他是几点钟，反正是消磨时间。"说毕，将皮包抱在怀里，两手按住了膝盖，身子向后一仰，闭了眼睛做个休息的样子。就在这时，听到洞里难民不约而同地轻轻放出惊恐声，连说着"来了来了"。又有人说："这声音来得猛烈，恐怕有好几十架。"更有人拦着："别说话，别说话。"接着就是轰轰两下巨响。随后啪嚓一声，有一阵猛烈的热风扑进洞子来。当这风扑进洞子来的时候，里面还夹杂着一些沙子。同时，眼前一黑，那洞子里所有的菜油灯亮完全熄灭。这无论是谁都理解得到，一定是附近地方中了弹。立刻呜咽呜咽，有两位妇人哭了。

甄子明知道这情形十分严重，心里头也怦怦乱跳。但是他是老教授出身，有着极丰富的新知识。他立刻意识到当热风扑进洞，菜油灯吹熄了的时候，在洞子里的人有整个被活埋的可能。现时觉得坐着的地方，并没有什么特别变化之处，那是炸弹已经爆发过去了，危险也已过去了。不过听那轰轰轧轧的飞机马达声，依然十分厉害地在头顶上响着，当然有第二次落下炸弹来的可能。大概在一声巨响之下，完全失去了知觉，这就是今生最后一幕了。他正这样揣想着生命怎样归宿，同时却感到身体有些摇撼。他心里有点儿奇怪，难道这洞子在摇撼吗？洞子里没有了灯火，他已看不出来这是什么东西在作怪。在这身体感到摇撼之中，自己的右手臂，是被东西震撼得最厉害的一处。用手抚摸着，他觉察出来了，乃是邻座陈先生，拼命地在这里哆嗦，在触觉上还可以揣摩得出来。他好像是落了锅的虾子，把腰躬了起来，两手两脚，全缩到一处。他周身像是全安上了弹簧，三百六十根骨节，一齐动作。为了他周身在动作，便是他嘴里也呼哧呼哧哼着。甄子明道："陈先生，镇定一点儿，不要害怕。"陈先生颤动着声音道："我……我……不、不怕，可是……他……他……他们还在哭。"甄子明也不愿多说话，依然用那两手按着膝盖，靠了洞壁坐着。也不知道是经过了多少时候，洞子里两个哭的人，已经把声音降低到最低限度，又完全停止了。有人轻轻地在黑暗中道："不要紧了，过去了。"

这个恐怖的时间，究是不太长，一会儿马达声没有了。洞子里停止了两个人的哭泣声，倒反是一切的声音都已静止过去，什么全听不到了。有人喝喝地在洞那头低声道："走了走了，出洞去看看吧。"也有人低低喝着去不得。究竟是那管理洞子的刘科员胆子大些，却擦了火柴，把洞子里的菜油灯陆续地点着。在灯下的难民们彼此相见，就胆子壮些。大家议论着刚才两三下大响，不知是炸了附近什么地方，那热风涌进洞子来，好大的力量，把人都要推倒。甄子明依然不说话，说不出来心里那份疲倦，只是靠了洞壁坐着。所幸邻座那位陈先生，已不再抖颤，坐得比较安适些。这就有人在洞口叫道，挂起两个球了，大家出来吧，我们对面山上中了弹。随了这声音，洞子里人陆续走出，甄子明本不想动，但听到说对面山上中了弹，虽是已经过去的事，心里总是不安的。最后，和那位打战的陈先生一路走出洞子。

　　首先让人有恍如隔世之感的，便是那当空的太阳。躲在洞子里的人，总以为时在深夜，这时才知道还是中午。所有出洞的人，这时都向对面小山上望着，有人发了呆，有人摇了头只说"危险"。有人带着惨笑，向同事道："在半空里只要百分之一秒的相差，就中在我们这里了。"甄先生一看，果然山上四五幢房子，全数倒塌，兀自冒着白烟。那里和这里的距离，也不过一二百步，木片碎瓦，在洞口上一片山坡，像有人倒了垃圾似的，撒了满地。再回头看看其他地方，西南角和西北角，都在半空里冒着极浓厚的黑烟，是在烧房子。

　　这种情形下，可以知道这批敌机炸的地方不少。甄子明怔怔地站了一会儿，却听到有人叫道："要拿东西的就拿吧。我们刚和防空司令部打过电话，说是第三批敌机已飞过了万县，说不定马上就要落下球来了。"甄子明听了这话，立刻想到过去四五小时，只喝了两口冷茶，也没吃一粒饭，再进洞子，又必是两小时上下。于是赶快跑上楼去，把那大半壶冷茶拿了下来。他到楼下，见有同事拿几个冷馒头在手上，一面走着，一面乱嚼。这就想到离机关所在地不远，有爿北方小吃馆，这必是那里得来的东西。平常看到那里漆黑的木板隔壁，屋梁上还挂了不少的尘灰穗子，屋旁边就是一条沟，臭气熏人，他们那案板，苍蝇上下成群，人走过去，哄哗一阵响着，面块上的苍蝇真像嵌上了黑豆和芝麻。

172

这不但是自己不敢吃，就是别人去吃，自己也愿意拦着，这时想着除了这家，并无别路，且把茶壶放在阶沿上，夹了那个寸步不离的大皮包，径直就向那家北方小馆跑了去。

他们这门外，是一条零落的大街，七歪八倒的人家，都关闭着门窗，街上被大太阳照着，像大水洗了一样，不见人影。到了那店门口时，只开了半扇门，已经有两个人站在门口买东西。那店老板站在门里，伸出两只漆黑的手，各拿了几个大饼，还声明似的道："没有了，没有了。"那两个人似乎有事迫不及待，各拿了大饼转身就跑。甄子明一看，就知无望，可是也不愿就走，就向前道："老板，我是隔壁邻居，随便卖点儿吃的给我吧。"

那店老板倒认得他，哦了一声道："甄秘书，真对不起，什么都卖完了。只剩一些炒米粉，是预备我们自己吃的，你包些去吧。"他说着，也知道时间宝贵，立刻找了张脏报纸，包了六七两炒米粉，塞到甄子明手上，问他要多少钱时，他摇着头道："大难当头，这点儿东西还算什么钱，今日的警报，来得特别紧张，你快回去吧，我这就关门。"随手已把半扇门关上。甄子明也无暇和他客气，赶快回洞。经过放茶壶的所在，把茶壶带着。但是拿在手上，轻了许多。揭开壶盖看时，里面的冷茶，又去了一半，但毕竟还有一些，依然带进洞去。不料，这小半壶茶和六七两炒米粉，却发生很大的作用，解除了这一天的饥荒。

这日下午，根本就没有出洞。直到晚上十二点钟以后，才得着一段休息时间。警报球的旗杆上，始终挂了两个红球。出得洞来，谁也不敢远去，都在洞门口空地上徘徊着，听听大家的谈话。有不少人是一天半晚，没吃没喝。甄子明找着刘科员，就和他商量着道："到这时候，还没有解除警报的希望。夏日夜短，两三个钟头以后就要天亮，敌机可能又来了。这些又饥又渴的人，怎么支持得住？火是不能烧，饭更不能煮，冷水我们还有大半缸，应该舀些来给大家喝。"刘科员道："现在虽然谈不到卫生，空肚子冷水，究竟不喝的好。"甄子明道："我吃了一包炒米粉，只有两小杯茶送下去。现在不但嗓子眼里干得冒烟，我胃里也快要起火了。什么水我不敢喝？"刘科员道："请等我十分钟，我一定想出个办法来。"说时，见有两个勤务在身边，扯了他们就跑。

甄子明也不知道刘科员是什么意思，自己依然是急于要水喝，他忙忙地向厨房去，不想厨房门依然关着，却有几个同事在门外徘徊。一个道："管他什么责任不责任，救命要紧，撞开门来，我们进去找点儿水喝。"只这一声，那厨房门早是轰咚一声倒了下来。随了这声响大家一拥而进，遥遥地只听到木瓢铁勺断续地撞击水缸响。甄子明虽维持着自己这份长衫朋友的身份，但嗓子眼里，阵阵向外冒着烟火，又忍受不住。看到还有人陆续地向厨房走去，嗓子好像要裂开，自己也就情不自禁地跟了进去。月亮光由窗户里射进来，黑地上，平常地印着几块白印，映着整群的人围着大水缸，在各种器具舀着冷水声之外，有许多许多咕嘟咕嘟的响声。那个在洞里发抖的陈先生也在这里，他舀了一大碗冷水，送过来道："甄秘书，你挤不上前吧？来一碗。"甄先生丝毫不能有所考虑，接过碗来，仰着脖子就喝了下去，连气都不曾喘过一下。陈先生伸过手来，把碗接过去，又舀着送了一碗过来，当甄子明喝那第一碗水的时候，但觉得有股凉气，由嗓子眼里直射注到肺腑里去，其余的知觉全没有。现在喝这第二碗水的时候，嘴里可就觉得麻酥酥的，同时，舌尖上还有一阵辣味。他这就感觉出来，原来那是装花椒的碗。正想另找只碗来盛水喝，可是听到前面有人喊叫着。大家全是惊弓之鸟，又是一拥而出。甄先生在黑暗中接连让人碰撞了好几下。他也站立不定，随着人们跑出来。到了洞门口时，心里这才安定，原来是刘科员在放赈。

　　刘科员放的赈品，却是很新鲜的，乃是每人两个冷馒头和一大块冷大饼，另外是大黄瓜一枚，或小黄瓜两枚。不用人说，大家就知道这黄瓜是当饮料用的。那喝过冷水的朋友，对黄瓜倒罢了。不曾喝水的人，对于这向来不大领教的生黄瓜，都当了宝物，各各掀起自己的衣襟，将黄瓜皮擦磨了，就当了江瑶柱咀嚼着。甄子明是吃炒米粉充饥的，虽然喝了两碗冷水，依然不能解渴。现在拿着黄瓜，也就不知不觉地送到口里去咀嚼。这种东西，生在城市里的南方人，实在很少吃过，现时嚼到嘴里，甜津津的，凉飕飕的，非常受用。大家抬头看见，那大半轮月亮，已经沉到西边天脚下去了。东方的天气，变作乳白色，空气清凉，站在露天下的人感到周身舒适。但抬头看西南角的两个警报台，全是挂着通红的两个大球。这就有一种恐怖和惊险的意味，向人心上袭来，吃的冷馒头和黄瓜，也就变了滋味。

这机关里也有情报联络员，不断向防空司令部通着电话。这时，他就站在大众面前，先吹了吹口哨，然后大声叫道："报告，诸位注意。防空司令部电话，现在有敌机两批，由武汉起飞西犯。第一批已过忠县，第二批达到夔府附近，可能是接连空袭本市。"大家听了这个消息立刻在心上加重了一副千斤担子。为了安全起见，各人便开始向洞子里走着。这次到洞子里以后，就是三小时，出得洞子，已是烈日当空。警报台上依然是挂两个球。这不像夜间躲警报，露天下不能站立。大家不在洞子继续坐着，也仅是在屋檐下站站。原因是无时不望了警报台上那个挂着球的旗杆。

这紧张的情形，实在也不让人有片刻的安适。悬两个球的时候，照例是不会超过一小时，又落下来了。警报台旗杆上的球不见了，市民就得进防空洞，否则躲避不及。因为有时在球落下尚不到十分钟，敌机就临头了。虽有时也许在一小时后敌机才到，可是谁也不敢那样大意，超过十分钟入洞。甄子明是六十岁的人了，两晚不曾睡觉，又是四十多小时，少吃少喝，坐在洞里，只是闭了眼，将背靠住洞壁。便是挂球他也懒得出来。在菜油灯下，看到那些同洞子的人，全是前仰后合，坐立不正，不是靠在洞壁上，就是两腿弯了起，俯着身子，伏在膝盖上打瞌睡。

到了第二个日子的下午三点钟，洞子里有七八个人病倒，有的是泻肚，有的是头晕，有的是呕吐，有的说不出什么病，就在洞子地上躺着了。洞子里虽也预备了暑药，可是得着的人，又没有水送下肚去。在两个球落下来之后，谁也不敢出洞去另想办法。偏是在这种大家焦急的时候，飞机的马达声在洞顶上是轰雷似的连续响着。这两日来虽是把这声音听得惯了，但以往不像这样猛烈。洞子里的人，包括病人在内，连哼声也不敢发出。各人的心房，已装上了弹簧，全在上上下下地跳荡。那位陈先生还是坐在老地方，他又在筛糠似的抖颤。他们这个心理上的作用是相当灵验的，耳朵边震天震地的一下巨响，甄子明在沙土热风压盖之下，身体猛烈地颤动了一下，人随着晕了过去，仿佛听到洞子里一片

175

惨叫和哭声涌起，却不知道发生了什么事情。有两三分钟的工夫，知觉方始恢复。首先抢着抚摸了一片身体，检查是否受了伤。

这当然是下意识作用，假如自己还能伸手摸着自己痛痒的话，那人的生命就根本没有受到损害。甄子明有了五分钟的犹豫，智识完全恢复过来了。立刻觉得，邻座的陈先生已经颤动得使隔离洞壁的木板，都咯吱咯吱地响着。他已不觉得有人，只觉一把无靠的弹簧椅子，放在身边，它自己在颤动着，把四周的人也牵连着颤动了。他想用两句话去安慰他，可是自己觉得心里那句话到了舌头尖上，说又忍受住了，说不出来。不过，第二个感觉随着跟了来，就是洞子里人感到空虚了。全洞子烟雾弥漫，硫黄气只管向鼻子里袭击着，滴滴嗒嗒，四周全向下落着碎土和沙子。这让他省悟过来了，必是洞子炸垮了。赶紧向洞子口奔去，却只是有些灰色的光圈，略微像个洞口。

奔出了洞口，眼前全是白雾，什么东西全看不见。在白雾里面，倒是有几个人影子在晃动。他的眼睛虽不能看到远处，可是他的耳朵却四面八方去探察动静。第一件事让他安心的，就是飞机马达声已完全停止。他不问那人影子是谁，就连声地问道："哪里中了弹？哪里中了弹？"有人道："完了完了，我们的机关全完了。"甄先生在白雾中冲了出来，首先向那幢三层楼望着，见那个巍峨的轮廓并没有什么变动。但走进两步，就发现了满地全是瓦砾砖块，零碎木料和正挡了去路、一截电线杆带了蜘蛛网似的电线，把楼下那一片空地完全占领了。站住了脚，再向四周打量一番，这算看清楚了，屋顶成了个空架子，瓦全飞散了。

他正出着神呢，有个人叫道："可了不得，走开走开，这里有个没有爆发的炸弹！"甄子明也不能辨别这声音自何而来，以为这个炸弹就在前面，掉转身就跑。顶头正遇着那个刘科员，将手抓住了他的衣袖道："危……危……危险，屋子后……后面有个没有爆发的炸弹。"刘科员道："不要紧，我们已经判明了，那是个燃烧弹。我们抢着把沙土盖起来了。没事。"说毕，扭身就走。甄子明虽知道刘科员的话不会假，可是也不敢向屋子里走，远远地离开了那铁丝网的所在，向坡子下面走。

这时，那炸弹烟已经慢慢消失了，他没有目的地走着，却被一样东西绊了一下，低头看时，吓得哎呀一声，倒退了四五步，几乎把自己摔倒了。原来是半截死尸，没有头，没有手脚，就是半段体腔。这体腔也不是整个的，五脏全裂了出来。他周身酥麻着，绕着这块地走开，却又让一样东西劈头落来，在肩膀上重重打击了一下。看那东西落在地上，却是一条人腿，裤子是没有了，脚上还穿着一只便鞋呢。甄子明打了个冷战，站着定了一定神，这才向前面看去。约莫在二三百步外，一大片民房，全变成了木料砖瓦堆，在这砖瓦堆外面，兀自向半空中冒着青烟，已经有十几个救火的人，举着橡皮管子向那冒烟的地方灌水。这倒给他壮了壮胆子，虽是空袭严重之下，还有这样大胆子的人，挺身出来救火。他也就放下了那颗不安的心，顺步走下山坡，向那被炸的房子，逼近一些看去。恰好这身边有一幢炸过的屋架子，有两堵墙还存在，砖墙上像浮雕似的，堆了些惨紫色的东西，仔细看时，却是些脏腑和零块的碎肉紧紧粘贴着。

甄子明向来居心慈善，人家杀只鸡、鸭，都怕看得。这时看到这么些个人腿、人肉，简直不知道全身是什么感触，又是酥麻，又是颤抖，这两条腿好像是去了骨头，兀自站立不住，只管要向下蹲着。他始终是不敢看了，在地下拾起一根棍子，扶着自己，就向洞子里走来，刚好，警报球落下，敌机又到了。甄先生到了这时，已没有过去五十小时的精力，坐在洞子里，只是斜靠了洞壁，周身瘫软了。因为电线已经炸断，洞子里始终是挂着菜油灯。他神经迷糊着，人是昏沉地睡了过去。有时也睁开眼睛来看看，但见全洞子人都七歪八倒，没有谁是正端端地坐着的。也没有了平常洞子里那番嘈杂。全是闭了眼、垂了头，并不作声。在昏黄的灯光下，看到人头挤着人头的那些黑影子，他心想着，这应当是古代殉葬的一群奴隶吧？读史书的时候，常想象那群送进墓穴里的活人，会是什么惨状。现在若把左右两个洞门都塞住了，像这两天敌人的炸法，任何一个地方，都有被炸的可能。全洞人被埋，那是很容易的事。他沉沉地闭了眼想着，随后又睁开眼来看看。看到全洞子里，都像面粉捏的人，有些沉沉弯腰下坠。他推想着，大概大家都有这个感想吧？正好飞机的马达声、高射炮轰鸣声，在洞外半空里发出了交响曲。

他的心脏，随了这声音像开机关枪似的乱跳。自己感到两只手心冰凉，像又湿黏黏的，直待天空的交响曲完毕，倒有了个新发明，平常人说捏两把冷汗，就是这样的了。

空袭的时间，不容易过去，也容易过去。这话怎么说呢？当然那炸弹乱轰的时候，一秒钟的时间，真不下于一年。等轰炸过去了，大家困守在洞里，不知道外面是什么时间，根本没有人计算到时间上去，随随便便，就混过去了几小时。甄子明躲了这样两日两夜的洞子，受了好几次的惊骇，人已到了半昏迷的状态，飞机马达响过去了，他就半迷糊地睡着。但洞子里有什么举动，还是照样知道。

这晚上又受惊了三次，已熬到了雾气漫空的深夜。忽然洞子里哄然一声，他猛可地一惊。睁开眼来，菜油灯光下，见洞子里的人纷纷向外走去，同时也有人道："解除了！解除了！"他忽然站起来道："真的解除了？"洞中没有人答话，洞口却有人大叫道："解除了，大家出来吧。"甄子明说不出心里有种什么感觉，仿佛心脏原是将绳子束缚着的，这时却解开了。他拿起三日来不曾离手的皮包，随着难友走出洞子，那警报器呜呜一声长鸣，还没有完了。这是三日来所盼望，而始终叫不出来的声音，自是听了心里轻松起来。但出洞的人，总怕这是紧急警报，大家纷纷地找着高处，向警报台的旗杆上望去。果然那旗杆上已挂着几尺长的绿灯笼。同时，那长鸣的警报器并没有间断声，悠然停止。解除警报声，本来是响三分钟，这次响得特别长，总有五分钟之久。站在面前的难友，三三五五，叹了气带着笑声，都说"总算解除了"，正自这样议论，却有一辆车，突然开到了机关门口。

甄子明所服务的这个机关，虽是半独立的，可是全机关里只有半辆汽车。原来他们的金局长，在这个机关坐的是另一机关的车子。这时来了车子，大家不约而同地有一个感觉，知道必是金局长到了。局长在这疲劳轰炸下，还没有失了他的官体，穿着笔挺的米色西服，手里拿了根手杖，由汽车上下来。他顺了山坡，将手杖指点着地皮，走一下，手杖向地戳一下，相应着这个动作，还是微微一摇头，在这种情形下，表示了他的愤慨与叹息。

在这里和金局长最接近的，自然是甄子明秘书了，他夹着他那个皮包，颠着步伐迎到金局长面前，点了头道："局长辛苦了。"这时，天色已经大亮，局长一抬头看到他面色苍白，两只颧骨高撑起来，眼睛凹下去两个洞，便向他注视着道："甄秘书，你倒是辛苦了。"他苦笑道："同人都是一样。我还好，勉强还可以撑持，可是同人喝着凉水，受着潮湿，病了十几个人了。"金局长说着话，向机关里走。他的办公室设在第二层楼。那扇房门，已倒塌在地上。第三层楼底的天花板，震破了几个大窟窿。那些粉碎的石灰，和窗户上的玻璃屑子，像大风刮来的飞沙似的，满屋都撒的是。尤其那办公桌上，假天花板的木条有几十根堆积在上面。还有一根小横梁，卷了垮下来的电灯线，将进门的所在挡住。看这样子，是无法坐下的了。金局长也没有坐下去，就在全机关巡视了一番。总而言之，屋顶已是十分之八没有瓦，三层楼让碎瓦飞沙掩埋了，动用家具，全部残破或紊乱。于是走到楼底下空场，召集全体职员训话。

金局长站在台阶上，职员站在空地上围了几层。金局长向大家看看，然后在脸上堆出几分和蔼的样子，因道："这两天我知道各位太辛苦了。但敌人这种轰炸法，就是在疲劳我们。我们若承认了疲劳，就中了他们的计了。他只炸得掉我们地面一些建筑品，此外我们没有损失，更不会丝毫影响军事。就以我们本机关而论，我们也仅仅是碎了几片玻璃窗户。这何足挂齿？他炸得厉害，我们更要工作加紧。"大家听了这一番训话，各人都在心里拴上了一个疙瘩。各各想着，房子没有了顶，屋子里全是灰土，人又是三天三晚没吃没喝没睡觉，还要加紧工作吗？金局长说到了这里，却立刻来了一个转笔，他道："好在我们这机关，现在只是整理档案的工作，无须争取这一两天的时间。我所得到的情报，敌人还会继续轰炸几天。现在解除警报，不是真正地解除警报，我们警戒哨侦察得敌机还入川境不深，就算解除。等到原来该放警报的时间，前几分钟挂一个球。所以现在预行警报的时间，并不会太久。这意思是当局让商人好开店门做买卖，让市民买东西吃。换句话说，今日还是像前、昨两日那样紧张。为了大家安全起见，我允许各位有眷属在乡下的，可以疏散回家去。一来喘过这口气，二来也免得家里人挂心。"这点儿恩惠，让职员们太感激了，情不自禁地哄然一声。金局长脸上放出了笑意，接着道："时间是宝贵的，有愿走的，立刻就走，我给各位五天的假。"

这简直是皇恩大赦，大家又情不自禁地哄然了一声。金局长接着道："我不多不少，给你们五天的假，那是有原因的。这样子办，可以把日子拖到阴历二十日以后去，那时纵有空袭，也不过是白天的事。我们白天躲警报，晚上照样工作。在这几天假期中，希望各位养精蓄锐，等到回来上班的时候，再和敌人决一死战。"说着，他右手捏了个拳头，左手伸平了巴掌，在左手心里猛可地打了一下，这大概算是金局长最后的表示，说完了，立刻点了个头就走下坡子。这些职员，虽觉得皇恩大赦虽已颁发，可是还有许多细则，有不明白的地方，总还想向局长请示。大家掉转身来，望了局长的后影，他竟是头也不回，直走出大门口上车而去。

有几位见机而作的人，觉得时间是稍纵即逝。各人拿上衣服，打算就走。可是不幸的消息立刻传来，警报器呜呜长鸣，不曾挂着预行警报球，就传出了空袭警报。随后，大家也就是一些躲洞子的例行手续。偏是这天的轰炸，比过去三日还要猛烈，一次连接着一次。这对甄子明的伙伴是个更重的打击。在过去的三日，局长并不曾说放假，大家也就只有死心塌地地等死。现在有了逃生的机会，却没有了逃生的时间。各人在恐怖的情绪中，又增加了几分焦急。直到下午三点钟，方才放着解除警报。甄子明有了早上那个经验，赶快跑进屋子去，在灰土中提出了一些细软，扯着床上的被单，连手提包胡乱地卷在一处，夹在腋下，赶快就走，到了大门口，约站了两分钟，想着有什么未了之事没有。但第二个感想，立刻追了上来，抢时间是比什么东西都要紧。赶快就走吧，他再没有了考虑，夹了那个包袱卷就走。

他这机关，在重庆半岛的北端，他要到南岸去，正是要经过这个漫长的半岛，路是很远的。他赶到马路上，先想坐公共汽车，无奈市民的心都是一样的，停在市区的大批车辆，已经疏散下乡，剩着两三部车子在市区里应景，车子里的人塞得车门都关不起来。经过车站，车子一阵风开过去，干脆不停。甄子明也不敢做等车的希望，另向人力车去想法，偏巧所有的人力车都是坐着带着行李卷的客人的。好容易找着一辆空车，正要问价钱，另一位走路人经过，他索性不说价钱，坐上车子去，叫声"走"，将脚在车踏板上连顿几下。甄子明看到无望，也就不再做坐车的打算，加紧了步子跑。

那夏天的太阳，在重庆是特别晒人。人在阳光里，仿佛就是在火罩子里行走。马路面像是热的炉板，隔了皮鞋底还烫着脚心。那热气不由天空向下扑，却由地面倒卷着向上冲，热气里还夹杂了尘土味。他是个老书生，哪里拿过多少重量东西，他腋下夹着那个包袱卷，简直夹持不住，只是向下沉。腋下的汗顺着手臂流，把那床单都湿了几大片。走到了两路口附近，这是半岛的中心，也是十字路口，可以斜着走向扬子江边去。也就为了这一点，成了敌机轰炸的重要目标。甄子明走到那里还有百十步路，早是一阵焦煳的气味由空气里传来，向人鼻子里袭去。而眼睛望去，半空里缭绕着几道白烟。

这些现象，更刺激着甄子明不得不提快了脚步走。走近了两路口看时，那冒白烟的所在，正是被炸猛烈的所在，一望整条马路，两旁的房屋全已倒塌。这带地点，十之八九是川东式的木架房子，很少砖墙。屋子倒下来，屋瓦和屋架子堆叠着压在地面，像是秽土堆。两路口的地势，正好是一道山梁，马路是山梁背脊。两旁的店房，前临马路，后面是木柱在山坡上支架着的吊楼。现在两旁的房屋被轰炸平了，山梁两边，全是倾斜的秽土堆，又像是炮火轰击过的战场。电线柱子炸断了，还挨着地牵扯了电线，正像是战地上布着电网。尤其是遍地在砖瓦木料堆里冒着的白烟，在空气里散布着硫黄火药味，绝对是个战场光景。这里原是个山梁，原有市房挡住视线。这时市房没有了，眼前一片空洞，左看到扬子江，右看到嘉陵江，市区现出了半岛的原形，这一切是给甄子明第一个印象。随着来的，是两旁倒的房子，砖瓦木架堆里，有家具分裂着，有衣被散乱着，而且就在面前四五丈路外，电线上挂了几串紫色的人肠子，砖堆里露出半截人，只有两条腿在外。这大概就是过去最近一次轰炸的现象，还没有人来收拾。他不敢看了，赶忙就向砖瓦堆里找出还半露的一条下山石坡，向扬子江边跑，在石坡半截所在，有二三十个市民和防护团丁，带了锹锄铁铲，在挖掘半悬崖上一个防空洞门。同时有人弯腰由洞里拖着死人的两条腿，就向洞口砖瓦堆上放。

他看到这个惨象，已是不免打了一个冷战。而这位拖死尸的活人，将死人拖着放在砖瓦堆上时，甄子明向那地方看去，却是沙丁鱼似的，排了七八具死尸。离尸首不远，还有那黄木薄板子钉的小棺材，像大抽屉似的，横七竖八，放了好几具。这种景象的配合，让人看着实在难受，他一口气跑下坡，想把这惨境扔到身后边去。不想将石坡只走了一大半，这是在山半腰开辟的一座小公园，眼界相当空阔。一眼望去，在这公园山顶上，高高地有个挂警报球的旗杆，上面已是悬着一枚通红的大球了。甄子明这倒怔了一怔。这要向江边渡口去，还有两三里路，赶着过河，万来不及，若要回机关去躲洞子，也是两里来路，事实上也赶不及。

正好山上、山下两条路，纷纷向这里来着难民，他们就是来躲洞子的。这公园是开辟着之字路，画了半个山头的。每条之字路的一边都有很陡的悬崖。在悬崖上就连续地开着大洞子门。每个洞子门口，已有穿了草绿色制服的团丁，监视着难民入洞。甄子明夹了那包袱卷，向团丁商量着，要借洞子躲一躲。连续访过两个洞口，都被拒绝。他们所持的理由，是洞子有一定的容量，没有入洞证是不能进去的。说话之间，已放出空袭警报了，甄子明站在一个洞门边，点头笑道："那也好，我就在这里坐着吧，倘若我炸死，你这洞子里人，良心上也说不过去。"一个守洞口的团丁，面带了忠厚相，看到他年纪很大，便低声道："老太爷，你不要吼。耍一下嘛，我和你想法子。"甄子明笑道："死在头上，我还耍一下呢。"

那个团丁，倒是知道他的意思，便微笑道："我们川人说耍一下，就是你们下江人说的等一下。我们川人这句话倒是搁不平。我到过下江，有啥子不晓得？"甄子明道："你老哥也是出远门的人，那是见多识广的了。"那团丁笑道："我到过汉口，我还到过开封。下江都是平坝子，不用爬坡。"甄子明道："可是凿起防空洞来，那可毫无办法了。"他说这话，正是要引到进洞子的本问题上来。那团丁回头向洞里张望了一下，低声笑道："不生关系。耍一下，你和我一路进洞子去，我和你找个好地方。"甄子明知道没有了问题，就坐在放在地上的包袱卷上。掏出一盒纸烟和火柴来，敬了团丁一支烟，并和他点上。这一点儿手腕，完全发生了作用。一会儿发了紧急警报，团丁就带着甄子明一路进去。

这个洞子纯粹是公共的，里面是个交叉式的三个隧道，分段点着菜油灯，灯壶用铁丝绕着，悬在洞子的横梁上。照见在隧道底上，直列着两条矮矮的长凳。难民一个挨着一个，像蹲在地上似的坐着。穿着制服的洞长和团丁，在隧道交叉点上站着，不住四面张望。这洞子有三个洞口，两个洞口上安设打风机，已有难民里面的壮丁，在转动着打风机的转钮。有两个肩上挂着救济药品袋的人，在隧道上来去走着。同时，并看到交叉点上有两只木桶盖着盖子。桶上写着有字：难民饮料，保持清洁。他看到这里，心里倒暗暗叫了一声惭愧。这些表现，那是比自己机关里所设私有洞子要好得多了。而且听听洞子里的声音，也很细微，并没有多少人说话。

但这个洞子的秩序虽好，环境可不好。敌机最大的目标，就在这一带。那马达轰轰轧轧的响声，始终在头上盘旋。炸弹的爆炸声，也无非在这左右前后。有几次，猛烈的风由洞口里拥进，洞子里的菜油灯完全为这烈风扑熄。但这风是凉的，难胞是有轰炸经验的，知弹着点还不怎样地近。要不然，这风就是热的了。那个洞长，站在隧道的交叉点上，每到紧张的时候，就用很沉着的声音报告道："不要紧，大家镇定，镇定就是安全。我们这洞子是非常坚固的。"这时，洞子里倒是没有人说话。在黑暗中，却不断地呼哧呼哧地响，是好几处发出惊慌中的微小哭声。

甄子明心里可就想着，若在这个洞子里炸死了，机关里只有宣告秘书一名失踪，谁会知道甄子明是路过此地藏着的呢？转念一想，所幸那个团丁特别通融，放自己进洞子来，若是还挡在洞外，那不用炸死，吓也吓死了。他心里稳住了那将坠落的魂魄，环抱着两只手臂，紧闭了眼睛，呆坐在长板凳的人丛中。将到两小时的熬炼，还是有个炸弹落在最近，连着沙土拥进一阵热风。轰隆咚一下大响，似乎这洞子都有些摇撼。全洞子人齐齐向后一倒，那种呼哧呼哧的哭声，立刻变为哇哇的大哭声。就是那屡次高声喊着"镇定"的洞长，这时也都不再叫了。甄子明也昏过去了，不知道作声，也不会动作。又过去了二三十分钟，天空里的马达声，方才算是停止。那洞长倒是首先在黑暗中发言道："不要紧，敌机过去了，大家镇定。"

又是半小时后，团丁在洞子口上，吹着很长一次口哨，这就是代替解除警报的响声。大家闷得苦了，哄然着说了一声："好了好了！"大家全向洞外走来。那洞长却不断地在人丛中叫道："不要挤，不要挤，不会有人把你们留在这里的。"甄子明本来深怕又被警报截住了，恨不得一口气冲过洞去。但是这公共洞子里的人，全守着秩序，自己是个客位，越是不好意思挤，直等着洞子里走得稀松了，然后夹了那包袱卷儿，慢慢随在人后面走。

到了洞外，见太阳光变成血红色，照在面前山坡黄土红石上，很是可怕。这第一是太阳已经偏西，落到山头上了。第二是这前前后后，全是烧房子的烟火，向天上猛冲。偏西的那股烟雾，却是黑云头子在堆宝塔。一团团的黑雾，只管向上去堆叠着高升。太阳落在烟雾后面，隔了烟阵，透出一个大鸡子黄样的东西。面前有三股烟阵，都冲到几十丈高。烟焰阵头到了半空，慢慢地散开，彼此分布的烟网，在半空里接近，就合流了。半空里成了雾城。这样的暑天，现在四面是火，好像烟煳气味里，带有一股热浪，只管向人扑着。甄子明脱下了身上一件旧蓝布大褂，做了个卷，塞在包袱里。身上穿着白色变成了灰黑色的短褂裤，将腰带紧了一紧。把秘书先生的身份先且丢到一边，把包袱卷扛在左肩上，手抓了包袱绳子，拔开脚步就跑。他选择的这个方向，正是火焰烧得最猛烈的所在。越近前，烟煳气越感到浓厚。这是沿江边的一条马路，救火的人正和出洞的难民在路上奔走。

这条马路叫作林森路，在下半城，是最繁华的一条街，军事委员会也就在这条路的西头。大概就为了这一点，敌机在这条沿扬子江的马路上，轰炸得非常之厉害。远远看去，这一带街道，烟尘滚滚，所有人家房屋，全数都被黑色的浓烟笼罩住。半空里的黑烟非常之浓，漆黑一片，倒反是笼罩着一片紫色的火光。甄子明一面走着，一面四处张望着警报台上的旗杆，因所有的旗杆上，都还挂着一个绿色的长灯笼。他放下了那颗惊恐的心，放开步子走，他跑进了一大片废墟。那被炸的屋子，全是乱砖碎瓦的荒地，空洞洞的，一望半里路并没有房屋。其门偶然剩下两堵半截墙，都烧得红中带黄，远远就有一股热气熏人。在半堵墙里外，栽倒着铁质的窗格子，或者是半焦煳的短柱，散布的黑烟就滚着上升，那景象是格外荒凉的。在废墟那一头，房子还在焚烧着，正有大群的人在火焰外面注射着水头。甄子明舍开了马路，折向临江的小街，那更是惨境了。

这带临江小街，在码头悬崖下，有时撑着一段吊楼，只是半边巷子。有时棚子对棚子，只是一段烂泥脏水浸的黑巷子。现在马路上被轰炸了，小街上的木板竹子架撑的小矮房全都震垮了，高高低低，弯弯曲曲，全是碎瓦片压住了一堆木板竹棍子。这时，天已经昏黑了，向码头崖上看，只是烟焰。向下看，是一片活动的水影。这些倒坍的木架瓦堆，偶然也露出尺来宽的一截石板路。灯火是没有了，在那瓦堆旁边，间三间四地有豆大的火光，在地面上放了一盏瓦檠菜油灯。那灯旁边，各放着小长盒子似的白木板棺材。有的棺材旁边，也留着一堆略带火星的纸钱灰。可是这些棺材旁边，全没有人。

甄子明误打误撞地走到这小废墟上，简直不是人境。他心里怦怦跳着，想不看，又不能闭上眼睛，只有跑着在碎瓦堆上穿过。可是一盏豆大的灯光，照着一口白木棺材的布景，却是越走越有，走了一二百步路，还是这样地陈列着。走到快近江边的所在，有一幢半倒的黑木棚子，剩了个无瓦的空架子了。在木架子下，地面上斜摆着一具长条的白木棺材。那旁边有一只破碗，斜放在地上，里面盛了小半碗油，烧着三根灯草，也是豆子大的一点黄光。还有个破罐子，盛了半钵子纸灰。这景致原不怎样特别，可是地面上坐着一位穿破衣服的老太婆，蓬着一把苍白头发，伏在棺材上，窸窸窣窣地哭着。甄子明看到这样子，真要哭了，看到瓦砾堆中间，有一条石板路，赶快顺着石板坡子向下直跑，口里连连喊着："人间惨境！人间惨境……"

第十章

残月西沉

在这天晚上，甄子明过了江，算是脱离了险境。雇着一乘滑竿，回到乡下，在月亮下面和李南泉谈话，把这段事情告诉过了。李南泉笑道："这几天的苦，那是真够甄先生熬过来的。现在回来了，好好休息两天吧。"甄子明摇摇头道："嗐，不能提，自我记事以来，这还是第一次，四日四夜，既没有洗脸，也没有漱口。"李南泉笑道："甄先生带了牙刷没有？这个我倒可以奉请。"于是到屋子里去，端着一盆水出来，里面放了一玻璃杯子开水，一齐放到阶沿石上，笑道："我的洗脸手巾是干净的，舍下人全没有沙眼。"他这样一说，甄子明就不好意思说不洗脸了。他蹲在地上洗过脸，又含着水漱漱口，然后昂起头来，长长地叹了口气，笑道："痛快痛快，我这脸上，起码轻了两斤。"李南泉笑道："这么说，你索性痛快痛快吧。"于是又斟了一杯温热的茶，送到甄子明手上。他笑道："我这才明白无官一身轻是怎么一回事了。我若不是干这什么小秘书，我照样地乡居，可就不受这几天惊吓了。"

这时，忽然山溪那边，有人接了嘴道："李老师，你们家有城里来的客人吗？"李南泉道："不是客人，是邻居甄先生。杨小姐特意来打听消息的？"随了这话，杨艳华小姐将一根木棍子敲着板桥嘻嘻地笑了过来，一面问道："有狗没有？有蛇没有？替我看着一点儿，老师。"甄子明见月光下面走来一个身段苗条的女子，心里倒很有几分奇怪，李先生哪里有这么一位放浪形骸的女学生？她到了面前，李南泉就给介绍着道："这就是由城里面回来的甄先生。杨小姐，你要打听什么消息，

186

你就问吧。准保甄先生是知无不言。"

甄子明这位老先生，对于人家来问话，总是客气的，便点着头道："小姐，我们在城里的人，也都过的是洞中生活。不是担任防护责任的，谁敢在大街上走？我们所听到，反正是整个重庆城，无处不落弹。我是由林森路回来的，据我亲眼看到的，这一条街，几乎是烧完炸完了。"杨艳华道："我倒不打听这么多，不知道城里的戏馆子，炸掉了几家？"甄先生听她这一问，大为惊奇，反问着道："杨小姐挂念着哪几家戏馆子？"李南泉便插嘴笑道："这应当让我来解释的。甄先生有所不知，杨小姐是梨园行人。她惦记着她的出路，她也惦记着她的同业。"甄子明先哦了一声，然后笑道："对不起，我不大清楚。不过城里的几条繁华街道完全都毁坏了。戏馆子都是在繁华街道上的，恐怕也都炸了。杨小姐老早就疏散下乡来了的吗？有贵老师在这里照应，那是好得多的。"李南泉笑道："甄先生你别信她。杨小姐客气，要叫我老师，其实是不敢当。她和内人很要好。"甄先生听了他的解释，得知他的用意，也就不必多问了，因道："杨小姐，请坐。还有什么问我的吗？"

就在这时，警报器放着了解除的长声，杨艳华道："老师，我去和你接师母师弟去吧。"说着，她依然拿了那根木棍子，敲动着桥板，就走过。这桥板是横格子式的，偶不在意，棍子插进桥板格子的横空当，人走棍子不走，反是绊了她的腿，人向前一栽，扑倒在桥上。桥上自轰咚一下响。在月亮下面，李南泉看她摔倒了，立刻跑过去，弯身将她扶起。杨艳华带了笑声，哎哟了几句。人是站起来，兀自弯着腰，将手去摩擦着膝盖。李南泉道："擦破了皮没有？我家里有红药水，给你抹上一点儿吧。"杨艳华笑着，声音打战，摇摇头道："哎哟，没有破，没关系。"随手就扶了李先生搀着的手。他道："你在我这里坐一下吧，我去接孩子们了。"说着，就扶了她走过桥，向廊子下走来。

在这个时候，李太太在山溪对岸的人行路上，就叫起来了。她道："老早解除了，家里为什么不点上灯？"杨艳华叫道："师母，你就回来了？我说去接你的，没想到在你这桥上摔着了。老师在和我当着看护呢。"一会儿工夫，李太太带着孩子们一路埋怨着回来了。她道："你这些孩子真是讨厌，躲了一天的警报，还不好好回家，只管一路上磨

187

咕。回家去，一个揍你一顿。"李南泉听这口风不大好，立刻过了桥迎上前去。见太太抱着小玲儿，就伸手要接过来。她将身子一扭道："我们都到家了，还要你接什么？"李南泉不好说什么，只得悄悄跟在后面，一路回到走廊上。

杨艳华弯着腰，掀开了长衫底襟，还在看那大腿上的伤痕呢。这就代接过小玲儿来抱着，抚摸了她的小童发，因道："小妹妹，肚子饿了吧？我给你找点儿吃的去。师母，你要吃什么，我还可以到街上去找得着。"李太太摸着火柴盒，擦了一根，亮着走进屋去，一面答着道："杨小姐，你也该休息了，你不累吗？"杨艳华抱着小玲儿，随着走进屋来，笑道："今晚上我根本没有躲洞子。"李南泉在窗子外接嘴问道："那么，你在家里才出来吗？"杨艳华便道："我在家门口一个小洞子里预备了个座位。事实上是和几位邻居在院坝里摆龙门阵。到了这样夜深，我想应该没有事了，特意来看看师母。"李太太笑道："那可是不敢当了。在躲警报的时候，还要你惦记着我。"杨艳华道："我还有一件事，向老师来打听，老师说认识院长手下一位孟秘书，那是真的吗？"

李太太亮上了菜油灯，拍着杨小姐的肩膀，笑道："请坐吧。玲儿下来，别老让杨姑姑抱着。人家身体多娇弱，抱不动你。"小玲儿溜下地了，扯着杨艳华的衣服道："杨姑姑力气大得很，我看到她在戏台上打仗。我长大了也学杨姑姑那样打仗。"她就手抚了小玲儿的童发，笑道："趁早别说这话，要再说这话你爸爸会打你的。戏台上的杨姑姑，学不得的。不，就是戏台下的杨姑姑也学不得的。你明天读书进大学，毕了业之后，做博士。"小玲儿道："妈，什么叫博士？"李太太笑道："博士吗？将来和杨姑姑结婚的人就是吧？你杨姑姑什么都不想，就是想个博士姑父。"说着，她又拍着杨艳华的肩膀道："你说是不是？这一点，你是个可取的好孩子，你倒并不想做达官贵人的太太。"杨艳华摇摇头道："博士要我们去干什么？"李太太道："这个问你老师，他就能答复你了。中国的斗方名士，都有那么一个落伍的自私思想，希望来个红袖添香。凡是会哼两句旧诗、写几笔字的人，都想做白居易来个小蛮，都思做苏东坡来个朝云。其实时代不同，还是不行的。"

李南泉一听这话锋，颇为不妙。太太是直接地向着自己发箭了，正想着找个适当的答词，杨艳华已在屋子里很快地接上嘴了，她道："的确有些人是这样的想法，不过李老师不是这种人。而且有这样一个性情相投、共过患难的师母，不会有那种落伍思想的。倒是老师说的那个孟秘书，很有些佳人才子的思想。老师真认识他吗？"李南泉走进屋子来，笑问道："你知道他是个才子？"杨艳华道："老师那晚在老刘家里说什么孟秘书，当时我并没有注意。今天下午我由防空洞子里回家，那刘副官特意来问我，老师和孟秘书是什么交情？我就说了和李老师也认识不久，怎么会知道老师的朋友呢？老刘倒和我说了一套。他说若老师和孟秘书交情很厚的话，他要求老师和他介绍见见孟秘书。他又说，孟秘书琴棋书画，无一不妙。他专门和院长做应酬文章。这样一说，我倒想起来了，这位孟秘书我见过他的。他还送过我一首诗呢。老师认得的这位孟秘书，准是这个人。"

李南泉道："你怎么知道是这个人？"杨艳华听到这里，不肯说了，抿嘴微笑着。李南泉笑道："那么你必须有个新证据。"杨艳华道："他是李老师的朋友，我说起来了，恐怕得罪老师。那证据是很可笑的。"李南泉道："你别吞吞吐吐，你这样说着那我更难受。"杨艳华没有说，先就扑哧一声笑了，接着道："好在老师师母不是外人，说了也没有关系。那个人是个近视眼，对不对？"李南泉道："对的。这也不算是什么可笑的事情呀。"杨艳华昂头想了想，益发是嘻嘻地笑了。

李太太看到，也愣住了，因道："这是怎么回事？里面有什么特别情形吗？"杨艳华忍住了笑，点点头道："的确，这个人有点儿奇怪。他不是个近视眼吗？原来就老戴着眼镜的，见了女人他把戴着的那副眼镜取下来，另在怀里拿出一副眼镜来，换着戴上。我有一次在宴会上遇到他，对于他换眼镜的举动，本来不怎么注意。因为他把换上的眼镜戴了一会儿，依然摘下，好像是那眼镜看近处不大行。后来再来一个女的，自然还是唱戏的，他又把衣袋里的眼镜掏出来换着。这让我证明了，他是专门换了眼镜看我们唱戏的女孩子的。其实我们并不怕人家看，而且还是你越爱看越好。你若不爱看，我们这项戏饭就吃不成了。可是拿这态度去对别个人，那就不大好了。"

李南泉笑道："你这话是对的，我们这位好友，是有这么一点儿毛病的。你不嫌他看，他当然高兴，无怪要送你一首诗了。诗就是在筵席上写的吗？一定很好。你可记得？"杨艳华道："我认识几个大字？哪会懂诗？不过他那诗最后两句意思不大深，我倒想得起，他说是：'一曲琵琶两行泪，樽前同是下江人。'"李太太笑道："这位孟秘书，太对你表示同情了。后来怎么样？"杨艳华道："就是见过那一回，后来就没有会到过了。假如他真到这里来，我倒是愿意见他。师母你总明白，我们这种可怜的孩子，若有这样的人和我们说几句话，可以减少在应酬方面许多麻烦。"说到这里，她把声音低了一低，接着道："至少，他那个身份可以压倒姓刘的，所以愿意借重他一下。"李南泉点点头道："我明白了，这个我有办法。"

　　提到刘副官，倒引起了李太太的正义感。她向李先生道："对了，孟先生来了，你倒是可以和他说几句。人家是拿演戏为职业的，家里还有一大家子人靠她吃饭，在人家正式演戏的时候，可别扰惑人家。"李南泉道："那我一定办到。不过那天我和老刘说，孟秘书会来，那是随口诌的一句话，并没有这回事。"杨艳华笑道："老师随便这样诌一句不要紧，那姓刘的是个死心眼子，他却认为是千真万确的事。他只管盯着我要打听个水落石出，还要我明天给他回信呢。"李南泉昂头想了想，笑道："老孟这个人我有法子让他来。"说着，摇了两摇头，又笑道，"那也犯不上让他来。"李太太道："这是什么意思？"李南泉道："老孟为人，头巾气最重，什么天子不臣、诸侯不友，那都不能比拟。若是他不愿意，你就给他磕头，他也是不理。可是有女人的场合，只要有边可沾，他是一定不招自来。我现在写一封信给他，说是你所说的下江人，正疏散在乡场上避难，若是能来非常欢迎。那就一定会来。"李太太道："你这是用的美人计呀。"杨艳华向她半鞠着躬，笑道："你说这话，我就不敢当。"李太太笑着，拍了拍她的肩膀道："你可不要妄自菲薄。自从你领班子到这里来唱戏以后，多少人为你所颠倒。"杨艳华笑笑道："师母，你不能和我说这样的话，我是一个可怜的孩子。我还得倚靠着师母、老师多多维持我呢。"她说着这话，走近了两步，靠着李太太站了，身子微微向李太太肩膀下倒着，做出撒娇的样子，还扭了两扭。

　　李太太虽知她是做的一种姿态，可是她那话说得那样软弱，倒叫人很难拒绝她的要求。正想用什么话来安慰她，外边却有女子高声叫道："艳华，你在这里，让我们好找哇。"李南泉听出那声音，正是另一个戏子胡玉花。迎出去看时，桥头上月亮下站有三四个人，便答道："胡小姐，她在这里呢。有什么事吗？"胡玉花笑道："她家要登报寻人了。她家的人全来了。"杨艳华很快地由屋子里跳了出来，叫道："妈，我在这里呢。"她的母亲杨老太太在木板桥上，踉跄着步子走了过来，到了走廊上，拉着女儿的手，低声道："还没有解除警报的时候，刘副官带着两个勤务，打着很大的手电筒，在我家门口来回走了好几趟。你又是不声不响地走了。我怎样放得下心去？我们四五个人，找了好几个地方了。"杨艳华道："你们这是打草惊蛇。李先生一家，躲了警报回来，还没有休息呢，我们别打搅人家了，走吧。"她说毕，首先在面前走，把来人带走了。只有胡玉花在最后跟着，过了溪上的桥，她又悄悄走了回来。

李南泉正还在廊檐下出神，想到杨艳华来得突然，她这是闹些什么玩意儿。在月光下看到一个女人的影子又走了回来，以为杨小姐还有什么话说，便迎上前两步，低声道："你有什么事要商量，最好当着你师母的面……"他不曾把话说完，已看清楚了，来的是胡玉花，便忍住了。她知道李先生有误会，倒不去追问，笑道："我有一件小事告诉李先生，倒是不关乎艳华的，说出来了你别见笑。"李先生道："你说吧，有什么事托我，只要我办得到的我一定办。"胡玉花笑了一笑，因道："李先生有位同乡王先生，明后天会来看你。"李南泉想了一想，因道："姓王的，这是最普通的一个姓，同乡里的王先生，应该不少。"胡玉花道："这是我说话笼统了一点儿。这位王先生，二十多岁，长方脸儿，有时戴上一副平光眼镜。"李南泉笑道："还是很普通，最好你告诉我，他叫什么名字，他到我这里来，会有什么问题牵涉到你。"胡玉花笑道："他的名字，我也摸不清楚，不过他写信给我的时候，自称王小晋，这名字我觉得念着别扭。"李南泉点点头道："是的，我认识这么一个人。再请说你为什么要向我提到他？"胡玉花在嗓子眼里咯咯地笑了一声，又笑道："事情是没有什么事情，不过这位王先生年纪太轻，他若来了，最好李先生劝他一劝。"李南泉笑道："你这话说着，真让我摸不着边沿。你让我劝他，劝他哪一门子事呢？"胡玉花沉吟了一会儿，因笑道："你就劝他好好办公，别乱花钱吧。"李南泉道："他和胡小姐有很深的友谊吗？你这样关切着他。"胡玉花连连辩论着道："不，不，我和他简直没有友谊。你想，若是和我有友谊，难道他的名字我都不知道吗？"李南泉搔搔头道："这可怪了，你和他没有友谊，你又这样关切他。小姐，你是什么意思，干脆告诉我吧。"胡玉花道："不必多说了，你就告诉他这是我托李先生劝他的。年轻的人，要图上进。唱戏的女孩子，也不一样，有些人是很有正义感的。我只是职业妇女，别的谈不到。这样一说，他就明白了。"

这一篇吞吞吐吐的话，李南泉算是听明白了，因笑道："我的小姐，这事情很简单，你何必绕上这么些个弯子来说。你的意思，就是告诉王先生以后别来捧角，对不对？"胡玉花道："对的，我索性坦白一点儿说，假如我们现在要人捧的话，一定是找那发国难财的商人，或者是要人一列的人物。像这样的小公务员花上两个月薪水，也不够做我们一件行头。在捧角的人，真是合了那话，吃力不讨好。"李南泉道："好的好的，我完全明白了。不但如此，我还可以把你在老刘家里那幕精彩表演告诉他，让他对你有新的认识。"胡玉花道："随便怎样说都可以，反正我让他少花钱，那总是好意。打搅了，明天见吧。"说着，她自行走去。李南泉站在屋檐下，倒有些出神，心想，一个做女戏子的人有劝人不捧角的吗？这问题恐怕不是那样简单。

他怔怔地站着，隔壁甄先生家却正开着座谈会。甄先生把这几日城里空袭的情形，绘声绘色地说着。邻居奚太太、石太太、吴春圃先生全在房门外坐在竹椅上听着。甄先生正带笑地叹了口气道："把命逃得回来，我就十分满意了。"石太太道："这警报闹个几天几夜不停，真是讨厌。我正想过江到青木关去一趟。这样闹着警报可无法搭得上长途汽车。"甄先生坐在竹子躺椅上，口里衔着大半截烟卷，正要在这种享受里补救一些过去的疲劳，这就微笑道："那是教育部所在地呀。"石太太道："甄先生你相信我是想运动一个校长当吗？"吴春圃笑道："到青木关去不是上教育部，至少也是访在教育部供职的朋友。这警报声中，温度是一百来度，谁到那么远去做暑假旅行？"石太太笑道："你猜不着，我正是去做暑假旅行。"奚太太却接嘴了，她道："我们也不必过于自谦。若是我们弄个中学办办，准不会坏。就是当个'萝卜赛花儿'也没有什么充不过去的。"甄子明是自幼儿就在教会学校念书的，他的英文可说是科班出身。听到奚太太这么一句话，料是英文字，便道："'萝卜赛花儿'？这这这……"他口含着烟卷，吸上一口又喷了一口，昂头向她望着。奚太太向吴春圃笑道："大学教授，英文念什么？"吴先生手上拿了芭蕉扇站在走廊柱子边，弯了腰，将扇子扇着两条腿边的蚊子，笑道："俺当年学的是德文，毕了业，没让俺捎来，俺都交还了先生咧。"李南泉站在自己家门口，便遥遥地道："这个字我倒记得，不是念 professor 吗？奚太太念的字音完全对，只是字音前后颠倒一点儿。譬如'大学教授'，虽然念成'授教学大'，反正……"

他的话还没有说完，可是李太太已快跑了出来，拉着他的手，将他拖到屋子里面去，悄悄地道："你放忠厚一点儿吧。"李南泉微笑着道："这家伙真吹得有些过火。"李太太道："趁着今晚月亮起山晚，多休息一会儿。满天星斗，明天还没有解除警报的可能，睡吧。"李南泉且不理会太太的话，他燃了一支香烟，坐在竹圈椅子上，偏着头，只管听甄先生那边的谈话，听故事的人分别散去，石太太是最后才走去。那甄子明说了句赞叹之词，乃是这两位太太见义勇为真热心。

李南泉听了这个批评，心想：石太太有什么事见义勇为？她算盘打得极精，哪里还有工夫和别人去勇为。正这样想着，就听到由溪那边人行路上，有人大声喝骂起来。那正是石太太的声音，她道："天天闹警报，吃饭穿衣哪一样不发生问题，你还要谈享受。我长了三十多岁，没有吸过一支烟，我也没有少长一块肉。什么大不了的事，这样好的月亮，还打着灯笼出来找纸烟？蜡烛不要钱买的？"这就听到石正山教授道："我也是一功两得，带着灯笼来接你回来，把这几盒烟吸完了我就戒纸烟。"说话的声音越走越远，随着也就听不到了。李南泉走出屋子来看看，见前面小路上有一只黄色的灯笼，在树影丛中摇晃着，那吵嘴的声音，还是一直传了来。他心里也就想着，这应该是个见义勇为的强烈讽刺。但想到明日早上，该是警报来到的时候；在警报以前，有几个朋友须约谈一番，还是休息早点儿睡吧。

这个主意定了，在纸窗户现出鱼白色的当儿，立刻就起床，用点儿冷水漱洗过了，拿了根手杖，马上出门。这时，太阳还没有起山，东方山顶上，只飘荡着几片金黄色的云彩，溪岸上的竹林子被早上的凉风吹动，叶子摇摆着，有些瑟瑟的响声。这瑟瑟之声过去，几十只小鸟儿在竹枝上喳喳叫着。那清凉的空气，浸润到身上，觉得毫毛孔里，都有点儿收缩。这是多少天的紧张情形下所没有的轻松，心里感到些愉快。

他在这愉快的情形下，拿了手杖慢慢走着，在山路上迎头就遇到了石太太。她点着头笑道："李先生，你早哇。"李南泉道："应该是石太太比我早。我是下床就走出门来的。"说着，向她周身望着。她已穿上一件丝毫没有皱纹的花夏布长衫，头发梳得溜光，后脑勺梳了个双环细辫，那辫子也是没有一根杂毛，脸上虽没有抹胭脂粉，可是已洗擦得十分白净。她已知道了人家考察她脸上的用意，便笑道："我向来是学你们的名士派，不知道什么叫化妆。今天要做个短程旅行，不能不换件衣服。"李南泉道："就是到青木关去了？重庆这一关不大好过。纵然不在城里碰到警报，在半路上也避免不了。一个乡下人到城里找防空洞，是一件不大容易的事。"石太太笑道："对于自己生命的安全，谁也不会疏忽的。我已另找了路线渡江，避开重庆，完全走乡下。不要紧的，为了朋友，我不能不走一趟。"李南泉道："朋友生病了吗？"石太太站在路头上对他微笑了一笑，因道："这件事，在李先生也许是不大赞成的。我们一位同乡太太，受着先生的压迫，生活有了问题。她先生另外和一个不好的女人同居。我们女朋友们给这位太太打抱不平，要解决这个问题。"李南泉笑道："这自然是女权运动里面所应有的事。"石太太笑道："当然，你也不能不主张公道。"说毕，昂着头走了。李南泉看她那番得意，颇是见义勇为的举动。可是在疲劳轰炸的情形下，她值得这样远道奔波吗？在好奇心上，倒发生了一个可以研究的事情。

他下得山去，匆匆地看过两位朋友，太阳已经起山几丈高，而警报也就跟着来了。李南泉想着家里的小孩子还要照应，赶快回家，在半路上又遇到了石正山。他倒是很从容，在路上拦着笑道："不要紧，敌人不是疲劳轰炸吗？我们落得以逸待劳，飞机不临头，我们一切照常工作，他也就没奈我何。"李南泉摇摇头道："不行，我内人不能和你太太相比，胆子小得多。"提到了石太太，石先生似乎特别兴奋，向他笑道："她这个人个性太强，我也没有法子。刚才你遇着她的，她是说到青木关去吗？"李南泉道："你为什么不拦着她，在轰炸下来去，是很危险的。她对我说，是为了朋友家里在闹桃色案件。现在是办这种事的时候吗？"石正山道："她确是多此一举。在这抗战期中，男女都有些心理变态。若是无伤大雅，闹点儿桃色案外，做太太的人尽可不过问。"说着，扬起两道眉毛，微笑了一笑，问道："我兄以为如何？"

　　说到这里，那警报器呜呀呜呀地发出刺人耳膜的紧急警报声。李南泉转身又要走。石正山将手横伸着，拦了去路，笑道："不忙不忙，我根本不躲。昨天晚上内人向甄先生打听消息的时候，她说了些什么？"李南泉把他夫妻两人的言语一对照，就觉得这里面颇有文章，以石太太的脾气而论，倒是以不多事为妙，便笑道："昨晚上甄先生家里宾客满堂，我挤不上去谈话。我得回家去看看，再谈吧。"他不顾石先生的拦阻，在他身边冲了过去。可是到了家里，屋子门已经锁着，全家都走了。他站着踌躇了一会儿，抬头却见奚太太站在她家走廊上，高抬着右手在半空里招着，点了头叫："来，来，来！"便笑道："奚太太，我佩服你胆子大，在这样的疲劳情况中，你还不打算躲一躲吗？"奚太太一只手扶着走廊上的柱子，一只手还抬起来招着，点了头笑道："不管怎样，你还是到我这里来谈谈，你那屋后面不是有个现成的小洞子吗？万一敌机临头，我们就到那洞子里避一下。来吧，我有点儿事和你谈谈。"

　　李南泉对这位太太虽是十分讨厌，可是在她邀约之下，倒不好怎样拒绝。抬头看看天色，已经有了变动，鱼鳞斑的云片，在当头满满地铺了一层，看不到太阳，也看不到蔚蓝色的天空。站着沉吟了一会儿。奚太太含了笑点着头道："来吧，不要紧，我给你保险。"李南泉走到自己廊檐角的柱子边，隔了两家中间的空地望着。奚太太也迁就地走过来，站在自己廊檐角上笑道："李先生，我告诉你一个写剧本的好材料，你怎样谢我？"李先生笑着，没有答复。她也来不及等答复了，又道："有一位局长，在外面嫖女人，他太太知道了，并不管他，却用一种极好的手段来制伏他。她说，男女是平等的，男人可以嫖，女人当然也可以嫖，你猜她在这原则上怎样地去进行？"李南泉笑着摇摇头。

奚太太倒不管李南泉有什么感想，接着笑道："这个办法是十分有效的。她是这样对局长说的，你若出去嫖，我也出去嫖。你嫖着三天不回来，我也三天不回来。你七天不回来，我也七天不回来。那局长哪会把这话放在心上，还是照样在外面过夜。当天这位太太是来不及了。到了第二夜，她就出门了。在最好的旅馆里，开了最上等的一间房间，就对茶房说，去给我找一个理发匠来。工钱不问多少，我都照给。就是要找一个最年轻而又漂亮的。茶房当然不明白她的用意，只是在上等理发馆，找了一位手艺最高明的理发匠来。她一见面，是个四十上下的理发匠，便大声骂着说，我叫你找年轻漂亮的，为什么找这样年纪大的？这个不行，重找一个。你若不信，先到我这里拿一笔钱去。她说得到，做得到，就给了茶房一摞钞票。这茶房也就看出一些情形来了，果然给她找了一位不满二十岁的小理发匠来。这位太太点头含笑，连说不错。就留着这位小理发匠在洗澡间里理发，由上午到晚上，还不放他走，什么事情都做到了，第二日她继续进行。局长见太太一天一夜不回家，在汉口市上到处找，居然在旅馆找到了。他把太太找回家，就再也不敢嫖了。"

李南泉听到，不由得一摆头，失声说了句："岂有此理。"奚太太笑道："怎么是岂有此理？你说的是这位太太，还是这位局长？"李南泉道："两个人是一对浑蛋。你说的这事发生在汉口，那自然是战前的事了。不然，倒可为战都之羞。"奚太太笑道："怎么会是战都之羞？你以为在重庆就不会发生这类事情吗？我就常把这个故事告诉奚敬平的。他听了这故事，我料他就冷了下半截。"李南泉本想说那位局长太太下三烂，可是奚太太表示着当仁不让的态度，倒叫他不好说什么，于是对她很快地扫了一眼。奚太太道："你觉得怎么样，这样的作风不好吗？以男女平等而论，这是无可非议的。"李南泉微笑着点了两点头。

奚太太道："我说的剧本材料并不是这个，这是一个引子，我说的是我们女朋友的事。我们朋友里面一位刘太太，和她先生也是自由恋爱而结婚的。抗战初期，刘先生随了机关来到重庆，刘太太千辛万苦带着三个孩子，由江西、湖南再经过广西、贵州来到四川，陪着刘先生继续地吃苦。刘先生害病，刘太太到中学去教书担负起养家的责任。到处请人帮忙，筹来了款子送刘先生到医院去治病。哪知这位刘先生恩将仇报，爱上了病院里一位女看护，出了医院，带着那女看护逃到兰州去了。这位刘太太倒也不去计较，带了三个孩子，离开重庆到昆明去教书，她用了一条计，改名换姓，告诉亲戚，是回沦陷区了。刘先生得了这消息，信以为真，又回到了重庆，而且他也改名换姓，干起囤积商人来大发其财。刘太太原托了我们几个知己女朋友给她当侦探的……"

李南泉笑道："不用说了，我全知道。这女朋友包括石太太、奚太太在内，于是探得了消息，报告给刘太太，刘太太就回到重庆来了。现在就在这疲劳轰炸之下，再给那刘先生一个打击。"奚太太立刻拦着道："怎么是给他一个打击？这还不是应当办的事吗？"李南泉笑道："对的，也许友谊到了极深的时候，那是可以共生死的。对不起，我要……"奚太太不等他转身，又高高地抬着手招了两招，同时还顿了脚道："不要走，不要走，我有要紧的话和你说。"他看她很着急的样子，只好又停下来了。她笑道："你何必那样胆子小，我不也是一条命吗？村子里人全去躲警报去了，清静得很，我们正好摆摆龙门阵。"李南泉道："不行，我一看到飞机临头，我就慌了手脚，我得趁这天空里还没有飞机响声的时候，跑到山后面去。"奚太太斜靠了那走廊的柱子，悬起一只踏着拖鞋的赤脚，颤动了一阵，笑道："你这个人说你名士派很重，可又头巾气很重；说你头巾气很重，可是你好像又有几分革命性。"李南泉道："对了，我就是这样矛盾地生活着。你借了今天无人的机会，批评我一下吗？"奚太太望了他，欠着嘴角，微微地笑了，因道："也许是吧。你是个为人师表的人，我怎能在大庭广众之下批评你的错误？"李南泉离开了那走廊的柱子，面向了奚公馆的廊子站着，而且是垂直了两只袖子，深深地一鞠躬，笑道："谨领教。"说毕，扭了身就走，他这回是再不受她的拘束了。

总算他走得见机，只走出了向一方的村口，飞机马达声已轰轰而至。抬头看那天空，鱼鳞片的云彩已一扫而空，半天里现出了毫无遮盖的蔚蓝色。抬头向有声音的东北角天空看去，一大群麻雀似的小黑影子，向西南飞来。那个方向，虽然还是正对了重庆市，可是为慎重起见，还是躲避的好。于是提快了步伐，顺着石板铺的小路就跑。正在这时，山脚草丛里伸出半截人身来，向他连连地招了几下手。他认得这人是同村子吴旅长。他是个东北荣誉军人，上海之役，腿部受了重伤，现在是退役家居了。这是个可钦佩的人，向来就对他表示好感。他既招手，自不能不迎将过去。

吴旅长穿了身黑色的旧短衣，坐在一个深五六尺的干沟底上。他还是招着手，叫道："快跳下来吧！快跳下来吧！"李南泉因为他是个军人，对于空袭的经验，当然比老百姓丰富，也不再加考虑，就向沟里一跳。这是一个微弯的所在，成了个桌面的圆坑。他跳下来，吴旅长立刻伸手将他搀住，让他在对面坐下，笑道："这里相当安全，我们摆摆龙门阵吧。这些行为，都是人生可纪念的事。"

两个人说着话，以为地位很安全，也就没有理会到空袭。忽然一阵马达声逼近，抬头看时，有五架敌机，由西向东，隔了西面一列山峰，对着头上飞来。李南泉道："这一小股敌机，对于我们所在地，路线是如此准确，我们留神点儿。"吴旅长也没答话，将头伸出沟沿，目不斜视，对了敌机望着。飞机越近，他的头是越昂起来。直到脸子要仰起来了，他笑道："不要紧，飞机已过了掷弹线了。由高空向下投弹，是斜的，不是垂直的。"李先生本也有这点儿常识，经军人这一解释，更觉无事。他也就伸出头来望着。看那飞机，五架列着前二后三，已快到头顶上，忽然嘘嘘嘘一阵怪叫，一声"不好"两个字，还不曾喊出，早看到两个长圆形的大黑点，在飞机尾巴上下坠，跟着飞机的速率，斜向地面落来。不用猜，那是炸弹。李南泉赶快将身子向下一缩，吴旅长已偏着身体，卧到沟的西壁脚下。这是避弹的绝好地点，被人家占据了，只好卧到沟的东壁下去。在敌地里看到炸弹落下来，这还是第一次。人伏在地上，却不免心里扑扑乱跳。接着听到轰轰两下巨响，炸弹已经落地。但炸弹虽已落地，可是这沟的前边，并没有什么震动，料想弹着点还相距有些路。静静地躺着，不敢移动。约莫是三四分钟，那半空的马达声，已渐渐地消失。吴旅长首先一个挺起腰杆子来向四周看了看，摇摇头，又笑道："李兄，请坐起来吧，没事了。"李南泉站起来看时，一阵浓密的白雾，由西边山顶上涌将过来。

在这白雾中，夹着很浓厚的硫黄味，一阵阵地向鼻子袭来。顷刻之间，面前四山夹着的一个小谷，完全让白色弥漫了。吴旅长伸手和他握着，摇撼了几下，笑道："我们这也是置之死地而后生，可算是患难之交了。"李南泉道："这里有了炸弹的烟焰，是老大的目标。第二批敌机再来，可能给我们这里再补上一弹。若是扔到山这边，那就不会这样舒服了。"吴旅长笑道："那没有什么不可能。我们走吧。"于是他跛着一条腿，慢慢地顺着石板路走。李南泉当然是跟了军人走，也就离开了这里。

约莫走了两里路，忽然一阵马蹄声，嘚嘚地迎面而来。蹄声响得非常猛烈，像是有骑兵队冲锋似的冲来。他心想，莫非是有敌人的伞兵落下，我们的骑兵特意冲来解围，这算赶上一阵热闹了。路边上有一块大石头，且把身子向石头后面一闪，探看来人是何形势。还不到三分钟，先有两匹高头大马由山口上冲出来。马上骑着两个壮汉，头戴盔式夏帽，上穿灰绸衬衫，下套草绿色斜纹布短裤衩，并不是军人。这两人后面，又来了四匹马。骑马的人是三男一女。那三个男子和头里两个男子装束一样，年岁也差不多。那个身子，可就特别，上穿一件蓝色长袖短衣，翻着领子，外飘一根大红领带。下面穿着白帆布裤子，套着两只长筒黑马靴。披了满头长发，约束着一根花带子。一只盆大的软式草帽子，将绳子挂在颈脖子后面。手里拿了根皮马鞭，兜了个缰绳，兜着马昂起脖子直跑。

李南泉没想到是这么一队人物，那倒是多此一躲了，于是缓缓由石头后面走了出来。但凭他的经验，知道这个疏建区，除了鼎鼎大名的方二小姐，并无别个。这位小姐，比一个军阀还凶，以避开她为妙。于是回身向山脚下的深草小径上走着，脸也不对那石板人行路看。可是这位小姐倒偏要惹他，却坐在马背上将皮鞭子一指，叫道："呔，那个穿灰布长衫的人，我问你话，不要走。"李南泉站定了脚，向她呆望着，没有作声。心里想着，这丫头好生无礼，怎么这样说话？可是看她前呼后拥地有五个壮汉陪伴着，料着不能和她对抗，也就没说什么。那女子将皮鞭子再向路前一指，因道："那里一堆白烟，是不是被炸了？"李南泉道："是炸了。"女子道："炸的地方是街上是乡下？"李南泉道："炸弹落的地方，和我躲警报的地方，隔了一排山，看不清楚。"那女子道：

"这等于没有问一样，阿木林。"原来这女子虽说的普通话，却带了很浓重的上海音。到了最后一句，她索性说出上海话来了。

李南泉心想，她那般无礼问话，我一点儿不生气，她倒当面骂人，那就忍不住气了，便道："你这位女士，怎么开口就骂人？我好意答话，还有什么不对吗？我不是公务员，我也不吃银行饭，大概你还管不着我呢。"那女子喝道："你过来！"说着，将皮鞭子举着，在空中晃了两晃。李南泉道："过来怎么着，倚恃你们人多，还敢打我不成？"这形势是很僵的了，在女人后面的一个壮汉，将马赶了两步，和她的马并排地站着，偏过头去，轻轻说了两句话。

那方二小姐听了那壮汉的报告，脸上骄傲的颜色略微减少了几分，这就回转脸来，再对李南泉看了一看，将马鞭子指了他道："你认得我？"李南泉摇摇头道："我不认得你。不过我从你这行动上，我猜得出你是方家二小姐。我们读书的人，不侵犯哪个，也不愿人家对我们加以污辱。"那二小姐昂起头来哈哈大笑，将马鞭子在手上摇晃着道："侮辱，哈哈，侮辱又怎么样？演讲骂我，在报上写文章骂我？谅你们也不敢！走！不要和这种穷酸说话。"说着，她两腿一夹马腹，兜动缰绳首先一马冲走了。这其间有个壮汉单独留后，其余的四个男人都跟着走了。

这个留后的男子，由马鞍上跳下来，跑到李南泉面前，点了头道："李先生，你不要介意，我们二小姐就是这种小孩子脾气。"这个人就是刚才在马背上和二小姐说话的人，倒有点儿面熟。李南泉笑道："不介意，介意又能够怎么样，人家有钱有势，身上还带了手枪吧？我若不识相一点儿，炸弹不炸死，手枪会把我打死。不过要打死了我，绝不会像二小姐的汽车撞死一个小贩子那样简单。当然我犯不上去碰人家的手枪，可是我料着她也不能对我胡乱开枪。重庆总还是战时首都所在地，不能那样没有国法。"那人听了这话，脸色也不免紧张了一阵，先冷笑了一声。然后笑道："李先生，我完全是好意。你对我大概还没有什么认识，不信，你问问刘副官，我是到处和人家了事的。二小姐真要办什么事，她是没有什么顾忌的。大概你也有所闻吧？"

在这说话的期间，由口音里，李南泉认出这个人来了，是那天在刘副官家里碰胡玉花钉子的黄副官，便笑道："哦，黄副官，不必刘副官，我也有相当认识的。我知道二小姐不好惹，但我不怕她。我不是汉奸，我也不是反动分子，无法把什么罪名加到我头上。可是人家若以为我好惹，就在大路上拦着我加以辱骂，我没法子报复，至少我可以不接受。二小姐不是说不怕演讲、不怕登报嘛？对不起，我算唯一的武器就是这一点。这回我吃了亏，受着突袭，来不及回击。若是再要给我难堪，我就用二小姐不怕的那武器抵抗一阵。我就是那样说了，你老兄是不是转告二小姐，那就听你的便了。"说着，他抱着拳头，拱了两拱手，再说声再见，径自走了。黄副官站在路边倒发了呆。

李南泉是越想越生气，也不去顾虑会发生什么后果，走了一段路，遇到一棵大树，就在树荫下石头上乘凉，也不再找躲飞机的地方了。坐了约莫是半小时，有一个背着箩筐的壮汉，撑了把纸伞挨身而过。走了几步，他又回转身来望着李南泉道："你不是李先生？"他答道："是的，你认得我？"那人道："我是宋工程师的管事。给他们送饭到洞子里去。李先生何以一个人坐在这里，到我们那洞子里去，和唐先生一块儿拉拉胡琴唱唱戏不好吗？"李南泉道："听你说话，是北方人。贵处在哪里？"他昂着头叹了口气道："唉，远了，我是黑龙江人。"李南泉道："黑龙江人会到四川这山缝子里来？你大概是军人吧？"那人笑道："不是军人，怎么会到四川来？"李南泉道："那么，老兄是抗战军人了。"他被人家这样称呼了一声，很觉得荣耀，这就放下了雨伞和箩筐，站在李南泉面前，笑道："说起来惭愧，我还是上尉呢。汀泗桥那一仗，没有阵亡，就算捡了便宜，还有什么话说？"李南泉道："你老兄是退役了，还是……"

那人道："我们这样老远地由关外走到扬子江流域来，还不是为了想抗战到底？可是我们的长官都闲下来了。我这么一个小小的军官，有什么办法？再说，衣服可以不穿，饭是要吃的。我放下了枪杆，哪里找饭吃去呢？没法子，给人当一个听差吧。还算这位宋工程师给我们抗战军人一点儿面子，没有叫我听差，叫我当管事。要都像宋工程师这样，流亡就流亡吧，凑付着还可以活下去。若是像刚才过去的方二小姐，骑着高头大马冲了过来，几乎没有把我踏死。当时我在窄窄的石板路上，向地下一倒，所幸我还有点儿内行，赶快在地上一滚，滚到田沟里去。我知道二小姐的威风，还敢跟她计较什么。自己爬了起来，捡起地下的箩筐，也就打算走开了。你猜怎么着？跟着她的那几位副官，倒嫌我躲得不快，大家全停住了马，有的乱骂，有的向我吐唾沫，我什么也不敢回答，背起箩筐就走了。他们也不想想，要是没有我们这般丘八在前方抵住日本人的路，他们还想骑高头大马吗？可是谁敢和他们说这一套。敢说，也没有机会给他们说。"

李南泉笑道："你也碰了二小姐的钉子了。老兄，我们同病相怜，你是方家副官骂了，我是二小姐亲自骂了。将来我们死后发讣闻，可以带上一笔，曾于某年某月某日，被方二小姐马踏一次。老兄，这年头儿有什么办法，对有钱有势力的人，我们只好让他一着了。今天算了，明天若是再有警报，我一定到你们那洞子里去消磨一天。这年头儿，也只有看破一点儿，过一天是一天，躲防空洞的人，等着你的接济呢，你把粮食给宋工程师送去吧。改日我们约个机会再谈。我欢迎你到我茅庐里畅谈一次。"说着，伸出手来和他握了一握。

那人受了这份礼貌，非常地高兴，笑道："李先生，你还不知道我姓甚名谁吧？"这么一问，倒让李南泉透着有点儿难为情，这就很尴尬地笑道："常在村子里遇着，倒是很熟。"那人道："我叫赵兴国。原先是人家叫赵连长、赵副营长。不干军队了，人家叫赵兴国，近来，人家叫老赵了。李先生就叫老赵吧。千万别告诉人我当过副营长，再见吧。"说着，他背起箩筐走了。李南泉一人坐着发了一阵呆，觉得半小时内，先后遇到方二小姐和赵兴国，这是一个绝好的对照。情绪上特别受到一种刺激，反是对于空袭减少精神上的威胁。静坐了两三小时，也不见有飞机从头上过，看看太阳，已经有些偏西，这就不管是否解除了警报，冒着危险，就向村子里走回家去。

那条像懒蛇一样的石板人行路，还是平静地躺在山脚下。人在路上走着，什么声音都没有听到。李南泉拿了手杖，戳着石板，一步一步地低头走着，这让他继续有些新奇发现，便是这石板上，不断地散铺着美丽的小纸片。他联想到敌机当年在半空里撒传单，摇动人心。这应该又是一种新花样，故意用红绿好看的花纸撒下来，引起地面上人的注意。

他这样想着，就弯腰下去，把那小纸片捡起一张来看。见纸薄薄的，作阴绿色，只有一二寸见方。正中横列了一行英文，乃是巧克力糖，香港皇家糖果公司制。将纸片送到鼻子尖上去嗅嗅，有一阵浓厚的香气。这原来是包巧克力糖的纸衣，不要说是这山缝里，就是重庆市区大糖果店，也找不着这真正的西洋巧克力糖。谁这样大方沿路撒着这东西。他想着走着，沿路又捡起了两张纸片看看。其中一片，还有个半月形的红印，这是女人口上的胭脂了。这就不用再费思索，可以想到是方二小姐在马背上吃着糖果过去的。他拿了纸片在手上，不免摇摇头。这条人行路是要经过自己家门口的，直到门外隔溪的人行路上，那糖衣纸还继续发现，他又不免弯腰捡了一张。

正当他拿起来的时候，却听到溪岸那边，咯咯地发了一阵笑声。回头看去，又是那奚太太，手叉了走廊的柱子，对了这里望着。还不曾开口呢，她笑道："李先生，你这回可让我捉住了，你是个假道学呀，哈哈！"李南泉笑道："我怎么会是假道学呢？青天白日地在路上行走，并没有做什么坏事呀。"奚太太笑着向他招招手，点了头道："你下坡来，我同你说。"他实在也要回家去弄点儿吃喝，这就将带着的钥匙，打开了屋门，在大瓦壶里，找了点儿冷开水，先倒着喝了两碗。正想打第二个主意找吃的，却听到走廊上一阵踢踏踢踏的拖鞋响声。明知道是奚太太来了，却故意不理会，随手在桌上拿起一张旧报，两手捧了，靠在椅子上看着，报纸张开，正挡了上半身。

奚太太步进屋子来笑道："今天受惊了吗?"李南泉只好放下报站将起来。见她左手端了个碟子，里面有四五条咸萝卜，右手托了半个咸鸭蛋。在这上面还表示她的卫生习惯，在蛋的横截面上，盖了张小纸，便笑道："这是送我假道学的吗?"奚太太笑道："谈不上送，你拿开水淘饭吃，少不了要吃咸的，这可以开开你的口味。"李南泉点了个头道："谢谢。"双手将东西接过放在桌上，他把萝卜条看得更真切，还不如小拇指粗细，共是三条半。那半片鸭蛋，并不是平分秋色，如一叶之扁舟，送的是小半边。奚太太道："你要不要热开水？我家瓶子里有。"李南泉笑道："这已深蒙厚惠。"奚太太道："不管是不是厚惠，反正物轻人情重。这是我吃午饭的那一份，我转让给你了。"说着，当门而立，

203

又抬起那只光手臂撑住了门框。李南泉心想，我最怕看她这个姿态，真是让人啼笑皆非。他心里如此想着，口里也不觉将最后一句话说出来。

奚太太见李先生要对自己望着，又不敢对自己望着，便笑道："你我都是中年人了，怕什么的，有什么话都可以说。"李南泉笑着摇头道："不，奚太太还是青春少妇。"她一阵欢喜涌上了眉梢，将那镰刀形的眼睛，向主人瞟了一眼，笑道："假如我是个青春少妇的话，我就不能这样大马关刀地单独和男子们谈话了，男子们居心都是可怕的。我记得当年在南京举行防空演习的时候，家里正来了客，我在客厅里陪着他谈话。忽然电灯熄了，这位客人大胆包天，竟是抓着我的手，kiss了我几下。他是奚先生的好友，我不便翻脸。我只有大叫女用人拿洋烛了。从那以后，吓得我几个月不敢见那人。若是现在，那我不客气，我得正式提出质问。"李南泉笑道："你没告诉奚先生吗？"奚太太道："我也不能那样傻瓜。告诉了他，除了他会和朋友翻脸而外，势必还要疑心到我身上来，那不是自找麻烦吗？"李南泉笑道："你现在告诉了我，我就可以转告奚先生的。"奚太太举着两手，打个呵欠，伸了个懒腰，笑道："这是过去多年的事了，他也许已知道了，告诉他也没有关系。不过我的秘密，你怎么会知道呢？这不是你自己找麻烦吗？"她说着话，由屋门口走到屋子里来。李南泉道："我们不要很大意的，只管谈心，也当留心敌机是不是会猛可地来了。"说着，他走出了屋门，站在廊檐下，抬头向天空上张望一下。天上虽有几片白云，可是阳光很大，山川草木，在阳光下没有一点儿遮隐，因道："天气这样好，今天下午还是很危险的。"

奚太太道："李先生，你进来，我有话问你。"李南泉被她叫着，不能不走进来，因笑道："还有什么比较严重的问题要质问我的吗？"他说着，坐在自己写字竹椅子上，面对了窗子外。逃警报的人，照例是须将门窗一齐关着的。他看了看，正待伸手去推开木板窗户。奚太太坐在旁边，笑道："你还惦记着天空里的飞机呢。等你在窗户里看到，那就是逃跑也来不及了。我就只问你一句有趣的话，你要走，你只管走。"李南泉道："你就问吧。我知无不言，言无不尽。"奚太太弯着镰刀眼睛角，先笑了一笑，然后问道："你在路上捡那包糖果的纸，是不是犯了贾宝玉的毛病，要吃女人嘴上的胭脂?"李南泉不由得昂起头来哈哈大笑道:"妙哉问! 你以为方二小姐吃了糖果纸，一定有胭脂印? 我就无聊地去吃那胭脂印? 那算什么意思? 真难为你想得到。"说着又哈哈大笑。

奚太太在旁边椅子上，两手环抱在胸前，架起腿来颤动着，只望了李南泉发呆。他笑道:"这问题的确有趣。不过我这种书呆子，还不会巧妙地这样去设想。我又得反问你一句了。你问我这个问题，是什么意思，要打算在我太太面前举发吗?"奚太太这倒有点儿难为情，将架了的腿颤动着道:"我不过是好奇心理罢了。我先在走廊上坐着，看到方二小姐在马鞍上吃着糖果过去，后来又看到你一路走来，一路在地上捡糖纸，我稀奇得很。我总不能说你是馋得捡糖纸吧?"

李南泉低头想了一想，这也对。自己本也是好奇。在旁人看来，沿路捡糖纸，这是不可理解的事。他这就笑起来道:"的确，这是一件有趣味的事。但这件有趣味的事，现在我不愿发表，将来可以作为一种文献的材料。"奚太太道:"这种人还要写上历史哪?"李南泉笑道:"你不要看轻了这种人，她几乎是和中华民国的国运有关的。明朝的天下，不就葬送在一个乳妈手上吗? 方二小姐的身份，不比乳妈高明得多吗?"奚太太道:"哦，我晓得。那乳妈是张献忠的母亲。"李南泉笑道:"奚太太看过廿四史吗?"她笑道:"廿四史? 我看过廿八史。"李南泉想不笑已不可能，只有张开口哈哈大笑。她走来之后，接连碰着李先生两次哈哈大笑，便是用那唾面自干的办法来接受着，也觉这话不好向下说。站起来伸了半个懒腰，瞟了他一眼道:"你今天有点儿装疯，我不和你向下谈了。你也应该进午餐了。"说着，她走向了房门口。身子已经出门了，手挽了门框，却又反着回转身来，向李先生一笑，说声"回头见"，方才走了。

李南泉心想，这位太太今天两次约着谈话，必有所为。尤其是这三条半萝卜干、小半片咸鸭蛋，是做邻居以来第一次的恩惠，绝不能无故。坐着想了一想，还是感到了肚子饿，在厨房里找了些冷饭，淘着冷开水吃了。为了避开奚太太的纠缠，正打算出门，山溪那岸的人行路上，却有人大声叫着李先生，正是心里还不能忘却的方府家将——刘副

205

官，便走到廊檐下向对面点了个头。刘副官道："今天大可不躲，敌机袭成都，都由重庆北方飞过去了。你一个人在家？"他很自在地站在路上说闲话。李南泉道："多谢多谢，不是你通知一声，我又要出去躲警报了。下坡来坐坐如何？"这本是他一句应酬话，并没有真心请他来坐，可是刘副官倒并不谦逊，随着话就下来了。

走到屋子里，他笑着代开了窗户，摇摇头道："没关系，今天敌机不会来袭重庆，我们的情报，并不会错的。放心在家里摆龙门阵吧。"说着，他在身上掏出一盒烟卷，倒反而来敬着主人。李南泉道："真是抱歉之至。"他正想说客来了，反是要客敬烟。可是刘副官插嘴道："没有什么关系。二小姐就是这个脾气，她自小娇养惯了，没有碰过什么钉子。她以为天下的人，都像我们一样是小公务员，随便地说人，人家都得受着。我想李先生也没有什么不知道的。"说着，就在旁边椅子上坐下。

李南泉见他误会了道歉的意思，脸子先就沉下来了，一摇头道："不，这事我不放在心上，不平的事情多了，何止我个人碰着一个大钉子，希望你不要提这件事了。老兄，我是说我没有好烟敬客，深为抱歉。不过我得多问一句，这件事你怎么知道的？"刘副官道："老黄回去，他告诉了我，我倒觉得这事太不妥当。李先生住在这里，院长都知道的。院长是个为国爱才的人。"李南泉不等他说完，哈哈大笑。因道："老兄，我今天哈哈大笑好几次。你这话让我受宠若惊。"刘副官坐着吸了两口烟，沉默了三四分钟，然后喷出一口烟来，笑道："这事可不要写信告诉新闻记者。重庆正在闹几天几夜的疲劳轰炸，闹这些闲事，也没什么意思。"

李南泉笑道："刘兄，我知道你的来意，你不来这一趟，也许我会写一段材料，供给各报社。可是你来了，我就不敢写这材料了。因为你们已经疑心到我头上，不是我供给的材料，也是我供给的材料。我还在这里住家呢，我敢得罪二小姐吗？二小姐一生气，兴许骑着一匹怒马冲到我这茅屋里来。好汉不吃眼前亏，我会这样干吗？"刘副官笑道："我心里要说的话，全都让你说了，我还说什么。"说着，伸出手来，和主人握了一握，笑道："诸事均请原谅。"李南泉笑道："可是我有一个声明，我只保险我遇到的事，报上不会披露。至于以后还有什么事情发生，报上再登出来，我可不负责任。"

刘副官本已走出走廊了，听到了这个话尾巴，又走了回来，笑道："诸事都请关照。自然方二小姐不怕报上攻击她，可是我们这些当副官的，一定要受院长指摘。换一句话说，还和我们的饭碗有关。"说着，他却装出滑稽的样子，举手行了个军礼。站着迟疑了一会儿，微笑道："我还有一句话想问。你说的那位孟秘书和杨艳华也认识吗？"李南泉道："岂但是认识，她是孟秘书的得意门生。我原来也是不知道，是前两天老孟写了一封信来，让我关照关照她。我一个穷书生，有什么力量关照她呢。我正想给他回信，说是有一班副官捧她，请孟秘书放心。"刘副官哦了一声，立刻走了回来，两手乱摇着道："来不得，来不得，我们和小杨是朋友罢了，说不上捧。"李南泉笑道："其实是不要紧，自己的徒弟，还不愿意人家把她捧得红起来吗？就以我而论，杨艳华也是叫我作老师的，我就愿意有人把她捧得红起来。假如你老兄……"刘副官站定，先举着手行了个军礼，继而又抱着拳头，连作了几个揖，笑道："不敢当，不敢当，不提了。"李南泉觉着说的话，已很可唬住他，也就敷衍了几句，把他送走。

李南泉静坐在家里，想了一想，今天下午，乱七八糟地接触了不少事情，倒好像是做梦。看看太阳已经偏西，白天空袭，应该是告一段落。因为现在已接近了下弦，月亮须到八九点钟才起山，轰炸当有个间隔时间。也就安心坐在家里看书，直到太阳落山，才解除警报。躲警报的人，纷纷回了家。

首先是那甄子明先生一手提着手杖，一手夹了烟卷在口里吸着，慢慢下了坡，踱过木桥，含着笑道："究竟在乡下躲警报，比城里轻松得多。"于是站定在桥头上，将纸烟伸出去，弹了两弹灰。李南泉看他情形很是悠闲，这就迎了出去笑道："今天大概可以无事，甄先生吃过饭，我们可以谈谈。"甄先生站在桥头上，昂头四望，点了头道："据我的经验，像日本对重庆这样的空袭，百分之五十是精神战作用。我在城里，一挂了红球，我就连吸纸烟的工夫都没有，立刻要预备进洞。同时，还有一个奇异的特征，就是要解大便。我这就联想到一件事。那上刑场的囚犯，有把裤子都拉脏了的，心理作用，不是一样吗？"

他这个举例，虽是实情，却惹得在屋子里各家的男女都随着笑了。吴春圃拿了芭蕉扇在屋檐下扇着，笑着摇摇头道："这个比喻玩儿不得。那无疑说我们躲警报的人，谁也躲不了。"那甄太太正是慢腾腾地走到自己家门口，在口袋里掏出钥匙来开门，这就战兢兢地回转头来道："勿说格种闲话，阿要气数？"甄先生因他太太的反对也就走回屋子去了。李太太早是带着孩子们回到屋子里了。她叫道："南泉，你也进来帮着点儿，把屋子顺顺。"他走进屋子里来笑道："顺什么？回头月亮起山了，我们又得跑。"李太太看了桌上那碟萝卜条问道："你哪里弄来的这个？"李南泉笑道："天大人情，奚太太送的。另外还有小半片咸鸭蛋呢。"李太太看那碟子后，果然还有半片咸鸭蛋，上面还盖着一张纸呢。

她将那半片咸鸭蛋拿过来，掀开那张纸，正待向地上扔去。却看到那张纸上，很纤细的笔迹，写有四个黑字，看时，乃是"残月西沉"。同时，纸拿到手上，有点儿黏黏的，还可以嗅到一种香味，便笑道："这是什么纸？"说着，将纸扬了起来。在这一扬之间，她就看到了那纸片上浅浅地有一道弯着的月形红印。她是个化妆的老研究家，看了这红印，就知道是个胭脂印，因道："这是包糖果的纸，谁吃的？"李南泉笑道："说起来是话长的。不过我可以简单报告一声，这东西来头很大，是方二小姐吃的巧克力糖，从马上扔下来的包糖纸。"李太太将糖纸送到鼻子尖上嗅了一嗅，点点头。

李太太道："是方二小姐吃的糖果纸，那怎么会弄到奚太太手上，贴在这片鸭蛋上的呢？"李南泉笑道："这个我不明白。不过我倒是拾着两张，顺便塞在身上。"因在衣袋里掏出给太太看。其中一张，就印着更明显的胭脂半月印。李太太笑道："这是什么意思？"李南泉就把今天遇到方二小姐的情形详细说了一遍。李太太摇摇头笑道："隔壁这位，她来这么一套，是什么意思？尤其是写着'残月西沉'这四个题字，我不大理解。这应该不是无意的。"说着她瞅了先生微微一笑。李南泉倒是会悟了太太的意思，不觉学了刘副官的样，先举手行个军礼，然后又抱着拳头，拱了两拱手。李太太也就很高兴地一笑，把话接过

208

去，不再提到。

黄昏未曾来到，先就解除了警报，这还是这几天所没有的事。躲警报回来的人，正加紧在做晚饭。奚太太却又来了，她这回却是直接找李太太谈话，在屋子门外就笑道："李太太快预备做晚饭吧，月亮一起，敌机又该到了。"李太太迎出来问道："你怎么知道呢？"她昂着头笑道："这就是杜黑主义。"李南泉在门外的溪桥上乘凉，老远就插言道："奚太太真是了不得，空军知识也有，今天的空袭，怎么会是杜黑主义呢？"奚太太道："这有什么不知道的？当敌机飞出来的时候，那是没有月亮的时候，等它度过一段黑夜的小小时间，月亮出来了，敌人在天空正看得清楚，就可以乱丢炸弹了。这手段最辣，让我们半路拦不上它。"李南泉笑道："哦，杜黑主义就是这么回事。可是我略微知道这是一个名字的译音。虽是译音，却也成了个普通名词。杜是杜绝的杜，不是过度的度。"奚太太道："不能够吧？木字旁的杜字？这杜黑两个字，怎么讲法呢？"李太太笑道："奚太太，你别信他，他是个百分之百的书呆子，懂得什么军事学？"说着，端了把木椅子，放在走廊上，笑道："奚太太，休息一会儿吧。"

奚太太顺手一把将李太太手臂拉着，笑道："老李，今晚上有夜袭的话，不要去躲洞子，我们坐着乘凉谈谈吧。"李太太道："不行，我一听到半空里的飞机响声腿就软了。再要是看到那雪亮的探照灯，在半空里射那虹似的大灯光，我的心都要跳出来，这个玩儿不得。"奚太太笑道："那就算了吧。"说着，她扭身走了。李太太颇有点儿奇怪，就是这么一句话，值得她特地到这里来说吗？这个意念还不曾想完，奚太太又走回来了，笑道："你看我也是那故事里面，会忘记了自己的人。我下午留了个瓷碟子在这里，我来拿回去。"她走到屋子门口，见屋子里的菜油灯，光小如豆，正是灯草烧尽了。她又一扭身道："忙什么的，明天来拿吧。"这次走，算是她真正地走了。李太太料着她是有话说，而又不曾说出来。可是她既不说，也就不必追问她了。晚饭后月亮上升，倒是奚太太杜撰"度黑主义"说对了。夜空里警报器呜呜地响，夜袭又来了。李先生在晚间不躲警报，但照例地还是护送妇孺入洞。

家人进了防空洞，李先生是照常回家守门。这一夜的夜袭，又是连续不断。李南泉于飞机经过的时候，在屋后小山洞里躲过两次，此外是和甄子明先生长谈。到了夜深两点多钟，甄先生这久经洞中生活的人，坐在走廊上，不住地打哈欠。李南泉便劝甄先生回房睡觉，自己愿担负着监视敌机的责任。甄先生说了声劳驾，自进屋子去睡了。李南泉在走廊上坐坐，又到木桥上散散步。抬头看看天上，半轮儿月亮已偏到屋脊的后面去。白天的暑气，这时算已退尽，半空里似乎飞着细微的露水，阵阵的凉气，浸润到身上和脸上，毫毛孔里都不免有冷气向肌肉里面侵袭。他昂着头看看半轮月外的天空，零落散布着星点。这就自言自语地道："月明星稀，乌鹊南飞……"

他还没有把这诗念到第三句呢，那邻居走廊上有人接嘴道："这诗念得文不对题。我在唐诗上念过这诗的。"这又是奚太太的声音，便道："还没有睡呢，月亮都偏西了。"奚太太道："我是几个孩子的母亲。他们睡觉了，我不能不给他们巡更守夜。万一敌机临头了，我得把他们叫醒。"说着话，她走下了她家的走廊向这边屋子走来。李南泉虽是讨厌着她啰唆，但无法拒绝她走过来，只是木然地在木桥上站着。她走到了桥上，笑道："你为什么一个人在这里临流赋诗？"李南泉踏两下桥板响，因道："这下面并没有水。"奚太太道："虽然没有水，但这总是桥。你这个意境就是临流赋诗的意境。你倒是心里很空洞，不受空袭的威胁。"

李南泉对这位太太的行为，却是不大了解。这么夜深，她会有这个兴致找人来闲话。心里转了个念头，把话锋将她碰了回去吧。因点着头道："奚太太，你的学问，确是渊博，不过线装书这一部分，你应该比我念得少。"奚太太笑道："岂但是线装书，无论在哪一方面，我都拜你做老师的，你怎么会提出这个问题来的？"李南泉笑道："月明星稀，乌鹊南飞，你猜这是谁作的诗？"奚太太低了头想了一想，笑道："你不要骗我，诗是七个字一句，或五个字一句，哪里有四个字一句的诗？"李南泉笑道："你没有念过《诗经》吗？《诗经》就是四个字一句。至少'关关雎鸠'这一句诗，你一定……"奚太太笑道："哦，对的对的。月明星稀，也是《诗经》上的吗？"李南泉笑道："可是你说在唐诗上念过的。"奚太太又走近了一步，将手拍了他的肩膀道："李先生，你怎么老是揭破我的短处？你难道对人一点儿同情心都没有？"李南泉将身子闪开了一闪，向她一点头笑道："对不起，恕我太直率一点儿。不过朋友相处，讲个互相切磋。若是我有一得之长的话，我不告诉你，这是不对的。例如月明星稀，这是曹操的诗，比唐诗就远去了多了。不过在《唐诗合解》上，是选了这一首诗进去的，你说在唐诗上念过，也不算错，《古唐诗合解》，向来人家是简称《唐诗合解》的。但严格地说，却不能像你那样举例。"奚太太又逼近了一步，再拍着他的肩膀操着川语道："对头，这个样子交朋友就要得，二天我跟你补习国文，要不要得？我猜，一定要得。"

李南泉被她接连地拍了几次肩膀，这却不免有点儿受宠若惊，只好当着不受感触，很坦然地站在桥上，昂头望着天道："奚太太，你夜不成寐，我想，你不光是替孩子们巡更守夜，也许你念着城里的奚敬平兄吧？"奚太太摆着头道："我用不着替他发愁。他机关里的防空洞是重庆的超等建筑。就是一吨重的炸弹，也炸不了他那个洞子。"李南泉道："那么，这样整个星期的轰炸，敬平兄可也曾顾虑到家里这个国难房子，是担受不起瓦片大一块弹片的？"奚太太道："这是敬平唯一的短处，只要离开了家庭，就没有一点儿后顾之忧。这一事也应当由我来负责任。因为我什么都能做主，什么我都能担担子，他就很放心地去进行他的事业去了。不但如此，就是他的事业，也得我在家里遥为领导，要不然，他就会走错路线的。"李南泉道："的确，你是一个可佩服的人。你对敬平兄是太忠实了。他对你大概也很忠实。"奚太太道："他呀，谈不到忠实，只谈得到服从。在我眼面前，可以不喝酒、不吸纸烟、不打牌，就是请朋友吃馆子，也必须先通过我。李先生，你可不要误会，以为我干涉得太严厉了。我正是怕交些酒肉朋友，不但无益，而且有害。他是这样服从我惯了，倒也没有什么反抗，只是一层，他若是离开了我远一点儿就要作怪。"李南泉笑道："哎呀，你好凶呀。就是和你交朋友都不敢不加以考虑。"说着，故意借着这话，做个表演话剧的姿势，闪开去好几尺路，直走到木桥的尽头。这匆忙的步子，踏着木板桥的响声，可惊动了邻居甄先生。

甄先生很匆忙地由屋子里跑出来，问道："是敌机来了吗？"李南泉笑道："没有什么事。你安静去睡觉吧。不过有意加入谈话会的话，想奚太太一定很欢迎。"他如此说了，甄先生才看到桥头上还站有一位女人，他笑着弯了两腰道："我还是睡觉吧，身体实在是支持不住了。"说毕，转身就回去了。李南泉见甄先生并不加入谈话会，心里倒老大感着不安。立刻想到和奚太太在这里瞎扯，值此参横月落，空谷无人，这太不妥当。这就故意向天空四周看了看，自言自语地道："三峡的雾，又该起来了。敌机还会继续来吗？我要到防空洞里看看孩子们去。"说着，很快地走上走廊，将房门锁住。再经过板桥上时，奚太太还在桥上站着，两手一伸，横拦着去路，低声道："喂，不要走。我一个人在这里守夜，有点儿害怕。"李南泉笑道："奚大嫂，你是有魄力的女子，根本就没有躲过空袭，你还会怕鬼吗？"他说时，也推开她横拦着的手，闯过木板桥去了。走了十来步路，故意自言自语地道："这样半夜三更的啰里啰唆，越说越远。"回头看那木桥上，偏西的一钩月亮，洒下淡黄的光，照见山溪两岸，树木人家的影子都模糊着，黑沉沉的。那木板桥上正仿佛有着一个孤零零的人影子。心想，那自然还是那位家庭大学校长奚太太，猜不着她有什么苦闷，今天这十几小时都在半疯狂的状态中，只有远远地避开她吧。他有此意念，到了防空洞口，见大群人都在残月的微光里坐着，打听到自己家里人，全在洞子里席地睡觉，这就安心地坐在洞口石头上，等解除警报。

这一晚的夜袭，竟是和残月相始终。残月落下去了，解除警报的长声也发出来了。他引着家里人，走向家去。那靠近山头的大半轮月亮，由白变成了金黄色，像半面铜盘，斜挂在天脚下。那月亮里放出来的金黄色淡光，正轻微地洒在这深谷里。山石树木人家，全模糊着不太清楚。在溪的东岸，有一片菜地，支着许多豇豆架子，这豆架和百十枝竹子相邻，在淡黄色的月光下，照着许多高高低低的青影。天已到将亮的时候，空气是既潮湿又清凉。在人的皮肤触觉上，已是感到一阵轻微的压迫，再看到这些青隐隐的影子，心理上也有些清凉的滋味了。

大家不成行伍地慢慢走着，李南泉依然是首先一个引导。他远远地看到那高低影子当中，更有个活动影子跑来跑去。虽然是大群人走着，这个深谷，月亮只照了半边山到底，一边是阴影面，一边是昏黄的光，凉空气之下，清幽幽的，这会给人一个幽暗荒凉的印象。这个活动的影子，在清暗的环境下，无声活动，很可以让人感到是妖异。李先生不免怔怔地站了一站。但他很快地就证明了，那是个人，那一定还是奚太太，因为在这几家邻居中，除了去躲防空洞的人，都睡觉了。她大概是有点儿半疯了，就不去睬她。直走到那丛竹子下，她出现了，身上已加了一件短大衣，手里攀住了一枝竹子，只是在空中摇撼着，就洒了李南泉一身水点。尤其是那竹叶子窸窣一阵响，不由得吓了一跳，耸着身子哟了一声。

奚太太随着这一声哟，嘻嘻地笑了。她道："李先生的胆子也太小了。竹叶子洒下来几个露水点子，何至于吓得这个样子。"李南泉站在路头上，不免瞪了她一眼。可是这曙色朦胧的时候，使一个眼色，奚太太怎能看到。她还笑道："这是甘露呀，嘻嘻!"李太太是紧随在李先生后面的，却有点儿不能忍受，便笑道："奚太太这样高兴，得着什么打胜仗的消息吗?"奚太太道："我是乐天派，用这个手段对付敌人的疲劳轰炸，那是最好不过的事情。"李太太笑道："还是你赏鉴残月西沉这段风景的作风吗? 残月西沉，是带些鬼趣的。"她说到最后一句话，语调稍沉着一点儿。

李先生颇觉太太这话带了很严重的讽刺，恐怕身受者难堪，便大声叫道："钥匙落了，怎么办?"李太太道："我这里还有一把。"这一问一答，把对付奚太太的目标就转移过去了。由防空洞回来的人，少不了有一套抹澡喝茶，整理由防空洞带回的包裹。把这些事做完，天色却已大亮了。趁着天气凉爽，妇孺都安眠去了，李南泉恐怕白天的空袭紧随着要来，就站在走廊茅檐下抬头看看四面天色。见白云展开棉絮团子，笼罩了四周的山头，颇有变天的希望。变天，这是躲空袭者的好消息。正想喊出"要下雨了"，回头一看，奚太太手扶了一根竹枝，还站在那丛竹子下，便笑问道："还没有回去吗?"这一问，倒引出了意外的行动。她一笑，放了竹子，竹梢向空中一弹。她转身向大路走去。那和她的家是越走越远的，这可奇了。

第十一章

蟾宫折桂

李南泉见这位太太扬着颈脖子，顺了人行大路，径直地走去，倒猜不到她是向哪里去。回头看看奚太太的屋子还敞着大门呢，本待叫她一声，转念想着，管她这闲事更不好，随她去吧。站在走廊上出了一会儿神，听家里的人，隔着夹壁，是一片鼾声。这正可以证明大大小小，全疲倦到了极点。自己端把椅子，拦了屋门坐着。这样有几点作用：可看守屋子，可听候警报声，也可以打番瞌睡。人是靠了椅子背坐定，不知不觉就闭上了眼。仿佛中是知道邻居们有人行动，但随着跑警报、在那天然洞里唱戏，和奚太太站在木板桥上夜话的事情，像演电影似的，一幕一幕在眼前过去。觉得自己一阵颤动，像是沉在冷水塘里，吓得赶快身子向上一挣扎，睁眼看时，椅子背倒在窗户木台上，扶好了椅子，索性伸长了腿，仰着睡了。不到一会儿，这身子又沉在水塘里了，不但是身上冰凉，连头发都是凉阴阴的。这不是水塘，是海滩，那大风浪正倒卷着人的身体，向礁石上猛扑了去。赶快睁开眼睛，见溪对岸那丛竹子，被大风刮着，几乎要扑倒在地面上。身上的衣襟，被风卷动着，肌肉都露出来了。风里夹着豆大的雨点，吹进了走廊，打在干地上，噗噗作响。就是自己的衣服上，也很沾染了些雨点。站起来出了出神，却听到隔壁吴春圃先生在屋子里叫道："好了，老天爷来解围了。"

在日晴夜月的情形下，让敌人进行轰炸了一天又一天之久，除了望天变，实在没有什么好法子可减少这空袭威胁的。这时吴先生喊着一声天变，引起了很多人跑出屋子来看。李南泉也是如此，觉得在走廊上看

214

到的，还是不够，又走到溪桥上，抬头四周观望一番。看到云阵每每结成很大的一块，就在天峰飞跑。尤其是由溪口望出去，在远隔两三里的大山头上，已让灰色的云笼罩得天地连在一处。溪岸上的那丛竹子，窸窣窣地一阵响，让谷风吹着卷了过去。同时，那云层里的雨点，就像撒豆子似的，稀疏地洒上一遍。雨点里的凉风，吹过这条长谷，让人身上毛发都感到凉飕飕的。这就一拍手，自言自语地道："不管好歹，放头去睡吧。"吴春圃先生站在走廊上，张开胡子嘴，打了个哈欠，笑道："睡吧。不花钱的享受，可别放弃了。俺今天不吃午饭，至少睡他十小时。"说着，他又是个呵欠。这呵欠是个急性传染病，在廊子这头站着擦脸的甄先生、弯着在盆里洗脸的甄太太，连接着打呵欠。大家互相看了一下，不由得哈哈大笑起来。李南泉摇摇头笑道："甚矣，吾倦也。"他又打了两个呵欠。果然的，他进屋去，就倒在床上。正是老天凑趣，突然哗啦啦一阵急雨，倾盆似的倒将下来。经受过长期空袭的人，不知道这趣味。大雨声比什么催眠曲都有效力，人早是蒙眬着失去了知觉。

他一觉醒来，首先让他还从容不迫的，就是窗户外的茅草屋檐，还在滴滴答答流着水柱。这尽可像冬天贪恋着被窝里的温暖一样，继续地在床上躺着。休息了几分钟，隔着玻璃窗向外看去，树丛子里飞起一堆堆白絮似的云块，这更证明着是个阴雨连绵的气候。减少了疲劳，恢复了健康的太太们，在屋檐下，已是隔了两下的山溪对话。"好凉快天啦，来呀，十二圈呀。"李南泉起了床，也是首先到门外看看雨色。在屋子里，就可以看到对门的山头，让阴雨封锁了一半。半空里细雨如烟中，牵着一条条的稀疏雨绳。屋外的山溪，已流着山洪，哗啦啦的，水溅着溪床里面的石头，翻出白色的浪花。这一切形象，也未尝不可供山居者的赏鉴。

他站在走廊上，反背了两手，只管张望着。正在出神，肩上却披上了一件衣服。太太在不通知之下，将一件蓝布长衫送来加凉了。她站在身后笑道："你实在该轻松轻松。过去是太紧张了。你先去洗洗脸，我给你泡好一壶茶，大概还有一盒好香烟。你可以躺在布睡椅上，随便拿本书看看。"李南泉穿上长衫，笑道："谢谢。睡是睡够了，可是我还……"李太太笑道："还有，我已经给你红烧了一碗牛肉，立刻下面你吃。大家太辛苦了，乐一天是一天，你今天好好休息这半日。"李南泉笑道："既是大家太辛苦了，你虽不必休息，也可以找点儿娱乐。什么时候了，我还没有看表。马上动手，十二圈还来得及吗？"李太太还没有答话，甄太太屋里，有个女客的笑声，那正是冒雨来邀角的下江太太。

下江太太随了这笑声，也就走出来了。她抓着李太太的手，连连拍了她几下肩膀，笑道："老李，你真有一手，三言两语，加上点儿电影镜头的小动作，你就把李先生降伏了。"甄太太虽是过了时代的人，看到她们逗趣，这也就在旁边插嘴道："这话只好摆勒肚皮里面格。一说出来束，李先生晓得哉，下转末，格些作作，就勿灵哉！"她这么一说，又是一口的苏白，引得大家都笑了。李南泉笑道："中国人真有弹性，疲劳轰炸一经停止，大家就嘻嘻哈哈地笑起来。"下江太太道："李先生，你想，若是这样的阴雨天，我们还不找点儿乐趣，岂不是错过好机会吗？今天晚上，大概杨艳华又是全本《玉堂春》吧？"李南泉笑道："你们打牌，这和《玉堂春》有什么关系？"下江太太笑道："那就凭你想吧。"说着，她已把靠在墙壁上的一把雨伞撑起，笑道："老李，打铁趁热，走吧。"说着，左手撑伞，右手就来扯人。李太太笑道："你忙什么？我还得给煮牛肉面呢。"下江太太始终把她一只手拉着，笑道："这就够瞧多半天了，用不着你恭维，你家女用人干什么的？"下江太太那口蓝青话，"瞧"字、"什"字，全念成舌尖音，"半"字念成"本"字，全不够俏皮。李南泉哈哈大笑。李太太也就真趁他这份儿高兴，点着头笑道："我走了。不用等我吃晚饭。"就和下江太太抱着肩膀共同躲在伞下，冒着雨走了。李南泉望着两位太太，在雨丝里斜撑着伞走过了溪边大路，也笑道："出得门来，好天气也。"邻居听着，都笑了。连那位正正经经的甄先生也笑了。

这场雨，真是添了人的兴致不少，老老少少，全是喜色。而四川的天气，恰又是不可测的，一晴可以两三个星期，一雨也可以两三个星期。原来是大家望雨不到，现在雨到了却是继续地下，偶然停止几小时，随后又下了。这样半个月，没有整个的晴天，虽是住家的人，睁开眼来，就看到云雨满天，景象阴惨惨的，可是个人的心里，却十分地轻

216

松。李南泉除了上课之外，穿上一件蓝布大褂，赤脚踏着拖鞋，搬一张川式的叉脚布面睡椅，躺在走廊檐下看书，也是两月来心里最安适的一天。

正捧着书看得出神，却有人叫道："李先生，兴致很佳吧？这两个星期很轻松，作了多少诗？"他放下书，回头看时，那位石正山夫人，并没有撑伞，在如烟的细雨里面，斜头走上了木桥，便笑道："石太太，你不怕受感冒吗？衣服打湿了。"石太太走上了屋廊，牵着她身上那件蓝中带白的布长衫，笑道："你看，这胸襟上，组了两个大补丁。这根本值不得爱惜的衣服。"李南泉道："多日未见，石太太出门去打抱不平的事，告一段落了没有？"石太太脸上表示了十分得意的样子，两道眉毛尖向外一伸，然后右手捏着拳头，伸出了大拇指，接连着将手摇了几下，笑道："那不是吹，我石太太出马料理的事，决不许它不成功。假使我没有替人家解决问题的把握，那我也就不必这样老远地跑了去了。一切大告成功。妇女界若是没有我们这些多事的人，男子们更是无恶不作了。"李南泉笑道："好厉害的话。所谓男子们，区区也包括在内吗？"

石太太倒没想到人家反问得这样厉害，站着怔怔地望了他一下，强笑着道："这话很难解释。回头我们详细地谈。我现在要去找奚太太说话。"说着，她抬手向隔壁屋子的走廊招了两下，笑道："在家里做什么啦？我们今天要详细地谈谈。"李南泉看时，正是奚太太拿了一本英文杂志在手上，由她家走廊这头，走到那头。其实她的眼睛并不在杂志上，只是四处了望。李先生看到她，不免带笑向她点了点头。但她一脸气愤的颜色，并不说话，人家这里打招呼，她只当是没有看到。李先生忽然省悟了。必然是那天天将亮的时候，看见了她一人顺了大路走去，没有予以理会之故。自己微笑着，也装着不介意。

那石太太远远看到她手上拿英文杂志，就知道她用意所在，大声笑道："奚太太是越来越博学多闻了。在家里看英文。这个我一点儿不行，全都交回给老师去了。"她也大声笑道："我哪有工夫看英文书。在家庭杂志里，找点儿材料罢了。那边白鹤新村里，有个妇女座谈会，邀我去参加，真是出于不得已，你去不去？"她说着，又把些杂志举了一下，笑道："这里面东西不少。"说到这里时，正好甄先生也站在这边走廊上，她笑问道："甄先生，你的英文是登峰造极的，你说美国新到的哪种杂志最好？"甄先生道："自到后方，外国杂志我是少见得很。"奚太太道："那么，我借给你看吧。"说着，交给她一个男孩子送了过来。李南泉在一旁看到书的封面，暗叫一声"糟糕"，原来是一家服装公司的样本。

甄先生是个长者，将那样本看了看，没作声，就带回屋子去了。李南泉觉得这是很够写入《儒林外史》的材料，手扶了走廊上的柱子，只管发着微笑。奚太太忽然在那边叫道："李先生，什么事情这样得意，你只管笑？"李南泉一时交代不出来为什么要发笑，只是对她还是笑。奚太太见他老笑着，以为他又发生好感了，便笑道："李先生，你在家里闷坐了半个月，心里头很难受吧？我告诉你一个好消息，白鹤新村的桂花开了。你若没有什么事，可以到那里去赏赏桂花。"李南泉笑道："大概奚太太兴致甚浓，就冒雨去赏过桂花。"奚太太笑道："那也不光是你们先生有诗意，我们照样有灵感，照样也有诗意呀。"

李南泉还是逗她说几句。石太太可向前拉着她的手道："我特意找你商量事情，你又发了诗兴了。"奚太太一扬脖子道："怎么样？我不能谈诗吗？若说旧诗，上下五千年，我全行。"石太太道："你会作？"奚太太道："我全能念。新诗我会作，五分钟作一首诗没有问题。"石太太笑道："别论诗了，我们谈正式问题吧。"说着，她用力将奚太太拉进去了。李南泉想到这位太太过去的事，自己颇有些后悔，就事论事，是给予她太难堪了。她今日虽绷着脸子，到了后来，她还是笑嘻嘻地相对，实在应当找个机会给她表示歉意。他怔怔地出了一会儿神，还站在走廊上望着。不道过了多少时候，奚太太又送着石太太走出来了。李南泉回味着刚才的事情，又向她笑了一笑。

石太太虽是走着，也发觉了李南泉只管微笑，因站住了问道："有什么可笑的事情吗？"奚太太道："他笑我们和女朋友打抱不平，在雨里跑来跑去。"石太太笑道："李先生不了解新时代的女人。"她说着，依然冒雨走了。她这是一句无意的话，这倒让李先生生了一点儿感想。觉得这二位太太，是新式妇女中另一典型，确乎有人不能了解之处。她不是说白鹤新村一个妇女座谈会吗？这个会，虽不是男子可以参加的。但是在那条路上走走，看看这些妇女是怎么个行为，也许不少戏剧材料。

他生了这个意思，便含笑走回屋去，在桌上摊开笔墨来，写了三个大字"雨淋铃"，就根据了这奚、石两位太太的影子，作为剧本的主角，在纸上拟了一个故事的草稿。只写了四五行，那奚太太又在窗外张望了一下，笑道："写文章？"李南泉将手一按纸，问道："有何见教？"她索性扶了窗棂，向里面桌子上看着，笑道："我已经看到了，'雨淋铃'。这题目很漂亮，好像在哪里见过。"李南泉又觉得无法和她谦逊了，又问了一句："有何见教？"奚太太道："那个装咸萝卜的碟子，我还没有收回去呢。我是怡红院里的丫头，到潇湘馆来收碟子的。"李南泉笑道："那么，我是林黛玉？林姑娘九泉有知，又是一场痛哭。你又何必气她？"说着，立刻起身到厨房里去，将那碟子取来，双手捧着，送交给她，还一鞠躬道着"谢谢"。奚太太道："你有点儿受宠若惊吗？你看，这一丛竹子、一弯流水，就是一个潇湘馆的环境。而且，你又……"

李南泉笑道："不用而且，我承认我是，等我把这段草稿子打起来，我泡一壶好茶，再请你到潇湘馆畅谈。"他这样说着，隔壁邻居家里有了笑声。奚太太实在无话可说了，只好板着脸收了碟子回去。但是这么一来，更让李先生感到歉然。自这天起，她又不向李先生打招呼了。继续着又下了两天小雨，李南泉那篇《雨淋铃》故事已经写完，并且将剧本写了一幕。但到了第二幕，就有了许多材料不充分，只好搁笔了。第三天是小晴，第四天是大晴，隔了窗户，就看到奚太太穿了盛装，撑着一把纸伞，从大路上过去了。这就想着，必是她说的那个妇女座谈会今天要开会，顺了这个路线，倒可以找点儿材料。但这个窥窃妇女行为的举动，究竟是怕太太所不能谅解。便说是去看桂花，顺便也可以摘些回来。李太太微笑着，并没有置可否。

四川的天气，只要一出太阳，立刻热起来。李南泉只穿了短衣服，将那件防空蓝布长衫做一个卷儿夹在腋下。为了预备拿桂花回来，没有撑伞，只找了一顶旧草帽子戴着。那身短衣服又有七成旧，远看去，也就是个乡下小贩子。这也是习惯，自在地走着，并没有什么顾忌。由这里向白鹤新村走去，要穿过一道高峰夹峙的深谷。这深谷里面一道流水潺潺的深河，两岸的森林，阴森森的，由河边一直长到山峰顶上去。风景十分幽静。但这里有一件煞风景的事情，就是这山峰下，有一道石坡路。盘旋着直通到山顶上，那就是方院长公馆了，行人在这里走，是常常遇到干涉的。

李南泉明知如此，但方公馆门口，来过多次，也并没有加以介意。这时，久雨过后，山河里的水满满的，乱石河床上，划出了万道奔流。波浪滚滚，撞到大石块上哗哗作响。这山河又在两面青山下夹峙着，水声发出了似有如无的回音。同时，风由上面谷口吹来，穿过这个长峡，两山上的松树，全发出了松涛，和下面的河流相应。人走到这里，对这大自然的音乐，实在会在心灵上印下一个美妙的影子，李南泉忘其所以地，顺了山坡的石坡路走，但觉得山峡里几阵清风，吹到身上脸上，一阵凉气，沁人心脾。看到两棵大松树下，有一条光滑的石凳，就随便地坐在上面。这里正对着河里一段狂泻的奔流，像千百条银蛇翻滚，很是有趣。

正看得出神，忽然有人大声喝道："什么人？坐在这里，快滚！"他回头看时，是方公馆带枪的一位卫士，便也瞪了眼道："大路上人人可走，我是什么人，你管得着吗？怎么开口就伤人。"那卫士听他说话不是本地音，而且态度自然，料想自己有点儿错误，但他喝出来了，不能收回去，依然手扶了枪，板着脸道："这是方公馆，你不知道吗？这里不许你坐。"李南泉冷笑一声道："不许我坐？连这洋楼在内，全是民脂民膏盖起来的，我是老百姓，我就出过钱。我不去逛逛公馆，已是客气，这里坐坐何妨？你不要以为老百姓全是唬得住的，也有人不含糊。"说着，他坐着动也不动。

那卫士可被他的话弄僵了。同时，也就看到石板上还有一件卷的蓝布大褂。这地方有一个大学，又有好几个中学，蓝布大褂，就是教授、教员的标志，这种人院长是容忍他们一二分的。这个人斯斯文文的，又有蓝布大褂，绝不怕带枪的卫士，那决计是个穷教授之流。卫士虽自恃来头大，但对于这类人，却不能不有一点儿顾忌。不过既喊出了口要他走，而他又坐着丝毫不动，面子上太下不来，便扶了枪瞪着眼道："要得，你坐着不动就是，我去找人来。"

他身上带有哨子，放到嘴里呼嘿嘿一吹。这就看到山峰坡子上，有五六个人跑着步子下来。其中有穿制服的，也有穿便服的。李南泉一看，心想，好，把我当强盗看待，要逮捕我了。闲着无事，找他一件公案发生也有趣。于是抬起一条腿来，半蹲了，将两手抱了腿。那群人一会儿工夫，就跑下山了，这卫士迎上前去，抢着报告了一番。有人喝道："什么人？好大的胆，在太岁头上动土！"说过了，那些人跑过来了。接着有个人哈哈大笑道："李先生，和他们卫士开什么玩笑？你来我家径直上山去就是。何必在这里坐着？"这顶头第一个说话的，正是刘副官。李南泉笑道："我并非来找你，我是到白鹤新村去，路过此地，看到路边有石凳，顺便坐着歇歇腿。不想，这就怒恼了贵公馆的卫士，他要轰我走。我这并不冒犯什么，因之他轰我走，我并不走。"那些跟着跑下山的人，看到来人和刘副官十分熟，也只有站着微笑。原来的那位卫士，看到这事情不妙，只有把枪夹在腋下，悄悄走了。

刘副官赔了笑，点着头道："对不住，对不住，他们是无知识的人，你不要见怪。可是你也不好。这年头只重衣衫不重人，谁让你吊儿郎当的，穿得这么寒酸样子？"李南泉道："我倒想穿好的，可是你们院长不配给我的布。"刘副官怕他再发牢骚，因点点头笑道："上山去喝口茶，我陪你一路走，你不是去摘桂花吗？我也去。"李南泉抬头看了看山顶上那幢立体式的洋楼，在那山顶松树林里，伸出小半截，正像撑着顶上的那片青天，便摇摇头笑道："算了。我不练这份腿劲。"刘副官道："那么，我立刻陪你去。我们已经有几位同事去了。这就走吧！"他挽了李南泉一只手臂就走。那意思，是避免那些卫士们继续僵下去。李南泉很了解他的意思，自也无须坚持着和那些卫士们计较，顺着松树林子里的山坡，说着闲话走去。

翻过这个大峡，眼前豁然，四面山峰包围着一大片平原。这平原上橘柚成林，鸡犬相逢，就是桃花源那么个环境。四川盆地，这种环境可以说随处皆是。由重庆躲避空袭下乡的人，总是利用这环境的。这平原上东部一条小石板路，在水田中间，屈曲地前进，那是赶市集的古路。

西部一条宽坦的沙子路，颇有公路的雏形，却是一条直线地伸入对面小山口。那小山上树木葱郁，有那砖瓦老房子的墙头屋脊，在绿树丛里隐隐透露出来。刘、李二人就是顺了这条宽路走。四川季节早，大路两旁的稻田，穗子全数长黄了。那稻秆被谷穗子压着，都是歪倒在一边的。有些稻田里放着打稻的拌桶，三四个农人，站在水里面打稻。

李南泉道："今年的年成又不错。我们全靠的是四川这点儿粮食，若是赶上荒年，那就完了。所幸这儿说来，年年收成都好。真是中国有必亡之理，却无必亡之数。"刘副官道："这话怎么讲？"李南泉笑道："中国在我们这群人手上，早就该亡国。可是运气好，亡不了。这运气好里面而又运气最好的人，当然是院长、部长之流。"刘副官听了他这话，没有敢作声。

两人默然顺了这条路走，已遇到好几批人，带了小枝的桂花，笑嘻嘻地走来。同时，也就觉得有一阵很浓的香味，在半空飘了过来。再走近一点儿，果然可以看到那青郁郁的绿树林中，闪出一点儿昏黄的影子，李南泉道："你看，这里一堆小山峰，上面长了这许多桂树，这正是合了古文上那句话，小山丛桂。这里若是有一口清水池塘，这风景就更美了。"说到这里，正面来了两个青年，像是学生的样子，因笑道："去折桂花吗？这两天让人折得太多了，学校里已出了布告，不许再折了。"李南泉道："不许折，我们自然不折。"刘副官道："不要信他，为什么不能折？这又不是什么私人的东西可以专利的。公家的东西，大家可以享受。"他不说也罢，说了倒是加紧了步子走。

李南泉跟着他走，进了那小山口走着去，那里正是两重楼高的小石山，包围着这山，全是常绿树，除了桂花，就是橘柚。那桂树大小不一，有两棵老的，高出许多常绿树上去。尤其是这小山坡上下，长了些大小水成岩的石块，配着这些桂树，很有点儿诗意。李南泉顺了路向山坡子走着，早觉得周身上下，全为香气所笼罩。刘副官站在身后，就吓了一声，接着道："果然，不许折桂花。这是对着我们方公馆来的。"说着将手一指。李南泉看时，在树林子里，树立了一块带柄的白木牌子，上面写着大字：禁止攀折花木，如违严重处罚。下面写明了大学办事处的官衔。刘副官道："在我们这里，哪个敢处罚我们？反了！"李南泉笑道："老兄，你这叫多疑。人家立的这牌告，是指着到这里看花折花的而言，你不折他的花，他就说不着你。"刘副官道："你不明白这事的内容，因为这两天，我们公馆里天天有人来折桂花，我们被骂的嫌疑很大，以前，这里是没有这块布告牌子的。"

正说到这里，树林子里有人笑道："老刘，你也看了生气，我就觉得这块牌子是对着我们发的。彼此邻居，每天来折几枝桂花，什么了不起，还要这样大惊小怪地端出官牌子来。"看时，正是那位比刘副官更蛮横的黄副官，穿着短裤衩和短袖汗衫，正向一株大桂树昂头四望，打着上面桂花的主意。刘副官抢上前两步，笑道："管他妈，我们折我们的。你上树去，折下来丢给我。"黄副官笑着，立刻就爬上树去，李南泉还站在那木牌之下，心里兀自想着，人家既是这样公然树立公告牌，偏又公然去折人家的花，若是让人家看到，那却是怪不方便的，因之远远地站着，离开那几棵桂花树。在这小山侧面，是一片平地，四周被绿树环绕着，那一片平地，被绿树罩得绿荫荫的。在平地里面一带泥鳅瓦脊白粉墙的高大民房，敞着八字门楼，向这小山开着。那八字门楼旁边，正挂有一方直匾，上面写着某某大学研究院。那里就很端正地站有一个校警，直了脖子，正对了这里望着。李南泉想，知趣一点儿，还是走开吧，这桂花绝不容人家乱折的。

他正是这样想着的时候，那个校警，已是大声喝起来了。他大声道："什么人？不许折花！"黄、刘两位副官只像没有听到一样，还是一个在树上折，一个在地下接。那校警似乎有点儿不能忍耐，夹了一支枪，慢慢移着步子走过来，问道："朗个的？叫不要折花，还是要折花。"刘副官大声喝道："瞎了你的狗眼，你也不看老爷是谁？老爷要折花，就折花，你管得着吗？滚你的蛋吧。"那校警也就看出这二位的来头了，大概是方公馆的副官之流。夹了枪站着，只是发呆。心想不干涉，面子上下不来，硬去干涉，可能落一个更不好看。

就在这时，有几位研究生，正走出校门来，在野地里散步。看到校警夹了步枪呆站着，昂了头只管看着前面那小山上的桂花树，这就都随着这方向看去。一个学生问道："什么人在这里大折桂花？"校警道："晓得是啥子人，叫他不要折花，他还撅人，叫我滚开。"几个学生听

223

了，一齐怒火上升，同奔到小山脚下来，叫道："什么人？不许折花！"刘副官见一阵跑来六七个学生，自己是个弱势，倒不好过于强硬，便道："什么人？我们是方院长公馆的副官。"一个学生道："院长公馆的人更要守法了。这里不是树着牌子，不许攀折花木吗？"黄副官正折了一枝最大的，由树上下来，便道："我们二小姐叫我们来折几枝花去插瓶子，什么了不起的事，大惊小怪，漫说折几枝桂花，就是要你们这学校用用，叫你们搬家，你们也不能不搬。"其中一位高个儿学生，便挺身而出，瞪着眼道："什么二小姐、三小姐？狗屁小姐。我们不作兴这一套。你把花放下，若不然，你休想走。看是你让学校搬家，还是学校让你搬家！"

说着话时，七八个学生全拥上了前。李南泉看这样子，非打架了不可，就不能再袖手旁观了。于是走向前，在这群学生中间站着，笑着摇手道："小事一件，不要为这个伤了和气。插瓶花不过是一种欣赏品，不折就不折吧。"黄副官道："李先生，你不必管，花折了，看他们把我怎么样？什么大风大浪我们全经过，不信在这白鹤新村的阴沟里会翻了船。"他说着话时，挺直了腰，横瞪了两只眼睛。那个高个儿学生，恰是不肯让步，他将肩膀一横，斜了身子挤向前来，喝道："好，我们这里是阴沟，我看哪个能把这桂花拿着走！"他说着话时，两手也是叉住了腰身。学生当中，有这么一位敢作敢为的，其余的都随着壮起胆来，挤了向前，个个直眉瞪眼，像要动手夺花的样子。刘副官对这些学生看看，见他们后面，学生又在陆续地来，就以眼前所看到的而论，恐怕已在二十人以上。于是将黄副官手上一大枝桂花夺了过来，和在自己手上原来拿的花，合并在一处，然后举起来，向山地上一扔，板着脸道："什么了不起？明天我们派人下乡去，挑他几担桂花来，老黄，我们走吧。"说着，拉了黄副官的手臂就走。黄副官看这情形，绝对是寡不敌众。若和这些学生僵持下去，一定要吃眼前亏，借了刘副官这一拉，踉跄着步子，跟了他走去。那几个学生虽还站在一堆，怒目而视，可是李南泉还站在他们面前，不住向他们使眼色。同时，将右手垂直了在腿边，伸开了五指，连连对着他们摇了几上。

学生里面，有几个认得李南泉的，见他这样拦阻，也感到方公馆这些副官不是好惹的。一个精明一点儿的学生，向他点头道："李先生，你看他们这些人，蛮横得还有丝毫公德心吗？"李南泉笑道："折两枝桂花去插瓶花，这在他们，实在是很稀松的事。我劝各位以后还是少和他们正面冲突为妙。"那位高个儿学生笑道："我们也知道犯不上和他们计较。无奈他们说话那气焰逼人，实在叫人容纳不住。李先生，你怎么会和这种人认识的？"这句问话，倒问得他感到三分惭愧，便笑道："我们这穷措大，有什么架子不成？谁和我交朋友都成。他和我住在一个村子里。"那学生把地面上桂花捡起一大枝来，交给他道："李先生带回去插花瓶吧。"李南泉道："那就不对了。纵然是人家折下来的，与我无干，但我拿了去，是人家犯禁，我实受其惠。这还罢了，是道德问题。我回家，一定要路过方公馆的。若让他们看到了，他们会来反问各位，何以让我折了花去？那是给各位一种麻烦。不过你先生的盛意，我是心领的。"那学生见李南泉说得很有情理，也很是感动，就给了他一张名片。他看到，上面印着大学研究生的头衔，名叫陈鲤门。同时想起，在报纸上看到有几次专栏文字，署的是这个姓名，这倒是个真读书种子，就站在桂花香里和他闲谈了一阵，然后告辞回去。为了这么一回小风波，也就无意再去打听妇女座谈会会员的行为了。

由这平原走进了峡口，心里倒若有所失，不免步子走得慢些。迎面却见一大群人走来，其中还有两个穿制服背步枪的。这群人首先一个，就是黄副官。不知他在哪里找到一柄玩把式的带鞘大刀，他背了在肩上。刀柄上挂着红绿布坠子呢，临风只是摆荡。只看这一点，就表示着这群人得意极了。李南泉明知他们起意不善，但料着说明了劝阻不得，倒是装了不知道为妙，只是向黄副官点了一点头，还是走自己的路。这群人约莫有十二三位，刘副官仿佛是位压阵将军，却跟随在最后面，他抬起一只手来，在空中抬了两抬，笑道："李先生，别回去，看我们这一台武戏去。"李南泉笑道："我说算了吧。那都是些穷学生，和他们计较些什么？"刘副官道："穷学生怎么样？我们不含糊这些，老实说，我们这次去，要把那些桂花都给他砍了。"李南泉笑道："树又没得罪你，那何必，那何必！"他虽是这样劝着，那刘副官听说，并不怎样介意，径自走着。李南泉站在路边对着这群人的后影，呆望了一阵，也只有摇摇头自行走去。

那黄副官肩上背了那柄大刀，后面紧跟着两位带步枪的卫士，他得意极了，挺着胸脯子朝前走。他心想，这一下子，总可以威风凛凛地把刚才那面子挣回来了。不久，到了那小山丛桂之处，远远地先让他吃一惊。早见那桂树荫下站着一大群人。随便估计着，总也有五六十个。而且这些人全是全青制服的，可想都是学生，心想，怪呀！我们回去找了人就来，绝不会有人走漏消息，怎么他们就事先有了准备了？在这多人面前，要是去抢着折桂花的话，那必是一场大风潮，还未必能占便宜。可是浩浩荡荡地来了，悄悄地回去，面子又更是难看。

他虽是这样踌躇着，可是紧跟在后面的弟兄们，却都得意扬扬地走着，以为可以出回风头。哪里知道黄副官有了尴尬的情形？他情不自禁地拖慢了步子，走近了那群学生。但那群学生都是背朝着山外，面朝着山里的。虽然这里有人带着真刀真枪前来，他们并没有加以理会。黄副官这有点儿省悟，这里群集了大批的人，倒并不是准备打架的。于是昂了头看去，见学生面对着的所在，有一块高草坡。草坡上站着一个穿西服的瘦子。那人头上梳着花白的西式分发，尖削着两腮，虽不是营养不够的人，可是看出心计上的支出太多，依然免不了几分憔悴。因之他虽站着，他的脊梁是微微弯着的。黄副官对这个人的印象很深，老远就可以看出来他是很有名的申部长。申部长虽比方院长矮去一级，可是在政治上的势力，并不下于方院长。而且这学校很和他有关，他站在那里，分明是召集学生训话，不但是不许可在这时候去砍桂花，就是再走近两步，也有搅乱会场的嫌疑。立刻站住了脚，两手平伸开，拦住大家前进，低声道："申部长在这里。"那在后面的刘副官，对申部长认得更熟，也低声道："大家就站在这里吧，不能再向前了。"这些又是在权贵人家混饭吃的，"申部长"三字，也早是如雷贯耳。一听前后两位副官报告，就知道形势有了大大的转变，无论如何上前不得。不约而同地全站住了，他们不上前，恰是申部长把他们看得很清楚。

那申部长用着蓝青官话，正在对这群学生做露天演讲，看到了方家家兵家将，排队向前，便将手一指，向站在旁边的学校职员问道："这是干什么的？"职员看了看，却答复不出来。这些学生们，早就看到了，有一个人报告道："这是方院长家里的人，大概是预备来折桂花的。"申部长微笑道："来折桂花的？桂花长在学校门口，可以说是和你们读书种子能够配合。科举时代，举子们考试得中，叫着'蟾宫折桂'，那只是用用毛锥子而已。科举废了，时代变了，于今折桂花不用那东西了，要枪，嘿嘿。"他勉强发出了笑声，调门又很低，于是将"哈哈"变成了"嘿嘿"。他接着道："不过就各位而言，还是七分用笔三分用枪的好。否则，我这考官固然考不了你们，你们就是'蟾宫折桂'了，恐怕和来人一样，干的不是你们本行。"有些学生，颇觉得他这话别有用意，哄然地发出了会心的笑声。每个人的声音虽是不大，但积着许多人的小笑声，也就变成一种很大的声浪。

黄副官听到这笑声，回头向刘副官看看；刘副官却比他更机灵，向他使了一个眼色，又将嘴向旁边一努。黄副官会意，立刻掉转身向旁边小路上走。跟着他走的人，也知道这前面山坡上是一位不可惹的人，就无须再打招呼，都跟了他走去，一直走过半里多地，踏上了那石板面的人行古道，走回方公馆去。走进了峡口，黄副官看看这队家兵家将之外，并无他人，就顿了一顿脚道："真是不凑巧，遇到了这个姓申的。老刘，我们算吃亏了。"刘副官道："吃亏就吃亏吧，反正姓申的不能永远在这里守着。我们只要逮着一个机会，就让那几个毛头小伙子认得我们。"黄副官笑道："你有什么法子呢？"老刘摇了两摇头笑道："天机不可泄露，早说了就不灵了。"那黄副官半信半疑，也就不提了。

他们到了方公馆，正好方二小姐在屋子外面的走廊上散步，看到一群人由山峡里面走了回来，便一直迎下山来。黄、刘二人丢开了那班队伍，赶快顺着山坡跑上来。见着了二小姐，喘着气向路头上分开，在宽敞的石头坡上一边站着一个。二小姐今天是半男装打扮，下面白皮鞋，穿着长脚白哔叽西服裤子，拦腰来了根紫色皮带，裤腰套着的是件翠蓝色的短袖子翻领衬衫，手里拿了根紫藤手杖，在石板坡四面敲着东西走下来。见到刘、黄二人，站定了脚跟，望了一望道："你们由哪里来？"刘副官垂了两手，笔挺地站着，眼光直视了二小姐，低声答道："昨天不是在白鹤新村折桂花没有折到吗？今天我们特意多带些人去，非折来几枝桂花不可。不想事不凑巧，偏偏申部长就在那桂树林子里演说。整大群的学生将他围着，我们不敢过去。"二小姐道："这可怪了。申部长到他们学校里来训话，自然有讲堂、有礼堂演说，怎么会跑到山上去，在桂树林子下面去演说呢？"黄副官插嘴道："那当然是那些学生用的诡计。准是他们料着我们今天会去折花，所以就请申部长到桂花下面去演说。"二小姐道："申部长？天部长又怎么样？这是我们公馆附近的事，他管不着，是哪个学生弄的诡计？明天给我揪了来。"

她随便说过这句话，又对刘、黄二人各瞪了一眼，将手杖把石坡两旁的松树枝唰唰地敲打了几下，自转身回到屋子里去了。刘、黄二人也不知二小姐是怒是喜，呆站了一会儿，各自回屋子里去。他们的副官室，在大楼一进门的两旁，开了窗子，面对了隔岸的一排高山。那远近郁郁青青的松树林子，映在屋子里的光线，都是阴暗的，但空气自然是凉爽。刘副官在他面窗的一张木架床上倒下，将脚架在床栏杆上，因道："唉，这在家里躺着，多么舒服。平白无事地去折什么桂花，弄得里外碰壁。"黄副官也是无趣，跟着走进他屋子来，两手插在裤子袋里，来回地走着，顿了脚道："我绝不能甘休！"刘副官道："算了吧。人家学生多，咱们不是对手。我们虽然吃瘪，外面并没有人知道。若是把事情传扬出去了，面子会弄得越来越不好看。我算跟着你摔了一个跟头就是。"黄副官道："那几个小子我认得他，他们别遇着我。遇着我，我要给他一点儿好看。"刘副官也没说什么，哈哈大笑一阵。他这么一来，给予黄副官的刺激就大了。他走到临窗的桌子边，捏了拳头，将桌子一捶道："此仇不报，非君子也。"刘副官以为他是发牢骚，并没有问其所以然，还是继续笑着。黄副官两手插在裤衩子袋里，来回走着，最后也就走出屋子去了。

四川的天气晴了就一直晴下去，次日依然是个大晴天。上午九点多钟，就来了警报。黄副官这就有了办法了，穿上了一套灰色制服，背起一支步枪，带了几名弟兄，就出了方公馆，顺着山峡向白鹤新村走去。他们走到山脚下路边上，卫士笑道："喝，黄副官今天亲自去当防护团，防哨？"黄副官道："中国人太不爱国，随处都有汉奸活动，我们得随处留心。前几天敌人疲劳轰炸的时候，这山头上就有人放信号枪，今天我们得留神一点儿。不逮着汉奸便罢，逮着了汉奸，我得活活咬下他两

228

口肉来。"他说着话，横了眼睛走路，十分得意，好像他就捉到了放信号枪的汉奸，亲自在这里审问似的。跟随着他的几名兄弟，自不知道他是什么用意，也只是糊涂着跟了他走去。黄副官走在人行大路上，一点儿没有考虑，自向白鹤新村走着。到了这里，已是放紧急警报的时间，这里没有挂红球的警报台，也没有手摇警报器，只是学校里的军号和保甲上的铜锣，到时放出紧急的信号。

黄副官站在平原的大路上一看，四野空荡荡的，并无行人，只是那学校大门口，站了两名警士。他便向弟兄们挥了两挥手，径直向那桂树林子里走去。一位弟兄道："黄副官还没有忘了折桂花啦？"他冷笑一声道："折桂花？再送到我家里去我也不要，我们今天要捉汉奸。"弟兄们听他这话，有些像开玩笑，又有些像事实，不过大家心里很纳闷，这个文化区域，哪里来的汉奸？也只有跟着他同到那桂树林子里去，隐蔽在浓密的树荫底下。由上午九点钟到正午十二点钟，天空上过了两班飞机，平原上偶然经过几个人，始终是静悄悄的。由十二点到两点半钟，很长的时间，并没有敌机经过，空气就松懈得多了。

黄副官扛着那支步枪，缓缓走出了桂树林子，站在山地草坡上，对四处看望着。就在这时，看见有三个学生，由那广场上走过来。他们好像没有介意到什么警报，各各摇撼着手膀子，只是慢慢走着。到了桂树林子下，黄副官认出来了，其中有位高个儿的，就是拦着不许折桂花的那人。心里高兴一阵，暗叫着"活该"，居然碰着了这小子。且不动声色，只站在一丛树荫下横了眼睛看着他，他也把方家这几位总爷看了看。学生的制服衣袋里，各都揣着一本卷着的书。看那样子，分明是到树林子内躲警报看书的。黄副官心想，不忙，反正有的是机会。于是将身子靠了树干站着，把脸掉到另一边去，但他依然偷看他们做些什么。那三个学生，走上了北坡子，就在一丛乱石堆中各各坐下，随便地在衣袋里掏出书本来看。

约莫是十来分钟，天空里轰轰地有了飞机群声。那几个学生安然无事，还是看他的书。那轰响声越来越近，那个高个学生，却由石堆里站了起来，站在一矮矮松树下，伸了头四面张望着，还举了右手巴掌，齐平着眉毛挡了阳光，看得很真切，意思是看敌机向哪边飞来。就在这时，一批飞机约莫是二十多架，只有一架领头，其余是一字儿排开，在对面一带山峰上斜插了飞过去。黄副官远远地看到，便喝道："什么人？敌机来了，还不掩蔽起来。"那高个儿学生回头看了看，随便答道："我藏在树下向外探望着，这有什么关系？不叫多管闲事吗？"

黄副官站在稍远地方，虽听不到他说的是些什么，可是看他的姿态，显然是一种反抗。便大声喝道："敌机已经到头上来了，还要故意露出目标来探望，你是汉奸吧？"那高个儿学生已听到了他们的话了，也大声喝道："什么东西？开口伤人！"黄副官抬头一看天空，飞机业已过去，不必在行动上顾忌，这就两手端了步枪，向上一举，高声叫道："捉汉奸！捉汉奸！"在大后方叫"捉汉奸"，这是很惊人的举动，尤其是敌机刚在头顶上飞过去的时候，田野无声，这样高声叫喊着，真让听到的人惊心动魄。那两个在石头丛里坐着的学生，听到大声叫"捉汉奸"，也都惊慌地站了起来。看时，黄副官带着四五名防护团狂奔蜂拥而上。黄副官手上的那支步枪已是平端着，把枪口向前做个随时可以射击的样子，那枪口也就朝着高个儿学生。他倒怔住了，怕黄副官真放出一粒子弹来，人不敢动，口里连问着"怎么回事"。黄副官直奔到他面前两丈路远，举了枪对着他的胸口道："你是汉奸，我们要捉你！"他瞪了眼道："我是这里研究生陈鲤门，谁不认得我？"黄副官道："陈鲤门？陈天门也不行，敌机来了，我亲眼看到你在山上拿了一面大镜子打信号。"说着，回头对那几个卫士道："把他捆了。"于是四名卫士抢了上前，将陈鲤门围住。他见黄副官的枪口已竖起来，便胆壮了，喝道："捆起来，哪个敢捆？这里还不是没有国法的地方！"其余两个学生也向前拦着道："这是我们同学。"黄副官瞪了眼道："是你们同学怎么样？照样当汉奸。汪精卫做过行政院长，还当汉奸呢！"

陈鲤门听到他说声"捆了"，早已怒从心起，这时见他更一口咬定是汉奸，便瞪了眼对逼近身边的几个卫士道："你们打算怎么样？还是要打我，还是要杀我？要捆？好，你就捆，只是怕你捆我之后，你放我不得。"这几个卫士根本没有带着绳索，虽然黄副官叫捆，却是无从下手。现在陈鲤门态度一强硬起来，这形势却僵化起来。其中有个人先红了脸，抢上前一步，抓了他的手道："龟儿子，当汉奸，有啥子话说，跟我走！"黄副官势成骑虎，也顾不了许多，大声喝道："把他带了走。"卫士们有副官撑腰，还怕什么，一拥而上，拉了陈鲤门就走。其余两位同学，要向前抢人，却被黄副官拿了枪把子一扫，先打倒了一个。其余一个，料着不是敌手，向学校大门口扯腿就跑，大喊："救人哪，救人哪！"

这个时候，警报未曾解除，学生不是躲在山后洞子里，就疏散到野外去了，门口除了两个校警，并无帮手。他空叫了一阵，只眼望着那群人，拥了陈鲤门走去。到了校门口，校警迎着道："不要怕他，这是方公馆的副官，他们又不是防空司令部、警备司令部的人，他凭什么权力捉人？"那个学生道："我叫王敬之。那个捉去的叫陈鲤门。既是叫不到人，我不能让陈同学一个人走，我得跟着追上去看看。若是我也不能回来，你得给我们报告教务长。"说着，扯腿就跑。

他顺了向山峡的大路，一口气追了去。这里是一条沿着山麓的人行路，正是逐渐地向下。王敬之走到峡口，在居高临下的坡度上，远远地看去。只见黄副官那群人鱼贯而行，拉长着在这人行道上。他高声叫喊了两句，无奈这山河里的水，由上向下奔流，逐段撞击在河床石头上，淙淙乱响；加着夹河两岸的松涛，风吹得轰然。他的叫声，前面的人哪里听得见？他看着彼此相去，不过是大半里路，自己叫了一声"追"，便随了向下的山路，跑着跟了去。这虽是由上向下的路，但有时要越过山峰拖下来的坡子与弯子，因之有时被山脚挡着，看不到前面的人。直到追到方公馆的山脚下，才看清楚了。陈鲤门正被黄副官这群人前后挟持着，把他放在中间走，顺了方公馆上山的一丈宽、每级两尺长的石板坡子，向公馆里走去。相隔也只有四五十步罢了。这山坡的尽头就压着沿山河的人行路。石坡面的一块平台上，立着四根石柱，树着铁柱栏杆。铁栏门口，为了空袭未曾解除的缘故，加了双岗，站着两位荷枪的卫士。

王敬之跑得气喘如牛，站在平台下，张了嘴呼哧呼哧作响。瞪了双眼，只管向走去的那群人望着。一个卫士便走过来喝道："干什么的？"王敬之道："干什么的？你们把我的同学捉去了，我来看看你们怎么摆弄他。"卫士把枪头伸了过来，遥遥做个拦阻的样子，喝道："走开吧，

231

如若不然，把你一齐捉了。"王敬之道："把我一齐都捉了？我犯了什么罪？有罪也轮不到你们捉。"那卫士道："他是汉奸。你来和汉奸说话，你也就是汉奸，随便哪个都可以捉得。"另外一个卫士，站在那平台上没有走动，就远远地向他道："我劝你不要多事吧，冤有头，债有主，人家不找你，你又何必跟着一起来？"王敬之虽然和这两个卫士说话，眼睛还是对着向方公馆走去的山坡上望着。见陈鲤门倒还是散了两只手，在人群中走着的。看他那样子，一时还不致受屈，这就叉了两手，在人行路上站着，虽不说话，却也不走去。那卫士没有得着副官们的命令，自也不敢胡乱捉人。王敬之不逼近平台，他们也就只扶枪站立着，仅仅取一个戒备的形势。

这样约有半小时。山峡口上，又走来一群人。王敬之在阳光里看那群人的衣服，全是青色的，这就料着是大批同学来到，胆子越发壮起来，又住腰部的两只手，也就格外觉着有劲。他横扫了那两个卫士一眼，冷笑着道："哼，我们也不是好惹的，这回瞧他一场热闹吧。"那个轰过他的卫士，恰是听到了，便夹了步枪，走向前来问道："叫你走你不走，你还在这里叽叽咕咕说个不歇，那也好，你和我一路到公馆里去说话。"王敬之依然两手叉了腰，淡笑道："去就去，料想这山顶上的洋楼，也不会是人肉作坊。"那卫士瞪了眼道："你说什么？"王敬之道："我说这地方总不会有人肉作坊。你不要凶，我们的人来了，你快去求援兵吧。你只有两个人，也许我们会把你们捉了去。"

他说时，将手一指，卫士顺了他的手看去，果然来了一群穿青色制服的人。而且走来的步子，非常匆促，叫人不能不对着注意。因之只挺直了身子，在王敬之面前站着，不敢动手。那群人跑到了面前，第一位就是张训导主任。他是北方人，挺健壮的身体，粗眉大眼的，就不像是个文弱可欺的人。他向卫士道："你们有一位副官，把我们的研究生带了来，这是很大的错误。"卫士见来的人多，虽然手上拿了枪，可也不敢再行强硬，因答道："这事情我们管不着，我们也不大知道。"张主任微笑道："当然你不知道，当然你也管不着。我这里有张名片，你拿去回一声，我要见见你们公馆里负责任的人。"卫士接过名片去一看，见上面印着主任的头衔，觉着不能给他钉子碰，因道："院长在城里，公馆里就是几位副官、一位队长。"张主任道："那么，就请刚才捉人的那位副官下来谈话吧。"卫士道："好吧，我上山去报告，请你们在这里等着。"他扛着枪，拿了名片，就往山上走。门口依然还留一名卫士守着。

他只走到半山腰里，山上已由刘、黄两位副官和一名卫士队长带了二十几名卫士，各各带着火器，冲下山来。黄副官身上，已佩着一把左轮手枪，依然是当先第一名。他接着卫士手上的名片看了，冷笑道："他们来这些人干什么？要造反吗？他们包围院长公馆，该当何罪？我去打发他们走，没关系。"说着，挺起个胸脯子，皮鞋跑得石板坡子噔噔作响，直跑到石板平台上站住，沉着脸子，大声问道："哪一位是张主任？"张主任高声答道："我姓张，特意来拜见院长。"黄副官走到了平台口上，因道："院长在重庆，这里是我们驻守，我知道各位的来意，不是为了我带去你们一名学生吗？老实告诉你，他有汉奸嫌疑，我们盘问盘问他，假如并没有什么嫌疑，我们自然会放他走。若是他多少有些嫌疑，嘿嘿，这问题就麻烦了。"说着，冷笑了一声。张主任道："'汉奸嫌疑'这四个字不能随便加到人民头上。而维持治安的事，自然有治安机关来管，你们是侍候院长的，你们管不着。请你把人放出来。"黄副官横了眼道："不放怎么样？你们还敢闹院长公馆吗？"他态度强硬起来，嗓音提得特别高，颈脖子也向上扬着。

同学们在张主任后面听了这话，又看了他这样子，实在忍不住气，有一个人喊道："打倒方家走狗！"随了这声喊，人也向前一拥。黄副官后面，都是有枪的卫士，做个兵来将挡的姿势，十几人一字排开，各端了枪，向学生做个射击姿势。有两个人神气十足，做了战地演习，伏在石坡边的地沟里，把枪平放在台阶石面上，枪口就对了在最前面的张主任。这位张先生来的原意，本是想和平解决，眼下的情形，简直可以演成流血大惨剧。他立刻回转身来，向学生们乱摇着手道："同学们千万不能鲁莽从事。我们是有理可讲的。"学生们被他拦着，又看到卫士们端枪瞄准，谁也不愿冒险流血，就都站住了脚。

刘副官在这群卫士当中，究竟是比较明白事体的。这大学研究部的学生，和老百姓比起来，倒是有点儿分别。二小姐身上，终日带着手枪，可没有亲手毙过一个人，至多是开着空枪吓吓老百姓而已。眼前这么些个学生，真和他们冲突起来，不用枪抵制他们不住；开起枪来，难道打死人真不用偿命？这就立刻走到平台面前，向研究部的学生摇着手道："各位，你听我说，还是回去吧，这事没有什么了不得，我们秉公办理，把人送到此地警察局去。警察局要怎么办就怎么办。"他虽然是这样说着，可是那些举枪瞄准的卫士们并不曾把枪口竖起来。

张主任见同学已气馁了，也落得见风转舵。这就对刘副官道："既然和我们打官司，有地方讲理。好吧，我们就打官司吧，只要你们承认捉了我们一个学生来，这事就好办。好，我们回去再商量办法。"他说着，首先掉转身向学校里走去。学生们都是徒手的，看到当面十几支枪举着，谁也不敢冒险停留下来。只有那个和陈鲤门同在桂花树下受辱的王敬之，心里十分不服，没想这多人来了，还是让人家逼了回去。他算是在最后走的一个，走在半路上，就大声叫起来道："同学救不回来，还让人家污辱一场，这有什么面子？我不回研究院了。"

张主任在队伍里面，这就回转身问道："王同学，你不回去怎么办？他们既敢到我们研究院门口去捉人，就敢在他们公馆门口开枪。万一闹成流血惨剧，这责任我怎么担负得起，我不能不走。这些人都没法交涉，你一个人去有办法吗？"王敬之道："我不到方家去，我到校本部去报告。请同学开大会援救。"张主任道："王同学，你这番正义感，我是钦佩的。不过，这事不经过我们研究部设法，立刻把问题提到校本部去，那我们有故意扩大事态的嫌疑，应当考虑。"王敬之道："依着张先生怎么办？"他道："我们回去，先开个紧急会议。好在已解除警报了，我们可以详细地商议一下。我料着陈同学留在方公馆也不会受到虐待。好在他们的副官，已经承认把我们的人留在那里了。他们以公馆的资格捕人，总应当有一个交代，不能永远关下去。我们是读书种子，总应当讲理。"

王敬之看看张主任的态度，相当地慎重，其余的同学，经过刚才方公馆门口一幕惊险的表演，大家也不肯冒昧去直接交涉。张主任这样说了，大家都说那样办很好。随着话，大家拥到研究部。在研究部没有出门的学生，已知道了陈鲤门被捕的消息，大家正在等候救援的下文。现在张主任一班人回来，大家全拥上前来探问，乃至听到说陈鲤门并没有放回，一大部分人就鼓噪起来。尤其是陈鲤门几位要好的朋友，都喊着去见教务长。这时，学校里是一片喧哗声。教务长刘先生也早知道大概情形了，他首先走到礼堂上去，吩咐校工，四周去通知学生谈话。不到十分钟，教职员和学生就把礼堂挤得水泄不通。先由王敬之、张主任报告了一番经过情形之后，刘教务长便走上讲台，正中一站，从从容容地道："这事情不必着急，有一个电话就可解决了。"他说时，举手伸了个指头，表示着肯定。

大家听到刘教务长说得这样容易，都愣住了，望着他，听他的下文。他接着道："我们何必和那些把门的金刚说理，求佛求一尊，可以找他庙堂里的菩萨。现放着我们的校董申伯老在这里养病。报告伯老一声，由伯老出面向方院长去个电话担保一下，难道还不会放出人来？我知道这事的根由，是为看那位副官要在这里折桂花，同学扫了他的面子。其实也是你们少年人不通世故之处。他一个人能折多少桂花？装着麻糊，让他折去就是了。这点儿事算什么，他们要做的事，千万倍比这重大的事，要做也就做过去了。"说毕，长长地叹了一口气。

在研究部读书的学生，不少是在社会上已经混过一阵子的，看到教务长这番礼让为先的态度，也就很明了这问题的措置不易，大家同忍着一口气，没有什么人说话。刘先生站在讲台上，向礼堂上四周一看，人拥挤着没有丝毫空隙，大家呆望一副面孔，全半仰起来向讲台上望着。空气在静寂里充满了郁塞，在郁塞下又充满了紧张。他自己心里也就觉得有些不自在。这就笑道："那天申部长在桂花树下训话的时候，我也在。他引了个典故，说是'蟾宫折桂'。他的意思，自然是把我们这学府，当了以前的试院。我现在倒有个新的见解，据我们中国人的说法，蟾是三只脚的蛙类，想象着它的行动，是不如青蛙那样便利的。换句话说，行为狼狈。我们既是蟾宫中人物，那也就无往而不狼狈了吧？唉！"这么一说，倒博了全堂哄然，打破了沉闷的空气。

第十二章

清 平 世 界

　　这一阵哄堂大笑，算是结束了一场沉闷的会议。刘主任就向大家点头道："我这就向申伯老去报告，也许三小时以内，就把陈鲤门同学放回来了。"他一面说着，一面就走出了大礼堂。这申伯老的休养别墅，和大学研究部相距只有大半里路。刘主任披着朦胧的暮色，走向别墅来。刚到了门口，遇申伯老的秘书吴先生，穿了身称身的浅灰派力司中山服，腋下夹着一只黑色皮包，走了出来。他虽是四十来岁的人，脸上修刮得精光，配合着他高鼻子上架着一副无边的平光眼镜，显着他精明外露。刘主任站着，和他点了个头。他笑道："刘先生要来见伯老吗？他刚刚吃过药，睡着了。"刘先生皱了眉，叹着气道："唉，真是不巧。"吴秘书道："有什么要紧的事，立刻非见伯老不可吗？"刘主任将今天的事详细地说了。吴秘书笑道："这样一件小事，何必还要烦动申伯老打电话。我拿一张名片，请刘先生差两名职员到方公馆去一趟，也就把人要回来了。"刘先生望了他一下，踌躇着道："事情是这样简单吗？"吴秘书笑道："他们总也会知道我是怎样的身份，难道我保一个学生都保不下来？也许我一张平常的名片，不能发生效力，也罢，我在上面写几句话，再盖上一个私章，表示我绝对地负责任，总可以没有问题。"说着，将刘主任让到办公室里，掏出了带官衔的名片，在上面写了几行字，又拿出私章，在名字下盖了一颗鲜红的图章，笑道："就是拿到院长面前去，也不会驳回吧？"
　　刘主任看到吴秘书这一份自信，也料着没有问题，就道着谢，将名片接过去。他回到研究部，找着训导主任张先生商议了一阵，就派了两名训导员、一名教务处的职员，拿了那名片到方公馆去。这三个人都是很会说话的，彼此也就想着，虽不见得把人放回来，也不会误了大事。张主任抱着一种乐观的态度，就坐在刘主任屋子里等消息。

刘先生在这研究部，是有了相当地位的人，因之他拥有一间单独的屋子。这是旧式瓦房，现经合乎时代的改造，土墙上挖着绿漆架子的玻璃窗户。在窗户下面，横搁着一张三屉桌子，还蒙着一块带着灰色的白布呢。天色昏黑了，窗户外面，远远有几丛芭蕉，映着屋子里是更为昏黑。因之这三屉桌上，也就燃上了一盏瓦檠菜油灯，四五根灯草，点着寸来长的火焰。桌子角上，放了一把粗瓷茶壶、两个粗瓷茶杯，张、刘二人抱着桌子角，相对坐着，无聊地喝着茶。刘先生在三个抽屉里乱翻了一阵，翻出了扁扁的一个纸烟盒子，打开来，里面的烟支也都跟着压得扁平了。刘主任翻着烟盒子口，将里面的烟支倒出来，共是三支半烟。那半支烟，不知是怎么撅断了的，其余的三支，却是裂着很多的皱纹。刘先生笑道："就凭我们吸这样的蹩脚纸烟，我们也不能和那山头上的洋楼相抗衡吧？"说着，递给了张主任一支。他接着烟看了看纸烟支上的字。刘先生笑道："不用看，这叫心死牌。我该戒烟了。"

张先生看那烟支上的英文字母，拼着"黄河"的音，笑道："我明白了，人不到黄河心不死。"刘主任笑着，长长地叹了一口气道："其实，我们倒不必不知足，多少人连这'心死牌'都吸不起，改抽水烟了。我们总还能吸上几支劣等烟，不比那吸水烟的强吗？"张主任摇摇头道："我不想得这样遥远，只要我们平价米里，少来几粒稗子，或者一粒稗子都没有，那更是君子有三乐里的一大乐。我在家里吃饭，向来是把时间分作五份：二份挑碗里的稗子，二份是在嘴里试探着咀嚼，剩下一份，便是往下咽去了。"刘主任笑道："怎么在时间上，还规定'家里'两个字呢？"张主任笑道："若是在学校里吃饭，也这样地分作五份，那分配时间，不用说，我没有吃完，桌上几只粗菜碗里的盐水都没有了。"刘主任笑道："你不说是菜汤而说是盐水，大概你很不满意那菜吧？"说毕，两人都笑了。

两个人笑一阵，说一阵，不知不觉地混了两小时。去说情的三位特使，回来了一位，是教务处那位职员丁先生。他用着很沉重的脚步，走进了刘主任的屋子。虽是在菜油灯下，还可以看到他那圆圆的脸上，沉坠下来两块腮肉。他那两道眉峰，左右全向中间一挤，几乎变成了一个大"一"字。刘先生不必问他的话，只看这样子，就知道这事情不妙，问道："还有两位呢？"丁先生沉坠的脸腮，不免抖颤了一下，连颈脖子也硬了，他颤着嘴皮子道："真是岂有此理！"刘主任道："怎么样？他们还是不肯放人？"丁先生道："岂但是不肯放人，把我们去说情的人也要扣起来。"刘主任道："什么？把我们去说情的人也扣起来，这是怎么个说法？难道他们也可以说他们也是汉奸嫌疑？"说着这话，他不由得手扶了桌沿，瞪了眼睛望着。

丁先生道："详细情形，我不知道。到了方公馆山脚下，我们三个人，向把守着石坡子的卫士说明来意。他只让我们一个上山去。我们商量着，只好推何先生上去，我和王先生在山脚下等着，去了很久，并无回信。王先生就向卫士要求，想上去看。卫士答应着了，让他上去。大概是半小时，王先生在山上叫起来了，他说：'丁先生，你回去吧，我和何先生让他们留下来了。'虽然山上到山脚下很远，因为在深谷里，又是晚上，我听得很清楚。我想那里再留守不得，若是把我也扣留下来，连个报信的人都没有了。刘主任，这事非禀明学校当局不可了。若是再拖延下去，恐怕这三个人有点儿危险。"

那张主任听了这个报告，首先是身子抖颤，接着是嘴唇皮也抖颤，他把桌子重重地拍了一下，叫起来道："这太岂有此理了，清平世界，朗朗乾坤，一不是治安机关，二不是司法机关，私人公馆无缘无故地捉人，又无缘无故地扣留人！"在他那重重地一拍之下，桌上菜油灯里的几根灯草，早是向油里缩将下去，立刻屋子里漆黑。但他在气愤头上，不肯停留，大半截话，都是在黑暗中说下去的。在黑暗中，刘主任把话接着道："这、这、这实在岂有此理。两国交兵，也不斩来使，我们并没有到两国交锋的程度。虽然两个人去说情，放与不放在你，怎么把去的人又扣起来？这是有心把事态扩大了。"他说着话，也忘了点灯，还是这位丁先生将身上带着吸烟的火柴摸出来，擦着了，将灯点上。张、刘二人全是手扶了桌子，呆呆站定。

那陈鲤门几位要好的同学，也是对这事时刻挂心，这时，正在门外探听消息，听到这话，立刻有三个人抢了进来，那王敬之也在内。他先道："刘先生，我们这软弱的外交，再不能延长下去了，就算陈同学和两位职员身体上不会吃亏，落一个汉奸嫌疑的名声，那怎么得了？何况我们有了折桂花那段交涉经验，和我们争吵过的人，态度是十分凶恶的。"刘主任摇摇头道："没有这个道理，清平世界，私家捉人，私家又处罚人，难道就不顾一点儿国法？"王敬之听了这话，也顾不得什么师生之谊了，将脸色一沉道："什么清平世界？人家可以捉人，就可以处罚人。我们就不谈什么道义，也要顾全学校一点儿面子，我们学生自己来解决吧。"说着，他回身向外，两个同学也都跟了出来。这时，同学们正在课堂上自修。课堂上点了一盏大汽油灯，照得全堂雪亮，王敬之很气愤地向讲台一站，将手一举道："对不起，各位同学，我有点儿事情报告，打搅各位一下。"于是接着把这几小时发生事故的经过详细叙述了一番。立刻，同学纷纷发言，声浪很大。

　　随了这声浪，张、刘二主任陪着吴先生同走了进来。刘主任走上讲台，向大家先挥了两挥手，叫道："各位同学，先请安静一下。现在请吴秘书来向各位报告办法。"吴秘书走上去，学生们认得他是申伯老手下的健将，他一出面，就不啻申伯老出面了，立刻噼噼啪啪鼓起一阵掌来。吴秘书站在讲台上，向全讲堂的人看了看，然后点了两点头，大声道："各位，这事情弄到这种样子，实在不能简化了。我立刻把这事报告伯老，怎样应付，伯老当然有适当的办法。不过在各位同学方面，要做一个姿态，和伯老声援。原来刘主任不愿惊动校本部，那也是对的。到了现在，也就不必顾忌许多了。"说着，将手臂抬起来看了看手表，点着头道："现在还只九点钟，校本部还没有熄灯，立刻打电话过去，请那边学生做一种表示。只要是在不妨碍秩序下，我负责说句话，你们放手做去吧。"说着，伸手拍了两拍胸。在讲堂上的同学见他板着面孔，挺着胸脯，直着眼光，是很出力的样子。于是大家又噼噼啪啪鼓了一阵掌。吴秘书道："事不宜迟，我们立刻分途去进行。"说着，大家一阵风地拥出了讲堂。

　　学生们本来就跃跃欲试，经吴秘书这样一撑腰，立刻向校本部打了个电话，请那边学生自治会的人主持一切。同时，这里研究部的学生，在讲堂上召集紧急会议，议决几项对付办法。第一项就是全体学生签名，上书董事长。而董事长就是方先生的老上司。第二个议决案，是给方先生去信，说明了要给董事长去信，报告这事件的经过。第三个议决案，就是把这新闻到报上去宣布。第四个议决案，即晚在校本部和研究部遍贴标语。议决以后，大家不肯耽误，就分头去办理，其实，在这个时候，吴秘书见着申伯老，已把详细的情形报告一遍了。

申伯老在乡下养病，别墅里布置得是相当的齐备。在他的卧室外面，是一间小书房，写字台上，点着后方少有的煤油灯。而且在玻璃灯罩子上，更加了一只白瓷罩子。在菜油灯的世界里，这种光亮的灯，摆在书桌上，就可以代表主人的精神了。在书桌子角上，叠着一大堆文件。申伯老虽在暑天，兀自穿着灰色旧哔叽的中山服。他微弯着腰坐在小转椅上，手捧了一张电稿，沉吟地看着。他咳嗽了两声，在中山服的衣袋里掏出紫漆的小盒子来，扭开螺丝盖，向盒里吐了两口痰，立刻把盒子盖重新扭闭住，再把盒子送到袋里去。再掏出一条白绸手绢，擦了两擦嘴唇。他尖长的脸上虽是把胡桩子刮得干净了，然而那一道道的皱纹，灯光照得显明。吴秘书站在写字台横头，静静地不言，在等着伯老的一个指示。就在这时，桌上电话机的铃子，叮叮地响起来了。吴秘书接着电话，说了两句，向申伯老道："那边电话来了。申先生接电话吗？"他说话时，另一只手按住了听筒上的喇叭，脸上表示着很沉重的样子。

他在电话里报告了名字，接着道："托福，病好多了。可是今天这里发生一件事情，也许要使我的病情加剧。"于是就把今天所发生的事报告了一遍。接着带了一点儿笑音道："这当然是一件小事。可是这些青年们，却好一点儿虚面子，未免小题大做起来，他们打算上书给学校的董事，当然我已经拦住了。"申伯老最后轻描淡写的两句，可把对方吓倒了，电话里是很急躁地说了一遍。最后，申伯老说道："一切拜托，总希望问题大事化小。"挂上了电话，他向吴秘书道："你可以告诉同学，方院长立刻会打电话回公馆去。若是今天时间太晚，他保证明天一大早，必让三个人回校。叫他们少安毋躁，不要把问题扩大起来，我们也不要把这些小问题增加方先生的困难。"吴秘书道："若是悄悄地把三个人放回来，就算了事，恐怕同学不服气。"

申伯老呆着脸子沉吟了一会儿，但他在电话里说话多了，小小地震动了肺部，已是咳嗽了两三遍。把口袋里那个痰盒子，像端酒杯子似的，端在胸前，缓缓地轻轻咳嗽两三声，向里面吐一口痰，吐完了掏出手绢，擦着眼泪鼻涕。在屋外的听差，就送来了一把热手巾进来。他拿着热手巾在手上，兀自坐着凝神。吴秘书道："伯老受累了，请休息吧，我这就去告诉同学们。"说着，向申伯老点了个头，转身出去，走到院子还兀自听到屋子里的咳嗽声呢。他去找刘主任时，学校里已吹过了熄灯号，学生都已睡觉了。刘主任是有家的，也已回家安歇，吴秘书这个好消息，却没法传出去。

他抬头看着，星斗满天，学校里熄了灯火，但见四围山林，黑影巍巍，而对照着这研究部的屋子，黑影子就沉沉往下坐了去。研究部周围是些水田，无论是否割了稻禾，里面依然存着水，星光照在水田里，青蛙叽里咕噜叫着，闹成一片。暗空里有时一两点绿光的萤火，一闪地变成一条绿线在头上过去。这样，就更觉得夜色幽静。吴秘书在平坦沙土路上走着，颇感到心里空洞无物。那些为学生发生的不平之气，自然是平息下去，也就不再去找刘主任了。星光下徘徊一阵，自回到别墅里去睡觉。

到了次日早上起来，已是红日高升，他想着申伯老的话，应该早点儿通知学生们，匆匆洗漱完毕，就跑到学校里去。不料为这问题奔走的几位学生，天不亮就跑到校本部开会去了。吴秘书找着刘主任把申伯老的话说了，刘主任道："到现在为止，那三个还没有回来，学生们的气，怎么平得下去？我看用电话通校本部是不行的，我们两人找两乘滑竿，追到校本部去吧。"吴秘书也是怕风潮不能平息，就同意了刘主任的主张，各雇了一乘滑竿，奔向校本部。这时，消息已传到大学的每一个角落，人人都认为是一种莫大的侮辱。一千多学生，全聚到大操场上开会。吴、刘二人，在操场外的山坡上，向前一看，东来的阳光，照见操场上乌压压一片人影。远远的一阵呐喊声，在空中传布了过来，仿佛这空气都有点儿震撼。吴秘书脸色一动，向刘主任望着，接上将肩膀扛了两下。

刘主任笑道："不要紧，这是理想中事。好在我们带来的消息不坏。漫说是自己人，就是对方的代表，也不至于挨揍。"吴秘书被他这样说着倒不好意思退缩，下了滑竿在前面向操场的司令台走去。司令台上，几个发言的学生，已看到他二人，立刻向台下报告，请二人上台说话。吴、刘二人自知道群众心理，这个时候，绝违拗不得大家心事。吴先生便说伯老交涉，对方已经答应放人，而且也很抱歉。刘先生说："我们人微言轻，原来交涉没有结果，不是伯老亲自打电话，这事的演变是难说的。人是大概不久就可以放出来，站在我们这弱者的立场，人放了也就算了。"

他赘上的这几句话，原是替自己解除交涉的责任的。那个参与其事的王敬之，始终是个有力的发言人。他等吴、刘二人报告完了，在司令台口上一站，沉着脸色，高高举起了右膀，大声叫道："各位同学，我是几乎被捕的一个人，我又是去要求放人被驱逐的一个，当时是一种怎样的侮辱情形，只有我最清楚。我觉得，那是读书种子所不能忍受的一件事。若是他们放了人，我们就悄悄了事，显着我们是一只家猫，随便给人家绑了去，家主一找，随便就放了绳子。我们至少要提出三个条件才可洗除耻辱：第一，方公馆负责人书面道歉；第二，惩治肇事的人；第三，保证以后不再发生同样的事情。"最后这几句话最是动人，接着便是一阵鼓掌与欢呼。

这欢呼声，不但反映了在操场上的学生受到影响，就是那位惹祸的黄副官也受到了影响。他于昨晚深夜，已经接到两次长途电话，质问为什么把学生和教职员拘捕了三位之多，吩咐着赶快放了。黄副官原来想这么一件事，不会让主人知道的。纵然就让主人知道，报告一声二小姐叫办的，也就没事了。今天在电话里，是一片骂"浑蛋"声。说是二小姐叫办的，骂浑蛋骂得更厉害。黄先生把电话挂了，回到屋子里，找着刘副官把事情告诉一遍。他已睡觉了，在蒙眬中突然坐了起来，把话听过之后，将枕头下的纸烟盒和火柴盒摸出来，摸出一支烟，慢慢点着吸了，喷出一口烟来，叹了口气道："老兄就是这点冲锋式的脾气不好，这事情，实在事前欠考虑。"黄副官两手插在西服裤衩袋里，在屋子里兜着圈子走路。突然站住了向他瞪了一眼道："你这不是废话。这件事，难道你没有参加？事前欠考虑，那个时候，你这样说过了吗？好了，现在电话找的是我，责任也要由我来负，你就推个干净了。"

刘副官这已下了床，站在他面前，将手拍了他的肩膀，笑道："老黄，你不要性急，天塌下来，还有屋子顶着呢？这件事情，不是请示过二小姐的吗？依然去请示二小姐好了。二小姐说放人，我们就放人，二小姐说关着，我们就依然关着，这有什么可为难之处？"黄副官道："你还想把人关着呢，怎么样子送出去，我还没有想到。"刘副官道："此话怎讲？"望了他做个戏台上的亮相，一歪膀子，又一使眼神。黄副官沉了脸色道："事到于今，你还有心开玩笑？"刘副官道："我并不开玩笑，你说放人都有问题，这不是怪事吗？"黄副官道："可不是真有问题。院长的电话，叫我立刻就放。现在快十一点钟了，这里两面是山，中间是河，我若是糊里糊涂放人，这样夜深，路上出了乱子，那自然是个麻烦。就算他们平安回校了，他们明天说是没有回去，来个根本否认。那怎么办？"刘副官吸着烟，沉思了一会儿，笑道："说你欠考虑，这回你可考虑个周到，这是对的。那么，楼上灯还亮着，二小姐还没有睡呢，你上去请示一下吧。"黄副官在屋子里转了两个圈子，叹了口气，又摇摇头，点点头道："这相当麻烦，相当麻烦。"刘副官道："你若再考虑，那就更夜深了。"黄副官抬起手来，搔搔头发，皱着眉毛苦笑了一笑，然后抓住刘副官的手道："我们一路去吧。死，我也要拉个垫背的。"说着，拉了刘副官就走。

果然二小姐还没有睡，她上穿条子绸衬衫，下穿着裤衩儿，光着肥大腿，踏着拖鞋，在走廊上来回遛着。刘、黄二人走上楼梯口，老远就站住了脚，同时向二小姐一鞠躬。二小姐急起来了，操着上海话道："猪猡，啥事体才弗会办！啥辰光哉，楼浪来啥体？"她说着话，把两手环抱在胸前，连连顿着脚。黄、刘二人都僵了，并排呆站着，不知道说什么是好。二小姐道："刚才电话又来了，这样的事情，你们怎么都布置不好，把消息传到院长耳朵里去了。还有什么话说，放他滚蛋就是了。"刘副官近进一步，低声道："当然要向二小姐请示，才敢放，而且夜已深了。"二小姐身边的窗户台上，正有一个网球拍，她顺手捞了过来，就劈头向刘副官头上砸了来。这是深夜，残月已经上升，将走廊照得很清楚，他看到二小姐打出手，立刻将身子一偏，那网球拍砸着了第二个人，打在黄副官肩上。他虽挨了一网球拍，只将身子颤动一下，却没有敢走开。刘副官不敢说话，他也不敢说话。二小姐骂道："浑蛋！一百个浑蛋！谁让你们办事办得这样拖泥带水？"骂毕，扭转身就走了。

　　黄、刘二人呆呆地站了一会儿，一点儿结果没问出来，二小姐又已进房睡去了，谁有那么大的胆子，还敢向二小姐请示？刘副官是陪着黄副官来请示的，首先让二小姐砸了一网球拍，实在不甘心，呆站在廊檐上，不知道进退。黄副官悄悄拉着刘副官的手，低声道："走吧，到楼下再去商量。"刘副官摇了两摇头，随着黄副官走回屋子去。他将手一拍桌子道："这关我什么事？把网球拍子砸我？"黄副官苦笑了一笑，向他鞠着躬道："对不起，算是我连累你。二小姐没有吩咐下来，这问题还得解决。我想，万一明天一大早院长回来了，人还留在这里，显然是违抗命令，若是院长再要传他们问几句话，彼此一对口供，我这官司要输到底。干脆，今天晚上就把他们放了吧。不过怎样放法，我可想不出来。"抬起手来乱搔着头发，在屋子里来去乱转。刘副官一肚子气，没话可说，坐在床沿上，点了一支烟吸着，一语不发。

　　黄副官望了他道："老刘，你真不过问这件事？你要知道我要受罚，你也脱身不了哇。还是那话，死我也要拉个垫背的。"刘副官笑道："你真是一块废料。自己做事，自己敢当。好吧，我去和你看看形势吧。"说着，取了一支手电筒，向外走，由屋子里就向外射着白光。研究部两位职员和那个研究生陈鲤门，全被扣留在楼下卫士室里。卫士们也没有逮捕过或扣留过人，并不知道怎样对待，只是让出屋子来，将门反锁了，屋子里随他三位自由行动。陈鲤门首先一人关在这屋子里，倒有点儿惶恐，不知道别人有什么诬陷的手段。万一硬栽上了一个汉奸的帽子，送到重庆去，那真不知道怎么应付，好在这里有现成的床铺，气急得说不出话来，就只在床上仰面躺着。后来又来了两位职员，第一是不寂寞了，第二是这问题显然扩大，学校里绝不会置之不问，就敲着窗户，大声吆喝，要茶水，要食物，并且要卫士供给纸烟。其余几位副官，有觉得这事不大妥当的，也就叫卫士们送三人一些饮食，纸烟可就没有照办。刘副官走到卫士室门口，就听到陈鲤门大声叫道："清平世界，无缘无故，把人捉来关了。这不是法院，也不是治安机关，有什么权可以关人？我告诉你们，除非把我弄死，若不把我弄死，我们这官司有得打。这是什么世界？这是什么世界？"他越说越声音大。同时，将手拍着窗台咚咚作响。

刘副官老远就听到这一片喊声，心里先就有点儿慌乱。但是这已夜深了，就是不和这三人有所接洽。这种大声叫喊，也不能让他继续下去。刘副官踌躇了一会儿，先将手电筒对那卫士室照了一照。陈鲤门正是在窗户边，隔了玻璃向外面张望，被这强热的电光射了一下眼睛，更是怒由心起，这就捏了个大拳头，在窗户台木板上咚咚两下捶着，大声叫道："你们照什么？以为我们要逃走吗？告诉你，我们不走，你就是拿轿子来抬我们，我们也不走。我们要看看这清平世界，是不是就可以这样随便抓人关着？擒虎容易放虎难，我们虽不是猛虎，可也不会是什么人的走狗。"说毕，又咚咚捶了窗户台两下。

刘副官一听，心想，探问的话还没说出口呢，他那边就有了表示了，轿子还抬他们不走，还能随便地走去吗？于是遥远地道："喂，三更半夜，不要叫，有话好好商量。"口里说着，走近了窗户。见屋里是漆黑的，便道："呀，怎么也不给人家送一盏灯？让人家摸黑坐着吗？"说着，将手电筒向玻璃窗户里照着。见其中三个人，两个人架着腿睡在床上，一人站在窗户边，两手环抱在胸前，瞪了两只眼，向窗子外面望着。刘副官便和缓着眼色，向他微点了个头道："陈先生，你不要性急，这事也许有点儿误会，既是误会，那很好办，三言两语解释一下，这事就过去了。今天已夜深，请你安歇了吧。明天早上，我和二小姐说一声，送你三位回学校去就是了。"陈鲤门抬起脚了，将面前一只方凳子踢得扑通向前一滚，喝道："送我们回去？三言两语就解决了？不行！"

刘副官在屋子外，里面咚咚地捶着窗户台的时候，他是吓得身子向后一缩的。但是他凝神一会儿，看着那玻璃窗户，并没有丝毫的缺口，他也就料到关在屋子里的人，究竟无可奈何的，便带了笑音道："哪位是陈先生？"陈鲤门站在窗户边，用很粗暴的声音答道："我姓陈，叫鲤门，研究部研究生，浙江绍兴人，今年廿五岁，一切都告诉了，要写

245

报告，欠缺什么材料的话，只管问，我还是丝毫不含糊。"刘副官笑道："不要生气，不要生气。虽然我们都是在方公馆做事，可是各位的职务不同，各人的性格也不同，不能说前来说话的人，都是恶意的。"陈鲤门道："你们有善意吗？有善意的人，这地方就住不下去。连我们大学校里的研究生、研究部的训导员，就这样随便抓来关着，这是什么世界里能发生的事情？我看你们这地方，字典里就没有'善意'两个字。"

刘副官一听这话音是非常强硬，自己只说一句，人家可就回驳几十句，要和他好好商量，绝不可能。于是在屋檐外静静站着，掏出纸烟和火柴来，点了一支烟吸着，笑道："哦，我想起来了，三位原曾叫卫士们拿纸烟的，他们照办了吗？"陈鲤门冷笑道："哪个监牢里供给囚犯纸烟？我们无非是捣乱罢了。"刘副官笑道："言重言重，我请三位吸烟。"说着，把纸烟与大火柴盒由窗户眼里塞了进去。陈鲤门在屋子里倒是立刻接着，但他将火柴盒子摇着响了几下，自言自语地道："这纸烟里面，大概不会藏着毒药吧。"刘副官笑道："言重言重，何至于此？反正这是一种误会，总好解释，只要没有什么难解释之处，总好解决。还有两位先生没有睡觉吧？愿意和我谈谈吗？"那躺在床上的两位训导，就有一位跳下了床，答道："说话的是什么人，以什么资格来找我们谈话？"刘副官顿了一顿，笑道："我姓刘，是到这里来做客的。"那人道："做客的？你是什么部长？"

刘副官听了这话，早是一股怒气，由肺部里直冒出来，不免向那窗户里瞪上一眼。明知道窗户里人看不到，可是在他怒气不可遏止的情形下，不这样瞪上一眼，好像就不能答复那句问话，同时他第二个感想也来了，就想到了黄副官不能结果这个场面，甚至二小姐也说不出个办法来。若再僵持下去，要主人亲自回来才可解决。那么，在公馆里的这些个人，都是干什么的？其次，在桂树林子里捉人，自己也有份。幸是老黄出头，责任都在他身上。问题若是解决不了的话，未见得姓刘的就可置身事外。他顷刻转了几个念头，那一股怒气，就悄悄消沉下去。于是先勉强笑了一笑。虽是这笑容，未必是屋子里的人所能看到的，可是他觉得必须这样先做了，才好说话。接着便道："到这里来做客的人，不必一定是院长的朋友，可能是卫士的朋友，也可能是厨子老妈子的朋友。我是这里厨子的朋友，你先生觉得我有资格说话吗？若是三位愿意吃个蛋炒饭的话，我还可以和三位想点儿办法，厨子不是我的朋友吗？"

里面的三位先生听了外面这人是以小丑姿态出现的，就也嘻嘻一笑。刘副官道："真话，我愿和三位谈谈，我去找钥匙来开门。"陈鲤门道："用不着，用不着。我们关在这屋子里咆哮了大半天，实在疲倦了，都要休息了，有话明天说吧。"刘副官见他们依然把大门关得很紧，便索性靠了玻璃窗子站定，将鼻子抵着玻璃，对窗子里看着。见那位训导员，两手背在身后，在这屋子踱来踱去，便问道："这位先生贵姓？"他站住了脚向窗子外道："我姓何，是大学研究部的训导员，除了读二十多年的书而外，在后方四年抗战。我想，汉奸这顶帽子，是不应当戴到我头上来的。果然我是汉奸的话，会在这最高学府当训导员？"刘副官见他扛出了大帽子来，这话可不好接着向下说，便笑道："对陈先生，那就是误会。对于何先生，那更是误会的误会。若是何先生来的时候，不把话说僵了，他们也就不能把何先生留下来。这山上，晚上倒是凉快，一点儿声音没有，也非常清静。三位在这里休息一晚，也无所谓。若是嫌着被子不够，三位愿意回校去安歇的话，兄弟也可以负点儿责任，找人来开门，送三位回校去。"在床上还躺着一位训导员呢，他首先跳下床来，两脚一顿，大声喝道："送我们回去？哪有这样简单的事？负点儿责任，你负不起责任！"说着，屋里的桌子又被捶得咚咚作响。

刘副官一看这趋势，简直说不拢，轻轻说了两个字"也好"，他也就扭身走了。那黄副官责任比他重，性子也比他急，这时正在楼下走廊上呆呆地站着。刘副官晃着手电筒的光向楼下走来，就迎着问道："怎么样了？老远就听到他们在屋子里大声喊叫。"刘副官一声不言语，走到他身边，才摇摇头道："他们全是醉人，越扶越醉。有办法，你自己去解决吧。"黄副官也没有话说，只好走回屋去睡觉。次日天亮就醒了，公馆里一连接着三个电话：一个电话，是城里来的，说院长要回来；一个电话，是大学本部来的，朋友告诉了一条消息，说是学生们在操场上开会；一个电话，是市集上朋友来的，说是已发现了标语了。这让他有些手脚失措，除了赶快派人向学校去探听消息，就和刘副官二人，分途去找这地方上的公务人员出面调停。

在一小时之内，居然请到了四位地方绅士、四位公务人员，一齐在市集上一家下江茶馆里集会，而李南泉也是其中被请的一位。刘、黄二位副官招待着报告一阵。在座的来宾，没想到他们会惹下这么一件祸事。大家坐在茶桌子上喝茶的喝茶，吸纸烟的吸纸烟，却都默然相对，没有哪个说话。李南泉因为人家郑重其事地邀了来，无非想找几个得力调人，和他们在院长未到以前解决问题，若是这样子沉默，未免有点儿和主人作难，这就向刘副官笑道："这事情是耽误不得。最简单的办法，就是请两位代表去邀他们到这里来谈谈。"

黄副官一拍手，大声叫道："此计太妙，他们来了，难道还有自己回到我们公馆里去赖着的吗？哪位先生劳驾一趟？"刘副官道："最好就是李先生去。"李南泉心里想着，排难解纷，虽是好事，可是亲自到方公馆去说和，未免有巴结朱门之嫌。尤其是曾当面受过那位二小姐的奚落，不理也罢了，还去以德报怨不成？便笑道："主意是我出的，跑路也要我来，这却卖力太多了，最好是请两位地方上老先生去。就说有几位下江朋友在这里等着，有要紧的事商谈，他们或者不好不来。林老先生自己有轿子，林老先生去是最好的了。"

说的这位林老先生，穿了一套川绸小褂裤，打着一双赤脚，穿了一双麻线精编的草鞋。但此外有一件半折着的蓝纺绸长衫，搭在椅子背上，一顶细梗草帽放在桌子角上，还有一支乌漆藤手杖，挂在桌子横档上。他一把八字胡须，配在瓜子脸上。戴着翡翠戒指的手，捏了一支长可二尺八寸的乌漆旱烟袋杆，塞在口里吧吸着。他坐着只听旁人说话，并不插言。这时指到他头上来，他却是不能缄默。站起来抱了旱烟袋拱手道："我去一趟，是不生关系哩咯，怕是没得那个面子，把人请不出来。"正说到这里，两个穿短衣服的人，匆匆跑到茶馆来，见着黄、刘二位，把他拉到一边，悄悄将大学操场上开会的情形告诉了一遍。黄、刘二人回到茶座上，只管抱了拳头向大家作揖，连说："请帮帮忙吧，院长快要回来了。"

这位林老先生和方公馆的下层人物向来有些来往，颇也想见院长一面，以增光彩。现在听说院长快要到了，这倒是见面的一个机会。这就向刘副官道："就是，我去一趟试试看嘛，若是没得成绩，你莫要见怪喀。哪个和我一路去？"黄副官始终觉得自己责任重大，不敢大意，就答应自己陪林老先生回公馆去。他临时在街头上雇了一乘滑竿，追随着林老先生回公馆。刘副官陪着那些人，依然在茶馆里坐着等候消息。黄副官一路行来，就不断地看到穿制服的学生，三三两两，在路上走着。他们手上，都拿着一卷纸。有人还提了瓦罐子装的糨糊和刷子，分明是带了标语到这里来张贴的。黄副官看到，只当不晓得，故意有一言无一言地，尽管和前面坐在滑竿上的林老先生谈话。到了公馆的山脚下，而三三两两的学生还没有断，心里实在捏着一把汗。心想马上院长就要回来，无论他们是不是向院长有所要求，就是这种现象，让院长看到也是不妙。他让林老先生先走，自己跳下滑竿，拉着路口上守岗的卫士，低声道："院长快要到了，你应当悄悄地让这些学生远一点儿。"卫士摇摇头道："比不得平常日子，我们不敢多事。他们来来去去，又不碍我们什么，我们能说人家吗？"黄副官道："比平常不同？今天有什么特别之处吗？"那卫士带了一点儿笑容，又不敢笑，只是向他望了一眼。

黄副官碰了这样一个软钉子，想说他们两句，又觉轻重都不好说，便道："你们小心一点儿就是。"说毕，对卫士看了一眼，向站在旁边的滑竿夫招了两招手。他们将滑竿抬了过来，他一转身，正待坐上滑竿去，一眼看到山脚下来了一乘滑竿，前后拥挤着一群护从，向上山大路走来。这种排场，不是院长，还有何人？他哪里还敢坐滑竿，面对了山上，扯腿就跑。跑了十几层坡子，他想这殊属不妥，路旁放着一乘空滑竿，一定会引起院长的质问，这又返身跑回来，拉着滑竿杠子，对他们说："快走快走，院长来了。"说着，拉了滑竿夫就向石坡外面的荒山上跑。这山地上的树木，长得丛丛密密，向里面钻进去几丈路，就可以把全身隐藏起来。他向树林子外面张望时，那群人已把一乘精致的藤制滑竿，簇拥上了山坡。方院长穿着一套笔挺的藏青西服，戴顶巴拿马草帽，把半截脑袋都盖着了。虽是半截脑袋，黄副官还可以看到院长先生沉坠着脸腮上两块胖肉。就凭这点，便可以知道主子在发脾气了。他心里想着，这真是糟糕，这样抢着办，还没有半分钟的耽误，依然是逃不出难关。三个人还关在卫士室里，那不去谈了，而且又请了一位地方上的林老先生前来做调人。这位林老先生，多少有几分土气息，若让院长看到了，分明是闲杂人等闯进了公馆，其罪不在小处。这事怎么办呢？

他这样想着，口里也就随着喊叫出来了。那滑竿夫是中等个、年长些的，便向他道："硬是滑稽，啥子事嘛，我们好好地抬着，又没出啥乱子。"黄副官乱摇着手，轻轻喝道："你知道什么，刚才是院长过去了。让院长看到了，那可是了不得的一件事。你们悄悄下山去吧，我这里给你钱。"说着，在身上掏出了几张钞票给他，将手乱挥着。滑竿夫不免露出他的故态，弯了腰赔着笑脸道："老太爷，道谢一下子嘛！"说着，拱了两拱手。黄副官将两眼横着，抬起一只腿来，向那滑竿夫踢了去，轻轻喝道："我一肚子不是心事，你还在我面前唠叨，滚你的吧！"他这一脚踢来，老远就做了个势子，滑竿夫看得清楚，早是身子一偏躲了开去。他这一脚，就掏了虚处。同时，所站的地方，是个斜坡。右脚踢过去，左脚独立着，都吃不住。下半部身子，向前伸出去，上半部身子，未免向后仰着，于是跌了个反跤，人坐着倒下去。另一个滑竿夫知趣一点儿，肩上扛着空滑竿就跑，那一个也就走了。黄副官自己刨伤了自己一下，坐在地上，但觉得臀部到脊梁骨，全震动得生了痛。两眼里的眼泪抢着要滚出来。他坐在地上有四五分钟之久，意识方才平复，因为那两个滑竿夫已是去远，也就只好默然坐了一会儿，自行拍着身上的灰土和草屑。心里一面打算着，是公馆里去见院长呢，还是溜走呢？这就听着山上有人叫着黄副官，一路叫下山来。

黄副官听到这种叫喊，心房早是由体腔里要跳到嗓子眼里来。他不但不敢答应，反是顺了倾斜的山坡，连跑带滚向山下滚。那松树绿荫荫地遮了山坡，把草皮的绿色，盖成了黑色。他由松树缝里钻了出来，站在人行路上，睁眼向两边张望着，见连连不断的石头墩上，大树兜上，全已张贴五彩纸的标语。标语丝毫没有刺激的意味，只写了四个字，乃是"清平世界"。在这标语下，有的写着一个或两个很大的惊叹号，有的写着尺来长的问号。黄副官对于这种标语，并不了解有什么含意，可是全是这样的字，却在下面注着不同的标点，觉得这是一种可奇怪的事。

正在惊愕地呆望着，山麓石坡子上，飞跑来十几个卫士，一口气冲到他面前，前后将他包围着。大家异口同声地叫道："黄副官，黄副官，院长要你去。"老黄看这样子，跑是跑不了的，只得硬着头皮，同他们一路走上山。但那卫士们将他围着，不让他离开一寸路，由楼下卫士前呼后拥地逼上楼去。刚一上楼梯，就听到院长在他的休息室里大声喝骂，他道："这里前前后后，全贴了'清平世界'的标语。这意思是说我们这里出了强盗了，我在政治上混了这多年，没有受过人家这样的公然侮辱。"老黄在上楼梯的时候，就觉得两只脚弹琵琶似的抖颤。上楼以后，听到院长这样的喝骂声，抖颤得更凶，两腿已是移不开步，只好慢慢向前走去。只走到院长休息室门口，情不自禁地他就跪下了。

那方院长伸长了两腿，正不住地将手拍了桌子，口里吆喝着。他看到黄副官跪在地下，早是一股怒火由两只眼睛直冒出来。他有一支长期相伴的手杖，随手捞了起来，跳将上前，对着黄副官头上，就是一手杖下去。黄副官见来势不善，太服从了非送命不可。只好将头一偏，把手杖躲了过去。但这手杖落下来，是无法中止的，早是啪的一声，打在他肩上。这一下大概是不轻，打得他哎哟一声，身体侧着向旁边一倒。方院长实在是气极了，哪里管他受得了受不了，提起手杖来，接连在他背上又是好几杖。口里还不住地喝骂着道："你这些浑蛋，清平世界，朗朗乾坤，凭你们像我家狗一样的东西，也敢随便抓人，随便关人？抓了人，又关在我公馆里，让我去替你们受罪？"他连骂带打了一阵，气得上气不接下气，喘得呼呼作声，然后一倒坐在沙发上。老黄背上、肩上，总共挨了有一二十手杖，除了每挨一杖，哼着哎哟一声而外，主人打完了，他跪在地上，又痛，又羞，又怕，两行眼泪抛沙般落下来。方先生团团的面孔，气得发紫，嘴唇皮只管抖颤着。大概是晕了有四五分钟之久，然后骂道："你就果然是一只狗，你也有两只耳朵。你不打听这大学校长是谁，你也不打听董事长是谁，这些学生毕业以后，他们在国家是做什么的。我对他们都要客气三分，你敢去惹他，我非打死你不可！"说着，拿起手杖来又要向老黄头上劈下去。但是他像受了伤，也站不住，复又突然坐下去了。

第十三章

各得其所

这个时候，围绕着这休息室的侍从们，全吓得心惊肉跳、面无人色，大家面面相觑，不能呼出一口气来。等到主子坐到沙发椅子上去了，背靠了椅子背，伸长着两腿，头枕在椅子靠上，面孔向了天花板，兀自喘着气。其中一个阶级比较高，而又相当亲信的田副官，先屏息了气，然后像生怕踩死蚂蚁的样子，轻轻地、慢慢地跨着大步子，走到沙发面前，而且还鞠了个躬，低声道："黄茂清他罪有应得，应当重重责罚。可是他这种人，怎值得院长亲自动手责骂他？请院长息怒，交给卫士室里去办他就是了。"方先生还是仰在沙发椅子上生气，半闭着眼睛，不肯答话。这位田副官看着主子的颜色，还不曾迁怒到他身上，这就静静站了一会儿，然后低声下气地道："请示院长，怎样办理？"

方先生将椅子边上的手杖捞过来，重重地在楼板上顿了几下，因瞪了眼望着他道："怎么办理？我们家还关着三个人呢，这能够还耽误吗？清平世界，朗朗乾坤，把人老关在屋子里，这算怎么回事？"田副官低声下气地又道："报告院长，他们似乎不肯随便就走出来。"方先生又把手杖在楼板上顿了两下，因道："难道我都像你们这样糊涂？人家凭什么让你随便抓来，又随便放走？你把他们带来见我。"田副官问道："请到小客厅里？"方先生道："为什么小客厅里？我们这里处罚人的情形，还不能让他们看到吗？"田副官答应着"是"走开。方先生又叫道："回来，要对人说'请'，不许说'带来'。"田副官走到门口，复又转身回来，向主人鞠躬答道："是的，院长还有什么吩咐的吗？"方院长将手向他挥了两下，并没有作声。

　　田副官去了，方院长继续向着老黄喝骂。约莫是十来分钟，田副官大着步子，轻轻走进来，站定了轻声报告着道："三位先生来了。"方院长向外看时，两个穿中山服的训导员，引着一个穿青色制服的学生走了进来。他们同时看到黄副官跪在门外的过道一边，也平服了一半的气，便都站在门口，向方先生鞠了个躬。方院长自知道是人家受了大屈，便半起着身，向他三人点了个头道："三位受屈了，这事虽不怪我，我却不能不负责任，现在情亏礼补，我让黄茂清送你们回校去。同时，也让他向你们学校里先生们道歉。你三位还有什么意见吗？"这其中的两位训导员，只是点了头行礼，不敢说什么。陈鲤门是个学生，他不感到会受什么政治压力，便挺了一挺腰杆子，正着脸色道："院长，我们不敢有什么要求，不过请公馆里向地方上的治安机关通知一声，我们这三人，绝没有汉奸嫌疑。"方院长不由得笑了，摇摇头道："大用不着，汉奸这个帽子，岂是可以随便给人戴上的？哦，想起来了，这里还来了一位地方绅士姓林的，也可以护送你们回去。"田副官听了这话，才向前一步，走到沙发旁边，低声问道："可以让那位林老头子来见院长吗？"他手摸着胖下巴，沉吟了一会儿，便点点头。

　　那位林老先生上得山来，忽然和黄副官失去了联络，正不知道怎样是好，呆呆站在楼下走廊上，看到院长坐了滑竿，在一群护从中拥上了山来，自己既不能自我介绍，又没有个介绍人，对了这里的高贵主人翁，很是有点儿着慌。眼看到那滑竿一步一步抬近了面前，只觉手脚无措，情不自禁地倒退了十几步，退到房子的转角地方去。后来听到院长喝骂声，见事不妙，就夹了长衫、帽子，要赶快跑。刚是下了几层台阶，田副官由后面追了来，伸手抓了他的手臂道："哪里去？"林老先生吓得周身一抖颤，衣服、帽子，全都落在地上。立刻捧了帽子，向他拱着手道："我……我……我是黄副官叫我来做调人的，没得我啥子事。"

　　田副官看他周身抖颤着，脸色发白，便笑道："林老先生，你误会了。你不认得我，我认得你，你是这地方上的绅粮，我也知道你是黄副官请你来的。"林先生望了他道："那就没得我啥子事了，我可以走开吗？"说着，弯腰下去捡衣服。田副官笑道："当然没有你的什么事。你既来了，就请你稍微等一下，调人还是要请你做的。"林先生道："院长来了，还要我这种人做调人吗？硬是笑人，撇脱一点儿。我还是走吧。"说着，向田副官连连作了几个揖。田副官嘻嘻笑道："不要害怕，没你什么事，你不是老早想见见院长吗？这是一个机会呀。"林先生皱了两皱眉毛，接着笑道："怕我不愿意见院长？不过院长在气头上喀，我不会冒犯他？我硬是不行，你要照顾我喀。"田副官笑道："老先生你既怯官，又要见官，叫人真没法子，你到卫士室里去坐着吧。我给你向院长报告一下。"说着，他也不再问人家是否愿意，把这老头儿引到第二卫士室去。

这隔壁就是关着陈鲤门三人的屋子，门是倒锁着的，还有一个手扶了步枪的卫士，站在走廊上。老头儿被引到屋里，心里先是一阵跳。看看门外的卫士，全是全副武装，板着一副正经面孔，来往不断。他坐在人家的床上，连呼吸都不敢让他随便，只是瞪了两只老眼，向门外望着，就在这时黄副官已在楼上开始挨打。喝骂声和黄副官的叫喊呼痛声，让人听到心惊肉跳。林先生虽是穿着单衣服的，两只手心里，全是汗水淋漓的。若是出门去，却又怕让卫士们拦阻着。在这里坐着吧，又怕会出什么乱子，呆着脸子，那颗心只是扑扑乱跳。

正自坐立不安，田副官就走进来了，向他点着头笑道："林先生，院长请你去。"林老头儿站起来，瞪了眼望着道："院长请，不，叫我去？我朗个做？我还是不要去吧。"说着，手扶了墙壁站起来，身子兀自抖颤着。田副官笑道："我的怯翁，你怎么这个样子？要是这样，你真是不见的好。"林老头道："要得要得，请你对院长说，我是亲自来请安喀。"田副官笑道："不行，你还得去；你不去，我交不了卷。"说着话时，田副官牵了牵林老先生的小褂袖子。他道："我这个样子，朗个去见院长？你让我把长衫子穿起来嘛。"说着，先把戴在头上的草帽端正了一下，然后将搭在手臂上的长衫穿着，垂着两只长袖子，跟了田副官走去。他是本地人，当然对于爬坡丝毫不足介意。可是到了此时，对着这铺得又宽又平的石板坡子，竟是两腿如棉，走得战战兢兢的。到了楼下，那颗心就情不自禁地只管咚咚乱跳。田副官走几步就回头看他一下。直走到院长休息室门口，他看到黄副官兀自跪在夹道里，哭丧着脸，泪痕模糊了一片，吓得身子一颤，向后退了两步。

田副官走在前面，只管向他点着头。林老先生硬着头皮，走到休息室那门口，看到一位穿西服的中年汉子，由里面走出来，他立刻捧着两只长袖子，弯下腰去，深深地作了一个揖，连连口称"院长"。田副官站在旁边笑道："这是我们杨秘书，院长坐在里面呢。"那位杨秘书见他赤脚穿长衫，头上戴了草帽子，深深地作着长揖，也就抿嘴忍着笑走了开去。田副官怕他再露怯，索性微微牵了他的长衣袖子，牵到房门口，轻轻对他道："坐着的是我们院长。"林老头听说，站定了脚，接着就要行礼。田副官低声道："脱下帽子，脱下帽子。"这算他明白了，两只手高举，同时把帽子摘了下来，两手捧了帽子沿，像是捧了一只饭钵似的，深深地鞠着一个大躬，随了这一个大躬，作上一个大揖，这一揖起来，帽子平了额顶。

方院长看到这样子，也忍不住笑，只得向他点了个头。林老先生第一个揖，觉得是有点儿手脚失措，第二个揖，便有点儿习惯了，比较从容与熟练，算是把帽子拿得松一点儿。但高举起来，还是齐平了额顶。直把三个揖作完，然后把帽子捧齐在胸口，微弯了腰，像教友做祷告似的，沉静、严肃而又恐怖地站着。方院长看了他这样子，自也忍不住笑，点了两点头，笑道："我们的事，有劳你了，还希望你护送他们三人回学校去。这三个人就在楼下客厅里。"林老头道："就是嘛，院长。你有啥子命令，吩咐下来就是了，院长。在这里社会上，我有点儿面子喀。啥子小事，我总可以代表哟。你有啥子命令，吩咐就是，我没得推辞喀。"他说是说了，却还是那样沉静严肃而又恐怖地站着。田副官看他那样子，实在不像话，便忍着笑道："林先生，你下楼去吧。"林先生回头看了看跪着的黄副官，因道："就是就是，我说，院长，我可以求个情吗？"说着，连连地咳嗽了两声，又道："黄副官受了罚，放他起来吧，放他起来吧。"说着，回头看了三四次，作了三四个揖，鞠着

255

躬道："就是嘛，院长命令我，我就去嘛！"方先生一肚子怒火，看到这位老先生手足慌乱、言语颠倒的样子，就不由得脑子里不轻松一下，同时，脸上泛出了笑容，便点点头道："好吧，看在地方上人大面上，把他饶恕了。"便指着黄副官道："起来，给我谢谢这位林先生。"黄副官应声站起来，先向院长一鞠躬，再向林先生一鞠躬。林老先生点着头笑道："黄副官，就是嘛，我们下楼去！"说着，向方院长作了一个长揖，牵着黄副官的手，把他引下楼来。

陈鲤门和两位训导员，深知方院长已大大发了脾气，黄副官也受着极大的侮辱与责罚，尤其是当面看到他跪在夹道里，算是扳回了面子，现在可不能再给人家难堪。林、黄二人一进门，他们也就都站起来了，林先生两手捧了帽子，先和三人作了一个总揖，然后伸出右手来，和大家分别握手，他笑道："我叫林茂然，本来不配管这些事。因为院长很看得起我，叫我来和两方面斡旋一番。"他这个"斡"字，并没有念正音，念成了"赶"。陈鲤门三人只相视着微笑一笑，并没有说什么。林老头道："大家都是面子上人嘛，院长忠心党国，好忙啊。了不起哟，这些小事，我们不能麻烦他咯，我不大会说话，撇脱说吧，院长是伟人嘛，他刚才见了我，含了笑容对我说，叫我调停调停。我是啥子人，受得住院长这样拜托吗？三位，你们就转去吧，我负了责任，我得完成这个事，没得话说，二天你到街上来，我请你们吃酒。"他说了一大串，也就前前后后作了四五个揖。这三位受屈的先生，看了他草鞋长衫的打扮，说话又是那样啰啰唆唆，大家都忍住不笑，只是微笑。林老先生道："院长真不愧是宰相肚里好撑船，他对我们老百姓真是客气喀。他看到我进门，硬是站起身来，和我点头，难得难得。"

黄副官本不想说什么话，可是到了林老先生都实行做调人的时候，这三位被拘留的嘉宾，依然没有离开的表示，这让他的责任，依然不能中止。反正跪也罚了，打也挨了，面子是丢尽了，还有什么体面可顾的？于是把一口气吞着，脸上放出笑容来，对那三位先生点了个头，微弯着腰道："三位先生，什么话不用说，算我错了，我向三位道歉。"于是深深地向三位一鞠躬。这三人之中，算陈鲤门的委屈最深，而也算

256

他的怨恨最大。本来看到黄副官，就要伸出手去，打他两个耳光。这时，因他这样客气，却无法随着再生气，这就也给他点了个头，因道："不过，我们可以完结，我们学校是不是可以完结这却难说，那得烦你劳步一趟，送我们回学校去。学校不说什么话了，算是你的责任已了。如其不然，我们自行回去，恐怕学校里对我们群起而攻，我们会走不进大门。"黄副官道："这个不用三位费心，院长已吩咐了我送三位回学校。不过现在我是失败了，我若跟三位去到学校，就是一个人，还请三位莫记前仇，保护一二。"说着，他又是一个揖，他脸上的泪痕，本来就没有干。再加上一份为难的样子，那脸子就太难看了。那位比较老实的训导员，是个五十将近的人，鼻子下有些胡桩子，他微笑道："这就对了，什么话不用说，我们一块儿走吧，我们都是读书的人，不会给你太难堪的，你放心吧。"林老先生道："要得要得，这位先生说的话要得，我们一路去就是。"说着，捧着长袖子，向大家连连拱揖。到了这时，研究部的师生三人，已是面子十足，就不必再和人家为难了。陈鲤门站起来笑道："那就走吧。"大家随了这句话，一齐走下山来。

黄副官跟在人群后面，只是低了头走着，到了研究部，正值下课以后，学生们纷纷来往，看到他们回来了，一群蜂似的围拥了上来。黄副官涨紫了面孔，低着头一语不发。林老先生是向来没有经过这么大的斯文场面，他所接触的人物，是社会上另一个阶层，那一套言语，自不适用于这个部门，站在人丛里面，也是呆了。还是陈鲤门举起双手来，向大家连招了几下，然后脸上放了微笑道："过去的事，大家想已知道了。今天早上，方院长亲自回来，和我解释了许多误会，表示了歉意，并请这位林先生引了这位黄副官亲自到研究部来道歉。我本人无所谓，只要各位老同学和各位师长认为并没有问题了，这事就过去了。"这时，也不知人丛中哪个人叫了一声"打"，四面八方的人，就都叫着"打"。黄副官根本就是胆战心惊的，听到这多"打"声，脸色就变成苍白了，伸着头由人缝当里一钻，就钻了出来。看看人丛的外围，站的人比较稀落，也不问是否事情已经了结，向回方公馆的大路飞跑了去。林老先生被丢在人丛中包围着，越是手足无所措。将两只长衫袖子抱着，只管向各方拱着，微笑着自言自语地道："郎个的，逃了？要不得！"

师生们并没有真正和黄副官为难的意思，倒是看到林老先生这种状态，都忍不住哈哈大笑。他这就更没有章法了，左手拿了帽子，右手搔搔头发，笑道："真的，逃了不是办法嘛，我还有啥子办法嘛，我应当郎个做？"倒是两位训导员，看他十分为难，就请他回去。林老先生向大家拱拱手道："那就恕我不恭哩喀，再见了。"他一面拱着手，一面走着挤出了人群。他坐的那乘滑竿，正歇在山谷路边等他。一个滑竿夫迎着他问道："老太爷，没得事了？"林老先生头上顶着帽，身上飘荡着那件蓝绸长衫，站定了脚，手摸了胡子，一摆头道："那不是吹。在社会上我们总有个面子，无论到啥子地方去，人家也得看我三分金面嘛。我先到方公馆，看到院长，院长硬是客气喀，走向前来和我握手。左一声老兄，右一声老先生，一定要我出来调停。我无论郎个忙，我也要和人家了这件事。到了学校里，晓得是啥子职位的先生啊，大概总是教务长、总务长这一路角色，听说我是院长请来的调人，硬是远接远送，没得话说，我说郎个办就郎个办。那黄副官一点儿亏没有吃，就转去了。人家有知识有地位的人，晓得我是啥子来头，还用我多说吗？"他说着话，脸上是得意之至，跨上了滑竿坐着。这两名滑竿夫觉得自己的主人今天这风头出得不小，周身带劲，一口气就把滑竿抬到市集的茶馆门口。

这时，在茶馆里坐着的那群人，还没有走开，林老先生跳下滑竿来，一面脱身上的绸大褂，一面走进屋子来，大声笑道："没得事了，没得事了。我到了院长公馆，就遇到了院长。他走向前来和我握着手，连说着'诸事拜托'。我和他告辞，他把我送到楼梯口。别个身为院长的人，有这样的身份，还是这样的客气，我还有啥子话说，我就奉劝留在方公馆的三个人，还是回学校去吧。他们看到我是院长请出来的调人，硬是一个'不'字都没有说，立刻就让我送回学校去了。"

那刘副官为了逃避责罚，始终是在这茶馆里招待客人，并没有走开。这时见林老先生满面风光地走了来，虽不相信他的话，是这样容易解决的，可是那三位师生已经回了学校，那大概是事实，便上前两步，向他拱拱手道："诸事都有劳了，坐下来喝碗茶。"他正有一肚子话要说，也来不及理会刘副官的招待，看到李南泉先生坐在角落上茶桌边，斜衔了一支烟卷，带着微笑，他便拱拱手笑道："李先生，你栽培我的好差事，几乎让我脱不到手。院长把全部责任都交把了我，幸是为了院长这份看得起，大家也都跟着看得起我，我一说啥子，都答应了。"说着，回过头来向刘副官道："院长的身体，现在越发是发福了。从前在路上遇到他，我闪在一边，不大看得清楚。今天他和我握了两次手，我把他的面容看清楚了。这在相书上说的有的，乃是天官之相，这样的好相全中国找得出几个？难怪他要做院长了。这回算我长了见识，宰相的相就是这样的。"

李南泉看了这番做作，又好笑，又好气，便笑道："林先生真是官星高照。这一下子，在院长面前有功，找一份差事，那是不成问题的了。"林老头一摸胡子笑道："好说好说，就怕资格不够喀。说到院长，那硬是看得起我。"说着，坐到方桌边去，大叫一声"拿茶来"，同时，把一只脚拿起来，踏在凳子上，将头摇了几下，将手不住地摸着胡子。那一份得意，就不用提了，其余几位地方上的绅士没有一个不羡慕林先生的幸遇的，全坐到他那茶座上围着他说话。

李南泉一看到这情形，颇感到有些不顺眼，便起身向刘副官拱拱手道："大事现已告定，我可以告辞了。"刘副官把他约来，原以为他是孟秘书的好友，万一孟秘书也来了，还可以托他说说人情。现在孟秘书既没有来，留着李南泉在这里也是没用，便向前和他握着手道："实在是麻烦你了，不过这件事还不能算完全解决。将来还有点儿什么问题的话，恐怕还得请李先生帮我说几句话。"说着，苦笑了一笑，又摇了两摇头道："我头上还顶着一个雷呢。"他说着话时，握着他的手，送到茶馆子门外来，向前后看了两次，然后悄悄地对他道："老兄念在我们平日的交情上，可不可以给我写一封信给秘书，托他在院长面前疏通疏通。"李南泉笑道："那没有问题，我回去就写信付邮。"刘副官道："用不着，用不着，你把信写好，我到府上去拿，拿了我就派专人送到城里去，以便立刻取得回信。"说着，深深地向他鞠了一躬。

259

刘副官素日旁若无人，这时突然行这个敬礼，却让李南泉有些愕然，便道："大家都是朋友，只要是我办得到的事，我无不从命。你不必顾虑。我是个书生，无用虽然无用，却最同情弱者。"刘副官抱了拳头道："一切都请关照。什么时候我到府上去拿信？"李南泉道："我回家之后，立刻就和你写信，你随后就派人来吧。"

说着，正待转身要走，就看到杨艳华携着胡玉花的手，由街那头慢慢地走了过来。她们都穿的是黑拷绸长衫，穿了白皮鞋，下面光着腿，上面又光着半臂，各人还在黑发之下，各插了一小排茉莉花。走到面前，笑嘻嘻地点着头叫人。李南泉笑道："二位小姐，今天打扮得全身黑白分明，而且是同样的装束，有什么约会？"杨艳华道："现在晚上没有月亮了，我们应该开始唱戏。不然，这整个月的开销不得了。同时，我们也打算迁地为良，到没有轰炸的内地去鬼混些时，等雾季过去，我们再回到重庆来。现在唱几个盘缠钱。"她说着话，向刘副官看去，见他今日的情形，大异往常。往日相见，他就是个见血的苍蝇，不问何时何地，立刻追到人身边来，有说有笑。今天却是板着个面孔，全找不出一条带笑意的痕迹。便笑道："刘先生，今天这么一大早，就陪了大批的朋友下茶馆？"刘副官叹了口气道："咳，我惹下一个很大的漏子了。"杨艳华道："黄副官没有在这里？"李南泉以为她是有意问的，只管替她使着眼色。

杨艳华一看这情形就明白了。可是，胡玉花还记着黄副官那一点儿仇恨，便故意地问道："怎么着，刘副官会惹下了漏子？这地方有那样不知高低的人？会惹你们黄副官？怎么样，他也惹下漏子吗？我想不会都有漏子吧？"刘副官冷笑道："胡小姐，别说俏皮话吧。天有不测风云，人有旦夕祸福。今天吃饭睡觉，太太平平过去，知道明天是不是还能够吃饭睡觉吗？小姐，你们在社会上的经验还差着哩。"杨艳华扯着她的手道："人家有事，别打搅了，走吧。"于是两人带了微笑走去。李南泉觉得胡玉花这几句话是多余的，因向刘副官道："她们和你们开惯了玩笑，所以见面就说笑话。她还不知道你们怎么回事，也不必和她说了。我这就回去写信。"刘副官表示着好感，走向前两步，抢着和他握了手，紧紧地摇撼了两下，因道："我也不知道说什么是好，只有说句余情后感吧。"李南泉又安慰了他两句，然后走回家去。

到家以后，立刻展开文具，伏在案上写信。李太太见他一早出去，回来了又这样忙，颇觉有点儿奇怪。可是见他神情紧张，又不便过问，只是送烟送茶，偶然走到桌子边，向他写信纸上瞟上一眼，见那上款，写的是孟秘书的名字，就回想到杨艳华曾托他和孟秘书说项，料着还是那一套，闪到一边就未加过问。恰是李先生慎重其事，怕这封信给别人看到了，写好之后，就翻过来盖在桌上面。李太太坐在一边竹椅上做针线，低低头笑道："什么秘密文件，这样地做作，我想你也没什么了不起的事吧？"

李南泉看太太低头在缝着针线，可是眼皮再三地瞟着，分明是注意着这封信成功之后的动作。便笑道："我和朋友来往的信，你可以不过问吧？"李太太依然是低着头，随便地答道："谁管你？"刚说到这句，遥远有人叫了一声"李太太"。她伸着头看时，正是杨、胡两位坤伶在山坡上，便点头道："二位小姐，请下来坐坐吧。"杨、胡二人挽着手臂，就向坡子上走下来。杨艳华老远地笑嘻嘻道："李先生，已经回来了吗？"李南泉道："我老早回来了。二位小姐，久违了。"胡玉花没有懂得他这是一句俏皮话，站在窗户外面，手扶了窗栏杆，向里面张望了道："前二十分钟，我们就在街上见面的，还算久吗？"李南泉正想解释着他由反面说话，她们已经走进来了。李太太对两位小姐周身上下看了一看，抿嘴笑道："二位小姐真是淡妆浓抹总相宜。雪白的皮肤，穿着这乌亮的拷绸长衫……哟，这黑发下还压着这一排白茉莉花呢，艺术家是真会修饰自己。"说着，起身相迎，一只手挽住一位小姐。杨艳华笑道："师母何必取笑我们。我们光腿子，并不是摩登。为了省掉那跳舞袜子。现在一双丝袜子多少钱呀！"胡玉花道："我一天的戏份子，也买不到一双。"李太太道："还是别省那个钱吧，这山窝里出的那种小墨蚊，眼睛也看不见，可是叮人一口，又痒又痛，大片地起泡。你们也当自己爱惜羽毛。南泉，你说我这种建议，对是不对？"说着，望了李先生微笑。李先生这可在主客之间不好答话，也只是一笑。

261

杨艳华已是有点儿明白李师母的意思了，很不愿意她真有所误会，因道："刚才遇到老师，有刘副官当面，有话不好说，特意追来说明。"李太太笑道："慢慢谈吧，我们都愿意帮忙。二位有什么要紧的事吗？怎么不坐着？"杨艳华道："也没什么要紧，因为从今天晚上起，我们要恢复唱戏了。"李太太道："那不成问题，我们一定去捧场。"杨艳华笑着一摇头道："非也。我唱戏到今天，也没有卖过红票，我自己并没有什么事。"说着，伸手拍了两拍胡玉花的肩膀笑道："还是她的事。那个姓黄的，现在还是老盯着她。他说，她有丈夫不要紧。他可以出笔款子，帮助小胡离婚。小胡有孩子，他也可以抚养。"李太太道："胡小姐出阁了吗？"胡玉花笑道："这都是瞎扯的，不是这样，抵制不了那个姓黄的。可是这样说也抵制不了他呢！"说到这里，她才是把脸色沉了下去，坐到旁边椅子上，叹了口气道："这是哪里说起，简直是我命里的劫星。我对姓黄的，漫说是爱情，就是普通的友谊也没有。他那意思，我没结婚，固然应当嫁他，结了婚也应当嫁他，我是一百二十个要嫁他。"杨艳华挨着她坐下，掭了她一下鬓发，笑道："这孩子疯了，满口是粗线条。"胡玉花偏过头向她瞟了一眼道："我才不疯呢。唱戏的女孩子，在戏台上，什么话不说，这就连嫁人两个字都怕提了？那个姓黄的，真是不讲理。我若是一位小姐，你就迫我嫁你，这只强迫我一个人。若根据他的话，我若有丈夫，不问我和丈夫是否有感情，都得丢了人家去嫁他。这为什么，就为了他有手枪吗？"

　　李太太道："胡小姐真结了婚了？"她笑道："我不告诉过你是瞎扯吗？这撒谎的原因，李先生知道。"李太太就坐在李先生写字的椅子上，而李先生呢，却是站在桌子角边。她就仰了脸子，向他望着微笑，那意思好像说，他们的事，你竟是完全知道。李先生很了解她的意思，便笑道："这就是在刘副官家里那天晚会的事，其实，胡小姐是太多心了。我告诉你一个好消息，老黄他完了，他要离开这里了，就是方公馆还容留他，他也不好意思在这码头上停留了。"因把黄副官这两天的公案说了一遍。杨艳华拍了手笑道："这才是天理昭彰呢。这一群人里面，就是黄、刘二人最为捣乱。把他两个人拘束住了，我们戏馆子里轻松多了。"李南泉道:"不但黄、刘二人不能捣乱,恐怕这一群人,都不敢再捣乱了。"胡玉花望了他笑道:"李先生不是拿话骗我们的?"李南泉道:"我要撒谎,也不能撒得这样圆转自如,而且我还是最同情弱者。"李太太点了点头笑道:"对的,他最是同情弱者。"

李南泉看夫人脸上,有那种微妙的笑容,便想立刻加以解释。就在这个时候,胡玉花现出吃惊的样子,将嘴向窗外一努嘴道:"来了来了。"大家向外面看时,正是刘副官带着一种沉重的脚步,由那下山溪的石坡子上,一步一顿,很缓地走了来。杨、胡两人不约而同地站起,就有要走的样子。李先生道:"没有关系,他不是为两位来的。"那刘副官老远地已是叫了声"李先生"。李南泉迎着他道:"信我已经写好了,请下来吧。"

刘副官走进门,看到了两位坤伶,笑着点了个头道:"哦,二位小姐也在这里,久违久违!"李南泉笑道:"又一个久违。"杨艳华笑道:"这也许是因为李先生人缘太好,所以大家爱上你这儿来。"胡玉花斜望了刘副官道:"我们刚才在街上见面,怎么算是久违?你现在还有心思说俏皮话?"刘副官站着怔了一怔,不免脸色沉了一下,淡笑着道:"两位也知道这件事了?"杨艳华道:"谁不知道这件事?这事可闹大发了。我们倒是很惦记着的,现在没有事了吧?"刘副官点着头笑道:"谢谢,大概没有事了。"说完,他向桌子上瞟了一眼。见有一封信覆盖在那里,便走近一步,正待轻轻地问上一声,李南泉可不愿二位小姐太知道这件事,免得她们又把话去损人,便点着头笑道:"我并没有封口,你拿去先看了再发吧。假如你觉得还不大满意,我可以给你重写。"刘副官正也是不愿二位小姐知道,接着信就向衣袋里揣了进去。李太太虽是坐在一旁椅子上,可是她对于这封信十分感兴趣。她的眼光随了这封信转动,偏是授受方,都做得这样鬼鬼祟祟的,越发引起了兴趣,便向刘副官道:"刘先生,我们这里有什么重要文件,还得你自己来取?"刘副官沉思了一会儿,笑道:"在我个人,是相当重要的,可是把这文件扔在地上,那就没有人捡。"他说着,下意识地,又把那封信拿了出来看上一看,依然很快地收到怀里去。

263

他这样地做作，李太太更是注意，随了他这动作，只管向刘副官身上打量着。刘副官更误会了，以为自己狼狈的行为，很可以让人注意。勉强放出了笑容，向大家点个头就走了。李先生看到他今天到处求人，已把他往日自大的态度完全忘却，还随在后面，直把他送过门口的溪桥，站在桥头，又交谈了几分钟。等到李先生回来，杨、胡二位小姐，已证明这些副官们正在难中，现在登台唱戏，不须像以往那样应酬他们，放宽了心，就不向李南泉请什么指示了，随心谈了几句话，也走了。李先生已看到太太的颜色，不大正常，对二位小姐，就不敢多客气，只送到门口，并不远行，而且两只脚都站在门槛里，但究因为人家是两位小姐，好像是不便过于冷淡，虽然站在门槛里，也来了个目送，直看到人家走上小溪对岸的山坡，这才转回身来。

这时，李太太还坐在那面窗的竹椅子上，她正和目送飞鸿的李先生一样，也可以看到走去的两位小姐的。李先生掉过头来了，她也就捧过头来了。她在那不正常的脸色下，却微微地一笑。那笑容并不曾解开那脸腮上的肌肉下沉，分明这笑容，是高兴的反面。李先生只当不知道，因笑道："我今天一大早就让刘副官找了去，实在非出于本愿。"李太太将桌上放的旧报纸随手拿过一张来翻了一翻，望着报纸道："谁管你，谁又问你？"李先生听了，心里十分不自在，觉得越怕事，事情是越逼着来，只是默默着微笑了一笑。

李太太望了他道："你为什么不说话？肚子里在骂我？"李南泉禁不住笑起来，向她拱手作了两个揖，因道："我的太太，你这样一说，我就无法办理了，我口里并不说话，你也知道我肚子里会骂人，那真是欲加之罪，何患无辞了。"李太太突然站了起来，两手把桌上的报纸一推，沉着脸道："你以为我是小孩子了，什么都不知道。你们当着我的面弄手法，我这两只眼是干什么的呢？"李南泉哦了一声道："你说的是那封信，我是和你闹着玩儿的，其实并无什么秘密，不过是刘副官怕前两天蟾宫折桂的案子会连累到他，托我预先写封信给孟秘书，以便在他主人面前美言几句。我若知道……"李太太立刻拦着道："不用说了，事情就有那样的巧。你写好了信，两位小姐就来了。分明是两位小

264

姐的事，其实这没有关系，我并不反对你提拔杨小姐。一个唱戏的女孩子，不总得许多人来捧吗?"她一面说着，一面走着，就走向里面屋子里去了。李先生对于这件事情，实在感到烦恼，也是自己无聊，和太太开什么玩笑。现在要解释，她也未必是相信的。坐在竹椅子上，呆定了四五分钟，却听到太太在后面屋子里教训孩子。她道："小孩子要天真一点儿，做事为什么鬼鬼祟祟的，你那鬼鬼祟祟的行为，可以欺骗别人，还欺骗得了我吗? 我最恨那貌似忠厚，内藏奸诈的人。"李先生一听，心想，好哇，指桑骂槐，句句骂的是我。"内藏奸诈"这四个字，实在让人不能忍受。

他想到这里，脸色也就红了。脸望着里面的屋子，本来想问两句话，转念一想，太太正在气头上，若是这个时候加以质问，一定会冲突起来的。便在抽屉里拿了些零钱，戴着草帽，扶着手杖，悄悄地溜了出来。当自己还在木桥上走着的时候，远远地还听到太太在屋子里骂孩子。而骂孩子的话，还是声东击西的手法。自己苦笑了一笑，又摇了两摇头。但这也让他下了决心，不用踌躇，径直地就顺着大路，走向街上来了。到是到了街上，可是同时发生了困难：到朋友家里去闲谈吧，这是上午，到人家家里去有赶午饭的嫌疑。现在的朋友，谁是承担得起一餐客饭的? 坐小茶馆吧，没有带上书，枯坐着也是无聊。游山玩水吧，太阳慢慢当顶，越走越热。想到这里，步子也就越走越慢。这街的外围，有一道小河，被两面大山夹着流去，终年是储着丈来深的水。沿河的树木，入夏正长得绿叶油油，将石板面的人行道都盖在浓荫下面。为了步行安适，还是取道于此的好。他临时想着这个路径，立刻就转身向河边走去。这石板面的人行路，比河水高不到二尺，非常平坦，在松柏阴森的高山脚下，蜿蜒着顺水而下，约莫有五华里长，直通到大学的校本部。李南泉走到人行路上，依然没有目的地，就顺了这河岸走。这河里正有两艘木船，各载了七八位客人，由船夫摇着催艄橹，缓缓地前进。这山里的木船，全是平底鞋似的，平常是毫无遮拦，在这盛夏的时候，坐船的人，各各撑起一把纸伞，随便地坐在船舱的浮板上。

船走得非常之慢，坐在船上的人总是用谈话来消磨时间。这条山河，虽是有五六华里长，可是它的宽度却不到四丈。因之船在河面上，也就等于在马路上走一样，李南泉在路上走，那船在水面上划着，倒是彼此言语相通，船上人低声说话，在岸上走的人可以听得清清楚楚。而且船的速度远不如人，所以李南泉缓缓走着，船并没有追过他前面去。约莫是水陆共同走了小半里路，忽听到船上，有了惊讶的声音，问道："这话是真？"有个人答道："怎么不真？我们交朋友一场，我还去看了一看，他的尸首，直挺挺地躺在床板上头，脸上盖一条手巾。听说是手枪对着脑门上打的。咳，这人真是想不开。受这么一点儿折磨，何至于自杀，活着总比死了强得多吧？"这两个说话的人，都扛了一把纸伞在肩上，遮住了全身。问道："老徐，你说的是哪一个？"老徐将纸伞一歪，露出全部身子，脸上挂着丧气的样子，摇摇头道："这话是哪里说起？黄副官自杀了！咳！"李南泉道："他自杀了？何必何必，可是，那也太可能。"他说着话，摇摇头，接着又点点头道："人生的喜剧，也就是人生的悲剧。老徐，你看到刘副官没有？"老徐道："他不是由你那里回去的吗？我在路上遇到他，把消息告诉他，他都吓痴了。我这就是为着他的事忙。大学校本部的文化村里，住着黄副官的一位远亲，我得去报个信。"李南泉道："他的身后自然有方公馆给他办理善后，可是也得有几位亲友出面，方公馆才会办理得风光些。"

李南泉又叹口气道："人都死了，那臭皮囊有什么风光不风光？我们这也可以得一个教训，凡事可以罢手，就落得罢手。过分的行为对人是不利，对自己也未必是利。这人和我没有交情可言，可是……"他只管站着和老徐说话，不想那艘木船，并不停住，人家也就走远了。李南泉抬头一看，自己也就微微一笑。他默然地站了一会儿，还是回转身来，向街上走着。但他想到太太早上那番误会，未必已经铲除，自己还是不回去为妙。

正好城里的公共汽车，已经在公路上飞跑了来。他想到这里，有了解闷的良方，赶快奔上汽车站。果然，两个报贩子夹着当日的报，在路上吆唤着："当日的报，看鄂西战事消息！"他迎上前买了两份报纸，顺脚踏进车站附近的茶馆，找了一副临街的座头，泡了一盖碗沱茶，就展开报纸来看。约莫是半小时，肩头上让人轻轻拍了一下。回头看时，正是早上做调人的那位林老先生。因笑道："怎么着，直到现在，林老先生还没有回去吗？"他拖着凳子，抬腿跨着坐了下来，两手按了桌沿，把头伸了过来，瞪了眼睛低声道："这事硬是么不倒台，那位黄副官拿手枪自杀了。"李南泉道："我听到说这件事的，想不到这位仁兄，受不住刺激，竟是为了这件事轻生。"林先生伸手一拍下巴颏，脸子一正，表示他那份得意的样子，因道："方院长要我做调人，我总要把事情办得平平妥妥，才好交代。别个院长，那样大的人物和我握手，又把我送到客厅门口，总算看得起我嘛。"

李南泉听了他的这种话，首先就感到一阵头疼，可是彼此交情太浅，无法禁止人家说什么话，便将面前的报纸，分了一张送到他面前，因笑道："看报，今天报上的消息不坏，我们在鄂西打了个小小的胜仗，报纸上还做了社论呢，说是积小胜为大胜，我们能常常打个小胜仗，那也不错得很。"林老先生点了头道："说得是，打胜仗这个消息，昨天我就知道了，方院长见面的时候，为了他家里的人扯皮，虽然很生气，但是一提到时局，他就满面春风喀。他对我说，你们老百姓，应该高兴了，现在我们国家军队打了个胜仗。"林老先生说到这里，而且把身子端正起来，模仿了方院长那个姿势，同时，也用国语说那两句话。不过他说的是国语字，而完全还是土音，难听之极。李南泉想笑，又不好意思笑，只得高了声叫么师泡茶来。就在这时林老先生也站了起来，他高抬了一只手，向街上连连招了几招，呼道："大家都来，我有要紧的问题，要宣一个布。"随着他这一招手，街上有四位过路的乡先生，还带了几名随从，一齐走了过来，在屋檐下站住。林老先生笑道："从今以后，你们硬是要看得起我林大爷了。今天，我奉方院长之命，到他公馆里采访。方院长坐了汽车到场，换了轿子上山，水都没有喝一口，立刻就和我见面，你说这是啥子面子嘛？"

李南泉见他特地把走路的人叫住，以为有什么了不起的大事要宣布，或者就替国家宣传打了胜仗，没想到他说的还是这得意之笔。为了凑趣起见，就从旁边插上一句话道："的确是这样，方院长对林老先生是非常看得起的。将来这地方上有什么大小问题发生，只要叫林老先生向方院长去说一句，那就很容易解决了。"林老先生倒并没有看着说话的人是什么颜色，为了要摇晃胡子，以表示他的得意，随便也就摇晃着他的脑袋，将眼角下的鱼尾纹，完全地辐射了出来，笑道："你们看嘛，李先生都说方院长看得起我，你想这事情还有啥子不真？我想，我们这地方上抽壮丁啦、派款啦，有啥子要紧的事，让我去跟方院长说一声，一定给我三分面子喀。我就是报告大家一个信，没得啥话说，请便。"说着，他拱手点了点头，算是演说完毕，自回到茶座上去，跨了板凳坐下。他刚才那样大声说话，满茶馆的人都已听到，幺师自不例外，觉得这林大爷是见过院长的，这与普通绅粮有别，挑了一只干净的盖碗，泡了一碗好沱茶送到他面前放着。还是前三天，有茶客遗落了一个纸烟盒子在茶座上，里面还有三支烟，他没有舍得吸，保留着放在茶碗柜上。这时也就拿来，放在茶碗边，又怕林老先生没有带火柴，把一根点着了的佛香，也放在桌沿上。

　　林老先生话说得高兴了，回转身来，就在凳子上坐下，两手随便也就向桌沿上扶了去。不想是不上不下，正扶在香火头子上，痛得他哎哟一声，猛可地站了起来，那支佛香也就跌落在地。他立刻在衣袋里抽出手绢，在手心里乱擦。幺师看到他坐下来了，本来是老远地走来就要向他茶壶里去兑开水，同时，也好恭维他两句。现在看到他把手烫了，知道是自己惹的祸事，立刻提了开水壶回去，跑到账房里去拿出一盒万金油来，送到他面前，向他笑道："大爷，没有烧着吧？我来给你擦上点儿万金油，要不要得？"他左手托着油盒子，右手伸个食指，挑了一些油在手指上，走近前来，大有向林老先生手心擦油的趋势。林老先生右手抚摩着左手，还在痛定思痛呢，这就两手同时向下一放，身子也向回一缩，望了他道："你拿啥子家私我擦？我告诉你，我这只手，同院长都握过手的，你怕是种田做工的人，做粗活路的手，可以乱整一气？我歇稍一下，要到医院里去看看。"幺师想极力讨好，倒不想碰了一鼻子灰，脸上透着难为情的样子，只好向后缩了转去。李南泉笑道："林先生坐下喝茶吧，茶都凉了。副官们惹了这个乱子，大家都弄得不大好，只有你老先生是子产之鱼，得其所哉。"林先生倒是坐下来了，他一摆手笑道："我们一个做绅粮的，同院长交了朋友，那还有啥子话说？你看，就说重庆市上，百多万有几个人能够和院长握手，并坐说话？"说着话，他端起茶碗来要喝。提到这句话，他又放下碗来，挺着腰杆子，在脸上表现出得意的样子来。李南泉笑道："将来竞选什么参议员、民众代表之类，保险你没有问题。"他将一只没有受伤的手，摸了几下胡子，又一晃着脑袋道："那还用说？不用说方院长是我的朋友，就说是方院长公馆里那些先生们和我有交情吧，我的面子也很不小，无论投啥子票，也应该投我一张。"

他说的这些话，都是声音十分高朗的，这就很引起了茶座上四周人的注意。这时，过来一位中年汉子，秃起光头，瘦削着脸，又长了许多短胡桩子，显着面容憔悴。身上穿的黑拷绸褂子，都大部分变得焦黄的颜色了。他两个被纸烟熏黄了的指头，夹着半支烟卷，慢条斯理，走了过来，就向林老先生点了个头。看那样子，原是想鞠躬的，但因为茶馆里人多，鞠躬不大方便，这就改为了深深一点头了。林老先生受了人家的礼，倒不能不站起来，向他望着道："你贵姓？我们面生喀。"那人操着不大纯熟的川语道："林大爷不认识，我倒是认识林大爷。"林老先生又表示着得意了，点了两点头道："在地方上出面的人，不认识我的人，那硬是少喀。这块地方，我常来常往，怕不下二三十年。要不然的话，院长朗个肯见我，还和我握手？你有啥子事要说？"那人道："我是这里戏馆子后台管事，前几天闹空袭，我们好久没有唱戏，大家的生活不得了。今天晚上，我们要开锣了，想请林大爷多捧场。"

林老先生是不大进戏馆子的人，还不大懂他这话的意思，瞪了眼望着。那管事的向他笑道："林老先生，我们并没有别的大事请求，今天晚上开锣，也不知道能卖多少张票。第一天晚上，我们总得风光些，以后我们就有勇气了，倘若第一天不上座，我们那几个名角儿大为扫兴，第二天恐怕就不肯登台。所以我今天睁开眼睛，就到处去张罗红票，现在，遇到林老先生，算是我们的运气，可不可以请你老先生替我们代销几张票？"林老先生踌躇了道："就是嘛，看戏，我是没得空喀，三等票，好多钱？你拿一张票子来，我好拿去送人。"那管事在拷绸短褂子里，掏出几张绿色土纸印的戏票来，双手捧着，笑嘻嘻地，送到林老先生面前。林老头看那票子，只有二寸宽，两寸来长，薄得两张粘住分不开来。票子上印的字迹，一概不大清楚，价目日期，全只有点儿影子。林老先生料着按当时的价钱，总得两元一张。这票子粘住一叠，约莫有十张上下，这票价就可观了。茶馆里的桌子，总是水淋淋的，他当然不敢放下。就以手上而论，汗出得像水洗过，拿着戏票在手，就印上两个水渍印子。他心里非常明白，牺牲一张票头，就得损失两元。他赶紧将两个指头，捏住那整叠戏票，只管摇撼着，因道："偌个多？要不得！我个人没得工夫看戏，把这样多票子去送哪一个？"管事依然半鞠着躬，赔了笑道："请林老先生随意留下就是。"林老先生不待同意，将票子塞在管事的衣袋里。

这么一来，未免让管事的大为失望，他将头偏着，靠了肩膀，微笑道："老先生一张都不肯销我们的？"李南泉看到这老朽的情形，颇有点儿不服，有意刺激他一下，在身上掏出那叠零钞票来。拿出了四张，立刻向桌子角上一扔，因笑道："得，我们这穷书生帮你一个忙吧，刘老板给我两张票。"刘管事倒没有料到爆出冷门，便向他点了个头，连声道谢。这位林老先生看到之后，实在感觉到有点儿难为情，这就在他的衣袋内掏出几张角票，沉着脸色道："你就给我一张三等票吧。"这位刘管事，虽然心里十分不高兴，可是这位林大爷是地面上的有名人物，也不愿得罪他，便向他点了头笑道："老先生，对不住，我身上没有带得三等票，到了晚上，请你到戏院子票房里去买吧。"说完了，他自离开。

林老先生见他不交出三等票来，倒反是红了脸，恼羞成怒，便道："没得票还说啥子嘛？那不是空话？"说毕，气鼓鼓地，把几根短须撅起来。李南泉着他这情形，分明有些下不了台，这倒怪难为情的，代付了茶钱，悄悄就走了。他决定了暂不回家，避免太太的刺激，就接连走访了几位朋友。午、晚两顿饭，全是叨扰了朋友，也就邀了请吃晚饭的主人，一同到戏院来看戏。当他走进戏座的时候，第一件事让他感到不同的，就是有两个警察站在戏馆子门口把守，只管在收票员身后，拿眼睛盯着人。他们老远掏出戏票来，伸手交给收票员，挨门而进。原来每天横着眼睛、歪着膀子向里走的人，已经没有了。

　　走到了戏座上，向前后四周一看，刘副官这类朋友都不在座。听戏的人，全是些疏散下乡来的公务人员和眷属，平常本是嗡隆嗡隆说话声音不断，这时除了一部分小孩子，挤到台脚下去站着而外，一切都很合规矩，戏台上场门的门帘子，不时挑出一条缝，由门帘缝里露出半张粉脸。虽然是半张粉脸，也可以遥远地看出那脸上的笑容。李南泉认得出来，先两回向外张望的是胡玉花，后两回是杨艳华。同时，也能了解她们的用意，头两回是看到戏馆子里上了满座，后两回是侦察出来了，这批方公馆的优待客人全部都没到。他们没有来还可以卖满座，那就是挣钱的买卖。为了如此，戏台下的喊好声，这晚特别减少，全晚统计起来，不满十次。偏是戏台上的戏，却唱得特别卖力。今天又是杨艳华全本《玉堂春》。《女起解》一出，由胡玉花接力。当苏三唱着出台的时候，解差崇公道向她道："苏三，你大喜哪。"苏三道："喜从何来呀？"崇公道笑道："你那块蘑菇今天死了，命里的魔星没有了，你出了头了，岂不是一喜吗？"他抓的这个眼虽然知道的人不大普遍，可是方公馆最近闹的这件事，公教人员也有一部分耳有所闻，因之，经他一说，反是证明了消息的确实性，前前后后，就很有些人哄然笑着，鼓了一阵掌。李南泉倒是为这个小丑担上了心：他还不够这资格打死老虎，恐怕他要种下仇恨了。可是在台上的苏三，却是真正地感到大喜，禁不住嫣然一笑。

　　这晚上的戏，台上下的人都十分安适地过去。散戏之时，李南泉为了避免出口的拥挤，故意和那位朋友在戏座上多坐了几分钟，然后取出纸烟两支，彼此分取了吸着。满戏座的人都散空了，他才悠闲地起身，在座位中迂回了出去。这个戏馆子的后台，是没有后门的，伶人卸装后也是和看戏的人一样，由前台走出去。杨艳华今晚跪在台口上唱《玉堂春大审》的时候，就很清楚地看到李老师坐在第三排上。戏完了正洗脸，胡玉花悄悄地走了过来，向她低声笑道："快点儿收拾吧，李先生

271

还没有走呢，大概等着你有什么话说吧?"杨艳华两手托了那条湿手巾，很快跑到门帘子底下张望了一眼，果然李先生和一个人在第三排坐着抽纸烟。满戏座的人全已起身向外，尤其是前几排的人，都已退向后面，这里只有李先生和那朋友是坐着的。她笑着说:"一定有好消息告诉我们，我们快走吧。"她说时，将手巾连连地擦着脸，也不再照镜子，将披在身上的拷绸长衫，扣着纽襻，就向戏座上走了来。

她们走来，李南泉是刚刚离开座位，杨艳华就在他身后轻轻地叫了一声。李南泉回头看时，见她脸上的胭脂还没有洗干净。尤其是嘴唇上的脂膏，化妆的时候，涂得太浓，这时并没有洗去。她一笑，在红嘴唇里，露出两排雪白牙齿，妩媚极了，李南泉便笑道:"杨小姐今晚的戏，自自在在地唱过，得意之至呀。"她笑道:"今晚上各位自自在在地把戏听完，也得意之至吧?"李南泉道:"不但是听戏，当我走进这戏院之后，我就立刻觉得这戏场上的空气，比寻常平定得多。天下事就是这么样，往往以一件芝麻小事，可以牵涉到轩然大波，往往也以一个毫无地位的人可以影响到成千成万的人。去了这么一个人，在社会上好像是少了一粒芝麻，与成片的社会，并不生关系，可是今晚上我们就像各得其所似的。"

说着话，慢慢地走出了戏馆子。这是夏季，街上乘凉的人还沿街列着睡椅凉床。卖零食的担子，挂着油灯在扁担上，连串地歇在街边。饮食店，也依然敞着铺门，灯火辉煌的，照耀内外。杨艳华抬头看了看天色，笑道:"老师，你听了戏回去，晚上应该没有什么事吧?"他笑道:"有件大事，到床上去死过几小时，明天早上再活过来。"杨艳华道:"那就好办了。我们到小面馆子去，吃两碗面好不好?也许还可以到家里去找点儿好小菜来。"李南泉今天在朋友家吃的两顿饭，除去全是稗子的黄色平价米而外，小菜全是些带涩味的菜油炒的，勉强向肚子里塞上一两碗，并未吃饱。这时看了三小时以上的戏，根本就想进点儿饮食。人家一提吃面，眼前不远，就是一家江苏面馆，店堂里垂吊四五盏三个灯焰的菜油灯，照着座头下人影摇摇。门口锅灶上，烧得水蒸气上腾，一阵肉汤味在退了暑气的空间送过来。夜静了，食欲随着清明的神智向上升，便笑道："那也好，我来请客吧？"

胡玉花笑道："你师徒二人哪个请客，我也不反对。反正我是白吃定了。"说着话，笑嘻嘻地走进了面馆。与李南泉同来的那位朋友，回家里去乡场太远，没有参加，先行走了。李南泉很安适地吃完了这顿消夜，在街上买个纸灯笼，方才回家。他心里想着，太太必已安歇，今晚上可毋须去听她的俏皮话。无论如何，这十几小时内，总算向太太争得一个小胜利。提着灯笼，高高兴兴地向回家的路上走。经过街外的小公园，在树林下的人行路上，还有不少的人在乘凉。这公园外边，就是那道小山河。他忽然想到早间和老徐水陆共话的情形，就感到人生是太渺茫了。那位黄副官前两三天还那样气焰逼人，再过两三天，他的肌肉就腐烂了。在这样的热天，少不得是喂上一大片蛆虫。何苦何苦，心里这样地想，口里就不免叹上两口气。

就在这时，身后有人叫了声"爸爸"，回头看去，提起灯笼一照，正是太太牵着小玲儿一同随来，便笑道："你们也下山听戏来了？"小玲儿道："爸爸看戏，都不带我，吃面也不带我。"李南泉心下叫着"糟了"，自己的行动，太太是完全知道，小孩子这样说了，很不好做答复，便牵着她的手道："我给你买些花红吃吧。"李太太用很低缓的声音答道："我已给她买了吃的了。"听她的话音，非常之不自然，正是极力抑压住胸中那份愤怒，故作从容说的，便笑道："我实在无心听戏，是王先生请的。"李太太冷笑道："管他谁请谁，反正听得得意就行了。"

李南泉道："你跟我身后一路出戏园子的？"李太太道："对的，你们说的话我全听到了。你们今晚上这一顿小馆子，就算表示庆祝之意吗？以后你师徒二人，可以像今天晚上这样，老走一条道路了。"李南泉提了灯笼默默地走着。李太太冷笑道："你觉得我早上说你貌似忠厚，内藏奸诈，言语太重了点儿？李南泉道："你完全误会，我不愿多辩。"说完了这两句话，他依然是缄默地走着，并不作声。李太太道："你别太自负。貌似忠厚，内藏奸诈，那是刘玄德这一类枭雄的姿态，你还差得远得很呢。"李南泉不由得哈哈笑了，因道："解铃还是系铃人，你这样说就成了。"李太太道："可是我得说你是糊涂虫，当家里穷得整个星期没钱割肉吃的时候，你既会请客、听戏，又吃消夜，有这种闲钱，我们家可以过三五天平安日子，你今天一天，过得是得其所哉，舒服极了，你知道我们家里今天吃的是什么饭？中晌吃顿苋菜煮面疙瘩，晚上吃的是稀饭。"李南泉回过头来，高举着灯笼，向她深深地点了个头道："那我很抱歉，可是你不会是听白戏吧?"李太太道："我也想破了，为什么让你一个人高兴呢？乐一天是一天，我也就带了孩子下山听戏来了，难道就许你一个人听戏？明天找人借钱去，买几斤肉打回牙祭，让孩子们解馋。"李先生以为出来十几小时，自己得着一个小小的胜利，太太见了面，还是继续攻击，本来今天晚上这个巧遇，也是无法解释的，只有提了灯笼默然地在前走着。

将近家门，夜深了，李太太不愿将言语惊动邻人，悄悄地随在灯笼后面走着。李先生自是知趣，什么话也不说，到了家以后，吹熄了灯笼，说声"屋子里还是这样热"，他就开着门又走出去了。那意思自然是乘凉，但其实他身上很凉爽，在汗衫外面还加着一件短褂子。他端了把竹椅子，放在廊檐下，坐着打了一小时瞌睡。听听屋子里，并没有什些响声，然后进卧室去休息。

次日早上，他却为对岸山路上一阵阵的吆喝声所惊醒。四川乡间的习惯，抬棺材的人，总是呀呀啊，呀呀啊，群起群落地叫着。李南泉看看大床上的太太，带了小孩子睡得还是很酣。听到抬棺材的吆喝声，未免心里一动。因为由这对门口的一条山路进去，有一带无形的公墓。场上人有死亡，总是由这里抬了过去埋葬，他想到黄副官死了以后，还没有抬出埋葬，可能就是他的吧？他这样想着，立刻开了屋门走出来。正好，那具白木棺材，十几人抬着，就在对面山路上一块较小的坦地上停住。棺材前面有一个穿制服的人，手里挽着一只竹篮子，带走带撒纸钱。此外跟几个穿西服和穿制服的，都随着丧气地走路。看那形状，就是方公馆里的人。心里便自想着，这算猜个正对。就在这时，只见刘副官下穿着短裤衩，上穿夏威夷衫，光着头，手里提了个篮子，中盛纸钱香烛，放开大步向前跑着。李南泉并没有作声，他倒是叫了句："李先生。"这样，他就不能装麻糊了，因问道："抬的是黄副官吗？"刘副官站住了脚，因向这里点点头道："是的。唉，有什么话说？"李南泉道："你送他上山吗？"刘副官道："上次在我家里吃饭，还是眼前的事。也就是自那晚起，还没有经过我的门口，不想第二次经过我的门口，就是他躺在棺材里了。交朋友一场，我也没有什么可以安慰他的，赶回家去，在院坝上给他来个路祭吧。"李南泉道："那么，我倒有些歉然，我没有想到他的灵柩马上由这里经过，要不然，我也得买几张纸钱在门口焚化一下。"正说着，那抬棺材的人又吆喝着起来。刘副官将手举着，打了个招呼，立刻走开了。

李南泉呆呆地站在屋檐下，只见那白木棺材，被十来个粗工抬着，吆喝了几阵，抢着抬了过去。棺材看不见了，那吆喝的声音还阵阵不断，由半空里传来。这声音给人一个极不好的感觉，因为谁都知道这声音是干什么的。他呆站了总有十来分钟之久，不免叹着气摇了几摇头。吴春圃教授左手提着一捆韭菜，右手提了几个纸包，拖不动步子的样子，由山路上缓缓地走了来，老远便道："站在这里发呆干什么？是不是看到刚才黄副官那具棺材过去了，很是感慨。不过人生最后的归宿，都是如此。人一躺到棺材里去，也就任何事情可以不问，譬如这时候拉了空袭警报，就是不打算躲避，谁也得心里动上一动。可是躺在棺材里的老黄，他是得其所哉的了。"说毕，哈哈大笑一阵。

吴先生看了他那样子，缓缓地走到木桥头上，垂下了他手上提着的那样东西，对他望着道："老兄，你多感慨系之吧？"李南泉摇摇头笑道："见了棺材，应当下泪，这就叫哭者人情，笑者不可测也。"吴春圃笑道："老兄把这样的自况，那是自比奸雄和枭雄呀，你又何至于此？"李南泉笑道："你说我不宜自比奸雄，可是把我当着奸雄的，大有人在呢。"他说着话，听到屋子里桌上，有东西重重放了一下响。回头看时，太太已经起来了。李先生回到屋子里，向太太赔着笑道："你今日起得这样早，昨天晚上睡得那样晚，今天早上，应该多休息一下。"李太太拿着漱口盂，自向屋子外走。李先生道："太太，我这是好话呀，太太！"李太太走出门去，这才低声回答道："你少温存我一点儿吧，只要不向我加上精神上的压迫，我就很高兴了。"

李先生觉得这话是越说越严重，只好不作声了。坐到桌子边，抬起头来，看看窗子对面的夏山，长着一片深深的青草。那零落的大树，不是松，不是柏，在淡绿色的深草上，撑出一团团的墨绿影子，东起的阳光，带了一些金黄的颜色，洒在树上，颜色非常地调和。正好那蔚蓝色的天空，飞着一片片白云，在山头上慢慢飘荡过去，不觉心里荡漾着一番诗意。于是拿出抽屉里的土纸摊在面前，将手按了一下，好像把那诗意由心里直按到纸上去。心里就情不自禁地叹了口气，吟出诗来道："白云悠然飞，人生此飘忽。"

念完了，就抽出笔来，向白纸上写着。但这十个字，不能成为一首诗。就是在他的情感上说，也是一个概念的刚刚开始。于是手提了笔在墨盒子里蘸墨，微昂头向窗子外望着，不断地沉吟下去。约莫十来分钟，他的意思来了，就提起笔来向下写着道：

> 亦有虎而冠，怒马轻卷蹄，扬鞭过长街，目中如无物。儿童看马来，趋避道路缺；妇女看马来，相顾无颜色，士人看马来，目视低声说。只是关门奴，乃此兴高热。遥想主人翁，何等声威吓！早起辟柴门，青山探白日。忽有悲惨呼，阵阵作吆喝。巴人埋葬俗，此声送死客。怦然予心动，徘徊涧溪侧。群舁一棺来，长长五尺白。三五垂首人，相随貌凄恻。询之但摇头，欲语先呜咽。道是马上豪，饮弹自戕贼。棺首有人家，粉墙列整洁。其中有华堂，开筵唱夜月。只是前夕事，此君坐上席。高呼把酒来，旁有歌姬列。今日过门前，路有残果核。当时席上人，于今棺中骨。

他一口气写到这里，一首五古风的最高潮已经写完了，便不由得从头至尾，朗诵一番。窗子外忽有人笑道："好兴致！作诗！"抬头看时，乃是奚太太。她穿了一件其薄如纸的旧长衣，颜色的印花和原来绸子的杏黄色已是混成一片了。这样薄薄的衣服，穿在她那又白而又瘦的身体上，在这清晨还不十分热的时候，颇觉得衣服和人脱了节，两不相连，而且也太单薄了。

奚太太露着长马牙，笑道："我要罚你。"李南泉很惊愕地道："不许作诗吗？作诗妨碍邻家吗？"奚太太说出下江话了，她道："啥体假痴假呆？你一双眼睛，隔仔个窗户，只管看我，老了，有啥好看？"李南泉笑道："老邻居，你当然相信我是个戴方头巾的人，尤其是邻居太太，我当予以尊重，我看你是一番好意，觉得清晨这样凉爽，你穿的是这样子单薄，我看你有着凉的可能，所以我就未免多多注意你一下。"奚太太那枣子形的脸上，泛出一阵红光，那向下弯着眼角的眼睛，也闪动着看了人笑。李南泉道："请进来坐吧。"奚太太两手扶了窗户上的直格子，将脸子伸到窗户里来，对了桌上那张白纸望着，笑道："你倒关切我？我若进来，不会打断你的诗兴吗？"李南泉站起来笑道："我作什么诗，不过是有点儿感慨，写出几个字来，自己消遣一下。"奚太太道："既然如此，我就进来，看看大作吧。"她随话走了进来，将那张诗稿两手捧着，用南方的腔调向下念着。念完了，点着头道："作得不坏。这像《木兰辞》一样，五个字一句。不过我想批评一下，站在朋友的立场，可以吗？"李南泉笑着，一点头，说了三个字："谨受教。"奚太太捧了稿子，又看了一遍，因笑道："你开头这四句，我有点儿批评，好像学那'孔雀东黄飞，五里一徘徊'。这个比喻就够了，为什么下面又来个'亦有虎而冠'？老虎追着马吃，这是什么意思呢？"李南泉笑道："'虎而冠'不是比喻。作诗自然最好不用典，可是要含蓄一点儿，有时又非用典不可。"

奚太太向来是个心服口不服的人，望了他道："这是典？出在什么书上？"李南泉笑道："很熟的书，《史记·酷吏传》。"奚太太道："上下又怎么念法呢？"李南泉向她作了一个揖，笑道："算我输了，我肚子里一点儿线装书，还是二十年前的东西，就只记得那么一点儿影子。你把我当《辞海》，每句话交代来去清白，那个可不行。再说作文用典的人，不一定就是把脑子里陈货掏出来。无非看到别人文章上常常引用，只要明白那意思，自己也就不觉地引用出来。"奚太太笑了，因点着头道："我批评人，决不能信口开河的，总有一点儿原因。《史记》是四书五经，谁没念过？这村子里没有可以和我摆龙门阵的人，只有你老夫子，我觉得还算说得上。"她说到"说得上"，仿佛这友谊立刻加深了一层，就坐在李先生椅子上，架起腿来，放下了那诗稿，把桌上的书，随便掬起一本来翻着。李南泉站在屋子中间，向她大腿瞟了一眼，见她光着双脚，拖着一双黑皮拖鞋，两条腿直光到衣衩上去，虽是其瘦如柴棍，倒是雪白的。因笑问道："奚太太，你会不会游泳？"她望了书本子道："你何以突然问我这句话？"李南泉笑道："我想起了《水浒传》上一个绰号'浪里白条'。假如你去游泳，那是不愧这个名称的。"

奚太太笑道："说起这话来，真是让我感慨万分，我原来是学体育的。十来二十岁的时候，真是合乎时代的健美小姐，多少男子拜倒在石榴裙下。大凡练习体育的人，身体是长得结实了，皮肤未免晒得漆黑。只有我天生的白皮肤，白得真白种人一样。"说着，放下了书本，那垂角眼对了李先生一瞟，笑道："诗人，你有这个感想，给我写一首诗，好不好？"李南泉道："当然可以，不过，这事件似乎要先征得奚先生的同意吧？"奚太太嘴一撇道："我是奚家的家庭大学校长，我叫人家拿诗来赞美我，他是一名学生，他也有光荣呀，他还能反对吗？"

李南泉听说，不免心里一阵奇痒，实在忍不住要笑出来，因道："难道奚先生到现在还没有毕业？"奚太太摇着头道："没有，至少他还得我训练他三年。你看，他就没有我这孩子成绩好。不信我们当面试验。"说着，她手向门口一指，她一个六岁的男孩子，正在走廊上玩儿，她招招手道："小聪儿，来，我考考你。"小聪儿走进来，他上穿翻领白衬衫，下边蓝布短工人裤，倒还整清。他听了"考考你"三个字，似乎很有训练，挺直站在屋子中间。奚太太问道："我来问你，美国总统是谁？"小聪儿答："罗斯福。"问："英国首相呢？"答："丘吉尔。"问："德国元首呢？"答："希特勒。"问："意大利首相呢？"答："墨索里尼。"奚太太笑着一拍手高声道："如何如何？诗人，他是六岁的孩子呀，这种问题，恐怕许多中学生都答复不出来吧？能说我的家庭教育不好吗？"

278

第十四章

茅屋风光

李南泉笑着点了两点头道:"的确,他很聪明,也是你这家庭大学校长训导有方。不过你是考他的大题目,没有考小问题。我想找两个小问题问他,你看如何?"奚太太道:"那没有问题,国际大事他都知道,何况小事。不信你问他,重庆原来在中国是什么位置? 现在是什么位置?"李南泉笑道:"那问题还是太大了,我问的是茅草屋里的事情。"奚太太一昂头道:"那他太知道了。问这些小事,有什么意思呢?"李南泉道:"奚太太当然也参加过口试的,口试就是大小问题都问的。"奚太太在绝对有把握的自信心下,连连点着头道:"你问吧。"李南泉向小聪儿走近了一步,携着他一只手,弯腰轻轻抚摸了几下,笑问道:"你几点起床?"小聪儿答道:"不晓得。""怎么不晓得,你不总六点半钟起来吗?"李南泉并不理会,继续问道:"你起来是自己穿衣服吗?"小聪儿:"妈妈和我穿。"问:"是不是穿好了衣服就洗脸?"答:"妈妈给我洗脸我就洗脸。"问:"妈妈不给你洗脸呢?"答:"我不喜欢洗脸。"奚太太插了一句话道:"胡说!"李南泉道:"你漱口是用冷开水,还是用冷水? 刷牙齿用牙粉还是用盐? 现在我们是买不起牙膏了。"他说着话,脸向了奚太太,表示不问牙膏之意。小聪儿却干脆答道:"我不刷牙齿!"李南泉道:"你为什么不刷牙齿?"答:"我哥哥我姐姐都不刷牙齿的。"奚太太没想到李先生向家庭大学的学生问这样的问题,这一下可砸了,脸是全部涨红了。

李南泉觉得这一个讽刺,对于奚太太是个绝大的创伤,适可而止,是不能再给她以难堪的了，这就依然托住小聪儿的手，慢慢抚摩着，因笑道："好的，你的前程未可限量，大丈夫要留心大事。"奚太太突然站起来道："不要开玩笑了。"说毕，扭头就走。她走了，李太太回屋子也带了一种不可遏止的笑容，看了小聪儿道："你为什么不刷牙齿呢？"小白儿道："你姐姐十五岁就不是小孩子了，为什么也不刷牙齿呢？"小聪儿将一个食指送到嘴里吸着，摇摇头说："我不知道。"交代了这句话，他也跑了。李太太笑道："这就是家庭大学学生，你怎么不多逗她几句？把她放跑了。"李南泉笑道："这是这位家庭大学校长罢了，若是别位女太太，穿着这样单薄的衣服，我还敢向屋子里引吗？"李太太向他微微一笑道："瞧你说的。"说毕，自向后面屋子里去了。看那样子，已不再生气。

李先生没想到昨天拴下的那个死疙瘩，经这位家庭大学校长来一次会考，就轻轻松松地给解开了。内阁已经解严，精神上也就舒适得多，很自在地吃过十二点钟的这顿早饭。不想筷子碗还不曾收去，那晴天必有的午课却又开始，半空中呜呜地发出了警报声。在太太刚刚转怒为喜之际，李先生不敢做游山玩水的打算，帮助着检理家中的东西，将小孩子护送到村子口上这个私家洞子里去。因为太太和邻居们约好了，不进大洞子了。

凡是躲私家洞子的，都是和洞主有极好友谊的，也就是这村子里的左右邻居。虽然洞子里比较拥挤一点儿，但难友们相处着，相当和谐。李家一家，正挑选着空地，和左右邻人坐在一块儿，洞子横梁上悬着一盏菜油瓦壶灯，彼此都还看见一点儿人影。在紧急警报放过之后，有二十分钟上下，并无什么动静。在洞子门口守着的防护团的警士，却也很悠闲地站着，并没有什么动作。于是，邻居们由细小的声音谈话，渐渐没有了顾忌，也放大声些。像上次那样七天八夜的长期疲劳轰炸都经过了，大家也就没有理会到其他事件发生。

忽然几句轻声吆喝："来了来了！"大家向洞子中心一拥。躲惯了空袭的人，知道这是敌机临头的表现，也没有十分戒备。不料洞子外面，立刻轰轰几声大响，一阵猛烈的热风向洞子里直扑过来。洞子两头两盏菜油灯立刻熄灭。随着这声音，是碎石和飞沙狂潮似的向洞子直扑，全打在人身上，难友全有此经验，这是洞外最近的所在已经中了弹。胆子大的人，不过将身子向下俯伏着，胆子小的人就惊慌地叫起来了。更胆小的索性放声大哭。李南泉喊道："大家镇定镇定。这洞子在石山脚下，厚有几十丈，非常坚固，怕什么？大家一乱，人踩人，那就真说不定会出什么乱子了。站好坐好！"他这样说着时，坐在矮凳子上，身上已被两个人压着。他张开两只膀子，掩护面前两个小孩。

他这样叫喊着，左右同座的人，一般地被压，也一般地叫喊着。好在那阵热风过去了，也就过去了，并未来第二阵。大家慢慢地松动着，各复了原位。约莫是五分钟的时间，有人在洞子口上叫道："不好，我们村子里起了火！"听到这句话，洞子里的人不断追问着："哪里哪里？"有人答道："南头十二号屋上在冒浓烟。"李南泉听了这报告，心里先落下一块石头。因为十二号和自己的茅草屋，还相距二十多号门牌。而且还隔了一道颇阔的山溪，还不至立刻受到祸害。可是十二号的主人翁余先生也藏在这洞子里的，叫了一声"不好"，立刻排开众人向洞子外冲了去。这个村子，瓦屋只占十分之二三，草屋却占十分之六七。草屋对于火灾，是真没有抵抗能力的建筑。只要飞上去一颗火星子，马上就可燃烧起来。十二号前后的邻居，随在余先生后面，也向洞子外冲。

李先生在暗中叫了一声"霜筠"。李太太答道："我在你身旁边坐着呢，没有什么。"李南泉道："你好好带着孩子吧，我得出去看看。"李太太早是在暗中伸来一只手，将他衣服扯住，连连道："你不能去，飞机刚离开呢。"李先生道："天气这样干燥，茅草屋太阳都晒出火，不知道有风没有？若刮上一阵东风，我们的屋子可危险之至。"李太太道："危险什么？我们无非是几张破桌子板凳和几件破旧衣服而已，烧了就烧了吧，别出去。"李南泉道："虽然如此说，究竟那几件破衣服，还是我们冬天遮着身体的东西，若是全烧光了，我们绝没有钱再做新衣，今年冬季，怎样度过？再说，我们屋后就是个洞子，万一敌机再来，我可以在那洞子里暂避一下。"李太太依然扯住他的衣服，因道："你说什么我也不让你走。"李南泉笑道："这会儿，你是对我特别器重了。我也不能那样不识抬举，我就在洞子里留着吧。"他为了表示真的不走，这就索性坐了下去。可是在这洞子里的难友，十之八九，是十二号的左右邻居，听说火势已经起来了，凡是男子都在洞子里坐不住，立刻向洞外走去。李南泉趁着太太不留神，突然起身向洞外走着，并叮嘱道："放心吧，我就在洞子口上看看。"

洞子里凉阴阴的，阴暗暗的，还悬着两只菜油灯，完全是黑夜；洞子外却是烈日当空，强烈的光照着对面山上的深草，都晒着太阳，白汪汪的，那热气像灶口里吐出来的火，向人脸上身上喷着。看看那村庄上两行草屋，零乱地在空地上互相对峙着。各家草屋上也全冒着白光。就在其间草屋顶上两股烈焰，在半空里舞着乌龙。所幸这时候，半空里一点儿风没有。草屋上的浓烟，带着三五团火星子，向空中直冲。冲得视线在白日下看不大清楚了，就自然地消失。

他既走到洞子外来了，又看到村子里这种情形，怎能做那隔河观火的态度？先抬头看看天上，只是蔚蓝色的天空，飘荡着几片白云，并无其他踪影。再偏头听听天空，也没有什么响声。料着无事，立刻就顺着山路，向家里跑了去。这十二号着火的屋子，就在人行路的崖下，那火焰由屋顶上喷射出来，山谷里，究竟有些空气冲荡，空气扇着火焰，向山路上卷着烟焰，已经把路拦住。这里向前去救火的人，都被这烟焰挡住。李南泉向前逼近了几步，早是那热气向人身上扑着，扑得皮肤不可忍受。隔了烟雾，看山溪对岸自己那幢茅草屋，仿佛也让烟焰笼罩着，这让自己先吓了一跳。这火势很快猛，已延烧到了第二户人家。他观看了一下形势，这火在山涧东岸。风势是由东向西，上涧在上风，又在崖下，还受不到火的威胁。他就退回来几十步路，由一条流山水的干沟，溜下了山涧。好在大晴了几天，山涧里已没有了泥水，扯开脚步，径直就向家里奔走了去。到了木桥下面，攀着山涧上的石头，走向屋檐下来，站定看时，这算先松了一口气，那火势隔了一片空场，还隔有一幢瓦房。虽在下风看到烟雾将自己的屋子笼罩着，及至走到自己屋檐下看时，那重重的烟雾，还是隔了山溪向那山脚下扑去的。仔细看了看风势，料着不至于延烧过来，这才向自己的家门口走去。刚到门口，让他吃了一惊，门窗洞开，门是整个儿倒在屋里，窗户开着，一扇半悬，一扇落在地上。

他伸头向屋子里一看，桌子椅子，全是草屑灰尘。假的天花板，落下来盆面大几块石灰。那石灰里竹片编的假板子，挨次地漏着长缝。这缝在屋顶下面，应该是没有光的，现在却一排一排地露出透明的白光，这是草屋顶上有了漏洞了。他大叫一声"糟了"，赶快向后面屋子里跑了去。这更糟了，两间屋子的假天花板，整个儿全垮下来了。这不但是桌上，连床上、箱子上，小至菜油灯盏里，全撒上了灰尘。那垮下来的假天花板，像盖芦席似的，遮盖了半边房间。屋顶上，开着桌面大的天窗，左右各一块。他在两间屋子里各呆站了片时，向哪里走也行动不得半步，只好拖着步子，缓缓走了出来。他看时，火场上已拥挤着一片人。泼水的泼水，拆屋的拆屋，大家忙碌着救火，却没有人理会当时的警报。他背了两只手在身后，在屋檐下呆站一会儿，踱着步子来回走了几遍。他见着跑来看火场的人，向这边山头上指指点点，于是跑到走廊角上，也向后排山上看去。果然，半山腰上，有四五处中弹的所在，草皮和树木炸得精光。每个被炸的所在，全是精光地露出焦黄色大小石块。在洞里拥进去的几阵热风，就是这炸弹发出来的。这不用说，敌人的目标，就是这几排瓦房和草房，那炸弹就飞过去了。想不到敌人在几千里路外运着炸弹来，却是和几间茅草屋为难。

那些看火场的人，也是根据这个意见，不断地咒骂日本。大家纷乱了一阵，所幸这些草屋，都离得很远，又没有风，只烧了两幢草房，火也就自熄了。烧的屋子是袁家楼房外的草房，和十二号的草房。袁家的人缘极坏，只烧了他们菜园里的一片草房，根本没有伤害，大家心里还只恨没有把他正屋烧掉。十二号的主人余先生，是位不大不小的公务员，和一家亲戚，共同住着三间草屋。今天因警报来得突然，两家人匆匆进了洞，并没有带得衣包。余先生由洞子里赶到家里来，屋顶全已烧着，只是由窗户里钻进去，抢出一条被子，二次要去抢，就不可能了。因为火是由上向下烧的，所以第一次还是由窗户里钻进去，第二次却连窗户的木框子也已燃烧，那位亲戚姚太太，先生并不在家，她带了两个孩子，根本没有出洞，干脆是全家原封不动地牺牲。余先生将那条抢出来的被子，扔在路旁的深草里。两手环抱在胸前，站在一株比伞略大的松树下，躲着太阳。他斜伸了一只脚，扬着脸子，只看被烧剩下的几堵

283

黄土墙和一堆草灰，那草灰里面兀自向外冒着青烟。

李南泉看着村子口上，大批的男女结队回来，似乎已解除了警报。看到余先生一人在此发呆，就绕道走过来，到了他面前，向他点着头道："余兄，你真是不幸，何以慰你呢？"余先生身上穿着草绿的粗布衬衫，下面是青布裤衩，他牵了一牵衣服，笑道："要什么紧，还不至于茹毛饮血吧？"李南泉道："诚然是这样赤条条的，也好。不过我们凭良心说，是不应该受炸的。"余先生苦笑道："不应该怎么着？没有芝麻大力气，不认识扁担大一个字，人家发几百万、上千万的财；我们谁不是大学毕业，却吃的谷子稗子掺杂的平价。"

说到这里，防空洞里的人却是成群走了向前。其中一位中年妇人，就是余太太，牵着两个孩子，"怎么是好？怎么是好？"口里连连说着。她问着余先生道："我们抢出什么来了吗？"余先生指着草窝里一条被子道："全部财产都在这里了。"余太太向那条被子看看，又向崖下一堆焦土看看，立刻眼泪双双滚了下来。她拍着两手道："死日本，怎么由汉口起飞，来炸我这幢草屋，我这所房子值得一个炸弹吗？"余先生道："我们自私自利的话，当然日本飞机这行为，是很让我们恼恨的。可是我们站在国家的立场上说，他们这样胡来，倒是我们欢迎的。你想，这一个燃烧弹，若是落在我们任何工厂里，对于后方生产都是很大的损失。"余太太道："你真是饿着肚子爱国，马上秋风一起，我们光着眼子爱国吗？"她正是掀起一片蓝布衣襟，揉擦着眼睛，说到最后一句，她又笑了。余先生弯着腰，提起被子来抖了两抖，又向草窝子丢了下去，笑道："要这么一个被子干什么？倒不如一身之外无长物来得干脆。"

这时，李太太带着孩子们，由洞子里跟上来，望了余先生道："不要难过，只要有人在，东西是可以恢复过来的。"余太太拍了手道："你看，烧得真惨。"说过这句，又流泪了。李南泉道："已经解除警报了，到我们家里去休息休息，我们家也成一座破巢了。"李太太听到这话，着实一惊，立刻回头向家中看去。见那所茅草屋，固然形式未动，就是屋子外的几棵树和那一丛竹子，也是依样完好，因道："你说这话，什么意思？"李先生道："反正前面屋子，扫扫灰还勉强可以坐人，究竟情形如何，你到家自然明白了。"

李太太听到这个消息，看看李先生的面色，并不正常，她也就不向余太太客气了，带了孩子们赶快回家。在她的理想中，以为是大家全是躲警报去了，整个村庄无人，家里让小偷光顾了。可是赶到家里一看，满屋子全是烟尘，再赶到卧室里，看到草屋顶上那两个大窟窿，也就在屋子里惊呆了，什么话也说不出来。王嫂走了进来，叫起来道："朗个办？朗个办？"李南泉淡淡笑道："有什么不好办，我们全家总动员，把落下来的天花板拆了抛出去，然后扫扫灰尘，钉钉窗户扇，反正还有这个地方落脚。像余先生的家，烧得精光，那又怎么办呢？"王嫂指了屋顶上的天窗道："这个家私，郎个做？"李南泉笑道："假如天晴的话，那很好，晚上睡觉，非常之风凉。"王嫂道："若是落雨哩？那就难说了。"说着话，她就脱下了身上的大褂，把两只小褂子的袖子卷了起来。李太太伸手扯着她道："算了吧，又是竹片，又是石灰黄土，你还打算亲自动手。我去找两个粗工来，花两个钱，请人打扫打扫就是了。"

李南泉站着想了一想，因道："我也不反对这个办法。反正盖起草屋顶来，也得花钱，绝不是一个人可了的事，不过要这样办，事不宜迟，马上就去找人。"说着，向窗子外张望一下，见木桥上和木桥那头，正有几个乡下人向这里看望着，手上还指指点点。其中有两个，是常常送小菜和木柴来出卖的，总算是熟人。李南泉迎向前点个头道："王老板、韩老板，你们没有受惊？"那王老板似乎是个沾染嗜好的人，黄蜡似的长面孔，掀起嘴唇，露出满口的黄板牙。身上披一件破了很多大小孔的蓝布长褂，只到膝盖长。褂子是敞着胸襟没扣，露出黄皮肤里的胸脯骨，下面光着两只腿子。他答道："怕啥子，我们住在山旮旯里，炸不到。你遭了？"李南泉道："还算大幸，没有大损失，只是屋子受着震动，望板垮下来了。二位老板，帮我一个忙，行不行？"王老板道："我还要去打猪草，不得闲。"李南泉向他身后的韩老板道："老兄可以帮忙吗？"韩老板不知在哪里找了件草绿色破衬衫，拖在蓝布短裤上，下面赤脚，还染着许多泥巴，似乎是行远路而来。这样热天，头上还保持了川东的习惯，将白布卷了个圈，包着头发的四周。他矮粗的个，身体倒是很健壮的。他在那黄柿子脸上，泛出了一层笑容，不作声。李先生道："倒把一件最要紧的事，不曾对二位说明。我不是请二位白帮忙，你们给我做完了，送点儿钱二位吃酒。"

韩老板听到说是给钱，隔了短脚裤，将手搔搔大腿道："给好多钱？"李南泉道："这个我倒不好怎样来规定，不过我想照着现在泥瓦匠的工价，每位给半个工，似乎……"他的话不曾说完，那王老板扭着身躯道："我们不得干。"他说毕，移着脚就有要走的样子。李南泉笑着点点头道："王老板，何必这样决绝，大家都在难中。"王老板道："啥子难中？我们没得啥子难，一样吃饭，一样做活路。"韩老板道："就是他们下江人来多了，把我们川米吃贵了咯。"李南泉笑道："这也许是事实，不过这问题太大，我们现在的事是很小的事。就请二位开口，要多少，我照数奉上就是了。"韩老板听到这样说，觉得事情占到优势，向王老板望着微笑道："你说这事情郎个做？"王老板道："晓得是啥子活路？我们到他家里去看看，到底是啥子活路。"

两人说着话，韩老板就在前面走，王老板随后跟到屋子里去了。李南泉跟着到走廊上，等他们出来，就笑着问道："没有什么了不得的工作吧？"王老板道："屋子整得稀巴烂，怕不有得打扫。"李南泉道："好的，就算稀巴烂，二位看看要我多少钱？"韩老板举着步子，像个要走的样子，淡淡地道："我们要双工咯。"李太太坐在屋子里发呆，正是一肚子牢骚，便抢出来道："二位老板，我们也常常买你的柴，买你的小菜，总算是很熟的人。你们小孩子来了，我们平价米的饭，虽不稀奇，可是我们来得不容易，哪回不是整碗菜饭盛着，奉送你们孩子吃？多少有点儿交情吧，就算不能给我们一点儿同情，我们又不是盖屋上梁，也不是做喜事，为什么要双工？"

王老板笑道："郎个不帮忙？若是不帮忙，我们还不招闲哩。说双工，我们还是熟人咯，若不是熟人，我们就不招闲。"李南泉连连招着手道："好吧，好吧，就是那样办吧。不是就要双工吗？照付。"韩老板道："还要请李先生先给我们一半，我们好去吃饭。"李太太听了这话，脸色红着又不大好看。李南泉先也是一阵红晕，涨到了耳朵根下，接着却扑哧一笑，因道："也不过如此而已，好，我一律照办。"说着，在短衣袋里摸索一阵，摸出了三张一元钞票，交给王老板。他提着三张钞票抖了几抖，淡淡笑道："买不到两升米。韩老幺，走，我们吃饭去。"说着，两个人摇着肩膀子就走了。李太太道："怎么着，你两个人都走了吗？"王老板将三张钞票举在空中，又摇撼了几下，大声答道："钱在这里，要是不放心的话，你就拿回去。"李南泉笑道："好了好了，不必计较了，二位快点儿去吃饭吧。我们家弄得这个样子，简直安不了身，我们也希望早点儿打扫干净了，好做晚饭吃，大家都是熟人，诸事请帮忙吧。"韩老板叽咕着道："这还像话。"说着，毕竟是走了。

李先生对于这两位同村子的邻居，简直是哭笑不得，端了一把竹椅子放在走廊上，将破报纸擦擦灰，叹了口气坐下去，摇摇头道："人与人之间，竟是这样难处。"李太太在屋子里道："他们简直没有一点儿人类同情心，管他家乡是不是在火线边上，我们回老家吧。"李南泉笑道："这点儿气都不能忍受，还谈什么抗战？算了。"李太太也是气得说不出话来，照样端把椅子，在走廊上呆坐着。李南泉自己看看，向太太又看看，拍手哈哈大笑。

李太太是和他并排坐着的，望了他道："你还笑出来，我气都气死了。"李南泉笑道："我和你两个这样正端端坐着，好像是一对土地公公婆婆似的，这就差着面前摆上一个香案子。"李太太道："我实在是气不过。这话对谁说？对你说，你已经气得不得了。对别个说，人家管得着这闲事吗？我就只有这样坐着。"李南泉笑道："唯其是这样可笑了。"李太太叹了口无声的气，抬起一只手来，撑了头坐着。

并坐着约莫是五分钟，小孩子可不答应了，一齐围到走廊上绕着椅子争吵。这个说饿了，那个说上床睡觉。李先生正感到没奈何，隔壁吴先生家里，由学校调来几个工友，已是把屋子收拾得清楚。他们看到这一家人团聚在走廊上，只是唉声叹气。再看窗子里面，却是灰尘满屋，器具全七歪八倒。其中一位张工头，就向前问道："李先生，你这屋子是该打扫了，孩子们躲警报回来，也得让他们有个休息的地方。"李南泉道："工是请了，钱也付了一半了，人家拿着钱吃饭了，能叫人家饿着肚子帮忙吗？"张工头道："这没有什么，大家全在国难期间，能帮忙就帮忙。来，我们来和你收拾收拾。"李南泉起身拦着，说是"不敢当"。张工头两手扬着,一摆头道:"客气什么?南京沦陷的时候,老老小小,我带着五口人,逃难到四川,一路之上,哪里就不请人帮个忙?都是中国人,这时候不互助一下,什么时候互助?来来来!"他连招几个手,就把同伴三个一齐带进屋去。

李先生坐在走廊上,也只有光看着。他们在隔壁吴家是打扫过了的,一切工具现成,拿了来动用着,不到三十分钟,把屋子里的破破烂烂,都搬了出来。同时,也将屋子里的灰尘,扫除干净。他们走了出来,那张工头向李南泉笑道:"李先生进屋去休息吧。你那屋顶,可得赶快收拾,四川的天气,说晴就晴,说雨就雨。"李南泉听说,连声道谢,一方面伸手到衣袋里去摸索。张工头看到,立刻伸着两手,将他的衣袋按住,笑道:"李先生,你可别和我们来这一套,钱算什么,生不带来,死不带去,这年头有几张钞票买平价米吃就行。我若收下你的钱,那我们不是患难相共,乃是趁火打劫了。"

他正说到这里,那王、韩二位吃饱了饭,晃着两只光膀子,慢慢地走到走廊上来。李太太由屋子里走出来,向他两人笑道:"你们这时候才来,对不起,这里学校里几位工友,已经和我们打扫干净了。"韩老板听了这话,把眼睛向张工头翻着,问了三个字:"郎个的?"张工头已经把李南泉给钱的动作拦住了,这就把头一偏,歪了颈脖子,也操了四川的话道:"郎个的,你说郎个的嘛,我们是和李先生帮忙,没有要钱,你不要说我们抢你的生意。别个家里让炸弹片子整得稀巴烂,等到起收拾干净了好歇息。你老是不来,把别个整得啥事不能做。"韩老板道:"是日本飞机整的嘛,关我屁事。"张工头道:"是不关你事,可是你收了人家的钱,我替别个做活路。"韩老板反而说:"你把我们的活路做了,我得不到钱了。你抢我们的饭碗,你还要吼?"

李南泉向两方摇着手道:"不要计较了,我总算走运,房子还在,假如像余先生那样不幸,山头上飞来一个燃烧弹炸弹片,我这时还无家可归哩。韩、王两位老板,房子我们是不用打扫了,你们打算还要我多少钱?我可以遵命办理。"说着还向此两公一抱拳头。那张工头一手撑着腰,一手晃了拳头,横着眼睛道:"你们这样不讲交情,不和人家做活路还要人家的钱。天上的炸弹,可没有眼睛呀。"王老板道:"你这是啥话?"李南泉是事主，倒为了难。若真给钱，未免让打抱不平的人泄气。呆站在走廊上，倒没有了主意。

正在这时，大路上来了一批人，有的穿着灰色制服，有的穿着草绿色制服，有的还穿着西服。张工头笑道:"好了，管理局长带着重庆查灾的人来了，找人家来评评这个理吧。"韩、王二位回头看着果然不错，他们就顺着走廊走，像是个查勘房子的样子，缓缓地绕到屋后。张工头大声叫道:"这里有两个不讲理的人，把他逮着。"只这两句，就听到屋后一阵脚步声，张工头也不肯罢休，随着赶到屋后，早见此二公乱踏着山下小路，绕过了几户人家直跑到尽头一块山嘴的大石山站住。王老板向这里大声骂道:"龟儿子，老子怕你!"张工头道:"小子，你不怕我，你就回来，人家李先生还要给你工钱呢!"韩老板道:"老子不得空咯，二天老子和你算账。老子还怕和你扯皮吗? 龟儿子!"张工头道:"好，你等着!"一抬腿，像个要追的样子，这王、韩二公一声不响，转身就跑了。

张工头站着，哈哈大笑了一阵，也就走回前面走廊上来。李南泉看到，向他拱拱手道:"张大哥真是侠义一流。"他最爱听这句话，不由得两道眉毛一扬，张了大嘴笑道:"自小就爱听个《七侠五义》《施公案》《彭公案》。顶着一个人头总要充一个汉子。"李南泉道:"今天多谢多谢，改天请你喝杯酒。"张工头道:"李先生，你若是不嫌弃的话，挑个阴雨天，一来不用躲警报，二来混日子过，我们痛痛快快喝一场，还有一层，你得让我做东，我算给你压惊。"李南泉道:"好吧，到那日子再说，谁身上有钱谁就做东。谁都有个腰不便的时候，到了有工夫了，恰好是没钱，那就很扫兴了。碰到阴雨天你想喝酒，你又没钱，难道还去借了钱来请我吗? 碰着哪天我有钱，就归我请吧。"张工头点点头道:"李先生痛快，就是那么说。"他带来的几位工友，都蹲在隔溪竹子荫下，地面上放一把大瓦壶，将就几只粗饭碗，彼此互送着饭碗喝茶。张工头将拳头一举，笑道:"行了，我们回去吧。各位受累，二天我请你们喝酒。"那些工友二话没说，笑嘻嘻地站起身来就走。

李南泉站在走廊上，望着他们走去，呆立良久，叹了口气道:"礼失而求诸野，良然。"就在这时，那些勘灾的先生，整大群地走来，已

289

挨家到了门口，他们伸头向屋子里略看了看，又向各户主说了几句安慰的话。吴春圃却代表着邻居，将他们送过桥去，他大声地道："没什么，纵然有点儿小损失，我们认了。不需要国家给我们什么赈济，这精神上的安慰，比什么都好。"

他一面说着话，一面走去。那查灾的人群也都跟了他走。李太太虽然看到家里遭受这份纷乱，好在并不是意外的事，现在打扫干净了，正也在走廊上站着，轻松一下。那位送客的吴春圃先生，却手摇了芭蕉扇，一步一步地向木桥里走，老远地看到李南泉夫妻，便点点头道："你二位也成了乐天派，对家里这番遭遇一点儿不担心，而且还带了笑容。"李南泉笑道："事到于今，哭也是不能挽救这一份厄运的呀。"吴春圃摇着扇子道："这事可真不大好受呢。你们瞧瞧这天色吧，今晚上有暴风雨的可能。有道是早看东南，晚看西北，现在西北角的天色，可就完全沉下去了。"说着，他举起扇子来，向西北边天脚，连连地招了几下。李南泉听说，赶快跑到廊檐下来张望一下，那西北角山头上，黑云像堆墨似的，很浓厚地向地面上压着。那乌云的上层，还不肯停止，逐渐伸出了云蜂，只管向天空里铺张了去。李南泉呀了一声，接连着喊着"糟了糟了"。吴春圃道："索性乐天一点儿吧，老天怜恤我们，也许雨不会来。"

李太太也为他们的惊讶所震动，随着走到廊子外面来，点点头道："可能马上就有大雨，可能那雨会闪开这里。"李南泉笑道："你这话等于没说。"她笑道："我就说肯定了有什么用？雨真要来，我们在这时候还能够找了盖匠（川地专门盖草屋顶的工人，名叫盖匠）来盖屋子吗？"吴春圃笑道："虽然如此，但有一件事情可做，应该把晚饭抢着做出来吃了，免得回头一手撑伞，一手拿筷子。可是还有饭碗呢，我们不能立刻生长出第三只手来拿饭碗。"李太太说句"说得是"，立刻向厨房里走去。

也就在这时，那西北天角的黑云已是伸展着，遮盖了头上的青天，好像天沉下来无数丈。随了这乌云，面前那丛竹子呼呼作响，叶子乱转，竹竿儿每根弯得像把弓似的，将枝头直低垂到屋面那涧溪里去。尤其是对面这片山头上的乱草，像病人头上的乱发，全部纷披着，向东南倒着。那大叶树干，虽还是兀立不动，那树顶上的枝叶，像把扫帚似的，歪到了一边。那叶子像麻雀似的，成群地脱离了枝头，在半空里乱飞。那风势是越来越猛，这条山谷里，风像千军万马，冲了过来。村子里草屋顶上曾经掀动的乱草，大的成团，小的一丝一丝，也跟随了那树叶子在半空里飞着跑。

吴春圃走到廊檐下，喝了一声道："好嘛，说来就来。"只这句话没说完，屋顶上突然落下一团乱草，不偏不斜，正坠落在他头上，乱草屑子扑了他一身。吴太太在屋子里看到，就迎着跑出来问道："伲一拉呱儿，就没有完咧。伲看，站在屋檐下，吹了这一身草，又是一身土。来吧，我把伲身上的尘掸掸吧。"吴先生本来是一肚子不愿意，绷着一张脸子抬起两手，正在头上拍着草和灰，经太太这样一说，他不由得失声笑了，望着李先生道："伲瞧，俺这两老口子还是相亲相爱咧。"吴太太把一张老脸羞得通红，手扶了门框，把头一扭，就走回屋子去了。李南泉笑道："我们这中年将过，老年未到，夫妻们就是这样的，一别扭就是三五天不说话。可是谁要有点儿失意，倒是彼此有个照顾。"

就在这时，那山谷里的风由口外狂涌进来，更掀得屋草树叶乱飞，这泥糊竹墙的国难屋子，简直有摇摇欲倒之势。李南泉看到，失声啊哟了一下，下意识地将手撑着屋子。李太太听到了这声音，早是由厨房里跑了过来，连问："怎么了？怎么了？"吴春圃将手里的扇子，连连地挥了几下，扇子挥在另一只手掌上，啪啪有声。他笑道："果然不错，老伙伴究竟是彼此关心的。"吴太太缩在屋子里，却大声叫道："俺说，伲那一身土，进来抹一个澡吧。一拉呱儿就没有完。"吴先生笑着走进屋子去了。李太太怔怔地望着。李南泉因把刚才的事告诉过了。李太太道："你们没事，就这样闲嗑牙。其实怎能说是没事，大轰炸过去不到几小时，暴风雨又快要到头上来了。就凭我们这样的茅草泥壁房子，怎能够抵了一阵，又抵抗一阵？我正在焦急呢，你们还是这样地谈笑自若。"李先生笑道："你看我有谈笑挥敌之勇，暴风雨已过去了。"

大家正说着时，邻居甄家小弟弟，已是提起一口大澡盆，向屋子里送去，他还叫着道："妈，这澡盆占的面积怕不够，还要拿两样装水的东西来。"甄太太战兢兢地由厨房里端了一瓦钵饭出来，摇着头道：

"勿管伊,勿管伊,宴些落仔雨再讲。"李南泉笑道:"甄府上也是预防屋漏。"甄太太道:"勿要提起,隔仔个天花板,往屋顶张向看,大一个眼,小一个眼,才看得出。老底子格间短命屋子,就是外面小落,屋里大落。今朝末,炸弹格风,把天花板壁子上格石灰才震得像个五花癞痢,那浪勿会大漏? 把脸澡盆接漏,有啥用?"李太太呆了一呆,因道:"甄太太自然是对的。可是一会儿下了雨,大家怎么办呢?"那吴先生最好聊天,听到大家说得热闹,又走出来了。笑道:"那没关系。我们住茅草屋子,就得有住茅草屋子的弹性。回头雨下来了,哪里不漏,我们先把箱子铺盖卷儿移过去。然后人像坐四等火车一样,大家都坐在行李铺盖卷上。我家里还有两块沱茶饼子,熬上他一瓦壶茶,摆摆龙门阵,怎么不舒服? 比在防空洞里强多了,好在这是暴风雨,几十分钟就过去了。"李太太点点头笑道:"倒是吴先生这话对的,反正屋是漏定了的,又没有法子立刻把屋顶盖起来。只有等雨来了再说了,我还是去赶着做饭吧。"她走了,李、吴二先生和甄家小弟弟,老少三位壮丁,却不放心天变,大家全部到屋檐来,昂了头对天空四处望着。这天上的乌云,好像懂得这些人焦急的意思,已是慢慢地偏北移展。

十分钟后,吴先生大声笑道:"吉人自有天相,不要紧,云头子转到东北去了。"大家看时,果然,当头顶上,已发现了大半边青天。虽然这山谷还有些风吹了来,可是风势已十分平和。尤其是西方的太阳,已发出很强烈的光芒,向东边一排山峰上晒着。东边的山本就在乌云下面压盖着,阴沉沉的。这太阳光斜照在阴云下,满山草木,倒反而发出金晃晃的光彩。李南泉笑道:"这总算没事了,我们去吃饭吧。"连隔壁的甄太太也由屋子里抢着出来,点了点头笑道:"我们处在这困难的环境里,上帝总会可怜我们的。"大家对于这话,虽觉得不怎么合逻辑,可是知道甄府上是笃信宗教的。吴、李二人默然地笑了一笑,各自散开。

这阵暴风雨,除了送来那阵可怕的风而外,只有几阵隐隐的雷声。到了黄昏时候,星斗慢慢在天上露出,雨的恐怖是完全过去。这是上弦之初,晚上完全没有月亮,也就不会有夜袭,大家很放心,在露天下乘凉。往日乘凉,孩子们不免在大人旁边唱歌说笑话,今晚却是静悄悄的。李先生问道："孩子们都哪里去了？"李太太由屋子里出来，答道："孩子们全睡了。今晚上他们用不着乘凉，屋子里和外面是一样的。"李南泉笑道："啊，我忘记了，我们家开天窗了。不过屋子里纵然凉快，恐怕也赶不上外面这样凉快。"李太太道："你不信，你到屋子里来看看，真用不着乘凉。今天下午太紧张了，你也可以早点儿休息休息。"李先生自也不放心家里那个天窗，就走进屋去。

李太太也跟着到屋子里来了，因笑道："你看怎么样？这不是无须到外面去乘凉吗？"李先生连说"对对"，就把外面走廊上的椅子搬了进来。太太也就同着要关门，伸手门框上一掬，不由得失声笑道："你看，我们下午请人收拾屋子，忘记了一件大事，掉下来的房门，送到外面去放着，没有理会它，现在要关门，可是来不及现钉了。"李南泉站着想了一想，笑道："好在我们家也没有什么了不起的东西，梁上君子未必光顾，我们就敞着大门睡吧。"李太太道："那怎么行？就是小偷儿拿我们一件长褂子去，我们就没有法子补充。"李先生在屋子里四周看了一看，又走到门外去，向四面观望了一番，因道："我想了一个办法，把这把布睡椅拦门放下，再放张木凳子，有人由门口冲进来，我立刻跳起来把他抓住。"李太太道："这还是不对。小偷儿若是带了家伙，你抓得住他吗？"李先生笑道："你说得小偷儿就那么厉害。果然是带了家伙的小偷，你就把门关住，也未必济于事。什么不开眼的强盗，要抢我们这草屋顶上开天窗的人家？"他一面说着，一面就在房门口搭起那简单的床铺。李太太站在房子中间，环抱了两只光膀子，看了他的行动发呆。

李南泉向睡椅上躺去，两只脚伸出，向木凳子上放着，笑道："行了，今天我们全家空气流通，睡在这里享受一口过堂风。"他把两手向头上伸着，打了个呵欠。李太太看他睡着，头在椅子横档架上，脚又把凳子架着，背躺在布椅子窝里，像只虾子似的，显然是不舒服。李南泉看着太太在屋子里呆站着，便笑道："你不用管我，你去睡吧，反正无论怎么样不舒服，也没有到卧薪尝胆的程度。我们不是常常喊着口号，叫人卧薪尝胆吗？"李太太虽然觉得先生这样睡觉，未免太辛苦了。可是自己也不放心门户，只好点头道："那么，就委屈你一点儿，我早点儿起来给你换班吧。"说毕，她自向后面屋子里去了。

李先生睡的这睡椅，川外虽也有，却是少见。它是六根木棍子交叉的，组织了一张椅子架。这架上两头，一头有一根横档。横档上扯开一方粗布，当了椅子身。这在唐朝就叫着交椅。大致有点儿像行军床。坐在上面，人是可以向后半躺的。不过真要睡觉，却不舒服，因为布面子不能像行军床绷得那样紧。坐着是凹下去的。尤其是两只脚，却得悬了起来。现在李先生虽是用方木凳子来架着脚，人睡得像个元宝，两头向上翘着。初睡一两小时，也没有什么感觉，正好前后的过堂风向人身上吹着，吹得人意志醺醺然，不过睡足了两小时之后，颈脖子和两只腿弯子都感到有些酸疼。梦中正在是肩扛了一个重包裹，上着重庆市几百级的高坡子，十分地吃力。忽然听到有人说声"不好了"，同时，却有千军万马拥到了面前的样子，他吓得周身一个抖颤，直挺挺地坐起来，才觉得是一个梦。但那千军万马奔腾的声音，却依然在面前响着。

他自惊得发呆，不知这是哪里来的祸事。李太太已是由后面屋子跑了出来，连叫"糟了糟了"。三四分钟的犹豫，已让李先生省悟过来，这正是黄昏时候不会来的那阵暴雨，终于是来了。屋子外面，风助雨势，哗哗作响。屋子里面，却是叮当噼啪，发出各种雨点打扑的声音。他立刻跳了起来，也来不及穿鞋子了，光着两只脚，就向后面屋子里跑。后面屋子里没有灯火，黑暗中，大小雨点向身下乱扑。小山儿、小白儿由套间里跑出来，接连地与他爸爸撞上了几下。李先生撞跌着摸到床边，伸手向床上摸着，摸到了小玲儿，缩住一团睡着，立刻将孩子搂抱起来向前面屋子里走。小玲儿算是醒了，搂着爸爸的颈脖子，连连问道："放了紧急没有？"李南泉道："不是警报，不要害怕，是屋顶上漏雨了。"

李太太已在前面屋子里亮上了菜油灯，王嫂还是光着上身穿了一件小背心，下面是短裤衩。两个男孩子全只有短裤衩。李先生把抱的孩子放下来，望了大家道："不要惊慌，没有什么了不得，充其量把屋子里东西打湿而已。不过这生雨淋在身上容易受感冒，大家还是把衣服穿起来要紧。"这句话提醒了王嫂，她低头一看，笑着一扭脖子跑进套间里去了，因为她还不过是二十多岁的少妇，这个样子，是太难为情。李先生也没有工夫去管这轻松的插曲，捧了菜油灯，就向后面两个屋子去照看。这一下，真让他心里凉了半截。两个天窗口里的雨丝，正和屋外的情形一样，成阵地向屋子里洒。

李太太也省悟过来了，自己虽还穿着长衣，可是纽扣一个没扣，全敞着胸襟呢，她一面扣着衣服，一面伸头向屋子里望着，皱了眉道："这事怎么办？屋子里成了河了。"李先生道："我想，地下成河，那不必去管他了。我们现在只好来个急则治标，光把两只破箱子移了出来吧。"他说着，就冒了天窗上洒下来的雨点，一样样地向外面屋子里搬。好在这个屋子还没有漏，东西胡乱丢在地面，却也没有损失。连衣箱带铺盖卷，共是十二件，李先生一口气将它陆续向外搬。虽然有半数经过王嫂接着，但他还是异常吃力。

到了第十三次，他要去抢救东西的时候，李太太伸手将他的手臂挽住，因道："你不要再搬了，你看看这一身，湿到什么程度？"李先生看时，身上这件小褂子，像是在水盆里初拿起来的一样，水点只管向下淋着。他笑道："衣服这样湿，不能歇着，趁身上出的这身冷汗同冷气，可以中和了。"李太太道："你就把衣服脱下来吧。"他脱下了褂子，提着衣领子抖了两抖水点，光着上身，就在铺盖卷上坐下，喘着气道："太太有烟吗？"李太太且不给他纸烟，在铺盖卷里，扯出一件咸菜团子似的蓝布大褂，抖开了衣襟向他身上披着。李先生将衣襟扯着向胸面前遮掩了两下，并没有扣纽襻，微微摇着头道："不行得很，百无一用是书生。"李太太道："其实不抢救这些东西，也无所谓。水打湿了，究竟比火烧了……"李太太还没有把话说完，李先生却扭着身躯，伏在铺盖卷上了。

李太太倒吓了一跳，就伸手摇撼着他道："你这是怎么了？"李先生环抱着两手，伏在铺盖卷上，枕了自己的头，微微叹了口气道："累了。这国难日子，真不大好过。"李太太坐在箱子上，呆望了他，倒无以慰之。默然之间，听到屋子外面的雨正哗啦啦响着。在这声中，掺杂了呼喊和笑骂的人声。向窗子外看着，电光闪着，照见高高低低整大群的人影。李太太打开门来，见甄、吴两家邻居，几乎是全家站在走廊上，便问道："怎么样？你们家全都漏得很厉害吗？"甄先生慢条斯理地答道："白天里躲火警，晚上躲水警，这叫着水火既济。"吴春圃长长地唉了一声道："老天爷也是有心捣乱。这场大雨，若是今日正午下来，我们这村子里既可免除火警，晚上这水警，自然也就没有了。李府上漏的情形如何？你们并没有搬出来，也许还好吧？"李太太道："我不知道你们家情形如何，无从比较。不过我家后面两间屋子，已是水深数寸了。屋子里下着雨，大概比外面下的雨还要大些。"

吴春圃对这个说法并不大相信，他缓缓地踱进了屋子，伸头向后面屋子里看去。正好一道极大的电光，在空中一闪，两个天窗里漏进来的光芒，照见雨牵丝似的向屋子里落着。天窗旁边，三四处大漏，有麻丝那样粗细，像檐溜似的奔注。雨注落在地上，并不是啪啪作响，而是隆隆作响。他正感到奇怪，而第二次电光又开始闪着。在电光中抢了向下一看，屋子里满地是水，雨注冲在水上还起着浪花呢。不用说，屋子里一切家具，都浸在水里了。

吴先生啊哟了一声道："这问题相当严重。"说着话时，电光又在空中狂闪了一下，这就看到地下的水，由夹壁下翻着浪头子，由墙根下滚了出去。那竹子夹壁脚下，已是被水洗刷出了一个眼，水头顺了这条路，向墙外滚了出去。地下的水，虽是由墙下向外滚着，可是天上的雨，还继续向屋子里地上加注了来。他回到前面屋子里来，对行李铺盖卷儿看了一看，因道："外面的雨还下着呢，你们就是这样堆了满屋子的东西过夜吗？外面的雨还大着呢。"李南泉拿着纸烟盒和火柴盒，都交给了吴先生，因道："老兄，我实行你的办法，坐在行李卷抽烟喝茶吧。你们家里的雨，大概比我家里的雨，还要下得大，为什么都拥挤在走廊上呢？"吴春圃取着烟支出来，衔在嘴里，两手捧着烟盒向主人一拱手，将烟奉还。然后，擦了火柴，将烟支点着，抿了嘴唇，深深吸了一口，又两手捧着火柴盒一拱手，将火柴盒奉还。李先生笑道："吴兄对此一柴一烟何其客气？"吴先生笑道："实不相瞒，我是整日吸水烟，遇到一支纸烟，就算打一次牙祭，而且……"说到这里，由嘴唇里取出纸烟来，翻着烟支上的字就看了一看，因道："这是上等烟。"李南泉道："那是什么上等烟？不过比所谓狗屁牌高一级，是人不到黄河心不死的黄河牌，我自己觉得黄河为界，不能再向下退了，那烟吸在嘴里，可以说是不臭，但也说不出来有什么好气味。"吴春圃道："反正比水烟吸后那股子味儿好受一点儿吧？"

李太太笑道："我们问吴先生的正题，吴先生还没有答复呢，这话可越问越远了。"吴春圃将两个指头夹住了那支纸烟，深深吸了一口，两个鼻孔里，缓缓地冒出那两股烟，好像是这烟很有味，口腔里对它很留恋，不愿放它出来，然后苦笑道："人穷志短，马瘦毛长，这是千古不磨之论。我们在战前，虽然也是个穷措大，不至于把一支纸烟看得怎么重要。"李先生笑道："还是没有把这文章归入正题。"吴春圃坐在铺盖卷上，突然站起来，拍了两拍手，他还怕那支烟失落了，将两个指头夹着，才向主人笑道："我们家里的屋漏，和你府上的屋漏，是两个作风，你们这里的屋漏，干脆是开两个大天窗。漏了就漏了，开了就开了。我们那里，是茅屋顶上，大大小小，总裂开有几十条缝，那缝里的漏，当然不会像府上那么洋洋大观，可是这几十点小漏，全都落在天花板上，于是若干点小漏，合流成为一个大漏，由天花板上滴下来。这种竹片糊泥的天花板，由许多水汇合在一处，泥是慢慢溶化，水是慢慢聚合，那竹片天花板，变成了个怀孕十月的妇人，肚子挺得顶大，在它胀垮了的时候，我们有全部压倒的可能。所以我们也来个千金之子，坐不垂堂，全家都搬到走廊上来坐着。"李南泉道："那么，甄先生家里也是如此？不过他们的情形，应该比吴府上严重一点儿。我得去看看。"说着，就走了出来。甄府只有三口人，摆了几件行李在走廊上。只看行李上有个人影子，有一星小火在亮着，那是甄先生在吸烟沉思了。

甄先生倒是看到了李先生的注意，因为他敞着房门，那菜油灯的灯光，向走廊上射来，因笑道："来支烟吧，急也是无用。"说着，他走过去，送一盒烟到李先生手上，由他自取。李南泉取着一支烟，借了火吸了，依然站在走廊上，这却感到了一点儿奇怪，便是当一下、叮一下，有好几点雨漏，像打九音锣似的，打得非常有节奏，便问道："这是漏滴在什么地方，响声非常之悦耳。"甄先生打了个哈哈道："我家那孩子淘气。这屋漏遍屋皆是，茶叶瓶上、茶杯上、脸盆上、茶盘上，全有断续的声响。他坐在屋子一个角落里，点着灯，对全屋的漏点全注视了一番，一面把我那只破表对准了时间，测漏点的速度。因为我那表

297

虽旧，有秒计针，看得出若干秒来。经他半小时的考察，随时移动着瓷器和铜器，四处去接滴下的漏点，大概有二三十样东西，就让漏打出这种声音来了，其实我也是很惊讶，怎么漏屋会奏出音乐来？他说明了，是一半自然、一半人工凑合的。我听了十分钟了，倒觉得很是有趣。他还坐在屋子里继续地工作呢。"

甄太太在黑暗中接嘴道："啥个有趣？屋里向格漏，在能打出格眼音乐来？侬想想，漏成啥光景哉！格短命格雨，还要落么，明朝格幢草房子，阿能住下去？小弟，勿要淘气哉，人家心里急煞。"甄家小弟笑了出来，因道："急有什么用，谁也不能爬上屋去把漏给它补上，倒不如找点儿事消遣，免得坐在黑暗里发愁。"李南泉笑道："达观之至，也唯有如此，才可以渡过这个难关。将来抗战结束了，我们这些生活片段，都可以写出来留告后人。一来让后人知道我们受日本的欺侮是太深了，二来也让后人明白，战争总不是什么好事。尤其是像日本这样的侵略国家，让现在为人做父兄的人，吃尽了苦，流尽了血汗，而为后代日本人去栽植那荣华的果子，权利义务是太不相称了，这还说是日本站在胜利一方面而言。若是日本失败了，这辈发动战争的人，他牺牲是活该。后一辈子的人，还得跟着牺牲，来还这笔侵略的债，岂不是冤上加冤？"

李太太在那边叫道："喂，不要谈战争论了。这前面屋子也发现了几点漏，你来看看是不是有扩大的可能。"李先生走回屋去，见牵连着后面屋子的所在，地面上已湿了一大片。一两分钟，就有很大的漏点，两三滴，同时下来。因道："这或者不至于变成大漏，好在外面的大雨，已经过去了。"李太太听时，屋檐外的响声比刚才的响声，还要来得猛烈。不过这响声是由下向上，而不是由上向下。立刻伸头向外面看去，正好接连着两道闪电，由远处闪到当顶。在电光里，看到山谷的夜空里雨点牵扯着很稀落的长绳子，山上的草木被水淋得黑沉沉的。屋檐外那道涧溪，这时变成了洋洋大观的洪流，那山水拥挤向前狂奔，已升涨到和木桥齐平了。响声像连声雷似的，就是在这里发生出来的。

在这电光一闪中，李南泉也看到了山沟里的洪水，好像成千上万的山妖海怪，拥挤着在沟里向前奔跑。但见怪头滚滚，每个浪花碰在石头上，都发出了哗啦哗啦的怒吼。他哎呀了一声道："怪不得屋里要变成河了，山水来得这样汹涌。"于是走出屋来，站在屋檐下向沟里注视着，等待了天空里的电光。约莫是两三分钟，电光来了，发现那山溪里的洪流，像机器带的皮带，千万条转动着，把人的眼光看得发花。尤其是这沟前头不多远，就是悬崖，那水自上而下向下奔注，冲到崖下的石头上去，那响声轰通轰通，真是惊天动地。在第二次电光再闪去一下的时候，他情不自禁地就向后退了两步。李太太由屋子里抢出来，问道："你怎么了？"他笑道："好厉害的山洪，我疑心我们的屋基有被这山洪冲倒的可能。"

吴先生回得家去，已是捧了水烟袋站在屋檐下，来回地溜达着。他带了笑音道："怎么样？雨景不错吧？李先生来他两首诗。"李南泉笑道："假如有诗，这样地动山摇，有声有色的场合，也把诗吓回去了。"吴先生道："没关系，雨已经过去了，你不见屋檐外已经闪出了几颗星星？"李南泉伸头向廊檐外看时，果然在深黑的天空，有几颗灿亮的大纽扣，发出银光，已可看出这屋檐外面并没有了雨丝。因道："这暴风雨来得快也去得快。雨是止了，屋子里水可不能立刻退去，我们得开始想善后的法子。"甄先生在那边插言了，因道："善后，今晚上办不到了。"吴先生也笑道："今天晚上，还谈什么善后，我们就只当提早过大年三十夜，在这走廊上熬上一宿吧。"李南泉道："当然是等明日出了太阳，由屋子里到屋子外，彻底让太阳一晒。不过天一晴了，敌人就要捣乱。若是再闹一回空袭，那就糟糕。我们只有敞着大门等跑了。"甄先生道："我们不必想得那么远，现在大家都是不知命在何时。说不定明天大家就完了，管他是不是敞着大门呢。"

三位先生对着暴风雨的过去，虽提议到了"善后"，可是这样深夜，又是遍地泥浆，能想着什么善后的法子？大家静默地坐着吸烟谈天，并不能有什么动作。因为面前山沟里这洪流，还是呛呛地响着，天上落下的雨点和雨阵声，却不大听得清楚。不过屋檐外那深黑天空上的星点，却陆续地增加，抬头看去，一片繁密的银点，缓缓闪着光芒，那屋角四周的小虫子，躲过这场大灾难，也开始奏着它们的天然夜曲，在宏大的山洪声浪中，偶然也可以听到咛咛唧唧的小音乐。和这音乐配合的，是猛烈的拍板声。这拍板声，不是敲着任何东西，乃是整个的巴掌，拍着大腿、手膀子或脊梁。因为所有的小虫子都活动了，自然，蚊子也活动起来。那蚊子像钉子似的在谁的皮肤上扎一下，谁就大巴掌拍了去。走廊上男女大小共坐了二十来个人，这二十多个手掌，就是此起彼落，陆续拍着蚊子。

李南泉道："这不是办法，这样拍蚊子拍到天亮，蚊子不叮死，人也会让自己拍死了，点把蚊香来熏熏吧。"吴春圃笑道："在走廊上，哪有许多蚊烟来熏？"李南泉笑道："这我在农村学得了个办法，就是用打潮了的草烧着了，整捆地放在上风头，这烟顺着风吹过来，蚊子就都熏跑了。"他这样说过了，没有人附议，也没有人反对。他坐在走廊上，反正是无事可做，这就到厨房里去，找了两大卷湿草，送到走廊外空地上去。这湿草，原是早两天前由茅屋上飘落下来的，都堆在屋檐下面的，经过晚上这场大雨，已是水淋淋的。李先生将草捆抖松了，擦着火柴去点。那湿草却是无论如何不肯接受。甄先生老远看了，笑道："李先生，不必费那事了。农村里人点草熏蚊子，那究竟是农村人的事，我们穿长衫的朋友，办不了这个。"李南泉蹲在地上继续擦火柴点草，答道："无论如何，我们的知识水准，应该比庄稼人高一等。既是他们点得着，我们也就点得着。"说着，啪嚓啪嚓，继续擦着火柴晌。李太太在那边看了不过意，在家里找了几张破报纸，揉成两个大纸团子扔给他道："把这个点吧。"李先生要表演他这个新发明，绝不罢休，接了纸团子，塞在两捆湿草下，又接连擦了几根火柴，将纸团点上，这回算是借了纸团子的火力，将湿草燃着了。这正和乡下人玩儿的手艺一样，草虽是点着了，并没有火苗，由湿草丛里，冒出一阵浓厚的黑烟，像平地卷起两条乌龙似的，向走廊上扑来。这烟首先扑到吴先生屋门口。他叫起来笑道："好厉害的蚊烟。蚊子是跑了，可是人也得跑。"

李南泉也省悟了，哈哈笑道："这叫根本解决。不过人背风坐着，我想不至于坐不住。"他说着话走到走廊上，见两家邻居全闪着靠了墙壁坐着。手里拿扇子的人，不扇脚底下的蚊子了，只是在半空中两面扇动着。暗中可以看到大家的脸，都偏到一边去。他笑着迎风站住，对了来烟试验一下。这时，那空地上两堆湿草，被大火烘烤着，已有半干。

平地起的火苗，也有三四寸高。但湿草下面虽然着了，上面还是带着很重的水渍，将下面火焰盖住。火不得出来，变成了更浓重的黑烟，顺风奔滚。尤其是那湿草里面的霉气，经火焰烤着，冲到了鼻子里，难闻得很。李先生不小心，对烟呼吸了两下，一阵辣味激刺在嗓子眼里，由不得低了头，乱咳嗽一阵，背着身弯下腰来，笑道："我们果然没有这福气，可以享受这驱虫妙药。"

吴先生在屋子里拿了一个湿手巾把来递给他道："先擦眼泪水吧，俺倒想起一辈古人来了。"李南泉擦着脸道："哪辈古人受我们这同样的罪呢？"吴先生将手上的芭蕉扇，四面扇着风，笑道："昔日周郎火烧赤壁，曹操在战船上，就受的这档子罪。"他这么一说，连走廊那头的甄先生也感兴趣，笑着问道："那怎么会和我们一样受罪呢？"吴先生道："你想，他在船上，四面是水，我们虽不四面是水，这山沟里的山洪，就在脚下，这走廊恍如一条船在海浪里。当年火烧战船，当然用的是苇船送火，顺风而来。江面上的草，你怕没有湿的吗？曹孟德当年还可驾一小舟突围而出，咱还走不了呢。"

这个譬喻，倒引得在座的男女都笑了一阵。李太太道："我看还是劳你的驾，把那堆烟草扑熄了吧。在这烟头上，实在是坐不住。"李先生笑道："点起火来是很不容易的，要扑熄它，毫不费力，随便浇上一盆水就得了。"吴先生笑道："我来帮你一个忙，交给我了，你去休息吧。"李先生为了这堆蚊烟，弄得周身是汗，已不能和邻居客气，回到屋子里，找了湿手巾，擦上一把汗。

见全家大小都坐在箱子上，伏在铺盖卷上打瞌睡。在屋角漏水没有浸湿的所在，燃了两支蚊香。屋子里雾气腾腾的。菜油灯放在临窗的三屉桌上，碟子里的菜油，已浅下去两三分，两根灯草搭在灯碟子沿上，烧起一个苍蝇头似的火焰，屋子里只有些淡黄的光。为了不让风将菜油灯吹熄，窗子只好是关闭了，好在那被震坏的屋子门，始终是敞着的，倒也空气流通。而且也为了此发生的流弊，许多不知名的小虫子，并不怕蚊烟，赶了那点儿弱微的灯光，不断向菜油灯上扑着。那油灯碟子里和灯檠的托子上，沾满了小虫子的尸体。尤其是那油碟子里，浮着一层油面，全是虫子。灯草焰上被虫子扑着，烧得扑哧扑哧响。李南泉看着，摇了两摇头道："此福难受。"他左手取了把扇子，右手提了张方凳子，复行到走廊上来乘凉。那堆草火，大概是经吴先生扑熄了，走廊上已经没有了烟。先是听到水烟袋被吸着，一阵呼噜呼噜的声音，和拖鞋在地面上踢踏声相应和。随后有了吟诗声："君问归期未有期，巴山夜雨涨秋池。"

李南泉笑道："吴兄你又来了诗兴？"吴先生拖着步子，在走廊上来去，因道："这个巴山夜雨的景况，却是不大好受。"李南泉道："那么，你只念上两句，而不念下两句，那是大有意思的了。何当共剪西窗烛，再话巴山夜雨时。实在是再不得。"吴春圃道："不过将来话是要话的。俺希望将来抗战结束，你到俺济南府玩儿几天，咱到大明湖边上，泡上一壶好香片，杨柳荫下一坐，把今天巴山夜雨的情况，拉呱儿拉呱儿，那也是个乐子。"吴太太在身后冷不防插上一句话道："这话说远着去了，俺说，李先生，咱有这么一天吗？"李南泉笑道："有的。我们也必得有这个信念，若没有这个信念，我们还谈什么抗战呢？"吴太太道："真有那样一天，俺得好好招待你两口子。"

吴先生说高兴了，叽里呼噜，长吸着一口水烟袋响，然后笑道："俺打听打听，人家两口子，到了济南府，咱用什么招待？"吴太太笑道："李太太喜欢吃山东大馒头，又不知道山东糁是什么东西。咱蒸上两屉大馒头，煮上一锅糁。"吴先生笑道："一锅糁？你知道要几只鸡？"吴太太笑道："你这还是一句话，你就舍不得了，就算宰十只鸡，你要能回济南府，还不乐意吗？"吴先生笑道："漫说宰十只鸡，就是宰一头猪我都乐意。李先生，你最好是春末夏初到济南去，我请你吃黄河鲤、大明湖的奶汤蒲菜。"李先生哈哈一笑，在走廊那头插嘴道："这有点儿趣味了。向下说吧。这样说下去，我们也就忘了疲劳了。说完，我谈些南京盐水鸭子、镇江肴肉，这一晚上就大吃大喝过去了。"于是三人哈哈大笑。

302

第十五章

房牵萝补

　　在这种强为欢笑的空气中，大家谈些解闷的事情，也就很快混过了几小时。远远地听到"喔——喔——喔——"一阵鸡叫声，由夜空里传了来，仿佛还在听到与听不到之间。随了这以后，那鸡鸣声就慢慢移近，一直到了前面邻家有了一声鸡鸣，立刻这屋子角上，吴先生家里的雄鸡也就突然喔的一声叫着。甄先生笑道："今天晚上，我们算是熬过来了。可是白天再要下雨，那可是个麻烦。"李南泉道："皇天不负苦心人，也许我们受难到了这程度，不再给我们什么难堪了。"吴春圃道："皇天不负苦心人，这话可难说。我们苦心，怎么个苦法？为谁苦心？要说受苦，那是为了我们自己的生命财产。"李南泉笑道："这倒是不错的。不过我们若不为自己生命财产吃苦，我们也就没得可以吃苦的了。人家是鸡鸣而起，孳孳为利。我们鸡鸣不睡，究竟为的是什么呢？"这个问题提出来了，大家倒是很默然一阵。甄先生很从容地在旁边插了一句话笑道："我你是为什么鸡鸣不睡呢？眼前的事实告诉我们，我们是为了屋漏。不过怎么屋漏到这种惨状，这原因就是太复杂了。"
　　李南泉坐在方凳上，背靠了窗户台，微闭着眼睛养神。甄先生的话，他也是闭着眼睛听的，因为有很久的时间，不听到甄、吴二公说话。睁开眼睛来看时，见甄先生屋门口，一星火点，微微闪动着，可想到甄先生正在极力吸着烟，而默想着心事。屋角下的鸡，已经不啼了。喔喔的声音又回到了远处，随着这声音，仍是清凉的晚风，吹拂在人身上。李南泉道："甄先生在想什么？烟吸得很用劲呀。"他答道："我想

303

到我那机关和我那些同事。一次大轰炸之下，大家作鸟兽散，不知道现在的情形怎么样了？我想天亮了进城去看看，可是同时又顾虑到，若是在半路上遇到了警报，我应当到哪里去躲避。第一是重庆的路，我还是不大熟，哪里有洞子，哪个洞子坚厚，我还有茫然。第二是那洞子没有入洞证的人，可以进去吗？"李南泉道："甄先生真是肯负责任又重道义的人。我也很有几个好朋友在城里，非常之惦念，也想去看看。我们估计一下时间和路程，一路去吧。"李太太隔了窗户，立刻接言道："你去看看遭难的朋友，我们这个家连躲风雨的地方都没有了，谁来看我呀！"这句话，倒问得大家默然。

这时，天色已是慢慢亮了，屋檐外一片暗空，已变成鱼肚色，只有几个大星点，零落着散布了。那鸡声又由远而近，唱到了村子里。同时，隔溪那条石板人行路上，有了脚步扑扑和箩担摇曳的咿呀声。随着，也有那低微的人语声断续着传了过来。李南泉走向廊檐下，对着隔溪的地方看去，沿山岸一带，已在昏昏沉沉的曙色中。高大的山影，半截让云横锁着，那山上的树木和长草，被雨洗得湿淋淋的。山洪不曾流得干净，在山脉低洼的地方，坠下一条流水，那水像一条白龙，在绿色的草皮上弯曲着伸了身子，只管向下爬动着。那白龙的头，直到这山溪的高岸上，被一块大石头挡住了，水分了几十条白索，由人行路上的小桥下，又会合拢，像块白布悬了下来。

李南泉点点头，不觉赞叹道："山中一夜雨，树杪百重泉。"李太太扣着胸襟上的纽扣，也由屋子里走出来，沉着脸道："大清早的，我也不知道说你什么好，家里弄成这个样子，你还有心情念诗呢。"李南泉道："我们现在，差不多是丧家之犬了，只有清风明月不用一分钱买。我们也就是享受这一点儿清风明月，调剂调剂精神。若是这一点儿权利我们都放弃了，我们还能享受什么呢？"李太太说了声"废话"，自向厨房里去了。

李先生口里虽然这样很旷达地说了，回头一看，屋子门是昨天被震倒了，还不曾修复，屋子里满地堆着衣箱和行李卷。再看里面的屋子，屋顶上开着几片大天窗，透出了整片的青天，下面满地是泥浆，他摇了两摇头，叹着无声的气，向走廊屋檐下走了两步。这时看到那山溪里面，山洪已经完全退去，又露出了石头和黄漉的河床。满溪长的长短草，都被山洪冲刷过了，歪着向一面倒。河床中间，还流着一线清水，在长草和乱石中间，屈曲地向前流去，它发着潺潺的响声。李南泉对了那一线流泉行走，心里想着，可惜这一条山涧，非暴雨后不能有泉，不然的话，凭着这一弯流水、两丛翠竹，把这草屋修理得干干净净，也未尝不可以隐居在这里吃点儿粗茶淡饭，了此一生。

想到这里，正有点儿悠然神往。后面王嫂叫起来道："屋子里整得稀巴乱，朗个做，朗个做？"回头看时，见她手里拿了一把短扫帚，靠门框呆呆站住，没有了办法。同时，小孩子还在行李卷上打滚呢。这种眼前的事实，比催租吏打断诗兴还要难受。李南泉也只有呆望了屋子那些乱堆着的东西出神。王嫂向小孩子们笑道："我的天爷，不闹了，要不要得？大人还不晓得今天在哪里落脚，小娃儿还要扯皮。"

李南泉摇头叹口气。就在这时，对面隔山溪的人行路上，一阵咬着舌尖的国语，由远而近地道："那不是吹，我早就料到有这么一天，老早，我就买好了麦草，买好了石灰，就是泥瓦匠的定钱，我也付过了。这就叫未雨绸缪了。"看时，便是那石教授的太太。她穿了件旧拷绸的长衫，光着两只手臂，手里提了一只旧竹篮子，里面盛着泥瓦匠用的工具，脸上笑嘻嘻的，带了三分得意之色。奚太太对于这位好友，真是如响斯应，立刻跑到她的走廊檐下，伸起一个大拇指，笑道："好的好的，老石是好的，你把他们吃饭的家伙拿来了，他就不敢不跟着你来了。"石太太笑道："对于这些人，你就客气不得。"说着，将身子晃荡晃荡地过去了。

约莫是相隔了五六十步路，一个赤着黄色上身的人，肩上搭了件灰色的白布褂子，慢慢拖着步子走上来，他穿了个蓝布短脚裤，腰带上挂了一支尺把长的旱烟袋杆。自然，照这里的习惯，是光了两只泥巴脚，但他的头上，裹着一条白布，做了个圈圈，将头顶心绕着。他走着路，两手互相拍着手臂道："这位下江太太，硬是要不得，也不管人家得空不得空，提起篮子就走。别个包了十天的工，朗个好丢了不去？真是罗连，真是罗连！"这是住在这村子南头的李瓦匠。村子里的零碎工作，差不多都是他承做，因此相熟的很多。

李南泉立刻跑了两步，迎到路头上，将他拦住，笑道："李老板，你也帮我一个忙吧，我的屋顶整个儿开了天窗。"他不等李南泉说完，将头一摆道："我不招闲，那是盖匠的事嘛！"李南泉笑道："我知道是盖匠的事，难道这夹壁通了，房门倒了……"李瓦匠又一摆头道："整门是木匠的事。"李南泉笑道："李老板，我们总也是邻居，说话你怎么这样说。我知道那是盖匠和木匠的事，但是我包给你修理，请你和我代邀木匠、盖匠那总也可以。而且，我不惜费，你要多少钱，我给多少钱。我只有一个条件，请你快点儿和我办理。"

李瓦匠听说要多少钱给多少钱，倒是一句听得入耳的话，两只胳膊互相抱着，他将手掌拍着光膀子，站住脚，隔了山溪，对李先生这屋子遥遥地看望着，因道："你打算给好多钱？"李南泉道："我根本不懂什么工料价钱，我也不知道修理这屋子要用多少工料，我怎么去估价呢？"李瓦匠又对着这破烂国难草屋子凝看了一看，因昂着他的头，有十来分钟说不出话来。李南泉在一旁偷眼看他，知道他是估计那个需索的数目，且不打断他的思索，只管望了他。他沉吟了一阵子，因道："要二千斤草、二百斤灰、十来个工，大概要一百五六十元钱。"李南泉笑道："哈，一百五六十元钱？我半个月的薪水。"李瓦匠道："我还没有到你屋子里去看，一百五六十元恐怕还不够咯。"说着，他提起赤脚就走，表示无商量之余地。李南泉笑道："李老板，不要走得这样快，有话我们慢慢商量。"他已经走得很远了，回转头来，答应了一声道："啥子商量嘛？我还不得空咯。"

李南泉站在行人路头上，不免呆了一阵。吴春圃先生打着呵欠，也慢慢走了过来。他先抬着头，对四周天空，看了一看，见蔚蓝的空间，只拖着几片蒙头纱似的白云。东方的太阳，已经出山，金黄色的日光，照在山头的湿草上，觉得山色格外的绿，山上长的松树和柏树，却格外的苍翠。那浅绿色的草丛上，簇拥着墨绿色的老树叶子，陪衬得非常的好看，因唱了句韵白道："出得门来，好天气也。"李南泉笑道："吴先生还是这样高兴。"吴春圃道："今天假如是不下雨的话，这样好的天气，屋子里漏的水，就一切都吹干了。凭了这一天的工夫，总可以把盖匠找到，今天晚上，可以不必在走廊熬上一宿了。"李南泉道："我们

306

说办就办，现在那位彭盖匠，还没有出去做工，我们就同路去，找他一趟，你看如何？"吴春圃道："好的，熬了一宿，睡意昏昏，在山径上呼吸呼吸新鲜空气也好。"说着，他又打了个呵欠。李南泉道："难道一晚上，你都没有闭上眼睛吗？"吴春圃道："坐着睡了一宿。我睡眠绝对不能将就，非得躺着舒舒服服地睡下不可，把早饭吃过，我就睡他十小时。"正说着，他忽然一转话锋道："说曹操，曹操就到了。"说着，他将手一指道："彭盖匠来了。"

这位彭老板身上穿了件齐平膝盖的蓝布褂子。左破一片，右破一片，像是挂穗子似的，随风飘飘，他光着两只黄脚杆，好像缚了两块石头似的那样开步。他不像其他本地朋友是头上包着一块白布的，而换了一条格子布的头圈。在黄蜡型的面孔上，蓄了一丛山羊胡子，让他穿起印度装束来，一定像是一位友邦驻中国代表。李先生为了拉拢友情，老远地向他点着头叫了一声"彭老板"，他点着头道："李先生早，昨天这山旯旮里遭了？"李南泉道："可不是。这屋子没有了顶，我正想找你帮忙哩。"

彭老板走到面前站住，像那位李瓦匠一样站定了，遥遥向那幢破茅屋张望了一下，点点头道："恼火得很！"吴春圃道："昨晚上让大雨冲洗着屋子，我们一宿全没有睡。你来和我们补补吧。"彭盖匠摇摇头道："拿啥子盖嘛？没得草。"吴春圃指着山上道："这满山都是草，没有盖屋顶的？"彭盖匠道："我怕不晓得？昨日落了那场大雨，草梢上都是湿的，朗个去割？就是去割，割下来的草，总要晒个十天半个月，割了草立刻就可以盖房子，没得朗个撇脱！"李南泉听说，心里一想，这家伙一棍子打个不粘，不能和他做什么理论的，便笑道："这些困难，我们都知道，不过彭老板做此项手艺多年，没有办法之中，你也会想到办法的。我这里先送你二十元作为买山草的定钱，以后，该给多少工料，我们就给多少工料，请你算一会儿，我回家拿钱去。"彭老板道："大家都是邻居嘛，钱倒是不忙。"他说是这样说了，可是并不走开，依然站在路头上等着。李先生一口气跑了回来，就塞了二十元钞票到他手上去。他懒洋洋地伸手将钞票接了过去，并不作声，只是略看了一眼。

吴春圃道："彭老板，可以答应我们的要求吗？"他伸手一摸山羊

307

胡子，冷冷笑道："啥子要求嘛？我做活路，还不是应当。"李南泉觉得他接了钱，已是另一个说法，便问道："那么，彭老板哪天上工呢？"彭老板又一摸胡子道："这几天不得空略！"吴春圃将脸色正了道："你这就不对了，我们若不是急了，怎么会在大路上把你拦着，又先付你钱？你还说这几天不得空，若是雨下来了……"

彭盖匠不等他说完，就把手上捏的二十元钞票塞到李南泉面前，也沉着脸道："钱还在这里，你拿回去。"李南泉将手推着，笑道："何必何必，彭老板，我们前前后后，也做了三四年邻居，就算我不付定钱，约你帮一个忙，你也不好意思拒绝我。就是彭老板有什么事要我帮忙的话，只要我姓李的可以帮到忙，我无不尽力，我们住在这一条山沟里，总有互助的时候。彭老板，你说是不是？"他将那钞票又收回去了，手一摸山羊胡子，笑道："这句话，我倒是听得进啰。我晓得你们屋顶垮了怕漏，你没有打听有几百幢草屋子都垮了吗？别个不是一样心焦？"李南泉又在身上摸出了一张五元钞票，交到他手上，笑道："这个不算工，也不算料，我送你吃酒，无论如何，务必请你在今天找点儿草来，给我把那两个大天窗盖上。其他的小漏，你没有工夫，就是再等一两天，也没有关系。"他又接了五元钱，在那山羊胡子的乱毛丛中，倒是张着嘴笑了一笑，因道："我并不是说钱的话，工夫硬是不好抽咯。"说着，他就做了个沉吟的样子。

那吴先生还是不失北方人那种直率的脾气。看到李先生一味将就，彭盖匠还是一味推诿，沉着了脸色，又待发作几句。可是李先生深怕说好了的局面又给吴先生推翻了，这就抱着拳头，向彭盖匠拱拱手道："好了好了，我们一言为定，等你的好消息吧，下午请你来。"彭盖匠要理不理的样子，淡淡答道："就是嘛，不要害怕，今天不会落雨咯。我们家不也是住草房子，怕啥子？"说着，他缓缓移了两条光腿子，慢慢向上街的山路走了去。吴春圃摇摇头道："这年头儿，求人这样难，花钱都得不着人家一个好字。我要不是大小七八上十口子，谁受这肮脏气。咱回山东老家打游击去。"李南泉笑道："这没有什么，为了盖房子找他；一年也不过两三回，凭着我们十年读书、十年养气的功夫，这倒不足介意。"吴先生叹了口气，各自回家。

这时，李家外面屋子里那些杂乱东西，有的送到屋外面太阳里去晒，有的堆到一只屋子角上，屋子中间，总算空出了地方。李先生也正有几篇文稿，须在这两天赶写成功，把临窗三屉小桌上那些零碎物件归并到一处，将两三张旧报纸糊里糊涂包着，塞到竹子书架的下层去，桌面上腾出了放笔砚纸张的所在，坐到桌子边去，提起笔来就写稿。李太太将木梳子梳着蓬乱的头发，由外面走了进来，叽咕着道："越来越不像话，连一个盖头的地方都没有。叫花子白天讨饭，到了晚上，还有个牛栏样的草棚子落脚呢，我们这过的是像露天公园的生活了。"

李南泉放下笔来，望了太太道："你觉得这茅屋漏雨，也是我应当负的责任吗？"说到这里他又连点了两下头道："诚然，我也应当负些责任，为什么我不能找一所高楼大厦，让你住公馆，而要住这茅草屋子呢？"李太太走到小桌子边，把先生做文章的纸烟，取了一支衔在嘴里，捡起火柴盒子，擦了一支火柴将烟点着，啪的一声，将火柴盒扔在桌上，因道："我老早就说了，许多朋友都到香港去了，你为什么不去呢？若是在香港，纵然日子过得苦一点儿，总不用躲警报，也不用住这没有屋顶的草房。"李南泉道："全中国人都去香港，且不问谁来抗战，香港这弹丸之地，怎么住得下？"李太太将手指夹出嘴唇里的烟卷，一摆手道："废话，我嘴说的是住家过日子，谁谈抗战这个大问题？你不到香港去，你又做了多少抗战工作？哟，说得那样好听。"她说毕，一扭头走出去了。

李先生这篇文稿，将夹江白纸写了大半页，全文约莫是写出了三分之一。他有几个很好的意思，要用几个"然而"的句法。把文章写得跌宕生姿，被太太最后两句话一点破，心想，果然，不到香港去，在重庆住了多少年了，有什么表现，可以自夸是个抗战文人呢？三年没有做一件衣服，吃着平价米，其中有百分之十几的稗子和谷子，住着这没有屋顶的茅草屋，这就算是尽了抗战的文人责任吗？唉，百无一用是书生，他想到最后这个念头，口里那句话，也就随着喊叫了出来，对了未写完的半张白纸，也就是呆望着，笔放在纸上提不起来了。

他呆坐了约莫一小时之久，那半张白纸，可没有法子填上黑字去。叹了一口气，将笔套起来，就走到走廊上去来回地踱着步子。吴春圃在屋子里叫起来道："李兄，那个彭盖匠已经来了，你拦着他，和他约定个日子吧，他若能来和你补屋顶，我就有希望了。"李南泉向山路上看时，果然是彭盖匠走回来了。他肩上扛着一只麻布袋，袋下面气鼓鼓、沉甸甸的，分明是里面盛着米回来了。他左手在胸前，揪着米袋的梢子，右手垂下来提着一串半肥半瘦的肉，约莫是二斤多，同在这只手上，还有一把瓦酒壶，也是绳子拴了壶头子，他合并提着的。他不像上街那样脚步提不起劲来，肩上虽然扛着那只米袋，还是挺起胸脯子来走路的。这不用说，他得下二十五元，已先在街上喝了一阵早酒，然后酒和肉全办下了，回来吃顿很好的午饭。

远远地李南泉先叫了声"彭老板"。他倒是闻弦歌而知雅意，站住了脚，向这里答道："不要吼，我晓得。我一个人，总动不到手嘛，我在街上，给你找过人，别个都不得空，吃过上午，我侄儿子来了，我两个人先来和你搞。"李南泉道："那么，下午可以来了？"彭盖匠道："回头再说嘛，今天不会落雨咯。不要心焦，迟早总要给你弄好。"他说着话，手里提着那串肉和那瓶酒，晃荡着走了过去。吴春圃跑出屋子来，向彭盖匠后身瞪着眼道："这老小子说的不是人话。他把人家的钱拿去了，大吃大喝。人家住露天屋顶，他说迟早和你弄好。那大可以明年这时再办。"

李南泉笑道："别骂，随他去。反正我们也不能在这里做长治久安之计。"说着，两手挽在身后，在走廊上踱来踱去。甄先生搬了一把竹椅子，靠了廊柱放着，头靠在竹椅子背上，他身穿背心，下穿短裤衩，将两只光脚架在竹椅子沿上，却微微闭了眼睛，手里拿了一柄撕成鹅毛扇似的小芭蕉叶，有一下没一下地挥着。听了李先生的来往脚步声，睁开眼看了一看，微笑道："李先生，你不用急，天下也没有多少事会难住了人。若是再下了雨的话，我们共同做和尚去，就搬到庙里去住。"李南泉摇了几摇头，笑道："你这办法行不通，附近没有庙。唯一的那座仙女洞，前殿拆了，后殿是公共防空洞。我们就索性去住防空洞。"

正说着，上午过去的那位刘瓦匠，刚是由对面山路上走了过来。他也是左手提一壶酒，右手提一刀肉，只是不像彭盖匠，肩头上扛着米袋，他大开着步子向家里走，听到这话，却含了笑容，老远搭腔道：

"硬是要得，防空洞不怕漏，也不怕垮，做瓦匠做盖匠的就整不到你们了。"吴春圃先生站在走廊下，兀自气鼓鼓的。他用了他那拍蚊子的习惯，虽没有蚊子，也拿了蒲扇不住地掮着裤脚，他瞪了眼望着，小声喝着道："这小子说话好气人，我们这里摆龙门阵，又碍着他什么事吗?"甄先生笑道："吴先生，为了抗战，我们忍了吧。"吴春圃右手举起扇子在左手掌上一拍，因道："咱不受这王八气，咱回到山东老家打游击去，咱就为不受气才抗战，抗战又受气，咱不干。"

屋子里却有人低声答道："废话，你去打游击，小孩子在四川吃土过日子?"这是吴太太在屋子里起了反响，把握着事实，对吴先生加以驳斥。吴先生站在走廊上，发了一会儿呆，跟着他也就笑了起来，将蒲扇在胸前摇撼了两下，微微笑道："俺实在也是走不了。"李南泉看到，心里也就想着，我们实在也是议论多而成功少，随着叹了一口气，自回家了。他这个感想，倒是对的，他们找瓦匠找盖匠，而且还付了钱，所得结果，不是人家来给补上屋顶，而是买了酒、肉、米回家打牙祭去了。

这天直熬到黄昏，盖匠没来。次日也没有来，好在这两天全是晴天，没有大风，更没有下雨。有两天大晴，屋子里干了，杂乱的东西也堆叠着比较就绪，正午的时候，李先生躺在床上，仰面睡午觉。这让他有个新发现，就是那天窗口上绿叶飘摇，有野藤的叶子，在那里随风招展。这座草屋本来是铲了一道山脚削平地基的。山的悬崖与屋后檐相齐，因之，那悬崖上长的野藤，很多搭上了屋檐。藤梢搭上了屋檐之后，逐渐向上升，而有了一根粗藤伸长之后，其余的小藤小蔓，也就都跟着向上爬。在这屋子里住家的人，轻易不到屋后面来，所以也不去理会，这野蔓长得有多少长大。这时李先生躺在床上，看到这绿叶子，他立刻想到了那句诗，"牵萝补茅屋"。记得有一次在野外躲警报，半路上遇到了暴风雨，当时两块裂石的长缝里，上面有一丛野藤盖着，确是躲过了一阵雨去。

他有了这个感想，由床上跳了起来，立刻跑向屋子后面去。看那悬崖上的野藤，成片地向屋顶上爬了去。这屋檐和悬崖夹成的那条巷子，被野藤叶子盖着，正是成了小绿巷，里面绿得阴惨惨的。他钻到野藤下

311

面去，昂起头来向上看着，一点儿阳光都看不见，自言自语地笑道："假如多多益善的话，也许可以补起屋顶来的。"他钻出藤丛来，由悬崖边爬上草屋顶，四周一看，正是恰到好处，两个大天窗的口子边，全是野藤叶蔓簇拥着。他生平就没有上过房，更没有上过茅草房。这时，第一次上草房，但觉得人踩在钢丝床上，走得一起一落，周身随着颠动。尤其是那草屋，经过了一年多的风吹雨打日晒，已没有初盖上屋去的那种韧性，人踩在草上，略微使一点儿劲，脚尖就伸进草缝子里去。草下面虽是有些竹片给垫住，脚尖所踏的地方，不恰好就是竹片上，因之初次移动，那脚尖都已伸进屋子里面去。有三五步的移动，他就不敢再进行，俯伏在屋顶上，只是昂了头四处望着。他心里想着，无论如何，我们文人，总比粗工心细些，盖匠可以在草屋顶上爬着，还要做工呢，我就不能在屋顶上爬着吗？既然自告奋勇爬上了屋顶，就当把事情办完了。他沉默着想了一会儿，又继续向屋脊上爬了去。这次是鼓着勇气爬上去的，脚下也有了经验，脚踏着屋顶的时候，用的是虚劲，那脚却是斜滑着向下的，总算没有插进屋子里面去。向上移了三五步，胆子就大得多了。

约莫前后费了十分钟的工夫，他终于是爬到了天窗口上。看看那些野藤叶子，爬上去，又倒垂下来，始终达不到天窗那边去。伸手将野藤牵着，想把它甩到天窗那边，却无奈那东西是软的，掷了几下，只把两根粗一点儿的野藤掷到天窗旁边，伏在屋顶上。出了一会儿神，就在手边抽起一根压草的长竹片，挑着长细的藤，向那边送去。这个办法，倒还可用，他陆续地将散漫在草屋上的藤，都归并在一条直线上，全送到那露天窗口去牵盖着。盖完了最大的那个天窗，看到还有许多藤铺在屋草上，就决定了做完这个工作，再去牵补第二个窗口。因为在草屋上蔓延着的野藤不太多，牵盖着第三个窗口，那枝叶就不十分完密，而现出稀稀落落的样子。他怕这样野蔓没有粗梗，在窗口上遮盖不住而垂了下去，这就把手上挑藤的那根竹片，塞入野藤下面，把它当作一根横梁，在窗口上将野藤架住。可是，竹片插了下去，因为它是软的，却反绷不起来。他自己想得了的这个好法子没有成功，却不肯罢休。跟着再向前几尺，打算接近了窗口，将竹片伸出去的距离缩短一些。他在草屋

312

顶上，已经有了半小时以上的工夫了，也未曾想到这里有什么意外。身子只管向前移，两只手还是将竹片一节一节地送着。不想移到了天窗口，那屋顶的盖草也没有什么东西抗住，这时，加了一位一百多磅的人体，草和下面断了线的竹片全部向下陷去。李南泉觉得身子压虚了，心里大叫一声"不好"。

李先生随了这一声惊呼，已经由天窗口里摔将下来，他下意识地伸手去扯着那野藤，以为它可以扯住自己的身体，不想丝毫不能发生作用，人已是直坠了下来。那承住假天花板所在，本有跨过屋子的四根横梁，但因为这横梁的距离过宽，他正是由这距离的间隔中坠了下来的。那个时候是很快，他第二次惊觉可以伸手把住横梁时，人已坠过了横梁，横梁没有把住，拦着横梁上两根挂帐子的粗绳子，这算帮助了他一点儿。绳子拖住了他上半截身体，晃荡着两下，啪的一声，绳子断了，他落在王嫂睡的床上。全家正因为东西没有地方堆积，把几床棉絮都堆在床上，这成了那句俗话，半天云里掉下来，掉在天鹅绒上了。

他落下来的时候，心里十分地惊慌，也不知身上哪里有什么痛苦。伏在棉絮上面，静静想着，哪里有什么伤痕没有。约莫是想了三四分钟，还不知道伤痕在什么地方。正是伸了手，在身上抚摸着，可是这行李卷儿是互相堆叠的，人向上一扑，根本那些行李卷儿就有些动摇，基础不稳，上面的卷子，挤开了下面的卷子，只管向缝隙中陷了下去。下层外面的几个卷子，由床沿上滚到床下，于是整个的行李卷儿全部活动，人在上面，随了行李滚动，由床上再滚到床下，床下所有的瓶子、罐子一齐冲倒，叮叮咚咚，打得一片乱响。李太太听了这声音，由外面奔了进来，连连问着："怎么了，怎么了？"

李先生那一个跌势，正如高山滚坡，自从行李卷儿上跌滚下来以后，支持不住自己的身体，只是滑滚了过去。李太太由外面奔进屋来的时候，还有一个乱滚着的行李卷，直奔到她脚步下，她本来就吃了一惊，这行李卷向她面前滚来时，她向后一退。屋子里，地面还是泥滑着的，滑得她向后倒坐在湿地上。李先生已是由地上挣扎起来了，便扑了身上的草屑与灰尘，笑道："你也进屋来赶上这份热闹。"李太太这已看清楚了，望了屋顶上的天窗道："你这不是妙想天开，盖屋的事你若也是在行，我们还吃什么平价米？这是天不安有变，人不安有祸。"

李南泉听了夫人这教训，也只苦笑了一笑，并没有说其他的话。他抬头看看屋顶，两个天窗情形各别，那个大的天窗，已是由野藤遮着，绿油油的一片，虽是看到藤叶子在闪动，却是不见天日。小的天窗，野藤叶子遮盖了半边，还有半边乱草垂了下来，正是自己刚才由那里滚下来的缺口。大概是自己曾拉扯野藤的缘故，已有四五枝长短藤，带了大小的绿叶子，由天窗口里垂进来，挂穗子似的挂着。天窗里也刮进来一些风，风吹着野藤飘飘荡荡。他不由得拍了手笑道："妙极妙极，这倒很有点儿诗意。"李太太也由地面上站了起来了，板着脸道："瞧你这股子穷酸味，摔得七死八活，还要谈什么诗意，你这股穷酸气不除，天下没有太平的日子。"李先生哈哈笑道："我这股穷酸气，几乎是和李自成、张献忠那样厉害了？那倒也可以自傲得很。"李太太道："你不用笑，反正我说得不错，为人不应当做坏事，可也不必做那不必要的事。野藤都能盖屋顶，我们也不去受瓦木匠那份穷气了。你虽在屋顶上摔下来了，也不容易得人家的同情。说破了，也许人家会说你穷疯了呢。"

李南泉原不曾想到得太太的同情，太太这样地老说着，他也有点儿生气，站着呆了一呆，因道："我诚然是多做了那不必要的事，不过像石太太那样，能够天不亮就到瓦匠家里去，亲自把他押解了来，这倒有此必要。你可能也学她的样，把那彭盖匠押解了来呢？你不要看那事情容易，你去找回彭盖匠试试看，包你办不到。"李太太沉着脸道："真的？"李先生心里立刻转了个念头，要她去学石太太，那是强人所难。真是学成了石太太，那也非做丈夫者之福。对了这个反问，并没有加以答复，自行走开了。李太太在两分钟后，就走出大门去了。李先生在外面屋子里看到，本可以拦她，把这事转圜下来，可是她走得非常之快，只好由她去了。李先生拿着脸盆，自舀了一盆冷水，来洗擦身上的灰尘，伸出手臂到盆里去，首先发现，已是青肿了两块。再低头看看腿上，也是两大片。这就推想到身上必定也是这样，不由得自言自语地笑道："这叫何苦？"可是窗外有人答话了："我明天就搬家，不住在这人情冷酷的地方，不见得重庆四郊都是这样冷酷的人类住着的。"看时，太太回来了，一脸扫兴的样子，眼光都直了，她脚下有个破洋铁罐子，当的一声，被她踢到沟里去。

李南泉看这情形，料是太太碰了彭盖匠的钉子。虽不难说两句俏皮话，幽默她一下，可是想到她正是盛气虎虎的时候，再用话去撩她，可能她会恼羞成怒，只好是装着不知道。唯一可以避免太太锋芒的办法，只好端坐着读书或写字。由窗子里向外张望着，见她沉下了脸色，高抬一手撑住了廊柱，正对屋子里望着。心下又暗叫了一声不好，立刻坐到书桌边去，摊开纸笔，预备写点儿文稿。事情是刚刚凑趣，就在这时，邮差送来一封挂号信。拆开信来，先看到一张邮局的汇票。在这困难的生活中，每月除了固定的薪水，是毫无其他希望的，忽然有汇票寄到，这是意料以外的事。他先抽出那汇票来看，填写的是个不少的数目，共是三百二十元。这时的三百多元，可以买到川斗五斗米，川斗约是市斗的两倍，就是一市担了。一市担米的收入，可以使生活的负担轻松一下，脸上先放出三分笑意。然后抽出信来看，乃是昆明的报馆汇来的，说明希望在一星期之内，为该报写几篇小品文，要一万字上下的。昆明的物价指数高于重庆三倍，所以寄了这多稿费。在重庆，还不过是二十元一千字的价目。这笔文字交易，是不能拒绝的，他正在看信，太太进门来了，她首先看到那张汇条，夹在先生的手指缝里，因道："谁寄来的钱，让我看看。"说着，就伸手把这汇条抽了过去，她立刻身子耸了一耸，笑道："天无绝人之路，正愁着修理房子没钱呢，肥猪拱门，把这困难就解决了。"

李南泉笑道："从前是千金一笑，现在女人的笑也减价了。法币这样地贬值，三百二十元，也可以看到夫人一笑了。"李太太道："你这叫什么话？简直是公然侮辱。"说着，眼睛瞪起来，将那汇票向地上一丢。李南泉倒是不在意，弯腰将汇票捡了起来，向纸面上吹吹灰，笑道："我不像你那样傻，决不向钱生气。"说着，将汇票放在桌上，向她一抱拳头。李太太笑骂道："瞧你这块骨头！"李南泉道："这是纯粹的北平话呀，你离开北平多年，土话几乎是完全忘记。只有感情奔放的时候，这土话才会冲口而出。这样地骂人，出自太太之口……"李太太笑道："你还是个老书生啦，简直穷疯了，见了三百二十元，乐得这样子，把屋顶摔下来的痛苦都忘记了。"李南泉道："可是我们真差着这三百元用款。"李太太道："废话什么，拿过来吧。"说着，伸手把那张汇票收了过去。李先生将那张信笺塞到信封里去，两手捧着信封向太太作个揖，笑道："全权付托。你去领吧，还有图章，我交给你。"李太太接过信封去，笑道："图章在我这里，卖什么空头人情。"她说着，抽出信笺来看看，点点头道："稿费倒是不薄，够你几天忙的了。我不打搅你，你开始写稿子吧。"李先生对那三百二十元，算是在汇票上看了一眼，虽没有收入私囊，但也够兴奋一下的。他见太太拿着汇票走了，用着桌上摆开的现成的纸笔，就写起文章来，好在刚过去的生活，不少小品材料，不假思索，就可动笔。

他的烟士披里纯（"烟士披里纯"是英文"灵感"一词的音译），虽不完全出在那张三百二十元的汇票上，可是这三百二十元，至少解决了他半个月内，脑筋所需要去思想的事。自这时起，有半个月他不需要想文艺以外的事了。那么，烟士披里纯来了，他立刻可予以抓住，而不必为了柴米油盐放进了脑子去，而把它挤掉。因之，他一提了笔后，不到半小时，文不加点地就写了大半张白纸。

他正写得起劲，肩上有一种温暖的东西压着。回头看时，正是太太站在身后，将手按在肩上。李先生放下笔来，问道："图章在你那里，还有什么事呢？"他问这话，是有理由的。太太已换了一件花布长衫而手提小雨伞，将皮包夹在腋下，是个上街的样子。上街，自然是到邮局去取那三百二十元。太太笑道："你从来没有把我的举动当为善意的。"李南泉道："可是我说你和我要图章等类，也未尝以恶意视之。"李太太放下雨伞，将手上的小手绢抖开，在鼻子尖上拂了两拂，笑道："好酸。我也不和你说。你要我和你带些什么？"李南泉道："不需要什么，我只需要清静，得了人家三百二十元稿费，得把稿子赶快寄给人家呀。信用是要紧的，一次交稿很快，二次不是肥猪拱门，是肥牛拱门了。"李太太道："文从烟里出，得给你买两盒好纸烟。"李南泉道："坏烟吸惯了，偶然吸两盒好的，把口味提高了，再回过头去，又难受了。"李太太道："要不要给你买点儿饼干？"李南泉道："我倒是不饿。"李太太沉着脸道："怎么回事，接连地给我几个钉子碰？"

李南泉站起来，笑着拱拱手道："实在对不起，我实在情形是这样。不过我在这里面缺乏一点儿外交辞令而已，随你的便吧，你买什么东西我也要。"李太太笑道："你真是个骆驼，好好地和你说你不接受。人家一和你瞪眼睛，你又屈服了。"李南泉笑道："好啦，你就请吧。我刚刚有点儿烟士披里纯，你又从中打搅。这烟士披里纯若是跑掉了，再要找它回来，那是很不容易的。"李太太站着对他看了一看，想着他这话倒是真的，只笑了一笑，也就走了。

李先生坐下来，吸了大半支烟，又重新提笔写起来。半上午的工夫，倒是写了三四张稿纸，写到最高兴的时候，仿佛是太太回来了，也没有去理会。伸手去拿纸烟，纸烟盒子换了，乃是通红的"小大英"。这时大后方的纸烟，"小大英"是最高贵的消耗品。李先生初到后方的时候，也吸的是"小大英"，由三角钱一包，涨了五角钱，就变成搭着坏烟吃。自涨到了一元一包，他就干脆改换了牌子了。这时"小大英"的烟价，已是两元钱一包，李先生除了在应酬场中偶然吸到两三支而外，那总是和它久违的。现在看到桌子角上，放着一个粉红的纸烟盒，上面又印着金字，这是毫无疑问的事，乃是"小大英"。但他还疑心是谁恶作剧，放了这么一盒好烟在桌上有意捉弄人。于是，拿起来看看，这盒子封得完整无缺，是好好儿的一盒烟，这就随了这意外的收获，重重地咦了一声，这时，啪地一响，一盒保险火柴，由身后扔到桌子上来。李先生回头看去，正是夫人笑嘻嘻地站在身后。因向她点个头道："多谢多谢!"李太太笑道："你何必这样假惺惺。你就安心去写稿子吧。"李先生虽然是被太太嘱咐了，但他依然向夫人道了一声"谢谢"，方才回转身去写稿。

他这桌子角上，还有一把和他共过三年患难的瓷茶壶，这是他避难入川过汉口的时候，在汉口买的。这茅草屋是国难房子，而屋子里一切的用具，也就是国难用具，这把盆桶式瓷茶壶，是江西细瓷，上面画着精致的山水。这样的东西，是应当送进精美的屋子，放到彩漆的桌子上的。现在放在这桌面裂着一条大口的三屉桌上，虽然是很不相称。但是李先生到了后方，喝不到顶上的茶叶，而这把茶壶却还有些情致，所以他放下笔来的时候，手里抚摸着茶壶，颇也能够帮助情思。他这时很随便地提起茶壶，向一只粗的陶器杯子里斟上一杯茶，端起来就喝了。因为脑筋里的意志全部都放在白纸的文字上，所以斟出茶来，也没有看看那茶是什么颜色。及至喝到嘴里，他的舌头的味觉告诉他，这茶味先是有点儿苦，随后就转着甜津津的。他恍然大悟，这是两三个月来没有喝过的好茶呀，再看这陶器杯子里的茶的颜色，绿荫荫的，还可以看到杯子里的白釉上的花纹，同时，有一种轻微的清香送到鼻子里去。这不由得自己赞叹了一声道："好茶，色香味俱佳。太太，多谢，这一定是你办的。我这就该文思大发了。"

李太太在一旁坐着，笑问道："这茶味如何？"李先生端着杯子又喝了一口，笑道："好得很，在这乡场上，怎么买得到这样的好茶叶？"李太太道："这是我在同乡那里匀来的，你进了一笔稿费，也得让你享受一下。还有一层，今天晚上，杨艳华演《大英节烈》，这戏……"李南泉笑道："你又和我买了一张票？"李太太道："买了两张票，你带孩子去吧。"李先生道："那么，你有个十二圈的约会？"李太太笑着，取个王顾左右而言他的姿态，昂着头向外面叫道："王嫂，那肉洗干净了没有？切好了，我来做。"李先生心领神会，也就不必再问了。他将面前的文稿，审查了一遍。下文颇想一转之后发生一点儿新意，就抬起头来，向窗子外看对面山顶上的白云，虽那一转的文意，并未见得就在白云里面，可是他抬头之后，这白云会替他找到那文思。

不过他眼光射出窗子去，看到的不是白云，而是一位摩登少妇，太太的唯一良好牌友下江太太。她站在对面的山脚路上，向这茅草屋连连招了几下手，遥远地看到她脸上笑嘻嘻的，似乎她正在牌桌上，已摸到了得一条龙的好牌，且已经定张要和一四七条。李先生心里暗自赞叹了一声，她们的消息好灵通呀，就知道我进了一笔稿费，这不是向茅屋招手，这是向太太的手提包招手呀。太太果然是中了电，马上出去了。太太并未答话，隔了壁子，也看不到太太的姿势。不过下江太太将一个食指竖了起来，比齐了鼻子尖，好像是约定一点钟了。

李先生对这个手势是做什么的，心里自然是十分了然，他也没有说话，自去低头写他的文字。还不到十分钟，女佣工就送着菜饭碗进屋子了。李太太随着进屋来了，站在椅子背后，用了很柔和的声音道："不要太忙了，吃过了饭再写吧。"李南泉道："我倒是不忙，有一个星期的限期哩，忙的恐怕是你。"李太太道："我忙什么？吃完饭不过是找个阴凉地方和邻居谈谈天。若不是这样，这个乡下的环境，实在也寂寞得厉害，我们没有那雅人深致，天天去游山玩水。再说，游山玩水，也不是一个妇女单独所能做的事。"李先生走过来靠近了方桌子要坐下来吃饭，太太也就过来了，她站在桌子边，首先扶起筷子来，夹了菜碗里的青椒炒豆腐干，尝了两下。李南泉笑道："不忙，去你那一点钟的约会还有半小时。这样的长天日子，十二圈牌没有问题，散场以后，太阳准还没有落山，若有余勇，尽可能再续八圈。"李太太将手上的筷子，啪地向桌上一击，沉着脸道："你不嫌贫得很？人生在世，总有一样嗜好，难道你就没有一点儿嗜好吗？我怕你啰唆，没有对你说，你装麻糊就算了。老是说，什么意思？"说毕，她也不吃饭，扭转身到后面屋子里去了。李南泉微笑着道："好，猪八戒倒打一耙。我算啰唆了。"那女佣王嫂站在旁边微笑，终于是她打圆场，两次请太太吃饭。太太在屋子里答应四个字："你们先吃。"人并没有出来。李先生只好系铃解铃，隔了屋子道："吃饭吧，菜凉了。"

李太太随着先生这屈服的机会，也就走来吃饭了。李先生想着自己的工作要紧，也就不再和太太计较，只是低头吃饭。他忘不了那壶好茶，饭后，赶快就沏上开水，坐在椅子上，手把一盏，闲看窗外的山景。今天不是那么闷热，满天都是鱼鳞斑的白云。山谷里穿着过路风，静坐在椅子上，居然可以不动扇子。风并不进屋子来，而流动的空气，让人的肌肤上有阵阵的凉气浸润。重庆的夏季，常是热到一百多度。虽然乡下风凉些，终日九十多度，乃是常事。人坐在屋子里不动，桌椅板凳，全会自己发热，摸着什么用具，都觉得烫手。坐在椅子上写字，那汗由手臂上向下滴着，可以把桌子打湿一大片。今天写稿子，没有那现象，仅仅是手臂靠住桌面的所在，有两块小湿印，脊梁上也并不流汗。李先生把茶杯端在手上，看到山头上鱼鳞片的云朵，层层推进，缓缓移动，对面那丛小凤尾竹子，每片竹叶子飘动不止，将全个竹枝牵连着一颠一颠。竹丛根下有几棵不知名的野花，大概是菊科棵物，开着铜钱大的紫色小花，让绿油油的叶子衬托，非常地娇媚。一只大白色的公鸡，昂起头来，歪着脖子，甩了大红冠子，用一只眼睛注视那颠动的竹枝。竹枝上，正有一只蝉，在那里拉着吱吱的长声。

李先生放下茶杯，将三个指头一拍桌沿道："妙，不用多求，这就是一篇很好的小品材料了。"李太太正走到他身边，身子向后一缩，因笑道："你这是什么神经病发了，吓我一跳。"李先生笑道："对不起，我的烟士披里纯来了。"李太太微笑道："我看你简直是这三百二十元烧的，什么烟士披里纯、茶士披里纯？"李先生满脑子都装着这窗前的小景，关于李太太的话，他根本就没有听到。他低着头提起笔来就写，约莫是五六分钟，李先生觉得手臂让人碰了一下，回头看时，李太太却笑嘻嘻地将身子颤动着。李先生笑道："到了钟点了，你就请吧。我决不提什么抗议。"李太太笑道："这是什么话？这侵犯了你什么？用得着你提抗议？"李先生微笑着，抱了拳头连拱了几下，说是"抱歉抱歉"，也就不再说什么，还是低头写字。李先生再抬起头来，已没有了太太的踪影，倒是桌子角上，又放下了一盒"小大英"。李先生对于太太这种暗下的爱护，也就感到满足，自去埋头写作。

也许是太太格外的体恤，把三个孩子都带走了。在耳根清静之下，李先生在半个下午，就写完了四篇小品文，将笔放下，从头至尾审查了一遍，改正了几个笔误字，又修正了几处文法，对于自己的作品相当满意。把稿纸折叠好了，放到抽屉去，人坐在竹椅子上，做了个五分钟的休息。可是休息之后，反而觉得手膀子有些疼痛。同时，也感到头脑昏沉沉的。心里想着，太太说得也对，为了这三百二十元，大有卖命的趋势，利令智昏，何至于此。于是将笔砚都收拾了，找着了一支手杖，便随地扶着，就在门外山麓小路上散步。这时已到黄昏时候，天晴也是太阳落到山后去，现在天阴，更是凉风习习，走得很是爽快。

这山谷里的晚风，一阵比一阵来得尖锐。山头上的长草，被风卷着，将背面翻了过来，在深绿色丛中，更掀起层层浅绿色的浪纹。这草浪也就发生出瑟瑟梭梭之声。李南泉抬头看看，那鱼鳞般的云片，像北方平原上被赶的羊群一样，拥挤着向前奔走，这个样子，又是雨有将来的趋势。李先生站着，回头向家里那三椽草屋看了一看，叹上两口气，又摇了几下头，自言自语地道："管他呢，日子长着呢，反正也不曾过

320

不去。"这个解答是非常地适用，他自己笑了，扶着手杖继续散步，直到看不见眼前的石板路，方才慢慢走回来。

这时，天上的星点被云彩遮着，天上不予人间一丝光亮，深谷里漆黑一片。黑夜的景致，没有比重庆更久更黑的，尤其是乡下。因为那里到了雾天，星月的亮也全无。在城市里，电光射入低压的云层，云被染着变成为红色，它有些光反射到没有电灯的地方来。乡下没有电灯，那就是四大皆空的黑暗。李南泉幸是带有手杖，学着瞎子走路，将手杖向前点着探索两下，然后跟着向前移动一步。遥望前面，高高低低，闪出十来点星星的火光，那是家之所在了。因为这个村子的房屋，全是夹沟建筑的，到了这黑夜，看不见山谷房屋，只看到黑空中光点上下。这种夜景，倒是生平奔走四方未曾看见过的。除非是雨夜在扬子江边，看邻近的渔村有点儿仿佛。这样，他不由得想到下江的老家了，站着只管出神。

就在这时，听到星点之间，小孩子们叫着"爸爸吃饭"。他又想着，这还是一点文科。可说"吾闻其语矣，未见其人"。但他也应着孩子："我回来了。"到了家里，王嫂迎着他笑道："先生这时候才回来，落雨好半天了。"李南泉道："下雨了？我怎么不知道？"王嫂道："落细雨烟子，先生的衣服都打湿了。你自己看看。"李南泉放下手杖，走近灯下，将手牵衣襟，果然，衣服潮湿、冰凉。他笑道："怪不得我在黑暗中走着，只觉得脸上越久越凉了。"他看到桌上还有"小大英"烟，这就拿起一支来，就着烟火吸了，而吟着诗道："细雨湿衣看不见，闲花落地听无声。"王嫂抿了嘴微笑道："先生还唱歌，半夜里落起大雨来，又要逃难。"这句话却是把李先生提醒，不免把眉头子皱起。但是他看到饭菜摆在桌上，只有三个小孩子围了菜油灯吃饭，就摇了两摇头道："我也犯不上独自着急，这家也不是我一个人的。"他说着，也就安心吃饭。

饭后，便独自呆坐走廊上。这是有原因的，入夏以来，菜油灯下，是难于写文章的。第一是桌子下面，蚊虫和一种小得看不见的黑蚊，非常咬人。第二是屋外的各种小飞虫都对着窗子里的灯光扑了来，尤其是苍蝇大小，白蜻蜓似的虫，雨点般地扑人，十分讨厌。关着窗子，人又受不了，所以开窗子的时候，只有灯放得远远的，人坐在避光的所在，人和飞虫两下隔离起来。这时，甄、吴二公也在走廊上坐着，于是又开始夜谈了。

甄先生道："李兄不是去看戏的吗？"李南泉道："甄先生怎么知道？"他笑道："你太太下午买票的时候，小孩子也在那里买票。"李南泉道："事诚有之，不过我想到白天上屋顶牵萝补屋，晚上去看戏，这是什么算盘？想过之后，兴味索然，我就不想去了，而况恐怕有雨。"吴春圃于黑暗中插言道："怎么着？你的徒弟你都不去捧了。"李南泉道："唯其是这样，太太就很安心地去打她的牌了。这样，也可不让太太二次打牌，省掉一笔开支，我们是各有各的战略。"甄先生哈哈笑道："何至于此，何至于此？"

李南泉经邻居这样代解释着，倒也不好说什么。大家寂寞地坐着，却听到茅屋檐下滴扑滴扑，继续地有点儿响声。吴先生在暗中道："糟了糕了，雨真来了。彭盖匠这家伙实在没有一点儿邻居的义气，俺真想揍他娘的。我们肯花钱，都不给咱们盖盖房顶？"李南泉走到屋檐下，伸着手到屋檐外去试探着，果然有很浓密的雨丝向手掌心盖着。因道："靠人不如靠自己，我们未雨而绸缪吧。"因之找了王嫂帮助，将家里大小两张竹床，和一张旧藤绷子都放到外面屋子的地上，展开了地铺。自己睡的两方铺板，屋子里已放不下，干脆搬到走廊上。那屋檐下的点滴声，似乎又加紧了些。甄吴两家，也是摆得家具扑咚作响。大家忙乱了半小时，静止下来，那檐滴却不响了。那边走廊的地铺上，发出竹板咯咯声，吴春圃在暗中打个呵欠，笑道："哦呀，管他有雨没雨，俺睡他娘的。"

这个动作，很可以传染到别人，李先生自己，立刻就感觉到非打呵欠不可，昏昏沉沉地也就睡着了。睡在蒙眬中，听到太太叫喊着，他只在地铺上打了一个翻身，却不曾起来，仿佛是身上被盖着一样东西，但也继续睡，却不管了。直到脸上头上，被东西爬得痒斯斯的，屡次用手挥赶不掉，睁眼看来，天色已经大亮，这是蚊子收兵以后，苍蝇在人身上活动，就无法再睡了。他坐起来，睁眼向屋檐外看看，那对过的一排近山，已完全被灰白色的云雾所封锁。在云脚下露出山的下半截，草木

322

全被雨洗得湿黏黏的，树头枝叶下垂，草叶子全歪到一边去。那天上午虽没有下雨，而乌云凝结成一片，似乎已压到屋顶头上来了。自然天气是很凉的，只穿了一件短袖汗衫，便觉得身上已有点儿不好忍受。于是赶快跳起来，见屋子里面，全家人像沙丁鱼似的，分别挤着睡在地铺上，叹了口气道："这又是一幅流民图。"屋子里让地铺占满，再容不下人去，也就不进屋子了，找了脸盆漱口盂出来，用冷水洗过脸，就呆坐在地铺上，静等家里人起来。在屋子里睡觉的人，一样让苍蝇的腿子给爬醒了。大家收拾地铺，整理屋子，这就足耗费了一小时。

李南泉赶快将竹椅子在小桌前摆端正，展开了文具就来写稿。李太太道："你为什么忙，水也没喝一口吧？"李南泉摇着手上的毛笔道："难得天气凉快，还不抢一抢吗？"他这个表示，太太倒是谅解的。因为一万字上下的稿子，不用说是作，就是抄写，也需要相当的时间。这就听他的便，不去打搅了。

李先生写得正有劲，忽然桌子角儿上扑滴一声，看时，有个很大的水点。他以为是哪里溅来的水点，只抬头看了一看，并没有理会。可是只写了三四行字，第二下扑滴声又来了，离着那水点五寸路的地方，又落了一点儿水，抬头看看天花板，已是在白石灰上，潮湿了很大一片印子。那湿印子中间，有乳头似的水点，三四处之多，看看就要滴了下来。他哎呀了一声道："这完了，这屋漏侵占到我的生命线上来了。"太太过来看看，因道："这事怎么办呢？你还是非赶着写起这一批稿子来不可的。那么，把你这书桌挪开一个地方吧。"李先生站起来向屋子四周看看，若是移到吃饭的桌子上去写，太靠里，简直像黑夜似的。左边是个竹子破旧书架子，上下四层，堆满了断简残编。右边是两把木椅和一张旧藤几，倒是可以移开，可是那里正当着房门，也怪不方便。若是将桌子移到屋子中间，四方不沾，倒是个好办法，可是把全家所有的一块好地盘，又完全独占了。他看着出了一会儿神，摇了两下头，微笑道："我得固守岗位，哪里也移动不得。"李太太道："难道你就在漏点下写字吗？"李先生还没有答复这个疑问，一点雨漏，不偏不斜，正好打在他鼻子尖上。这个地方的触觉相当敏锐，吓得身子向上一耸，李太太说声"真巧"，也笑起来了。

李南泉将手抹着鼻子尖，点了头笑道："你笑得好，不然，这始终是演着悲剧，那就无味了。马戏班里的小丑，跌摔得越厉害，别人也就看得越是好笑，你说是不是？"李太太对于他这个说法，倒是啼笑皆非，站着呆了一呆，走到里面屋子里去，拿出一盒"小大英"笑道："我还给你保留了一盒，吸支烟吧。"李南泉这回算是战胜了太太，颇也反悔，接过纸烟，依然坐到竹椅上去写稿。可是这桌子上面，前前后后已经打湿了七八点水了，这个样子，颇不好坐下来写。

正好小山儿打了一把纸伞，由街上买烧饼回来。李南泉向他招招手道："不必收起来，交给我吧。"小山儿也没有理会到什么意思，撑了伞在走廊上站着。他笑道："我们屋子里也可以打伞，你难道不知道吗？打着伞进来吧。"小山儿侧着伞沿送了进来。李先生接过，在桌子角上竖了伞柄。正好这天花板上的漏点全在左手，伞一竖起，噗的一声，一个大漏点，落在伞面上，李先生笑道："妙极，这声音清脆入耳，现在我来学学作诗钟的办法，伞面上一下响，我得写完两行字。"他说着，果然左手挟着伞柄，右手拿着毛笔在纸上很快地写。等到那屋顶的漏点落下来的时候，已经写了三行字，他哈哈大笑道："这成绩不错，第一个漏点我就写了三行字了。"他这么一声大笑，疏了神，伞就向桌子侧面倒了去。幸是自己感觉得快，立刻拖住了伞柄，将伞紧紧握住了。李太太坐在旁边看到，只是摇头。

吴先生正由窗子外经过，看到了这情形，便笑道："李先生，你这办法不妥，就算你一手打伞，一手拿笔，可以对付过去，可是文从烟里出，你这拿纸烟的手没有了。俺替你出个主意，在桌子腿上，绑截长竹筒儿，把伞柄插在竹筒里岂不甚妙？下江摆地摊的就是这个主意。"李南泉拍手笑道："此计甚妙。不仅是摆地摊的，在野外摆测字摊的算命先生就是这样办的。"他俩人这样说着，这边甄先生凑趣，立刻送了一截长可四尺的粗竹筒来，笑道："这是我坏了的竹床上，剩下来的旧竹挡子，光滑油润，烧之可惜，一直想不到如何利用它。现在送给李先生插伞摆拆字摊，可说宝剑送与烈士了。"李南泉接过来一看，其筒粗如碗大，正好有一头其中通掉了两个节，竖立起来，将伞柄插进里面，毫无凿枘不入之嫌。口里连声道谢，立刻找了两根粗索子，将竹筒直立着捆在桌腿上。将通了节的那头朝上，然后撑开伞来，将伞柄插了进去，这伞面正好遮盖着半截小桌面，将屋漏挡住。李先生坐下来，取了一支烟吸着，笑道："好，这新鲜玩意儿，本地风光，是一篇绝妙的战时文人小品。"这么一来，屋子里外，全哈哈大笑。三个小孩感到这很新鲜，每人都挤到桌子角上，在伞下站一站。这笑声却把隔壁的家庭大学校长惊动了，拖拉着拖鞋，踢踏有声，走了过来，在窗子外就看到了，笑道："好极，好极，我求得着李先生了。"